光文社文庫

サンズイ

笹本稜平

KOBUNSHA

目次

第一章

1

「なあ。いい加減に吐けよ。あんたが首謀者だっていう証言はいくらでも出てきている。要は先生も後援会もあんたを見限ったってことだよ。これ以上義理を尽くしてもいいことなんかなにもない。このまま我々が立件すれば、あんたの人生は破滅するしかないぞ」

園崎省吾《そのざきしょうご》は強い調子で押していった。

警視庁本庁舎三階の取調室。いまは取り調べ可視化の流れに従って、天井にカメラとマイクが設置されている。隣室でモニターできる仕組みになっていて、取り調べの際の口の利き方ひとつにもなにかと神経を使うようになった。

逮捕後の取り調べなら、こういう恫喝《どうかつ》めいた口を利《き》けば公判で不利な材料にされかねない。しかしいまはまだ任意の事情聴取の段階で、そこまでの配慮が求められるわけではない。

係長を始め班の主なメンバーが隣室で聴取の状況をモニターしているが、録画と録音のスイッチは入れていない。園崎の傍《かたわ》らでは、相棒の水沼俊樹《みずぬまとしき》巡査部長がノートパソコンで聴取内容の記録をとっている。

事案は与党の桑原勇《くわばらいさむ》参議院議員のあっせん収賄罪もしくはあっせん利得罪の容疑で、目の前の相手はその公設第一秘書の大久保俊治《おおくぼとしはる》だ。政治家絡みの汚職の黒幕が議員本人なのは警察ならずともわかることだが、その先生の手がうしろに回ることはごく稀《まれ》だ。意に介する気配もなく大久保は応じる。

「我々の世界では毎日のように怪しい噂が飛び交っている。昔で言えば怪文書だけど、いまはＳＮＳやら電子掲示板という便利なものがあってね。言ってみれば電子の怪文書だよ。警察はそんなフェイクニュースを真に受けて、ありもしない事実を追い回し、税金の無駄遣いをしているわけか」

「こちらに情報を提供したのはもっとまともな筋《すじ》の人でね。会って話も聞いている」

「供述調書はとれたのかね。裏付ける証拠はあるのかね」

自信満々で大久保は問い返す。こういう事態を切り抜ける手管《てくだ》に関しては彼らはプロ中のプロだ。その点はこちらもまだ微妙な段階で、たれ込みをしてきた相手も名前が表に出るのは困るから、供述調書が作成できるような正式な事情聴取には応じていない。証拠にしても、現段階で機密に属する文書を持ち出せば公務員の守秘義務違反に問われるから、こちらもいまのところそこまでの協力は要請できない。会って話を聞いたというのもじつは嘘だった。

園崎が所属するのは警視庁捜査二課第四知能犯第三係で、警察内部の隠語で「サンズイ」と呼ばれる贈収賄や官製談合といった汚職がらみの政治案件を守備範囲とする。「サンズイ」は言うまでもなく「汚職」の「汚」の字の部首だ。

二課で汚職を扱うのは第四知能犯から第六知能犯までの三つのグループで、「ナンバー知能」あるいは略して「ナンバー」とも呼ばれる。二課では花形部署だが、大物政治家が絡んだサンズイ事案はほとんどが地検特捜の扱いになる。警視庁であれ他の警察本部であれ、着手するのはせいぜい官僚が絡む贈収賄までで、政治家が関与する事案で動くことはあまりない。

なぜかと問われても答えにくい。二課が扱ってはならないという決まりはないし、怖気《おじけ》づいているわけでもない。能力的に地検のほうが勝るからだとは口が裂けても言いたくない。

今回の捜査の端緒《たんしょ》となったのは、都下の東秋生《ひがしあきお》市が、桑原事務所の口利きで破格の安値で市有地を売却したという内部告発があったからで、それを受けたのが園崎の所属する第四知能犯第三係だった。

土地の買い手は三共興発《さんきょうこうはつ》という地元の有力な土建会社で、新規事業開拓の一環としてレジャー施設を併設したクアハウスを建設・運営するという。事業計画によれば、その地域は一〇〇〇メートルもボーリングすれば摂氏五〇度以上の優良な温泉が湧き出すとされ、地域活性化に貢献し、市外からの利用客の来訪も期待でき、採算は十分とれるとの触れ込みだったらしい。

しかし、その手の施設はすでに都心部にいくつもあり、わざわざ市外から訪れる客がいるとは考えにくく、地元の客だけで商売が成り立つとも思えない。無謀な計画だというのが金融機関や地元の観光業者の下馬評だったが、そこにどうやらからくりがあることが判明した。

その土地は、老朽化し新たに別の場所に建て替えることになった市営体育館の跡地で、市街の一等地であるにもかかわらず民間に売却すること自体に疑問があるうえに、地元の不動産業界によれば、売却価格は実勢価格の三分の一という破格の安さだった。

その値段で土地が手に入るなら、なんとか採算がとれるどころか、かなりの利益が見込めるし、浮いた金を設備の充実に充てれば市外からの客足にも期待できる。それを当て込んだ銀行が低利の融資話を持ちかけて、地元では地域活性化の起爆剤だと、俄《にわか》に注目を集めるようになった。

しかしその一方で黒い噂も取り沙汰された。桑原議員は東大卒のエリート官僚として総務省に入省し、事務次官を経て国政に転じた。三共興発の創業者で会長の藤井雄三《ふじいゆうぞう》とは中学以来の幼馴染《おさななじみ》で、政界に転身してからは桑原の有力な後援者だった。

警視庁にタレ込みがあったのは半年前で、その土地の売却が市議会で承認された頃だった。桑原の選挙区は千葉県で、東秋生市と直接の関係はない。にもかかわらず桑原事務所から市役所に、一年以上前からさまざまな働きかけがあったという。

直接圧力がかかったのは総務部総務課管財係という部署で、市有地の管理や売却はそこが担当するが、そのトップの総務部長が桑原議員の公設第一秘書の大久保から何度も呼び出しを受けていて、そのたびに売却の条件が甘くなる。

当初は競争入札の予定だったのが、知らない間に随意契約に切り替わった。そもそもそれまで市側に跡地を売却する考えはなく、市営の緑地公園にする計画だったのが、突然、市の財政難を理由に売却の方針に転じた。そのこと自体が末端の職員たちには不審だった。

随意契約となったのちも、地域振興に資するとか、市民の健康増進に役立つといった不可解な理由で「特別な」配慮がなされ、地元の不動産業界も首を傾《かし》げる安値に落ち着き、市議会もとくに議論らしい議論もなくその議案を可決した。

桑原はいまも古巣の総務省に絶大な影響力をもつという。全国の自治体にとって財政の命綱ともいうべき地方交付税のいわば胴元が総務省で、彼らにとってはお上《かみ》というべき存在だ。

当然そうした配慮の背後には、市長を筆頭とする市役所上層部への桑原からの口利きがなかったとは考えにくく、そんな無茶な議案をまともな審議もなしに可決した市議会にも、桑原からの圧力、もしくは桑原への忖度《そんたく》があったと見るのは一般市民の感覚からすれば常識だ。

しかしそういう常識が通用しないのが政界という伏魔殿《ふくまでん》で、それは国政だけとは限らない。

というより、透明性に関しては、国民やマスコミの目が届きにくい地方自治体のほうがむしろ低いくらいだろう。

　その市役所職員からの内部告発以外にも、大久保の言うとおり、ＳＮＳや電子掲示板にはこの件についての黒い噂が飛び交っているが、これが国政に関わる話なら即スクープに走るはずのマスコミはまだ興味も示していない。国政レベルの話ではないから食指が動かないのかもしれないが、そこに関わっているのが国会議員となれば、見逃していい話ではないはずだ。

　マスコミが騒ぎ立てれば、世論に敏感な地検の特捜部が動き出す。その点から言えば鬼の居ぬ間に洗濯で、先に尻尾《しっぽ》を摑《つか》んでしまえば、遠慮なくこちらのヤマにできる。係長もその上の管理官も、捜査二課の面子《メンツ》にかけてもと大いに乗り気だ。園崎は言った。

「しかしあんたが市役所の上層部とたびたび接触していたのは間違いない。桑原事務所の固定電話はもちろん、あんたの携帯電話も含めてこちらは通話記録をとっている。月に十数回、市の部長クラスや課長クラスと電話のやりとりがあった。千葉県に選挙区がある桑原事務所が、どうして東京都下の東秋生市に用事があるんだよ」

「あのねえ。国会議員というのは国政に携わるのが本業だからね。選挙区がどこだからといって、そこに縛られるわけじゃない。うちの先生は参院総務委員会の委員長で、全国の地方自治体の実態にも大いに関心がある。そういう関係でいろいろ立ち入ったことを訊《き》くこともある。そういう仕事はわざわざ先生が動くほどのことでもないので、私が代行することが多い。それだけの話だよ」

「しかし全国には千七百以上の市区町村と四十七の都道府県がある。なのにここ最近、東秋生市役所への電話の回数が突出している。なにか事情があるとしか思えないんだがね。いったいどんな用件で？」

「それは言えないよ。国会議員秘書にも守秘義務はあるからね」

「だったらもう一つ。三共興発の藤井会長とも頻繁に連絡を取っているが、それはどういう用件で？」

「何度、同じことを訊くんだよ。会長とうちの先生は中学以来の親友で、いまも後援者の一人だ。そういう人と連絡を取り合うのも秘書の大事な仕事だと、さっきから言っているだろう」

同じ質問を何度も繰り返すのは、言い間違いをさせて矛盾を突いたり、疲労を誘ってボロを出させたりという取り調べの際のテクニックの一つだが、大久保は過去にも選挙違反や政治資金規正法違反の疑いで警察や地検から事情聴取を受けているようで、手の内はお見通しといった様子だ。

政治家が相手の事案では、まずこの大久保のような豪腕の秘書という壁を突破するのが難関で、そこであえなく跳ね返されて、立件できずに終わるケースが非常に多い。

そもそも政治資金規正法やあっせん利得処罰法といった、政治家の悪事を取り締まる法律をつくるのがその政治家だという点に最大の問題がある。そこには周到な抜け道がいくつもあって、彼らはそれを熟知している。

「三共興発の会長からは、あんた個人もずいぶん接待を受けているようだな」

「どこで拾ったガセネタだよ」

「こっちだって情報は持ってるんだよ。千葉のほうの、おたくの先生の後援会の人から話を聞いてね。そういう人たちが同席したこともあるそうだな」

「それも何度も言っただろう。藤井会長はうちの先生の大事な後援者だ。パーティ券の購入やら政治献金の要請やら、いろいろお願いすることもある」

「そんなの電話で済むだろう。わざわざ赤坂《あかさか》の料亭で会うこともない。そのあと銀座《ぎんざ》のクラブで飲み直す必要もない。ゴルフの付き合いもあるようだな。それが向こうの奢《おご》りだったら、あっせん利得罪の適用になる。処罰対象に議員の秘書も含まれることは知ってるだろう」

そんな密会の一部については、すでに園崎の班が行動確認しているが、無用な警戒を避けるために、そのことはまだ秘匿《ひとく》しておく必要がある。

「飲み食いだけで斡旋《あっせん》行為の証拠にされたんじゃ堪《たま》らない。まず私が口利きをしたという、ちゃんとした証拠を出してくれよ」

大久保は自信ありげに言い返す。挑発するように園崎は言った。

「ああ。出してやるよ。これから市役所の上の人間にも事情聴取する。三共興発にもガサ入れすることになるだろう。あんた一人を挙げるだけなら造作《ぞうさ》もないんだよ」

「おれにそれだけの力があると思うのか。相手がたかが地方自治体の部長クラスでも、議員の秘書ごときにそんな力があるなんて、誰も信じやしないはずだ」

「そこなんだよ。おれたちの狙いもね。あんた一人に手錠をかけたって、仕事をしたうちには入らない。どうしたってその裏には桑原先生のご意向が働いているはずだ。さらに言えば、その影響力を行使して、全国津々浦々の地方自治体を相手に、似たような口利き商売をやってるんじゃないかと我々は疑っているんだよ」

「それこそ下衆《げす》の勘繰《かんぐ》りというもんだ。そういうレベルの仕事ばかりしているから、警視庁捜査二課は天下の穀潰《ごくつぶ》しだと言われる。政治や経済の大きな事件はすべて地検特捜部に持っていかれて、やることと言えば選挙違反や木《こ》っ端《ぱ》役人のけち臭《くさ》い汚職くらいだ。なにを血迷ったのか知らないが、桑原先生のような実力者に捜査二課ふぜいが喧嘩を売って勝ち目があると思うのか」

大久保は居丈高に言い放つ。その足下《あしもと》を見るように園崎は応じた。

「あんたこそ、そういう大物政治家のトカゲの尻尾になって切って捨てられることになりかねないぞ。聞くところによると、先生の地元の千葉選挙区であんたの評判は良くないようだな。後援会長はあんたにずいぶん反感をもっているようだが」

「またガセネタに引っかかったな。後援会長との関係にはなんの問題もない」

大久保は鼻で笑うが、こめかみのあたりがかすかにひくつく。園崎は踏み込んだ。

「人間、裏と表は別の顔をしている。どうも地元のみなさんは、あんたが先生の影響力を利用して、個人的に甘い汁を吸っているとみているらしい。我々の聞き込みに対しては、いろいろ耳寄りな話を聞かせてくれたよ」

「そんな話を信じているのか」

「丸々信じちゃいないよ。おそらくあんたの権勢を削《そ》ごうという思惑《おもわく》があってのことだろう。今回の事案が表沙汰になれば、それをチャンスとみて排除に乗り出そうという勢力がいるんじゃないのか。たぶんそのときは、先生もあんたを守ろうとはしないだろうな」

地元で大久保の人望がないのは確かなようだ。口利き疑惑については、大久保の言うとおり、先生に疑惑が及びかねないと後援会の連中も比較的口が堅いが、大久保に対する不快感は隠しもしなかった。

そこにはどうも桑原の後継話も絡んでいるようだ。議員の一人息子は父親に劣らない秀才で、東大を卒業後ハーバード大の大学院に留学し、いまは国内有数の大手商社に勤務している。本人は政界に興味がなく、行く行くは桑原の地盤を次ぐのは大久保だと、これまで衆目は一致していた。

しかし近ごろは大久保の権勢が強まって、後援会を顎《あご》で使うような態度が露骨だと、地元で反感を買うようになっていたらしい。後援会内部では、なんとか息子を口説き落とし、大久保に代えて後継にしようという動きが活発で、桑原に累《るい》が及ばないかたちで大久保の疑惑が立証されれば、そのシナリオが現実のものになる。

桑原のほうも将来、息子が跡を継ぐことに異存はないようで、まずは大久保を切り捨て、息子をその後釜《あとがま》の公設第一秘書に据《す》えて、政界のイロハを仕込みたいようなことを最近口にしているらしい。そういう意味で、大久保の尻に火が点《つ》いているのはまず間違いないだろう。

「揺さぶりをかけているつもりなんだろうが、その手には乗らないよ。先生をいまの地位にまで押し上げたのはこの私で、そのことは先生自身がいちばんよく知っている」

そう応じる大久保の顔には、明らかに動揺の色が窺《うかが》える。園崎はさらに押していく。

「さっきも言っただろう。我々のターゲットはあんたじゃない。その裏にいる本当の実力者だよ。寝首をかかれる前に見切りをつけたほうが賢いような気がするな。人間は恩を忘れる習性のある生き物で、逆にその恩を鬱陶《うっとう》しく感じるようになることもある」

「もともと根も葉もない話に、さらに尾鰭《おひれ》をつけて私を恫喝するわけか。捜査二課というのは無能な上に性悪《しょうわる》だな。ヤクザのほうがまだ善良《しょ》だ」

「その尾鰭まで含めて、あんたがすべてを背負い込んで先生を守るというんならしかたがない。しかし刑事訴訟法が改正されて、いまは日本でも司法取引が可能だ。あんたが司法当局に対して、より大きな悪事を明らかにすれば、大幅な刑の減軽を受けられる。先生の指示でやったというなら、無罪ということも十分あり得る」

こちらの意図を値踏みするように大久保はわずかに間を置いたが、舐《な》めたように笑って首を横に振る。

「お心遣いには恐縮するが、そもそもありもしない話をでっち上げておいて、司法取引もないだろう」

「だったら今度会うときは、逮捕状を持って出向くことになるぞ。そうなれば情状酌量の余地はない。あんたも先生も同罪だな。前科がつけば議員秘書という仕事にはまず就けないし、民間企業にだって再就職は難しい」

「そういうのは恐喝というんじゃないのか。警察ならなにをやってもいいわけか」

大久保はわずかに気色《けしき》ばむ。余裕を覗《のぞ》かせて園崎は言った。

「恐喝というのは財物または財産上の利益を脅《おど》し取ることを言う。犯罪の自白はそういうものには当たらない」

「特捜の検事と付き合ったこともある。向こうもかなり評判は悪いけど、それでもあんたほどたちの悪いのはいなかったな」

「お褒《ほ》めに与《あずか》って光栄だね。これから仲良くできるといいんだが」

「あいにく友達に不自由はしていないんでね。これ以上話すことはない。もう帰っていいだろう」

「悪いことは言わない。おれの話を頭の隅っこには入れておいたほうがいいぞ。図に乗っていると、うしろから弾が飛んでくるからな」

強気を崩さず園崎は言った。

2

「ちょっと、やり過ぎじゃないのか」

大久保を帰したあとで、二課の刑事部屋に戻ると、係長の本間幸生《ほんまゆきお》が心配げに言う。隣室で聴取の模様をモニターしていたのだろう。自信を滲《にじ》ませて園崎は応じた。

「あれくらいでちょうどいいんですよ。大久保は以前、政治資金規正法違反の疑いで地検の取り調べを受けていますけど、嫌疑不十分で不起訴になりました。新聞報道じゃ虚偽記載は明らかだったのに、どういう手品を使ったのか、けっきょくうやむやに終わって、先生のほうも無傷で済んでいます」

園崎には政治家に対する特別な思いがある。父はある代議士の秘書だった。その父が私文書変造の容疑で逮捕されたのは、彼が大学生のときだった。

日付を改ざんした領収書を使い回し、政治資金収支報告書に経費を多重計上していたことが発覚した。東京地検に逮捕・起訴されて、勾留は三ヵ月以上に及んだ。代議士への忠誠心から、そのとき父は罪を一身に背負い、すべて自分の判断によるものだという供述で押し通した。

もちろんそれは代議士に指示されてやっていたことで、危ないからやめたほうがいいと、日頃から諫《いさ》めていたのは父だった。そんなことは政治家なら誰でもやっている。見つかったら運が悪かったと諦《あきら》めるしかないと代議士は笑い飛ばしていたらしいが、要は発覚しても自分に累は及ばないと見越してのことだろう。

事務所は弁護士を付けてくれた。ところがこれが曲者《くせもの》で、代議士に容疑が及ばないように接見のたびに口止めをされ、公判でも父の無罪や減軽を主張するというより、被疑事実を積極的に認め、まるで法廷に検事が二人いるようだったと、のちに父は苦笑した。

園崎が大久保に司法取引の話を持ちかけたのは、もちろん揺さぶりの意味もあってのことだが、父の轍《てつ》を踏まないようにという仏心《ほとけごころ》のようなものが働いたこともなくはない。

父には有印私文書変造並びに行使の罪で、懲役二年執行猶予三年の判決が下った。父は控訴しなかった。代議士事務所は父を解雇したが、それではいかにも世間体が悪いと思ってか、後援会関係者が経営する中小企業への転職を斡旋した。しかし父はそれを断り、失意の果てに、翌年自ら命を絶った。

園崎は大学を中退して警視庁の採用試験を受けた。警察官になり、捜査二課を希望したのは、父親を罪に陥《おとしい》れた政治の世界に報復したいという強い思いからだった。

親族に前科者がいると採用されないから止《や》めておけと周囲からは言われた。しかし母方の叔父に地方の警察本部で所轄の署長まで務めた人物がいて、ぜひ受けろ、おまえなら心配はないと太鼓判を押してくれた。親族に前科があることは、警察官を含め地方公務員採用の欠格事項には当たらない。だからといって警察の場合、身上調査は徹底して行われると聞いていた。

その親類がコネを使ってなにか働きかけてくれたのか、あるいはそういう話がそもそも都市伝説に過ぎなかったのか、受験してみれば、なんということなく合格した。

当初から捜査二課への配属を希望したが、そもそも警察社会では刑事になること自体が難しい。三年後に配属されたのは組織犯罪対策部の第四課。かつてのマル暴の四課が組対部の創設に伴ってそっくり移動した部署で、もちろん商売の相手は暴力団だ。

希望していた捜査二課とはだいぶイメージが違ったが、その後二課に異動してみれば、捜査手法の点で意外に通じるところがあることを知った。

暴力団が絡んだとしても、殺人や傷害となると捜査一課の所管になり、薬物や銃器の密売は組対部五課の扱いになる。四課が扱う事案は、広域暴力団の抗争抑止や、企業恐喝、詐欺、賭博、みかじめの徴収といった、暴力を背景とした一種知能犯的な犯罪類型が多い。

そのため捜査手法においても、物証を中心とする客観捜査に重点を置く捜査一課とは異なり、聞き込みやたれ込みによる情報収集や、見込み捜査によるガサ入れといった主観的要素の強い捜査手法に頼ることになる。

念願叶《かな》って園崎が現在の部署に異動したのは五年前。相手は暴力団の幹部から政治家に変わったが、ヤクザを相手にしていたころの捜査勘がそのまま生かせることに驚いた。要するにお得意先の体質が、極道業界とじつに似通っていたわけだった。あるいは人情味という点で、むしろあちらの業界のほうに共感を覚えることさえある。同感だというように本間は頷《うなず》く。

「たしかに今回の本ボシは本来なら地検が扱うくらいの大物で、おまえが入れ込む気持ちはよくわかるよ。桑原に余罪がないとは思えない。あっせん利得罪の法定刑は三年以下の懲役に過ぎないが、数がまとまれば併合されて罪は重くなる。そうなればまず執行猶予付きとはいかないから、まあ、政治家としての命脈は絶たれるな」

「斡旋の内容によってはあっせん収賄罪の適用になります。その場合の法定刑は五年以下で、あっせん利得罪よりだいぶ重い。可能ならそっちの適用を目指すつもりです」

園崎は意欲を覗かせた。あっせん利得罪とあっせん収賄罪は一見よく似た罪状だが、法体系が別で、前者はあっせん利得処罰法という比較的新しい法律によるもので、後者は刑法で規定されている。

最大の違いは、後者の場合、斡旋の内容がそれを受けた公務員に不正行為を要求するものに限られる点で、前者の場合はたとえ職務の裁量の範囲にある行為でも、金銭を対価に行えば成立する点だ。その点から言えば、あっせん利得処罰法のほうがハードルが低いと言える。

今回の事案では、土地の売却価格を安く算定したことが市役所の管財担当部署の裁量の範囲を超えていたかどうかという点が重要で、最終的には検察の判断に任せるしかないが、園崎にとっては、二課に異動して五年目で、初めて国政に携わる大物政治家が標的となる事件だ。

「しかし、あの大久保という男、舐めてかからないほうがいいぞ。これまで与党の大物議員の秘書を渡り歩いて、政界では百戦錬磨の強者《つわもの》とみられているそうじゃないか」

本間は声を落とす。園崎は笑って応じた。

「そんなのは百も承知ですよ。桑原のところに来たのが八年前で、それまでは大臣や幹事長を歴任した超大物の秘書だった。その大物が政界を引退したとき、腕を見込んで桑原が引き抜いた。それからですよ。桑原が急速に頭角を現して、参院与党内で隠然たる影響力を持つようになったのは。いまは参院幹事長の椅子を窺う勢いで、総務大臣のポストを手に入れるのも間もなくだとみられているようです」

「しかし、大久保がいまの時点で素直に事情聴取に応じるとは思わなかったな。拒否するの弁護士を通せのと、うるさいことを言ってくると思っていたんだが」

本間は驚きを隠さない。

東秋生市役所のある職員から内部告発の手紙をもらったのが、この事案の捜査の端緒だった。電話もあれば電子メールもある時代に、わざわざ封書でという点がよほど警戒してのことだと考えられ、逆に園崎は強い信憑《しんぴょう》性を感じた。

そこに書かれていた「東秋生市」、「土地売却」、「桑原勇」「三共興発」というキーワードでインターネットを検索すると、匿名の掲示板やまとめサイトに、それらを含む記事がいくつも存在した。

体育館跡地の三共興発への売却に際し、桑原事務所が強引に介入して、破格の売価を決定したというものだ。三共興発の藤井会長と桑原議員が中学時代からの親しい友人で、いまも密接な関係にあることまで、書かれていることは手紙の内容とほぼ同一だが、文体やハンドルネームはまちまちだった。

その書き込み自体が犯罪性を疑わせるものなら、プロバイダーに捜査関係事項照会書を送付してIPアドレスの開示を要求できるが、単なる噂話の書き込みに過ぎないから、そこまでやればプライバシーの侵害になり、プロバイダーが応じるはずもない。

その手紙の主がばらまいた情報だとも考えられるが、むしろそういう噂がすでに世間に拡散していると考えるほうが妥当とみて、園崎は水沼と組んで、議員の後援会関係者に聞き込みに回った。

彼らも証拠を掴んでいるというほどではないが、火のないところに煙は立たないという程度にはその事実に気づいていたようだ。彼らが口を揃《そろ》えたのが、大久保がそうした口利きを中心になって行い、自らも金銭や物品を受け取ったり、饗応を受けたりしているという話だった。

もちろんその程度の裏付けで一気に事情聴取というやり方は捜査二課のスタイルには馴染まない。二課が扱う事案の場合、証拠となるのは紙の文書やコンピュータ上のデータがほとんどで、その気になればいつでも消せる。それを惧《おそ》れて事情聴取のタイミングにはつい慎重になる。

しかし園崎には、組対部四課で習得した別の捜査勘があった。この事案に関しては、摘発に繋《つな》がる文書としての証拠は存在しない。もちろん破格の安値が設定されるに至った経緯を示すなんらかの記録はあるだろう。しかしそれが担当部署の裁量の範囲で決まったものなら、不正の証拠とは見なせない。

市役所側にそれをさせた、いわゆる口利き行為については、それが口頭で行われたものである限り、記録に残ることはまず考えにくいし、よしんばあったとしても、市側が素直に開示するはずもない。

それより効果的だと思われたのは、実行犯である大久保にじかに揺さぶりをかけて、その腹の内を探ると同時に、焦《あせ》って動き出すのを見極める手だった。

組対部四課ならごくあたりまえのやり方だ。ヤクザが博打の寺銭《てらせん》やみかじめ料を帳簿に残すはずがない。それより手っ取り早いのが、関係のある幹部や組長と差しで話すことだ。向こうは向こうで警察サイドの捜査状況を探りたい思惑があり、ときには取り引きを申し出ることもある。だから意外にあっさり事情聴取に応じたりもする。

その読みは的中し、大久保は聴取に応じたが、もちろんそれで尻尾を出すとはこちらもつゆほども思っていなかった。

「臭いのは間違いない。というより、そういう疑念が生じていること自体をことさら否定もしなかった。やれるもんならやってみろと、むしろ喧嘩を売ってきているようにも見えたな」

本間は苦々しい口振りだ。傍《かたわ》らで話を聞いていた水沼が身を乗り出す。

「まさか警視庁に圧力をかけてくることはないでしょう。そんなことをすれば、犯行を自白するのと同じになりますから。僕や園崎さんに直接嫌がらせをしてくるようなら、それはそれで別件逮捕のいい理由になるじゃないですか」

水沼は二十代後半の若手刑事で、大学では柔道部に所属し、国体にも出場したことがあるという体育会系の猛者《もさ》だ。園崎と違い、本人は二課ではなく一課の殺人班を希望していたが、そちらは警視庁の花形で、そうそう空きがあるわけではない。

とりあえず刑事にはなれるというわけで、それまで配属されていた地域課から異動してきた。いずれは捜査一課へという思いを当初は捨てられなかったが、異動してきて三年目のいまでは捜査二課の水が合い、園崎にとっていちばん頼れる相棒になっている。

殺人や強盗はたしかに凶悪な犯罪だが、国民の血税をかすめ取り、治外法権とさえ言える議員特権という障壁に護られて、国政よりも蓄財と権力闘争に明け暮れる。そんな連中と一般の凶悪犯と、悪質性の点でどちらが上か、考えるまでもないというのが水沼の現在の認識らしい。

「こっちだって、やれるもんならやってみろというところじゃないですか。大久保や桑原が、まさか警視庁にまで口利きのルートをもっているとは思えませんよ。いまの総務省は、前身の内務省とは違って、警察との関係はまったくありませんから」

臆することなく園崎も言った。水沼の言うとおり、向こうが捜査の足を引っ張るような画策をしてくるなら、それこそ疑惑が事実である明白な証明だ。本間が慎重に応じる。

「しかし、用心したほうがいいぞ。おれも長いこと政治家の先生をお得意さんにしてきたが、あの世界の人間は、おれたち常人とは感覚が違う。モラルやら正義やらという言葉はへらへら口にするが、その意味がおれたちが学校で習ったのとはだいぶ違っているようでな。ああいう連中に限って、道徳教育がどうのこうのと偉そうなことを言いたがるが、頭のなかでは自分たちだけが適用対象外になっている。それが彼らの特権意識だから手に負えない」

そういうモラルのかけらもない連中に父は事実上殺された。しかし園崎は、警視庁に奉職してからそういう話題は決して口にしてこなかった。とくに二課に配属されて以降は、それをある種の情実とみられ、政治絡みの事案にタッチできなくなることを惧れてひたすら腹に仕舞い込んだ。入庁の際にそれなりの身上調査はされているはずだし、二課の経歴が長い木間は父が関わった事件のことをおそらく知っているだろう。しかし本間もそんなことは決して口にしない。

「とにかく、もう少し揺さぶってみますよ。大久保みたいな人間は、ほかにもうしろ暗いところがいろいろあるはずですから」

すでに大久保は射程に捉《とら》えられている。そんな手応えを覚えながら園崎は言った。

3

「その大久保俊治ってやつ、おまえが見立てたとおり、ろくでもない野郎だよ」

時刻は午後八時を回っていた。行徳《ぎょうとく》駅前の居酒屋で園崎が落ち合ったのは、千葉県警生活安全部の山下正司《やましたまさし》。歳は三十八で園崎と同じ。階級も同じ警部補で、すでに十年来の付き合いだ。

知り合ったのは園崎が組対部四課にいた時代で、山下の当時の所属は組対部の五課だった。ある広域暴力団による覚醒剤密輸ルートの摘発で、警視庁の組対部四課と五課、さらに入り口として使われていた千葉港を管轄する千葉県警の組対部五課が合同チームを組んだ。

二人ともまだ新米刑事。いわゆる泳がせ捜査で、密輸した覚醒剤の搬入先の倉庫をコンビを組んで張り込んだ。季節は真冬で、骨身に染みる寒さを堪《こら》えて捜査を続けるうちに、仕事を超えた友情が芽生え、捜査が成功裏に終わったあとも、互いに時間が合えば、都内や千葉県内の飲み屋で愚痴をこぼし合うような関係が続いた。

その後、園崎は捜査二課に、山下は生活安全部に異動して、互いに刑事として脂《あぶら》も乗り始め、多忙のせいでしばらく付き合いは途絶えていた。

園崎は六年前に結婚し、市川市行徳《いちかわ》に一戸建ての家を買って新生活を始めた。ある朝、通勤に使う行徳駅で山下にばったり会った。不思議な縁は続くもので、たまたまその年、山下も行徳に新居を購入し、八年前に結婚した妻と暮らしているとのことだった。

どちらも結婚後ほどなく子供が生まれて、妻同士も意気投合し、いまは家族ぐるみで付き合う仲になっている。

その山下に、園崎は数日前、大久保についてなにか情報がないか問い合わせた。桑原の住まいは東京都内だが、地元に睨《にら》みを利かせようという思惑でもあってか、大久保の住所は桑原の選挙区の千葉市内にある。

園崎は大久保の前科・前歴を確認していたが、検察庁の犯歴データベースにその名は見つからなかった。しかし大久保のようなタイプの人間の過去が真っ白であるとは思えない。

先入観で人を判断してはいけないと警察学校の教科書には書いてあるが、それを守っていたら刑事という商売は成り立たない。

どんなに誤魔化《ごまか》してもヤクザの顔にはヤクザと書いてある。大久保の行動確認には園崎も加わったが、その顔にも挙動にも、どこかまともではない気配があり、ヤクザやシャブ中のそれとは違うが、明らかに危ない雰囲気を感じさせるものだった。きょうはその件について報告があるというので、帰宅がてら、行きつけのこの店で会うことにした。

「なにか悪さをやっているのか」

ヒットの予感を覚えて園崎は問いかけた。山下は渋い表情で頷いた。

「準強制わいせつで捜査対象になったことがある。それも強姦に近いものだったらしい。あとストーカー規制法で禁止命令を受けたことが二度ある。そういうやつは常習性が強いのが普通だから、たぶん余罪はもっとあるんだろうな」

「犯歴データベースにはなかったが」

「準強制わいせつは当時は親告罪で、逮捕前に示談が成立して被害者が告訴しなかったため逮捕を免《まぬが》れている。それで前科も前歴もつかなかった。ストーカーのほうは、禁止命令の期間中大人しくしていれば逮捕はされない。だからそっちも前科・前歴はつかない。どれも千葉県内の事件で、県警内部に記録が残っていたからわかったんだが」

「だったら県外でもそういうことをしている可能性はあるな」

「全国の警察本部に問い合わせればいろいろ出てくるかもしれないが、うちの管内でやっていることだけでもすでに十分すぎるほど要注意人物だ。そういうのが国会議員の秘書をやってるんじゃ、日本の政治が腐るのも当然だな――」

山下はため息を吐《つ》いて続ける。

「しかし政治家っていうのは、中身はともかく見かけだけは清廉潔白を装うもんだろう。そういう悪い癖のある秘書を、馘《くび》にもせずに使っているというのが理解に苦しむな」

園崎は吐き捨てるように言った。

「悔しいが、それだけ役に立つということなんだろうな」

「そんなに切れ者なのか」

「切れ者で、かつ嫌われ者のようだ。地元の後援会は、権柄《けんぺい》ずくな態度を嫌ってなんとか追い出そうとしているようなんだが」

「先生が気に入って離さないわけか」

「本音は縁を切りたいんじゃないのか――」

息子と大久保の後継争いの話をすると、山下は猜疑《さいぎ》を滲ませた。

「その先生、じつは大久保によほど痛いところを握られているんじゃないのか」

「その可能性はあるな。というより、いまやどっちが欠けても政治の世界で生きていけなくなるような、いわば一蓮托生《いちれんたくしょう》の関係なのかもしれない」

「おまえにすれば、親父さんの無念を晴らすチャンスじゃないか」

「親父を殺した国会議員はとっくに政界を引退しちまった。しかし政治家なんてのは、腹黒さという点じゃ金太郎飴だからな。そういう連中を一人でも多く権力の座から引きずりおろすために、おれは警察官になったわけだから」

鬱屈《うっくつ》した憤《いきどお》りのガスを吐き出すように園崎は言った。警視庁内では口にしないそんな話を、本部が異なり気心も通い合う山下には知り合ったころから打ち明けていた。

「そいつらに正義の鉄槌《てっつい》を下してやるわけだ。それがおまえの悲願だったな」

山下が言う。園崎は首を横に振った。

「正義がどうのこうのの話じゃない。親父だって道を踏み外した。その意味じゃ正義の側に与《くみ》する人間じゃなかった。おれはただ連中に報復したいんだよ。哀れな親父の仇《かたき》を討ちたいだけなんだ」


そのとき園崎の携帯が鳴った。妻の紗子《さえこ》からの着信だった。応答すると、不安げな声が流れてきた。

「まだ会社にいるの？」

「いや、駅前で山下と軽く飲《や》っている。捜査上のことでちょっとした情報をもらっていたんだ。きょうはそう遅くならずに帰れるよ」

穏やかではないものを覚えながら園崎は応じた。紗子は結婚前は警視庁警務部の事務職員で、警察官ではなかったが、刑事の仕事がどういうものかはよくわかっている。

きょうのように早めに退庁できるのはごく稀で、午前様になることもしばしばだ。大きな事案の山場に差し掛かる時期は、何週間も本庁に泊まり込むこともある。それは捜査二課に限らない。捜査一課の殺人班なら、帳場（特別捜査本部）が立てば場合によっては何ヵ月も、所轄の講堂で寝泊まりすることになる。

　そんなことから近ごろは、新規採用の警官で刑事を希望する者が少なくなったと聞いている。地域課や交通課の制服警官なら、シフトは変則的でも非番と休日がちゃんと決まっており、家にいられる時間は普通のサラリーマンより多いくらいだ。

　四年前に息子の雅人《まさと》が生まれても、世に言われるイクメンの生活とはほど遠く、子育ては実家の母親の手を借りながら、紗子が一人でこなしてくれた。

　そのせいで雅人にはなかなか馴染んでもらえず、幼い頃は抱っこをすれば泣き出されることがほとんどだった。だから大きなヤマが片づいてまとまった代休がとれたときは、雅人べったりで人気取りに走り、なんとか懐《なつ》いてはもらえたものの、こんどは甘やかしすぎだと紗子に苦言を呈された。

「そうなの。よかった」

　紗子は安心したようにため息を吐く。園崎は問いかけた。

「雅人になにかあったのか」

「そうじゃないの。さっきから家の前の道路に変な車が駐《と》まっているのよ」

「どういう車なんだ」

「普通のセダン。色は黒っぽい感じだけど、夜だからよくわからないの。ルームライトを消しているんだけど、なかに人がいるのはなんとなくわかる。なんだかうちの様子をみているようなの。気がついたのが一時間くらい前で、そのあと動く様子もないのよ」

園崎の家の向かいは月極《つきぎめ》駐車場になっていて、そこの契約者なら路上に駐めておく理由はない。家の前の道路は道幅が狭く、もちろん駐車禁止だが、無断駐車は頻繁にあるようだ。町内会の回覧板でも、緊急車両の妨《さまた》げになるから、発見したら役員に知らせるようにという注意をよく見かける。

しかしこんな夜に、一時間ものあいだ人が乗ったまま駐車しているとしたら薄気味悪い。アルコールが入ったドライバーが酔い覚ましをしている、あるいは睡眠不足で仮眠しているというようなことも考えられるが、そこは幹線道路から離れた住宅街で、そんな理由でわざわざやってくるような場所ではない。酔い覚ましや仮眠のためなら、表通りには駐車場つきのファミリーレストランや深夜営業のスーパーがある。落ち着かない気分で園崎は訊いた。

「ナンバーはわかる?」

「真正面に駐まっているから、うちの窓からは見えないの。ちょっと確認してこようか」

「それはまずい。いますぐおれがそっちへ行くよ。なんでもなければいいんだが、おかしな人間はどこにでもいるから。窓からもあまり覗かないほうがいい」

「一一〇番に電話しなくていい?」

「なに、怪しいようならおれが現行犯逮捕するよ。いますぐ店を出るから」

そう言って通話を終え、状況を説明すると、山下はすぐに立ち上がった。

「じゃあ、おれも付き合うよ」

4

駅から自宅までは走れば五分ほどで、タクシーを使うほどの距離ではない。四月下旬にしては妙に生暖かい夜で、肌がじっとり汗ばんだ。

息を荒らげて家の前に到着すると、紗子が言っていた車はもういなくなっていた。チャイムを鳴らすと、紗子が玄関から顔を出した。

「ほんのさっき車が走り出す音がしたから、カーテンを開けてみたらいなかったのよ。けっきょくなんでもなかったみたいね。山下さんも来てくれたの？　せっかくお楽しみのところだったのに、なんだか悪いことをしちゃったわ」

申し訳なさそうに紗子は言う。山下は鷹揚《おうよう》に首を横に振る。

「いやいや、なにもなければけっこうな話だよ。最近は動機がよくわからない異常な事件が多いから、用心に越したことはない」

「ナンバーは確認できなかったわけだ」

園崎は訊いた。残念そうに紗子は応じる。

「音がしたときすぐにカーテンを開ければよかったんだけど、洗い物をしていて間に合わなかったのよ」

「なにか悪さをしようと思ったんだったら、わざわざ目的の家の前に車を駐めたりはしないよ。ナンバーから車種からボディカラーから、車ってのは目撃証拠の宝庫みたいなもんで、そのくらいは馬鹿でもわかる。やはり酔っ払いが酔い覚ましでもしてたんじゃないの」

山下はあっさり結論を下す。園崎は頷いた。

「そんな気がするな。なんにしても、一応現場は確認してみよう。懐中電灯を持ってきてくれないか」

「ちょっと待ってね」

そう言って紗子が奥に向かうと、入れ替わるように雅人が顔を出す。

「あ、山下のおじさんだ。きょうは遊んでいくんでしょ。ゲームやる?」

四歳ではまだゲームは早いと妻は反対したが、幼稚園ではやっている子が多いらしく、しつこくねだられて園崎が買い与えてしまった。紗子は運用規定を厳格にし、一日三十分以上はやらせないようにしているが、山下をだしに使えばその制限を緩和できると、幼いなりに知恵を働かせているらしい。

「だめよ。きょうの時間はもう使っちゃったんだから。はい、懐中電灯」

紗子はすぐに戻ってきて、雅人をたしなめながら懐中電灯を手渡した。それを手にして車が駐まっていたというあたりに向かう。発進したときの摩擦によるものか、かすかなタイヤ痕が残っている。しかしいまのところ犯罪性があるわけではないから、鑑識に依頼してタイヤの種類や車種を特定するわけにもいかない。

「とくに気になる材料もなさそうだね」

山下は力なく言う。園崎は先ほど山下から聞いたことが引っかかっていた。まさかとは思うが、準強制わいせつやストーカーという話が、その車の不審な挙動とつい頭のなかで結びついてしまう。

しかしそこはどう考えても無理がある。大久保とじかに話をしたのはこの日の事情聴取が初めてで、そもそも向こうが園崎の自宅を知っているとは思えない。それにそういう前歴が大久保にあったにしても、あくまで異性に対する性的な関心による行為であって、いま追及している事案とは繋がらない。あるいはその捜査を妨害するために、家族に接近する論理的な理由も思い浮かばない。紗子が声をかける。

「山下さんもほとんど食べないで終わっちゃったんでしょ。簡単なものを用意するから、うちで続きをやっていったら？」

「それは有難いね。こんな時間はいつも会社にいるから、家へ帰っても食事は用意されていないんだよ」

「うちだって同じよ。ほんの間に合わせだけど、私も一緒に飲むのは久しぶりだから。奥さんには私から電話を入れておくわ」

紗子は機嫌良く応じて、そそくさと家に戻る。「ねえ、ゲームしよ」と山下の袖《そで》を引っ張っている雅人を抱え上げ、園崎も山下を促《うなが》して家に戻った。

先ほどの不安げな様子はどこに消えたのか、紗子は携帯で山下の妻と楽しげに話しながら、フライパンを揺すってなにかつくっている。気分転換が早いのが紗子の持ち味で、あの怪しげな車の話は、早く帰らせるための茶番だったのではないかと疑いたくもなってくる。

冷蔵庫から缶ビールをとりだして、テーブルに置かれていた枝豆をつまみながら、即席の二次会に入った。雅人もゲームは諦めたようで、キッズチェアにちんまり座り、枝豆の器に手を伸ばしている。

まもなく大皿に盛られたかに玉に、ハムとチーズの盛り合わせ、冷や奴の胡麻だれ掛け、きゅうりのツナマヨ和えといった、手はかからないがつまみに最適な品々が並ぶ。かに玉は雅人の大好物だ。

テーブルについた紗子が差し出すグラスに山下がビールを注ぎ、雅人のグラスには園崎がジュースを注いで、改めての乾杯をする。

「弓子《ゆみこ》さんも誘ったんだけど、あした由希《ゆき》ちゃんが小学校の遠足で、準備があるから遠慮するって言ってたわ。山下さんには食費を倹約するために、たっぷりご馳走になってくるように言っといてって」

美味《うま》そうにぐびりとビールを呷《あお》って紗子は言った。弓子は山下の妻の名で、由希は小学校一年生の娘の名だ。

「そうなのか。おれは家のことはなにも知らない。ぜんぶ弓子にお任せだから、いま流行のイクメンにはとてもなれない」

山下は切ない顔で言う。同病相憐れむ気分で園崎は言った。

「おれだってそうだよ。刑事ってのが時代の流れに逆行する商売なのは間違いないよな。だからっていまさら潰《つぶ》しも利かないから」

仕事中は、刑事を辞めたいなどとはつゆほども思わない。しかし家に帰って傍らに雅人や紗子がいるとき、普通のお巡りさんの暮らしも悪くはないかとふと思う。発破《はっぱ》をかけるように紗子が言う。

「二人とも、そういう情けないことは言わないでよ。世の中がどういう流れなのかは知らないけど、刑事の妻だというのが私にとっては自慢なんだから。普通の主婦だったら小説やテレビドラマでしか会えないのに、本物の刑事が家にいるんだもの。ドラマの刑事みたいに格好良くないのが玉に瑕《きず》だけど」

5

翌日、会社に着くと、本間がデスクに手招きして、浮かない顔で切り出した。

「なんだか、おかしな雲行きになってきたようだぞ」

「なにかあったんですか」

園崎は怪訝《けげん》な思いで問いかけた。渋い調子で本間は続ける。

「さっき、地検から呼び出された。東秋生の一件で相談があるからと言うんだよ。要は手を引けと言いたいようだ」

「しかし、まだ送検のはるか前の段階じゃないですか。どうしてその件で我々が動いていることを地検が知ってるんですか。係長が誰かに喋《しゃべ》ったんですか」

本間はぶるぶると首を横に振った。

「そんな話はしちゃいないよ。こっちだって内密に捜査を続けているわけで、班の連中にもしっかり箝口令《かんこうれい》を敷いている。考えられるのは二つだな」

「二つというと？」

「この事案には地検の特捜も目を付けていて、警視庁の二課は出しゃばるなと、牽制してくるつもりじゃないのか」

「そういうことがあるんですか」

「おれは初めてだが、聞くところではそういう横槍《よこやり》が入ったことは、過去に何度もあるらしい——」

逮捕・送検までが警察の領分で、そこから刑事訴追するまでが検察の領分だ。ただし特捜となると話が別で、捜査領域は捜査二課とまったく被《かぶ》る。というより、どちらにも司法警察権があるから、警察と地検特捜は完全に競合関係にある。

地検のほうはもっぱら汚職や企業犯罪に特化して、空き巣や殺人といった事案に興味を示さないだけで、その気になれば殺しの捜査にも手は出せる。

実態がそういう二重権力構造になっていて、法務省や警察庁が交通整理をしてくれるわけではないから、そこのけそこのけで特捜が割り込んでくれば、どうしても警察は立場が弱い。

警察が精魂込めて捜査して、証拠を固めて送検しても、起訴権限は検察の独占だから、訴追するかどうかは向こうの胸三寸。不起訴にしても理由を開示する義務はない。検察の機嫌を損じれば、そこで警察の仕事は無駄骨に終わるから、けっきょく仰《おお》せに従うことになる——。

本間はそんな事情を説明する。そうやって警察の動きを牽制しておいてから、地検特捜が動きだし、美味《おい》しいところをすべて持っていく。そんなケースは少なくないと言う。園崎は問いかけた。

「もう一つのほうは？」

「言うまでもない。政治筋からの圧力だな」

本間はいかにも苦い表情だ。不快な思いで園崎は言った。

「世間の人は地検特捜を、政治の巨悪に立ち向かう正義の味方だと思ってますよ」

「そこを信じちゃいけないよ。あいつらのやっていることはけっきょく国策捜査で、その裏には必ずお国の事情が絡んでいる。そのお国の事情というのが、じつは国益のためでもなんでもなくて、時の権力内部の足の引っ張り合いだから聞いて呆《あき》れる」

「桑原には、それほどの力があるんですか」

「桑原にあるというより、もっと力のある連中のなかに、桑原が失脚すると困るのがいるんじゃないのか。そこは想像でしかないが」

「それで、どうするんですか」

「しょうがないから、これから地検に行ってくる。管理官にも同行してもらうことにするよ」

「言うことを聞くことになりそうですか」

「聞くも聞かないも、建前上、向こうはおれたちに指揮命令する権限はないからな。やっても無駄だからやめておけと、親切に忠告するつもりだろうよ」

本間は力なく言う。腹のうちはまだ読めないが、いずれにしてもこちらにとっていい話のはずはないと、本間はすでに諦めているような口振りだ。

「しかし地検だって、がっちり証拠を押さえて送検されたら、いくらなんでも不起訴にはできないでしょう。そもそも地検特捜の捜査能力なんて高《たか》が知れてますよ。鳴りもの入りで捜査に乗り出して、嫌疑不十分で不起訴のケースのほうがはるかに多いじゃないですか。向こうと比べればこちらはたしかに小粒な事件が中心ですが、有罪率でみればずっと高い。二課が無能呼ばわりされるのはお門違いも甚《はなは》だしいですよ」

「わかってるよ、おまえの気持ちは。この事案にそこまで入れ込む理由もな」

本間は意味ありげなことを言う。やはりと思って園崎は問いかけた。

「親父のことを知ってるんですね」

「おまえはそのことに触れたがらないが、その理由も想像はついていたよ。入庁当初から二課を希望したのは、親父さんを死なせた連中に仕返ししたいためだったんじゃないのか」

「そのとおりです。親父にすべての罪をなすりつけて、本ボシを不起訴にしたのは地検の特捜です。いま係長が言ったようなふざけた背景がそこにあるとしたら、私にとっては彼らだって敵《かたき》の一角です」

「そういうことを日頃から言っていたら、上は間違いなくおまえを二課から外しただろうな」

「その意味じゃ情実が大ありです。係長は知っているのに黙っていてくれたんですね」

「おまえの親父さんの事件はけっこう世間を騒がせたから、おれたちもよく覚えているよ。しかし、おまえがそのときの被告の息子だとは知らなかった」

「いつわかったんですか」

「別件で付き合ったことのある地検の検事からな。親切ごかしに言いやがるから、大きなお世話だと笑い飛ばしたよ」

「だったら入庁の際の身上調査で、うちの警務も把握はしていたんでしょう」

「やったのはおまえじゃないからな。そのときの事情は誰だって想像はつくから、むしろ警務も同情したくらいじゃないのか」

「それがわかって二課に配属してくれたんなら、警務には感謝の言葉もありません」

「そう思うんなら、今回の事案ではあまり暴れないほうがいいぞ。なんだかんだ言って、検察はおれたちにとって鬼門だ。警視庁だって役所の一種で、出る杭《くい》は打たれるというのが世の習いだからな」

そう言って本間は地検に出掛けていった。その忠告に園崎は落ち着きの悪いものを感じた。本間は強がったことを言っているが、けっきょく管理官ともども、地検の横槍に屈するのではないかという不安が拭《ぬぐ》えない。

大久保もたしかにろくでなしだが、ここで捜査にブレーキがかかったら、本命の桑原には手が届かず、大久保すらも取り逃がしかねない。それでは地検特捜を笑えない。

デスクに戻ったとたんに携帯が鳴り出した。電話帳に登録していない番号のようで、相手の名前は表示されない。その電話番号も記憶にない。怪訝《けげん》な思いで応答すると、覚えのある声が流れてきた。

「園崎さん。私だよ」

「大久保さん？」

「きのうはいろいろ厄介《やっかい》になったね。じつは、折り入って話があるんだよ」

「どういう用件で？」

警戒しながら問いかけた。大久保は声を落とした。

「きのうあんたは司法取引がどうのこうのと言っていたが、きょうは、私のほうから取り引きを持ちかけようと思ってね」

「取り引きって、なにを？」

「私を捜査線上から外してくれれば、あんたが喉《のど》から手が出るほど欲しい情報を提供する。悪くない話だと思うが」

「というと？」

「決まってるだろう。うちの先生に関する重要な情報だよ」

「桑原議員を売るというのか」

「私も自分が可愛《かわい》いんでね。あんたの親父さんのような目には遭いたくないんだよ」

「どうしてそんなことを知っている?」

「その気になればいくらでも調べられる。今夜、二人だけで会えないか。差しで話をしたい」

「あいにく警察という組織では、そういうことはタブーなんだよ。それに、そんな密会の場で聞いた話は証拠にならない」

「ちゃんとしたブツを渡すよ。それなら問題ないだろう。ただしほかの刑事が近くにいたら、取り引きはなしだ。それから、当分はあんたとおれだけの話にしてほしい。他言は無用だ」

こちらの足下を見透かすような口振りだ。園崎は逡巡《しゅんじゅん》した。罠《わな》ではないと断言はできない。しかし大久保がもし本気なら、断れば千載一遇《せんざいいちぐう》のチャンスを逃《のが》すことになる。

第二章

1

「水沼。ちょっといいか？」

大久保との通話を終えて、園崎は声をかけた。水沼は声を落とす。

「大久保からですか？」

「ああ。なんとも胡散《うさん》くさい電話なんだが、会議室で話そう」

園崎も小声で促した。刑事にとって保秘《ほひ》は鉄則だが、とくに捜査二課の場合、それは同じ班に属する同僚に対しても徹底される。人間に口がついている以上、どこからどう情報が漏れるかわからない。

今回の東秋生市の事案にしても、地検が横槍を入れてきた背後には内部からの情報漏洩《ろうえい》の疑いもあるわけで、とくに秘匿性の高い事案では、上司の本間にさえ肝心な情報は教えないこともある。

その点は本間も承知していて、ことあるごとに報告を求めたりはしない。長年の現場刑事としての経験から、知らないことがいちばんの保秘だと彼もわかっている。

東秋生の件については、当初は班をあげての行動確認や聞き込みをする必要があったから、内輪の人間には周知せざるを得なかった。もちろん外部に対しては、本間は徹底した箝口令《かんこうれい》を敷いていた。

二課の捜査員はそれぞれが独自の情報ルートを持っていて、それがマスコミの人間だったり政界筋の人間だったり、あるいは検察関係者だったりもする。

一方で、班内部での競争意識もある。同僚から得た情報を、マスコミや政界筋の情報提供者にバーターの材料として漏《も》らす者もいるし、なかには仲間の足を引っ張るために、意図的にリークする輩《やから》さえいる。

園崎もかつて組対部四課にいた関係で、極道業界やブラックジャーナリズムの世界にそれなりの情報源を持っている。場合によっては彼らに累が及ぶこともあるから、そういうルートは秘中の秘で、班の内部でも互いに秘匿し合う。

チームワークによる捜査の重要性をないがしろにするわけではないが、二課の場合、普通なら弊害と言うべきそうした組織的性癖を必要悪と認めることで成り立っているようなところがある。どんな機密も、知る者の数が増えるほど、リークする可能性は幾何級数的に高くなる。

大久保からのあの申し出はまさにそういうレベルの案件で、上司や同僚に内緒で被疑者と密会するなど、場合によっては背任の容疑にさえ問われかねない。かといってそれが事件の核心に繋がるものなら、躊躇《ちゅうちょ》すれば大きなチャンスを失う。

園崎にとってはまさしく賭けだ。本間はおそらく黙認してくれるが、その上の管理官は二十代後半のキャリアで、捜査二課ならではの阿吽《あうん》の呼吸がわからないから、発覚すれば本間にもお咎《とが》めがあるだろう。しかし知らなければ責任のとりようがない。

大久保への返事はまだ保留にしているが、もしやるのなら、自分がすべての責任を負うつもりだ。ただ水沼にだけは、事情を説明しておきたい。

班内でただ一人信用できる同僚が水沼で、ここ数年、園崎とタッグを組んで行動してきた。どんなことでも、水沼にだけは隠し立てしたことがない。彼ももちろん知り得た情報は共有し、それを外部に漏らすようなことは決してしない。

そんな関係は園崎にとって貴重だ。一匹狼にできる仕事は限られる。だからといって数を頼んだ烏合《うごう》の衆では捜査は迷走しかねない。ここぞという局面では一気に動くが、内偵段階ではとことん潜行する。それが二課の捜査の基本スタイルだ。

大久保に対しては、のっけからの事情聴取という異例の入りをしたが、こちらにとって本命は桑原議員で、そこに繋がる堅い材料が手に入るなら、ここから先は一気に潜行したい。

空いている小会議室に入り、園崎はおもむろに切り出した。

「まだどこまで信用できるかわからないんだが――」

大久保からの電話の内容を聞かせると、水沼は勢い込んだ。

「行けそうじゃないですか。園崎さんの恫喝が利いたようですね」

「恫喝と言われると聞こえが悪いが、大久保なりに損得の判断をしたわけだろう。問題はその判断の内容で、果たしてこちらの思惑どおりなのかどうか」

園崎は慎重に言った。たしかに脅しはしたが、それに屈するほど大久保は柔《やわ》な人間ではないはずだ。桑原議員の関与に関する具体的な証拠を渡すというのが話の趣旨だったが、それが思いもよらない毒饅頭《まんじゅう》である惧れもなくはない。

「大久保には大久保なりの計算があるのかもしれませんね」

「そうなんだ。おれがかえってヒントを与えてしまったのかもしれない。あいつはあいつで、じつは尻に火がついていた可能性があるわけだから」

「後援会が、桑原議員の後継に息子を擁立《ようりつ》したがっているという話ですね」

「議員本人もそっちに傾いているとしたら、自分が跡を継ぐつもりでいた大久保としては立つ瀬がない」

「そうなると、桑原が今回の疑惑で退陣に追い込まれることは、彼にとってはプラスでしょうね」

「息子は政治家としてのキャリアがゼロで、これから秘書にして修業させるという話だったし、息子本人もどこまでその気なのかわからない。大久保としてはいまがチャンスで、その間隙《かんげき》をついて地盤を奪ってしまえば、あとは安泰という計算かもしれないな」

「だとしたら、桑原陣営内部の抗争に我々が利用されることになる。こうなると、いま追っている疑惑の黒幕はじつは議員ではなく――」

「大久保だという話にもなりかねない。議員の威光を笠に着て、全国津々浦々の自治体に介入して、賄賂《わいろ》をすべて自分の懐《ふところ》に入れている可能性だってある。桑原の地盤を簒奪《さんだつ》するにしたって、それなりの政治資金は必要だ」

「そういう準備を着々と進めてきたときに、つい図に乗りすぎて後援会に嫌われた。そこへもってきて我々が東秋生の件で捜査に乗り出した。そこですべての罪を議員に着せて、自分は司法取引で不起訴ということにする。あとは鬼の居ぬ間に洗濯で、地盤をそっくりもらい受け、みごと参院の選挙区で初当選という思惑ですかね」

「窮鼠《きゅうそ》猫を嚙《か》むといったところかもしれないが、いかにも大久保が考えそうなシナリオだ。眉《まゆ》にたっぷり唾《つば》をつけて対応するしかなさそうだな」

「会うんですか？」

「会わないわけにはいかないだろう」

「だったら僕も付き合いますよ」

「向こうはおれ一人でと言っている」

「そこが怪しい気がします。なんだか腹の底が見えない男ですから」

「おれを殺したところで始まらない」

「なにを考えているかわかりませんよ。やはり僕も一緒に行きます。離れた場所で様子を見ていて、なにかありそうなら駆けつけますよ」

水沼は拳をつくって関節を鳴らす。第四知能犯きっての武闘派で、同行してもらえば不安はないが、身長一八〇センチあまりの体格の上に、きのうは事情聴取の場に同席している。

「面が割れているだろう」

「もちろん変装します。張り込みは本業ですから、素人《しろうと》に見抜かれるようなことはないですよ」

ことどもなげな調子で水沼は言った。聞き込みであれなんであれ、刑事は二人で動くのが原則だが、人に知られたくない情報提供者と会う機会の多い二課の場合、単独行動は事実上容認されている。

それでも水沼が言うように、園崎一人でという大久保の注文の裏に、なにか意味があるのは間違いない。あとあと園崎自身があらぬ疑惑をもたれないように、証人になってくれる人間がいたほうがいい。

「じゃあ、そうしよう。いまのところこの件は、係長にも黙っていてくれ」

「わかってます。地検がなにやら横槍を入れてきているようですからね。徹底保秘でいきましょう」

2

「この男なんだが、最近、なにか不審な情報は入っていないか」

山下は千葉県警生活安全部子ども女性安全対策課の北沢美保《きたざわみほ》巡査部長に問いかけた。

山下の所属は生活安全捜査隊で、ストーカーや男女間暴力、児童虐待事件などへの初動対応を担当する。そうした事案での初動の遅れが殺人にまで発展した事例を考慮して数年前に新設された部署だ。そのため、ストーカーやDV（ドメスティック・バイオレンス）事案を扱う北沢の部署とは一緒に仕事をすることがたびたびある。

園崎に報告した大久保の過去を調べてくれたのは北沢で、そうした事案への執念は人一倍だと山下は常々感じている。

北沢の姉は数年前に夫からひどいDVを受け、警察の対応が遅れたため全治数ヵ月の重傷を負い、ようやく警察が乗り出して、夫は傷害罪で刑務所送りになったが、その後も心に負った傷は癒《い》えず、いまも病院通いをしているという。

その事件をきっかけに、当時発足した子ども女性安全対策課への配転を希望した。それが叶って交通部から異動してきたのが一昨年で、以来、ストーカーやDV事案の捜査の現場でいい働きを見せている。

警察庁のデータベースに前科・前歴がないとすれば、逮捕・訴追に至らないケースの多いストーカーや婦女暴行で警察に厄介になっている可能性が高い——。そんな山下の直感は当たった。

北沢の部署では事件化以前に決着がついてしまった事案についても、要注意人物として記録を保存しており、大久保に関する情報もしっかりそこに残っていて、きのう園崎に報告した準強制わいせつとストーカーの事案がそれだった。

「あの男、またなにか悪さをしているんですか」

北沢は身を乗り出す。山下は首を横に振った。

「そういうわけじゃないんだが、警視庁の捜査二課が、いまそいつの身辺を洗っているそうなんだ」

「たしか国会議員の秘書でしたね。となると贈収賄事件——。園崎さんが担当してるんですか」

北沢は興味津々という顔つきだ。山下が誘って園崎と一献《いっこん》傾けたことも何度かある。大の日本酒好きで、飲みに誘って断られたためしがない。二十七歳で独身だが、結婚よりも仕事が生きがいで、酔えば山下や園崎にため口をきくが、刑事としての使命感に一本筋が通っているから、むしろそんな態度が心地よい。

「ああ。もちろん捜査中の事案だから、詳しい話は聞いていない。ただ、昨晩、不審なことがあって——」

園崎の自宅前に停まっていた怪しい車の話をすると、北沢はさっそく突っ込んでくる。

「だったら偶然とは考えにくいですね。どうして、そのタイヤ痕を写真に撮らなかったんですか」

「そのときは酔っ払いが酔い覚ましをしていたくらいに思っていたんだが、きょうになって妙に気になってな。しかしタイヤの痕じゃメーカーや型番がわかるだけで、誰の車か特定するのは無理だろう。犯罪性が認められたわけじゃないから、鑑識の手を煩《わずら》わせるわけにもいかないし」

「まあ、そうですけどね。でも、よそで車を使った事件が起きたとき、それと照合すれば、身元が特定できるかもしれないじゃないですか」

さすがに元交通部で目の付けどころが違う。山下は頷いた。

「たしかにそうだな。急発進した跡のようで、かなりはっきりついていた。あれから雨は降っていないから、まだ残っているかもしれない。奥さんに訊いてみるよ」

そう応じて山下は紗子に電話を入れた。

「山下だけど。ゆうべはご馳走になっちゃったね。じつは例の車の件で、ちょっと頼みたいことがあって――」

タイヤ痕のことを言うと、打てば響くように紗子は応じた。

「わかった。ちょっと待ってね。いま見てくるから」

いったん通話が切れて、五分ほど待つと、紗子から折り返し電話が入った。

「まだはっきり残っていたわ。スマホで撮影しといたけど、これで車の持ち主が誰かわかるの？」

「すぐにじゃないが、その車を使ってなにか事件を起こせば、そのときに照合して特定できるかもしれない。あのあと、なにか不審なことは？」

「とくにないけど」

紗子は不安のない口ぶりだ。とりあえず安心して山下は言った。

「気になることがあったら、いつでも電話をくれないか」

「そうするわ。じゃあ、いま撮った写真、送っておくから。いろいろ心配してくれてありがとう」

紗子は元気に答えて通話を終えた。すぐに山下の携帯に写真を添付したメールが届く。その写真をディスプレイに表示してみせると、北沢は大きく頷いた。

「これだけはっきり写っていれば、メーカーと型番まで特定できますよ。交通鑑識の知り合いに調べてもらいます」

「ああ、頼むよ」

「所轄の生活安全課に頼んで、自宅の周辺で聞き込みをしてもらいましょうか」

「それはいいが、園崎の部署が手をつけている最中だから、そっちの妨害にならないようにな」

「それはもちろん気をつけます。でもストーカーをやるような人間はもともと逆恨みしやすいタイプですから、想像もしないような行為に走ることもあります。園崎さんを敵と見なしたら、なにをやってくるかわかりませんよ」

「多少の悪さなら、もみ消す実力もあるようだしな」

「そういうのがいちばん厄介なんです。最初から警察を舐めてかかるところがありますから。なんにしても、早めに手を打てば最悪の事態は防げます。やり過ぎなくらいでちょうどいいんです。本人への警告の意味もありますから」

確信のある口調で北沢は言った。

3

大久保へは園崎から電話を入れた。

今夜八時に会いたいという。人に見られるのをよほど嫌っているのか、指定してきたのは亀戸《かめいど》駅の北口改札前だった。

「普段は永田町《ながたちょう》の議員会館にいるんでしょう。赤坂あたりのホテルのラウンジででも会うのかと思っていたら、意外な場所を指定してきたじゃないですか。なにか企《たくら》んでいるのかもしれませんよ」

水沼は警戒心を滲ませる。

「亀戸駅前にしたって人通りの多い場所だから、荒っぽいことを仕掛けるつもりはないだろう。それより、どういうお土産を持ってくるのか楽しみだ」

期待半ばで園崎は言った。ただで重要な情報を出すはずがない。当然なにか条件をつけてくる。

自らが訴追を逃れるための取り引きなのは間違いないとしても、後援会内部の権力抗争の片棒を担がされたのでは堪らない。そもそも水沼とも話したように、桑原は大久保に利用されたに過ぎず、すべての黒幕が大久保である可能性もある。そこを間違えれば、まったくのシロではないにせよ、訴追するほどでもない桑原を追い詰めて、政治的に大きなダメージを与えることになる。

収賄にせよ政治資金規正法違反にせよ、刑そのものは比較的軽く、ほとんどの場合、罰金と執行猶予で済んでしまうが、そこが一般人と政治家の違うところで、後者にとってのそれは、ときに政治的な死ともいえるダメージになる。

捜査上のちょっとした勇み足で無実の政治家が引退に追い込まれたケースが少なくないことを、警察も検察も知っている。今回の件にしても、大久保をまず叩《たた》き、その供述から動かぬ証拠を得たのちに、議員に捜査の手を伸ばす作戦だった。

「それよりも、検察がどういう横槍を入れてきたのかが気になるな」

園崎は言った。本間が管理官と一緒に地検に向かってからすでに二時間経《た》っている。桜田門《さくらだもん》からは歩いて十分もかからないから、どうも話が長引いているようだ。

そのとき刑事部屋のドアの向こうに、本間の姿が現れた。園崎に向かって手招きする。歩み寄ると、黙って先ほどの会議室に向かう。ドアを閉め、テーブルに腰を落ち着けたところで本間は切り出した。

「やはり、東秋生の件から手を引かせたいようだ」

「そもそも、うちがあの件で動いていることを、どうして地検は知ったんですか」

「犯人は村本《むらもと》管理官だよ。先日、地検にわざわざ出向いて、東秋生の事案に着手していることを報告してきたらしい。二課もそのくらいの事案が扱えるんだと自慢したところらしいんだが」

「また余計なことを」

園崎は吐き捨てた。鼻白《はなじろ》んだように本間も頷く。

「保秘という言葉の意味がまるでわかっちゃいない。東大の法学部を出たって、現場の捜査に関しちゃずぶの素人だ。上の役所（警察庁）がそんな若造を押しつけてくるもんだから、現場は堪ったもんじゃない」

捜査二課は警視庁のなかでもキャリアが多い部署だ。捜査一課長はノンキャリアが就くことに決まっているが、逆に捜査二課長はキャリアの定席《じようせき》となっていて、管理官や理事官クラスでも、警察庁から出向するキャリアの比率が高い。

知能犯を扱うから学業成績が優秀なのが適任だと考えているわけではないだろうが、二課の現場に関して言えば、むしろ捜査一課より泥臭い。とくにサンズイを扱う園崎たちの部署は、政治家という生臭さでは最強の部類が捜査の対象だから、ときには泥水を啜《すす》る覚悟も求められる。

本間が言う保秘にはそういう意味も含まれる。警察と検察はあくまで別個の組織で、捜査段階で検察の指揮に服する義務はないが、起訴権限は検察が独占しているから、公訴に至る送検以後の手続きは検察に任せるしかない。そのためサンズイのような厄介な事案では、捜査段階から検察と情報を交換し合うことが奨励される。

ただし建前としてはそうだが、それはあくまでケース・バイ・ケースで、検事にも口の軽いのがいる。あるいはこちらの捜査に難癖をつけるのが趣味のようなのもいる。考えなしに律儀に報告するのではなく、しっかり相手を見た上で対応しないと、それで捜査を潰されることがある。あるいは本間が心配したように、せっかくこちらが端緒を摑んだお宝のようなネタを、地検の特捜に横取りされることだってあるだろう。

検察と仲良くしていいのは、それがこちらにとって都合がいいときだけだ。そんな話を無邪気にぺらぺら喋った若い管理官は、捜査を潰しかねない失態を演じたことになる。本間は憤りを隠さない。

「検察を出てから、たっぷりどやしつけてやったよ。そのくらいの判断ができないようなら、いますぐ荷物をまとめて上の役所へ帰れってな」

村本は本間にとっては上司だが、去年の春に配属されて以来業《ごう》を煮やしてきたようで、園崎も二人がきつい言葉でやり合うのを何度か見ていた。園崎は訊いた。

「それで、検察はなんだと言ってきてるんですか」

「この事案を訴追に持ち込むのは難しいから、このあたりで幕引きにしたほうがいいとご親切に忠告されたよ」

「要するに、どこがどう難しいと言うんですか」

「納得のいくような説明はなにもない。ただ、送検されても訴追する気はないと暗に匂わせているのはよくわかったよ。法務省筋から、なにやら内密のお達しでもあったんじゃないのか」

「冗談じゃない。だったら指揮権発動じゃないですか」

「法務大臣が直々検事総長に命令を下した場合にそう言われるだけでね。検察もけっきょく法務省の一部局だし、検察官が法務省の職員に異動するのもその逆も珍しくもない。法務省の役人と検事が馴れ合って捜査に手加減を加えるのは、指揮権発動とは別のレベルの話だよ。そこで金や物がもし動いていたら、検察も法務省もあっせん利得罪で挙げていいくらいの話なんだがな。そもそもいまの法務大臣は桑原と同じ派閥に属していて、ずいぶん仲がいいらしい」

「そんなところまで話が上がっていたとしたら、村本管理官は万死に値《あたい》しますよ」

苦い思いで園崎は言った。村本に悪意はなかっただろう。なにごとにつけても生真面目な性格で、融通を利かせるということがまるでない。

そこを理屈で教えるほど難しいことはなく、下から叩き上げるノンキャリアなら、現場で失敗し、叱られながら自然に身につくことでも、村本のようなキャリアにはその機会がない。そのうえ階級は本間より上の警視だからなおやりにくい。

「それで、けっきょくどうなったんですか。捜査はここで幕引きですか」

「冗談じゃないよ。きっぱり断った」

「出てきたのは誰なんですか」

「刑事部の主任検事だよ。そのあたりはまだ小者《こもの》だが、これから部長クラスが動き出すかもしれん。そうなると、なにかと面倒になりそうだ」

「地検特捜が横取りしようとしているということはないですか」

「まだ大久保の身辺に、そっちが動き出している気配はないんだろう？」

本間は首を傾げて問いかける。たしかに内偵の段階では特捜が動いていそうな気配はなかった。それにもしそういう事態になっていたら、いまさら大久保が二課に取り引きを申し出る理由はないはずだ。

「それはなさそうな気がします」

園崎は頷いた。これから大久保と会えば答えは自《おの》ずとわかるだろう。しかしもし本当に彼が取り引きを持ちかけようとしているのなら、その魂胆《こんたん》がいよいよ読めなくなる。本間の見立てどおり法務大臣が裏で動いているとしたら、いまさら大久保が小細工をする理由はないことになる。

その場合、いくら証拠を固めて送検しても、地検は不起訴にするだろう。もちろんそのときはこちらも黙ってはいない。そこまでの捜査情報をマスコミにリークして、政治家としてのキャリアにダメージを与えるくらいの腹の括《くく》りはある。

しかし水沼が想像を逞《たくま》しくしたように、やはりこちらの捜査に便乗し、すべての罪を桑原に着せて、その後釜の地位を我がものにしようという算段だと考えるほうが納得できる筋書きだ。

「いずれにしても、こっちはこっちで動くしかない。おまえと水沼にすべてを任す。ただしとことん潜行してな。おれはしばらく寝たふりをしているから、なにをやっているかは、いちいち報告しないでいいぞ。検察が二課長や刑事部長にまで手を回したら、おれもそのうち呼び出されて、あれこれねちねち探られる。しかし知らないことは喋りようがないからな」

本間は意味ありげな口ぶりだ。二課も狸《たぬき》や狢《むじな》の巣窟だから、保秘の徹底という意味に受け取るべきだろうが、園崎たちの行動が上の逆鱗《げきりん》に触れるようなことがあったとき、責任を逃れるための保険とも勘ぐれる。

そのあたりは気分としてはすっきりしないが、言っている理屈はもっともで、ここはお互い信頼し合うしかないだろう。本間がしばらく寝たふりをしてくれれば、上の偉い人たちも嘴《くちばし》を挟みにくくなる。

大久保と密会する件については、成果がでるかどうかは予測がつかない。こういうケースでは空振りもよくあることで、被疑者が捜査を攪乱《かくらん》するために、わざとガセネタを渡すことも珍しくない。しかしたとえガセネタでも、そこに核心に繋がる事実が隠れていることもある。

4

水沼とは時間の余裕をみて、午後七時過ぎに亀戸に向かった。こちらが先に到着し、大久保の目につかない場所で水沼が待機する。園崎は駅周辺のどこかで時間を潰し、約束の午後八時に改札口に向かうことにした。

水沼は行動確認の際などに着用するウィンドブレーカーを羽織り、サングラスをかけ、キャップを目深《まぶか》に被るという出で立《いた》ちで、いかにも変装というイメージが気になった。しかし亀戸駅北口は繁華な場所で、人波に紛《まぎ》れていればまず見破られる心配はないと自信をみせる。

本間には大久保と会うことは教えていない。二人揃って刑事部屋を出るのを見て、なにかやろうとしていることはわかったようだが、素知らぬ顔で手元の書類に目を落としていた。

班の同僚たちも、どこに行くのか訊いてもこない。それがナンバー知能ではエチケットで、他部署から異動してきた新米がしつこく詮索《せんさく》して殴り合いになったという話も聞いている。二課の刑事にとって、命より大事なのが自分で摑んだネタだ。今回の村本のケースのように、それが内輪の人間から漏れて事件が壊れるようなことがあれば、チームが空中分解しかねない。

有楽町《ゆうらくちょう》線で有楽町に出て、山手《やまのて》線で秋葉原《あきはばら》に向かい、総武《そうぶ》線に乗り換えて亀戸に向かう。乗り継ぎの時間を入れて三十分ほどだ。

「大久保は、本当に現れますかね」

秋葉原で総武線に乗り換えたところで、水沼が訊いてくる。園崎は頷いた。

「ああ、急に気が変わって、すっぽかすかもしれないな。そもそも話が上手《うま》すぎるとも言えるわけだし」

本間から聞いた検察からの圧力については、水沼にはすでに伝えておいた。それとも考え合わせれば、大久保が本当に姿を見せるかどうか、水沼はやや懐疑的《かいぎてき》なようだ。

「空振りだとしたら、それはそれで意味のある情報だろう」

「つまり、大久保にとっては状況が変わってきたと？」

「検察の動きのことを大久保が知らないはずがない。そっちの力で捜査自体が潰せるかもしれないのに、いま余計な画策をすれば、消えかけた火に油を注ぐことになる。あいつにだって頭はついている。というより、悪知恵に関してはエキスパートだ」

「せっかく検察が動いてくれた。とりあえずそのお手並みを拝見しようと？」

「こちらをミスリードして、すべての疑惑を桑原議員に押しつけるといっても、それはそれで危険な綱渡りだからな」

「ええ。獲物としては議員のほうがずっと大きい。かといって、我々だって素人じゃありません。本当に議員が黒幕ならともかく、大久保が適当にでっち上げた証拠が嘘八百だとばれたら、司法取引どころの騒ぎじゃなくなりますからね」

「そういう目論見《もくろみ》なら、ヤクザの発想とよく似ているよ。子分にしっかり言い含め、親分の罪を着せて代理でムショ入りさせる。向こうは上手く口裏を合わせるし、警察のほうもなんとか首を挙げたいと焦っているから、そこに付け入られて上手く引っかけられることがある。ただしこのケースはパターンが逆だが」

「我々だって正直言えば、大久保なんかより桑原を挙げたいですからね。下手《へた》をするとそこにつけ込まれて騙《だま》されかねない。それでいちばんの黒幕を逃がすことになったら、事実上の犯罪幇助《ほうじょ》になりますよ」

「そこは十分注意してかかる必要があるが、もし当たりだったら大きなチャンスだ。まあ、ここは大久保の出方を見るしかないだろう」

そんな話をしているうちに、電車は亀戸に到着した。時刻は七時半を少し過ぎたところで、用心に越したことはないので、園崎はホームで水沼と別れ、東口からいったん外に出た。近辺で時間を潰し、八時近くになったら入場券を買ってもう一度駅に入り、北口の改札から外に出るという作戦だ。

水沼は先に北口から出て、目立たずに改札付近を監視できる場所を探しておく。まさか危ない連中を連れてきて危害を加えるようなことはしないと思うが、一人で来るように強調していた点を考えると、なにか仕掛けがあったとしてもおかしくはない。

東口のすぐ近くで適当なティールームを見つけ、腰を落ち着けたところへ水沼から電話が入った。

「いま北口の改札を出たところです。この時間でもかなり人通りがありますよ。改札口は駅ビルに直結していて、いろいろ店がありますから、そこで張り込んでいれば見つかる心配はないと思います」

「そうか。大久保は来ていないんだな」

「まだのようです」

「わかった。おれは八時ちょうどにそっちの改札口から出る。その前に姿を見せたら連絡をくれ」

「ええ。そうします。こちらには一人で来いと言っても、向こうがそうだとは限りませんから」

水沼とのそんな通話を終えたとたんに、呼び出し音が鳴り出した。山下からだった。応答すると、不安げな声で山下は切り出した。

「ゆうべ、お宅の前に駐まっていた車なんだが、ちょっとヤバそうだぞ」

「ヤバいって、どういうことだ」

問い返すと、押し殺した声で山下は言う。

「余計なお世話だったかもしれないが、うちの北沢に相談してみたんだよ。例の大久保の過去を洗ってくれたのが彼女でね」

「ああ。最近会っていないが、元気でやってるんだな」

「元気も元気。例の車の話をしたら、どうしてタイヤ痕を写真に撮っておかなかったんだとどやされてね。それで紗子さんに訊いてみたら、まだはっきり残っていると言うんで、スマホで撮影してもらったんだよ」

　山下はなにやら思わせぶりだ。園崎は問いかけた。

「タイヤ痕から、なにかわかったのか」

「メーカーと型番が特定できたんだよ。北沢は生安にくる以前は交通部にいたから、そっちの知り合いに写真を送って調べてもらったんだが」

「それがまさか――」

「ああ、そのまさかだよ。車庫証明の記録を調べて、大久保の自宅に行ってみた。きょうはたまたま駐めてあって、タイヤを確認するとそれが一致した」

「どんな車だった？」

「色はダークブルーだ。紗子さんは黒っぽい色だったと言ってたな。暗がりだと、たぶんそんなふうに見えるだろう。車種はＢＭＷのＭ５ってタイプで、千七百万円ほどする高級車らしい」

「国会議員秘書の愛車にしては値が張りすぎるな。自宅はどんなつくりだった？」

「鉄筋コンクリートの三階建てで、どこにでもある建売住宅とはものが違う。大企業の重役クラスの構えだな。給料以外にいろいろ収入があるとしか思えない」

「ああ。だとしたら議員の小間使いをしているだけじゃなさそうだ。いずれにしても、ゆうべ家の前にいたのは、大久保の可能性が高いな」

「もちろん絶対にとは言えない。同じのを履いている車はほかにもあるようだから」

「しかし考えにくい偶然ではあるな」

「車を押収して精密な鑑定をすれば、タイヤの傷や減り具合から同じ車だと特定できるかもしれないが、それには令状が必要で、そこまでの被疑事実はないんでね」

「いまそれをやられたらおれのほうも困るしな。大久保にあらぬ警戒心を抱かせて、こっちの捜査に影響しかねない。しかしもしそうだとしたら、大久保はいったいなにを考えているんだ」

背筋に冷たいものが走るのを覚えて問いかけた。山下も不安げに応じる。

「わからんが、おかしな性癖のあるやつだ。用心したほうがいいかもしれん」

「大久保の話は紗子にしたのか」

「まだだ。話すかどうかはあんたに任せるよ」

「ああ。どこまで話せるかは今後の動きにもよるが、とりあえず注意するように言っておこう」

「うちのほうでも、お宅の周辺を巡回パトロールのコースに入れてもらう。それから北沢が大久保の自宅や後援会事務所の周辺を聞き込んでみるそうだ。また悪い病気が起きているとしたら、被害者が出る前に食い止めないとまずい。ばれたらばれたで警告の意味もある。だから県警の子ども女性安全対策課の名前を積極的に表に出す。それなら警視庁の捜査と結びつけて勘ぐられることはないだろう」

「そうしてもらえると助かるよ。まあ、いまのところ大久保がうちの家族にまで危害を加える動機は考えられないし、いまは我が身に降りかかった疑惑への対応で手いっぱいのはずだ。ただタイヤの件については、やはりどうしても引っかかるから」

「また新しい情報が出てきたら知らせるよ。大久保を早いとこしょっ引いてしまえればなんの心配もなくなるんだが。そっちの捜査は進んでいるのか」

「ぼちぼちといったところだな。タフな野郎でなかなか尻尾を出さないんだよ」

これから会おうとしているのがその大久保だと、いまは山下に言うわけにはいかない。とはいえ、少なくとも自分と会っているあいだはなにもできないはずだから、そこは心配せずにすむ。

「そっちの領分に口を挟むわけにはいかないからな。しかし大久保の自宅は千葉市内といってもいちばん西の美浜区《みはま》で、行徳までは目と鼻の先だ。こっちの考え過ぎならいいんだが、高速を使えば三十分程度の距離だから」

山下はなお不安げに言って通話を終えた。

5

午後八時少し前にティールームを出て、入場券を購入し、東口の改札からいったん駅に入る。下り線のホームに上がり、北口方向に進みながら水沼に電話を入れた。

「いまそっちへ向かっているところだ。大久保は来ているか」

「まだ姿を見せていません」

「先に来て、こっちの様子を眺めているんじゃないのか」

「それはチェックしました。駅ビルのなかも一通り見て回りましたが、大久保本人も、怪しげな連中も見当たりませんでした」

仕事熱心なのはいいが、そんな余計な動きをすれば、逆に水沼がいることに気づかれてしまう惧れもある。

「いまどこにいる?」

「改札口のすぐ前の雑貨店にいます。ここなら改札口付近の様子がよく見えます。もうじき出てくるんじゃないですか」

気楽な調子で水沼は応じる。いずれにしても一筋縄ではいかない相手だ。気を引き締めてかかる必要がある。

下りの電車が到着した。降りてくる人波に交じって、階段を下り改札口へ向かう。外に出たところでちょうど午後八時。周囲を見渡しても大久保の姿は見当たらない。

五分待ち、十分待ったが、やはり大久保は現れない。けっきょく気が変わったかと落胆したところへ、携帯の呼び出し音が鳴り出した。ポケットから取り出すと、大久保からの着信だった。

「どうした。八時の約束だったのに、おれをからかったわけか」

不快感をあらわに園崎は言った。大久保は鼻を鳴らして言い返す。

「冗談じゃないよ。刑事ってのは政治家より嘘つきだな。一人で来るようにあれほど念を押したろう。そうするって言うから信じて会うことにしたのに、約束を破ったのはそっちだろうが」

水沼がいるのを察知されたのか、しかしそれはあり得ないと水沼は自信を見せていた。鎌をかけてこちらの反応を見ようとしているのかもしれないが、事情聴取のときと比べ、言葉遣いもだいぶぞんざいだ。園崎はしらばくれて応じた。

「そもそもいまあんた、どこにいるんだよ。どこかで見てるんなら、ここにおれが一人でいるのはわかるだろう。最初から与太話を持ちかけて、おれの食いつきぶりを見ようという算段だったんじゃないのか」

「あんたがどこまで正直か、試そうとは思っていたよ。約束を守れないやつとは取り引きはできないからな」

「まだ取り引きに応じたわけじゃない。それはあんたが提供するネタにもよるだろう。ゴミを摑まされて無罪放免というわけにはいかないからな」

「ゴミなんか渡すわけないだろう。こっちだって命がかかってる。あんたにこの身を託す以上、まずは石橋を叩くようにことを進めるのが当然だろう」

「なあ、信じてくれないか。おれは一人でここに来た。あんたが疑うようなお供はここにはいない」

見破られてはいないという水沼の自信を信じて強気に押していく。しかし大久保はせせら笑う。

「おれの目が節穴だとでも思ってるのか。この前事情聴取を受けたとき、脇でパソコンになにやら打ち込んでいたガラの悪い刑事がいただろう。あいつが下手くそな変装をして、駅ビルのなかをほっつき歩いているのを見かけたぞ」

どうも不安が当たったようで、水沼の変装技術はやはりその程度だったらしい。

「どうして二人だけで会うことに、そこまでこだわるんだ」

「あんたが信用できる人間かどうかにおれは賭けるしかないんだよ。相手が警察だろうと検察だろうと、最後は人間同士の信頼にかかってくるからな。その程度の約束も守れないような人間に、おれがすべてを託せると思うか」

不信感を隠さず園崎は問い返した。

「すべてを託すってどういうことだよ。むしろおれを引っかけようとしてるんじゃないのか――」

それが園崎を標的にした毒饅頭である可能性は否定できない。しかしその毒饅頭の味見をしたい気持ちもなくはない。園崎は続けた。

「おれになにを期待しているのか知らないが、真相の解明に役立つ話なら、あんたと取り引きしてもいいと思っている。きょうここに出向いてきたのがまさにその証拠だ」

「信用はできないな。やはり今回のことはなかったことにしよう。どうせおれを罠にはめようと、みんなで知恵を絞って画策してるに決まってる。そもそも取り引きを持ちかけてきたのはそっちだろう。冤罪《えんざい》に陥れられるリスクがわかっていて、それに乗るほど馬鹿じゃない」

「あんたが東秋生の件の黒幕じゃないんなら、そこをはっきりさせないと、あらぬ罪を背負ってすべてを失うことになるんじゃないのか。おれたちの目的は本物の悪党を挙げることだ。それが達成できるなら、あんたを起訴猶予にするくらいわけはない」

「それだけじゃ我が身を守れない。政治の世界がどれほど恐ろしいか、あんたも知らないわけじゃないだろう」

「親父のことを言ってるのか。どうしてそれを知ったんだ」

「秘書仲間では有名な話だよ。それをいまでも根に持って、政治家が絡んだ汚職事件を追い回している執念深い刑事が警視庁にいると聞いたんで、調べてみたら、それがあんただった」

「検察にコネでもあるのか」

「どうしてそんなことを訊くんだよ」

大久保は不審げに問い返す。しらばくれた調子で園崎は言った。

「親父の話をあちこちで喋っている検事が、東京地検にいるようなんでね」

とりあえず言ってみたのは本間から聞いたお喋りな検事のことだが、いまかかっている地検からの妨害圧力についての探りを入れる意味もあった。大久保は吐き捨てるように言う。

「地検なんてくそ食らえだ。とくに特捜は官邸の番犬だ。国家権力にも容赦しない正義の味方面《づら》をして、やっていることはすべて官邸の意向を忖度した国策捜査だよ」

本間と同じようなことを言っている。大久保自身、検察の事情聴取は何度も受けているらしく、きのうの園崎による聴取でも、辛辣《しんらつ》な皮肉を口にしていた。検察を味方と認識していないのは確かなようで、大久保の行動はそちらからの圧力とは無関係だとみるほうが当たっていそうだ。

あるいはさらに勘ぐれば、検察が救おうとしているのは桑原参議院議員で、適当なタイミングで特捜が捜査に乗り出して、大久保にすべての罪を着せて一件落着――。そんな筋書きをどこかで察知して、大久保は捨て身の取り引きを持ちかけたとも考えられる。

「だったら、今回の話はここで打ち切りということか」

素《そ》っ気《け》ない調子で確認すると、大久保はさりげなく態度を変える。

「いいよ。もう一度チャンスをやるよ。今度こそおれを騙すなよ」

水沼のことで難癖をつけても、とりあえず取り引きには未練があるらしい。園崎は強気で応じた。

「そっちこそおれを騙す気じゃないだろうな。自分が訴追を免れるために、ガセネタを渡して捜査を攪乱させる算段だとしたら、こっちだって容赦はしない」

「あんたのそういうところが、おれは気に入らないんだよ」

「そういうところと言われても、まだ一度会ったきりだろう。おれの性格がよくわかるな」

「朝っぱらから六時間も意地汚く締め上げられれば、どういうろくでなしか犬猫でもわかるよ」

「だったらどうして、そのろくでなしに取り引きを持ちかけたんだよ」

「蛇《じゃ》の道は蛇《へび》って言うだろう。おれたちの世界もろくでなしじゃないと生きていけない。そういう人間同士なら、かえって通じ合うところがあると思ってな」

「ずいぶん名誉な話だな。煽《おだ》てられたって手加減はしないぞ。あんたにしても、いまは重要な被疑者だ。それを不問に付すような取り引きが成立するほどのネタならいいんだが」

「そこは保証するよ。あんたたちだって商売だ。おれみたいな雑魚《ざこ》を挙げたってしようがない。本命は国会議員クラスだと顔に書いてあった」

大久保は足下《あしもと》を見透かすような口ぶりだ。二課の刑事の習性をよく知っている。殺人や窃盗の犯人はそれ以上でも以下でもないが、二課が扱うサンズイ事案には、松、竹、梅、その他のランクがある。

　大久保ごときはその他の部類だが、桑原が本ボシなら梅ないし竹にランクアップする。できるだけ上のランクに手錠をかけるのが二課の刑事の甲斐性なのだ。しかし園崎は釘《くぎ》を刺した。

「だからって真っ白な人間を訴追はできない。そのネタの信憑性次第だな」

「はなから疑ってかかるんなら、やはりなかったことにするしかないな。おれだって命を懸けてるんだから」

「ばれたら殺されるというのか」

「それに匹敵するような状況に追い込まれるってことだよ。親父さんのことを考えれば想像がつくだろう。あの話にはおれだって同情するよ」

「大きなお世話だ。それにおれだって立場はあんたと似たようなもんだ。こんなかたちで被疑者と接触していることを、上に知られたら首が飛ぶ」

「上の人間には報告していないのか」

「きょう、ここにいることを知っているのは相棒の水沼だけだ。上司にも同僚にもまだ話しちゃいない」

「それならけっこうだ。その水沼も、次に会うときは外してくれないか」

「どうしてそこまでこだわるんだよ。まさかおれの命を狙ってるんじゃないだろうな」

「馬鹿なことを言うなよ。あんたを殺して得することはなにもない。なんの邪魔も入らないところで腹を割って話したいだけだ。あんただって脇に余計な人間がいれば、要《い》らぬ神経を使わされて言いたいことも言えなくなるだろう」

「その情報をあんたからもらったという証人がいないと、証拠能力が弱まるんだよ」

「おれが渡すと言っているのは、そういう半端な情報じゃないんだよ。信用できなきゃ話はなかったことにしてもいいが、一生の不覚だったと、あとで泣きをみることになっても知らないぞ」

「わかった。いつにする？」

「あすでどうだ。場所は西葛西《にしかさい》駅北口のロータリー。時間は午後四時ということで」

一時は面談を渋ってみせたのに、会うとなると気が早い。

「また、ずいぶんローカルな場所だな」

「赤坂や六本木《ろっぽんぎ》じゃいつ知り合いに会うかわからない。それに東西線はあんたの通勤経路で、土地勘もあるだろうし」

「どうしてそんなことを知っている？」

「事情聴取のとき、そういう話をしただろう。自宅が行徳でおれと同じ千葉県民だから、親近感があるようなご託を並べていたじゃないか。おれも永田町へ行くとき東西線を使うことがあると調子を合わせたが」

「ああ、そんな話をたしかにしたな」

不審な車のことが頭に浮かんだが、自宅の住所までは言っていないから、いますぐそれと結びつけられる話でもない。園崎は言った。

「じゃあ、あすの午後四時、西葛西駅北口ロータリーで」

「ああ。くれぐれもお邪魔虫は連れて来ないでくれよ。また約束を破ったら、こんどこそお終《しま》いにするからな」

そう応じて、大久保は通話を切った。

6

山下から聞いた話を紗子に伝えるかどうか逡巡したが、まだ例の車が大久保のものだったと立証できたわけではなく、いまの大久保との話の感触でも、危険なことを目論《もくろ》んでいる気配はとくになかった。

ただし大久保とは無関係でも、怪しい車が自宅前にいたのは事実で、やはり不安は拭えない。とりあえず様子を聞こうと、紗子に電話を入れた。

「きょうも遅くなるの？　食事はもう済ませたんでしょ？」

紗子は屈託ない調子で聞いてくる。その声に安堵して園崎は応じた。

「ああ。もう済ませたんだが、いま水沼と外に出ていて、これからちょっと打ち合わせをして帰るから、家に着くのは十時くらいにはなりそうだ」

「早いじゃない。ちゃんと仕事はしてるんでしょ」

いつもの皮肉が飛び出すところを見ると、あれからとくに危険なことは起きていないようだ。

「身の回りに不審な動きはないんだね」

「心配ないわよ。変な車は姿を見せないし、不審な人間に後をつけられたりもしていないから」

「そうか。それならいい」

「きょう、山下さんに頼まれて、例の車のタイヤ痕を撮影して送ったんだけど、なにか連絡は入った?」

その結果について、山下はまだ紗子には報告していないらしい。さりげない調子で園崎は答えた。

「さっき電話をもらったよ。メーカーと型番は特定できたけど、ごくありふれたタイプのようで、誰の車のものかまでは特定できない。とりあえず県警で預かっておいて、事故とか事件があったときに、そちらのタイヤと照合してみるしかないそうだ」

「じゃあ、まだわからないということね。こちらはなにか被害を受けたというわけじゃないし、そう気にすることでもないんじゃないの」

その車が大久保と繋がる可能性についてはまだ言わないことにした。言えばいまやっている捜査のことを詳しく説明せざるを得なくなる。捜査中の事案に関しては家族にも話さないのが刑事の職業規律だということを紗子はよく知っているから、黙っていても詮索するようなことはない。それにいま話せば、かえって余計な心配をさせることになる。

「そうだな。新しい事実が出たら教えてくれると言っていた。どのみち、うちのあたりは千葉県警の管轄だから、山下に任せておくしかない。前の道路をしばらくパトカーの巡回経路にしてくれると言っていたよ。不審な人間がうろついていたら、それだけでも警告の効果があるからね」

そんな話をして通話を終えて、改札口の前の雑貨店に向かうと、怪訝な顔つきで水沼が出てきた。

「けっきょく、来なかったんですね」

「ああ。おまえがいるのに気づいたようだ。それを理由に、きょうの面談は中止だと言いやがる」

「そんなの三味線《しやみせん》ですよ。駅ビルと繋がるコンコースから、ビルの各階までくまなく見て回りましたが、大久保らしい人物は見かけませんでしたよ」

水沼は口を尖らせる。自分の変装術によほど自信があるようだが、夜八時にサングラスをかけキャップを被って駅ビルをうろついていれば、目立つなというのが無理な話だ。大久保も用意周到に先乗りしてチェックをしていた可能性がある。

「まあしようがない。図星だったのは間違いないから――」

そのあとの大久保とのやりとりをかいつまんで聞かせ、あすの午後四時に会うことになったと伝えると、水沼は次は絶対にばれないようにやると張り切ったが、今度ばかりは遠慮願った。

軽くビールで喉を潤《うるお》そうと、水沼を誘って駅近くの居酒屋に入った。とくに意味もない乾杯をしてから、水沼が切り出した。

「やはり、こっちが睨んでいたとおりかもしれませんよ。大久保がやろうとしているのは、検察がかけてきている圧力とは真逆の方向じゃないですか」

「ああ。じつはさっき、面白い情報が入ってな」

山下から聞いた大久保の値の張る車と豪勢な自宅の話を教えると、水沼は勢い込んだ。

「だったら間違いないですよ。本来ならそっくり桑原の懐に入る賄賂の一部をくすねて、私腹を肥やしているんじゃないですか。桑原の収賄が発覚すると、ついでに自分の悪事もばれるから、その前にすべての責任を先生になすりつけて、自分は無傷で生き残ろうとしているんでしょう」

「そのために、どういうお土産をおれに用意してくれているのか、いよいよ楽しみになってきたな」

「もしそれが桑原を挙げられるほどのネタだったら、大久保は見逃してやるんですか」

「くすねた金額にもよるな。しかしそういう高級車を乗り回して、大企業の重役並みの豪邸を構えているとなると、半端な額だとは思えない。むしろ大久保の取り分のほうが多いくらいかもしれない」

「でも、取り引きには応じることになるんでしょ？」

「おれはそこまでお人好しじゃない。もしそういうことなら、実刑を執行猶予に負けてやるくらいのことはあっても、不起訴にする気は毛頭ない」

「向こうだって、すでに捜査妨害に走っている検察が、果たして訴追するかですよ」

「でも、しっかり証拠を固めて送検されたら、そう簡単に不起訴にはできない。それをやられると困るから、いまの段階で捜査を潰しにかかっているわけだろう。少なくとも捜査段階では、警察は検察の下請《う》けじゃない。連中の指揮命令に服する義務はないからな」

腹を固めて園崎は言った。そのときポケットで携帯が鳴った。取り出してディスプレイを見ると、本間からの着信だった。応答すると、本間はさっそく聞いてきた。

「いま、どこにいる？」

「亀戸です。ちょっと野暮用がありまして」

「そうか。相談したいことがある。これから帰ってこられるか」

なんで亀戸にいるかは訊こうともしない。声の調子から察するに、どうも急ぎの用事らしい。

「なにか起きたんですか」

「おまえたちが出かけてすぐ、おれと管理官が二課長に呼び出されてな」

「例の検察の件ですか」

「そうなんだよ。二課長もさすがに無理筋な話だとはわかっているから、虎《とら》ノ門《もん》のちょっと気の利いた小料理屋でじっくり懐柔しようという算段のようだった。理事官も同行させてな」

「やっぱり、捜査を中止しろと？」

「最初は穏やかに説得してきたが、おれは嫌だと突っぱねた。世間を騒がせる事件はすべて地検特捜に持っていかれて、マスコミからは無駄飯食らいと揶揄《やゆ》されてきた。そういう二課がせっかく摑んだ大ヤマだ。はなから尻尾を巻いて敵の軍門に降《くだ》る気はないと見得を切ってやったんだ。検察にお喋りしすぎた負い目もあってか、村本も骨っぽいところを見せて反発したんだが――」

本間の鼻息は荒く、上司の村本もここでは呼び捨てだ。園崎は問いかけた。

「けっきょく、折り合いがつかなかったわけですね」

「終いには向こうも開き直って、これは職務命令だと言いやがる。こうなりゃ表向き言うことを聞いたふりをして、こっちは勝手に捜査を進めてやるしかない。村本も面従腹背路線に賛成だ。おれたちはこれから狸寝入りするから、おまえたちはやりたいように仕事を続けろ。なに、捜査中止命令が出たからって、当面困るのは捜査費の精算ができないくらいで、そのくらいはおれが貯め込んでいる裏金から捻出できる」

「そうですか。じつはきょう亀戸にいるのは――」

報告は要らないと言われていたが、こちらもいろいろ動きが出てきたから、とりあえず耳に入れておくことにした。大体のところを話し終えると、勢い込んで本間は言った。

「おれは聞かなかったことにしておくが、この事案でいちばんのキーマンが大久保なのは間違いない。とりあえずしっかり抱っこしておいてくれ。おまえたちの見立てどおりの大魚なら、そのうち掌《てのひら》を返して逮捕して、きっちり送検してやればいい。そのときはおまえはやりにくいだろうから、ほかの誰かに担当を代える」

抱っこするというのは二課特有の用語で、さらに大きな黒幕を摘発するために、被疑者を情報提供者として取り込むことを意味する。ある種の情が通い合うような関係で、それで追及が甘くなることもある、諸刃《もろは》の剣ともいえる手法だ。園崎は言った。

「いや、大久保とは最後まで付き合いますよ。そういう手合いにあとで人でなしと非難されたって、痛くも痒《かゆ》くもありませんから」

第三章

1

翌日の朝一番に、本間は会議室に園崎たち班の全員を集め、東秋生の事件の捜査終結を宣言した。

検察からの直接的な圧力と、さらに二課長からの職務命令が下ったことを説明すると、班の全員がいきりたった。本間は上の命令には唯々諾々《いいだくだく》の能なし係長を演じてみせた。

「刑事ったって宮仕えの身で、上に逆らって得することはなにもない。おれだって定年までに所轄の署長くらいにはなりたいからな。おまえたちだってそうだよ。上のご機嫌を損じれば、この先出世の目はなくなる。一度警務に目をつけられると、定年までマークは外れないからな」

「そうは言うけど、係長。おれたちは検察の下請けじゃない。なんで二課長はそんな連中の言うことを聞かなきゃいけないのかね。捜査二課がそんな腰抜けぶりをみせたら、これからますます地検特捜に小馬鹿にされるんじゃないの」

古参巡査部長の石川輝之《いしかわてるゆき》が強い調子で言う。五十歳を過ぎたベテランで、二課一筋の叩き上げだ。年齢が近い本間に対して階級を超えてライバル心を抱いているらしく、普段からため口を叩き、ことあるごとに彼のやることに難癖をつける。警部補の園崎に対する態度も似たようなもので、生涯一デカ長を標榜する裏に根深い階級コンプレックスが隠れていることに気づいていない同僚はいない。いま本間に噛みついているのも、刑事としてのプライドというより、本間をやり込めて溜飲を下げようという思惑なのは園崎には十分想像がついた。

「要するに、おれのことを腰抜けだと言いたいわけか」

本間は凄《すご》みを利かせて問い返す。石川はわずかに怯《ひる》んだ。

「係長がそうだとは言ってないよ。ただトンビに油揚げをさらわれそうで、それじゃあまりに悔しいじゃない」

「地検がこのヤマを横取りすると言いたいわけか」

「そういうことは、過去に何度かあると聞いてるからね」

「だったら、おまえ一人で捜査を続けたらどうだ。ただしバレてもおれは責任をとらないし、捜査費用も出せないぞ」

「上が根性なしだからこういうことになったんじゃない。なんでそのツケを、おれが払わなきゃいけないの」

石川は食ってかかるが、本間は平然と言い返す。

「そこまで偉そうな口をきくんなら、それなりに腹は据えてるんじゃないかと思ってな。馘《くび》を覚悟で上に逆らい、自爆するような刑事が昔はいくらでもいたもんだ。おれだって地雷を踏みかけたことが何度もあった。政治圧力がかかりやすいサンズイの捜査じゃ、そういうリスクはつきものだ。しかし、いまじゃおれも管理職で、おまえたちの先々のことまで心配しなきゃいけない立場なんだよ」

「恩着せがましいことを言ってくれるよ。自分の腰砕けをおれたちに責任転嫁しようとしているだけじゃない？　こっちだって飯を食うために刑事をやってるんだから、上の腑《ふ》抜《ぬ》けの皆さんの尻拭《しりぬぐ》いをする義理はないですよ」

けっきょく石川も逃げ腰だ。これで決まりだというように本間は言った。

「そういうことなら、黙っておれの言うことを聞け。このヤマはこれで終わりだ。ほかにも挙げなきゃいけないサンズイ事案はいくらでも転がっている。せいぜい鼻を利かせて端緒を拾え」

石川は不満たらたらの顔で頷いた。ほかの連中も火中の栗を拾う気はないようで、小難しい顔をして適当に頷いている。

園崎には本間の意図がよくわかる。石川には、本間に不利な話となるとどこにでも吹聴して回る癖がある。この件に関しては、寝たふり作戦を徹底するうえでそれを利用しようという腹だろう。

刑事部屋に戻ると、石川は一人でどこかへ出かけていった。さっそく放送局の業務が始まりそうだ。少し間を置いて本間も席を立ち、そのあと十分もしてから、園崎の携帯に電話が入った。日比谷《ひびや》公園の喫茶店で待っている。相談したいことがあるから、すぐに来てくれと言う。

わかりました、とだけ答え、素知らぬ顔で刑事部屋を出て、指定された喫茶店に向かった。水沼も同席させようかと思ったが、今後の隠密捜査のこともある。二人で行動すれば同僚からなにかしていると勘ぐられそうなので、まずは一人で出向くことにした。

2

「石川の野郎、どうも臭いぞ」

日比谷公園の喫茶店で、本間は待ちかねていたように口を開いた。

「もともとろくでなしなのはわかってますけど、今回の事案で、なにか画策しているんですか」

苦々しいものを感じながら園崎は問いかけた。捜査の現場では大した実績を挙げたこともないのに、捜査会議となれば人のやり方にことごとく難癖をつけてくる。園崎もその被害を受けたことがたびたびあって、組対部四課から移動してきた当初は、ことあるごとに先輩風を吹かせて、上から目線の揚げ足とりをされたものだった。

「あの野郎、どうも桑原事務所とは浅からぬ縁があるようでな」

聞き捨てならない話だ。園崎は慌《あわ》てて問いかけた。

「どういうことなんですか。今回の事案に関しては、あの人は中心的に動いているわけじゃない。後援会関係者への聞き込みにも決して積極的とは言えなかった。知らない仲じゃないのなら、たとえガセネタでも、なんらかの情報を拾ってきていいはずじゃないですか」

「あいつは、おまえがこっちに来る以前は選挙係にいたんだよ」

捜査二課の選挙係というのは、選挙違反捜査、政治資金規正法違反捜査を担当する部署で、贈収賄や官製談合を扱うナンバー知能や企業犯捜査のような花形部署と比べれば傍流に当たる。

「それは聞いてます。その関係で桑原事務所と？　しかし桑原議員の選挙区は千葉県で、警視庁の管轄じゃないでしょう」

「石川は生まれも育ちも千葉市でな。地元の後援会関係者とも以前からいろいろ繋がりがあったらしい。どうやって千葉県警の捜査情報を入手していたのかは知らないが、そっちにも親戚や知人がいるとすれば、決してあり得ない話じゃない」

「そこから得た捜査情報を漏らしていたというんですか」

「あくまで噂だがな。政治の世界で選挙違反なんて日常茶飯だ。選挙があるたびに県警の捜査情報を渡してやって、見返りに金品を受けとっていたというのが選挙係の部内では有名な話らしい。もちろん噂であって、証拠があるわけではないが」

「だったら今回の件も――」

「桑原事務所にじかにチクったのかもしれない。桑原議員自身は現法務大臣と同じ派閥で仲もいいそうだから、議員がそっちを動かした可能性もある。最初は村本のお喋りのせいかと思っていたが、地検レベルの検事がそんなことを耳にしたとしても、自分の判断で圧力をかけてくる理由がやはり思い当たらないからな」

「たしかにね。村本管理官が喋った検事と桑原議員とのあいだに情実があったとは考えにくい。ただし、後援会関係者のところには石川さんも聞き込みに出向いていますから、そっちから漏れた可能性はありますよ」

「しかし、おまえたちが話を聞いた限りでは、大久保を失脚させたいというのが後援会の連中の本音だったわけだろう。だったら捜査を潰す方向で動けばその可能性がなくなる。むしろ捜査の進展に期待するくらいじゃないのか？」

「我々が話を聞いたところでも、捜査が大久保に向かう限りむしろ歓迎だという感触でした。この手の事案は、議員本人までは捜査の手が伸びず、大久保のところで行き止まりだと完全に見くびっている気配でした」

「悔しいが当たっていないわけじゃない。地検の特捜が動いたって、大概は秘書のところで手打ちになって、議員本人が訴追されるケースは滅多にないからな」

「しかし石川さんが、議員本人と直接コンタクトがあるとも思えませんが」

「ああ。だとしたら大久保にチクったか。しかしたかが公設秘書の大久保に、法務省や検察の上層部を動かす力があるとは思えんしな」

本間は思いあぐねる様子だ。確信を持って園崎は言った。

「そもそもそういう手蔓《てづる》があるんなら、大久保には私に裏取り引きを申し出る理由はないでしょう。逆に議員の失脚を狙って、なんらかの情報を提供しようとしているのは明らかですから」

「まあ、きょう大久保と会ってみればいくらか見当はつくだろう。いずれにしてもしっかり芝居は打っておいたから、石川もこれで一仕事できたというわけだ。あとはおまえたちが潜行して捜査を進めればいい。もうこれ以上、邪魔が入ることはないだろうからな」

「慎重にやりますよ。大久保と取り引きすること自体、上に知られたらこっちの首が飛びかねない話ですから」

「まず飛ぶのは、おれの首だな」

本間は神妙な顔で言う。園崎は請け合った。

「そこはご心配なく。きょうは私一人で会います。水沼も連れて行きません。係長は聞かなかったことにしておいてくれれば、累が及ぶことはないですよ」

「おいおい、水臭いことを言うなよ。こうなりゃおれたちは一蓮托生だ。もう聞いちまったんだから、知らなかったと嘘を吐いて自分だけ助かろうなんて思わんよ。さっきは腑抜けのロートル係長を演じたが、あれが本心だと思ってるわけじゃないだろうな」

「あんまり芝居が上手いんで、そうじゃないかと心配しましたよ」

本間を疑いたくはないが、二課のナンバー知能という生き馬の目を抜くような現場で係長まで叩き上げた人物だ。一抹の猜疑は心の底にどうしても残る。それは二課の刑事の持病のようなものだ。

「勝手に言ってりゃいいよ。こういう商売をやっている限り、身内を疑うのも大事な資質だからな。そういう意味じゃ、おまえは優等生だよ」

本間は鷹揚《おうよう》に笑う。まずは信じるしかないだろう。よしんば裏切られたとしても、それはもとより承知のリスクで、ここで逃げ出す気は毛頭ない。

「お褒めに与って恐縮です。大久保に対しても、たっぷり眉につばをつけて接するつもりです」

「ああ。この事案をとことん追っかけてくれるのは、いまやおまえしかいない。大久保が渡すのがガチなネタなら、地検の圧力なんかいくらでも吹き飛ばせるが、いまおまえに逃げられるとおれもお手上げだから」

「係長の猜疑心もなかなかなもんじゃないですか。このヤマ、意地でも潰させませんよ。私にとって二課の刑事であることは、単なる商売以上のものですから。大久保も桑原も最後はセットで挙げてやります」

「しかし自分から取り引きを持ちかけておいて、最後にひっくり返すとなると、おまえもずいぶんワルじゃないか」

「目には目をってやつですよ」

憤りを込めて園崎は言った。普通の国民は贈収賄や官製談合で実害を受けた感覚がないから、政治家や官僚の悪事にことさら目くじらも立てない。

法律をつくっているのが政治家だから、収賄の法定刑は最長の受託収賄罪でも懲役七年以下、それ以外なら五年以下とごく軽微だ。しかし国民が汗水流して納めた税金を、政治家の既得権だとばかりに収奪する犯罪は、殺人や強盗以上にたちが悪い——。それが相棒の水沼とも共有する園崎の信念だ。

そういう悪党を摘発するのに、手段を選ぶ気は毛頭ない。大久保が園崎たちの捜査を利用して、自分一人が甘い汁を吸おうとしているならなおのこと、捜査上の取り引きをほのめかして、最後にその野心を叩き潰してやることになんの遠慮も要らない。

「千葉市内の豪邸や高価な車のことを思えば、とりあえず挙げなきゃいけないのは大久保だな。しかし検察を通じて圧力をかけてきたのはおそらく桑原のラインだ。そっちだって真っ黒なのは間違いない。難しい捜査だが、おれとしては、おまえの執念に期待するしかないよ」

「こうなったら、大久保も桑原も、串刺しで仕留めるしかないですよ」

腹を固めて園崎は応じた。不安げな口ぶりで本間が言う。

「ただ気になるのは、おまえの家の前に駐まっていたという車だよ。それが大久保のものだという決め手はないが、おまえが千葉県警から得た情報を考え合わせると、可能性がないとは言い切れない。やつの前歴を考えるとな」

「だからといって、妻に危害を加えて得することは、大久保にはなにもないでしょう」

いまも払拭《ふっしょく》しきれないかすかな不安をねじ伏せるように園崎は言った。

3

「所轄の生活安全課に依頼して、大久保の家の周辺を聞き込みしてもらったんですが――」

生活安全捜査隊の刑事部屋に北沢がやってきて、捜査記録の整理をしていた山下に耳打ちした。

「なにか怪しい動きでもあったのか」

「犯罪に繋がるような話はとくになかったんです。ただひどく評判の悪い男でしてね」

「どういうふうに？」

「近隣の住民とは口もきかない。町内会の役職や行事への参加はすべて断る。ごみ捨てのルールも守らない」

「妻子はいるのか？」

「四、五年前までは奥さんと息子さんがいたようですが、いまは見かけないそうです。別居しているらしいとの噂です。戸籍謄本を請求するほどの名目はまだないので、離婚したのかどうかはわかりません」

「ストーカーやら準強制わいせつやらの過去がある人物なら、夫婦関係が円満だったとはとても思えないな」

山下は頷いて言った。ほぼ想定どおりの行状で、ことさら驚くには当たらない。北沢はだめ押しするように続ける。

「奥さんが怪我をして救急車で病院に運ばれるのを見たという人がいました。それ以前にも、大久保と奥さんが家のなかで大声でやりあっているのを何度も聞いたという人もいました」

「つまりＤＶか？」

「別居ないし離婚の理由はそれだろうと近所の人は見ているようです」

「警察には記録が残っていないのか」

「ないんです。それも警察沙汰にならないように、うまく処理したんでしょうね」

北沢は猜疑を隠さない。政治家秘書という職業にどれほどの政治的実力があるのかは知らないが、桑原の威光をバックにすれば、そのくらい造作はないのかもしれない。山下は首をひねった。

「しかし桑原参議院議員の秘書で、しかも住んでいるのがその選挙区内だとしたら、そういう悪い噂は選挙にもマイナスに響くと思うんだが」

「プラスじゃないのは間違いないでしょうけど、秘書というのはあくまで黒子で、選挙戦の表舞台に出るわけじゃない。それに選挙区は広いですから、家の近所の噂なんて意にも介さないんじゃないですか」

北沢は知ったふうな口をきくが、あながち外れているとも思えない。

「まあ、桑原議員は地元じゃ盤石《ばんじゃく》だからな。そのうえ選挙区は千葉県全体で、大久保の普段の仕事場は永田町だし」

「近所での悪評程度では、大勢には影響しないでしょうね。ただもう一つ気になる情報があるんです」

北沢は声を潜める。山下は問い返した。

「というと？」

「例のタイヤ痕のことで相談した交通部の以前の同僚が教えてくれたんです。おととい、地元の人が、不審なＢＭＷが園崎さんの家の近くの公園の前に駐まっているのを見かけていたそうなんです。所轄から上がってくる報告にそんなことが書かれていて、その同僚が詳しく確認してくれたんです。色はダークブルーで大久保のと同じです。そこは駐車禁止なんですが、違法駐車のたまり場になっていて、所轄の交通課も頭を痛めて、近隣の人に事情を聴いて回っていたらしいんです」

その情報はいかにも耳寄りだ。山下は勢い込んで問いかけた。

「何時ごろ？」

「午後三時ごろだそうです」

「乗っていたのは？」

「車内に人はいなかったそうです。目撃した人は車に詳しくて、それがＢＭＷのＭ５だとすぐにわかったようです」

「ナンバーは？」

「たまたま見かけたというだけで、覚えているのは千葉ナンバーだったことくらいだそうです」

「たしかに、ただ路上に駐まっているだけの車のナンバーまで記憶しているもの好きは、そうはいないだろうな」

「ええ。千葉ナンバーはあのあたりじゃ珍しくもないし」

「しかしＢＭＷのＭ５で千葉ナンバーとなると、そう数は多くないだろう」

「それでも交通課で調べてもらったら、大久保のも含め十五、六台はあるようです」

「それだけあるんじゃ大久保の車とは断定できないが、園崎の家の前にいたのもその車だった可能性は高いな。その公園はどこにあるんだ」

「園崎さんの自宅から一〇〇メートルくらいのところで、そこを抜けるのが駅前に出る近道のようです」

「どうも不審な動きだな」

山下は唸《うな》った。あの晩、紗子からの連絡を受けて園崎と自宅まで走ったが、たしかにその公園を通り抜けている。園崎の家に遊びに行くときよく通る道でもある。当然、紗子が駅前に買い物に出かけるようなとき、主に使っているコースでもあるだろう。そこで大久保が紗子の行動を監視していたと思えば、怖気《おぞけ》だつものを覚えざるを得ない。

「そうなんです。紗子さんを標的にしているとしたら、家の前に駐まっていた車の件とも辻《つじ》褄《つま》が合ってくるじゃないですか」

「だとしたら園崎が大久保を捜査対象にしていることとは無関係に、例の病気で紗子さんにつきまとっているということになるな。しかし彼女と大久保のあいだに、なにか接点があったとは思えない」

「でも、なんの接点もない相手にストーカー行為を働くケースというのはまずないと思うんです。紗子さんに訊いてみるしかないんじゃないですか」

「といってそいつが、いま園崎が捜査中の人物だとは言えないからな」

「こんな事態ですから、ひょっとしたら園崎さんの口からもう伝わっているかもしれないし」

「それはないだろう。捜査二課というところはとことん保秘にこだわるところだ。おれたちだって職務上知りえた事実は家族には漏らせない。園崎ならそこはなおさら徹底するだろう」

「でもそこを押さえておかないと、この先大変なことになりかねませんよ。とりあえず名前だけ出して訊いてみるくらいならいいんじゃないですか。ストーカーの性癖のある男で、過去の記録を調べていたらその名前が浮上したということにして」

「だったら一応断ってからにしよう」

山下は園崎に電話を入れた。

4

「――というわけなんだが、紗子さんが大久保とどこかで繋がりがあるかどうか、確認しておいたほうがいいと思うんだよ」

山下が伝えてきた情報は、園崎の不安をかき立てた。

「それが大久保かどうかは別にして、その怪しい車の持ち主が紗子の行動を監視していた可能性があるんだな」

「そういうことだ。それでとりあえず思い当たる人物となるとやはり大久保なんだよ。紗子さんはどこかで大久保と接触したことがあるのかもしれない。もちろん不倫だとかいった怪しいことを考えているわけじゃない。しかしストーカー事案の場合、たまたまなにかの機会に挨拶をしたり立ち話をした程度でも標的にされてしまうことは珍しくない。大久保の話はまだ彼女にはしていないんだろう」

「ああ。捜査中の被疑者だから、もちろん話すわけにはいかない」

「だったらおれのほうで確認していいか。いまおまえが捜査対象にしている人物だということは伏せておく。ストーカーの常習者で、家の前に駐まっていたのと同じモデルの車の所有者だからということにしておけば、そっちの捜査情報を漏らしたことにはならないだろう」

「たしかにそうだな。あの車が大久保のものだった可能性はやはり否定しきれない。そこは紗子に確認しておくべきだろうな」

園崎は躊躇なく応じた。さっそく山下が訊いてくる。

「大久保の顔写真はあるか。会ったことはあっても、名前までは知らない可能性もあるから」

「行動確認のときに隠し撮りした写真がある。それをメールで送るよ」

「じゃあ、頼むよ。場合によっては、おれたちのほうもやつを行確《こうかく》することになるかもしれないから」

「しかし、そこまでしてもらって申し訳ないな」

「そういう問題じゃないよ。こっちはこっちの商売でやっている。最悪の事態を未然に防ぐのがストーカー捜査の鉄則で、いまの段階で予防的に動くのは当然のことだ」

山下はきっぱりと応じる。そこまで言われると、園崎自身の対応がここまでいかにも甘かったようにも思えてくる。

たまたま紗子につきまとっているストーカーが、園崎の捜査対象の大久保だっただけなのかもしれない。もしそうだとしたら、つきまとい行為に対しては警告を発することができる。園崎の捜査にプラスになるわけではないが、すくなくとも紗子の身辺に関しての不安は減らせることになる。

ただし別の可能性も払拭《ふっしょく》できない。つきまとっているのがもし大久保だとしたら、それが必ずしも偶然ではなく、園崎たちの捜査に対する逆恨みによるものだとも考えられる。だとしたらことはなかなか厄介だ。警告書程度で思いとどまるとも思えないし、それをきっかけに、より危険な行為に走る可能性もある。そう考えると、きょう午後四時に会う話にしても、なにか仕掛けがないとは言い切れない。

普通なら、なんらかの手段で園崎を陥れたとしても、捜査は班全体で動くわけだし、大きな事件ならいくつかの班が合同して関わることもあるから、捜査にはなんら影響がないだろう。

大久保もそのくらいはわかっているはずだが、今回のケースでは、検察の干渉とそれに抗《あらが》いもしなかった二課長の判断で事実上捜査を終結させられた。もしそれが大久保の策略によるものなら、ここで園崎が罠にはまって手足をもがれれば、せっかくの本間の寝たふり捜査も機能しなくなる。

そこまで悪知恵が働いて、それをやるだけの実力が大久保にあるとは思えないが、いま紗子の身辺で起きている事態と考え合わせたとき、きょうこれから会う大久保の出方には、細心の注意を払う必要がありそうだ。

「うちの捜査はいま微妙なポイントで、その件で大久保に探りを入れられる状況じゃない。まずはそっちの捜査に期待するしかないな」

山下を疑うわけではないが、これから大久保と密会することについては、発覚すれば本間にも累が及ぶから、いまはやはり話せない。

「任せておけよ。ストーカー事案に関してはおれたちが専門だ。あのあと紗子さんの身辺で不審なことは起きていないのか」

「なにかあったらすぐに知らせるように言ってある。身の危険を感じるようなことはとくになさそうだ」

「おれのほうにも、なにかあったら教えてくれるように言ってあるよ。これから彼女と話をするが、その点についてはもう一度念押ししておくから」

山下は力強く請け合った。

5

山下が園崎から送られてきた大久保の写真を転送すると、紗子はすぐに電話を寄越した。

「この人、見たことあるわ」

「本当なのか？」

山下は慌てて問い返した。北沢の直感が的中したようだ。しかしその人物が大久保俊治という名前だとはまだ言っていない。

園崎が送ってきた写真は何点もあり、胸から上のアップもあれば全身を写したものもある。顔の角度もほぼ正面からのものを含め、角度の違うものがいくつかある。見間違いということはないだろう。

「間違いないわ。たしか大久保って人よ。フルネームまでは知らないんだけど」

「たぶん大久保俊治だよ。どこで会ったんだ」

「南行徳《みなみぎょうとく》にあるスポーツクラブ。一ヵ月ほど前のことなんだけど、雅人がスイミングスクールに通っていて、そこのロビーで会ったのよ」

「大久保っていう名前は、どうしてわかったの？」

「聞きもしないのに自分から名乗ったの。ロビーのベンチに座ってスクールが終わるのを待っていたら、勝手に隣に座って話しかけてきたのよ。自分はメタボを解消するためにフィットネスジムに通っていて、週に何回か来ているような話をして、私を何度か見かけたというの。薄気味悪いからすぐに場所を変えたんだけど」

怖気《おぞけ》を震《ふる》うように紗子は言う。山下は問いかけた。

「紗子さんのほうは、名前を言ってないんだね」

「言わなかったけど、なんだか心配になってきたわ。クラブを出たとき、その人があとから追いかけてきて、うっかり私がベンチに置き忘れていたポーチを届けてくれたのよ」

「なかにはなにが？」

「お財布とかは入っていなかったんだけど、ハンカチとかティッシュとか筆記用具とか。あとスポーツクラブの会員証もあった。そこには私の名前や住所や電話番号が書いてあるのよ」

「そのときポーチのなかを覗かれていたら、それを見られたかもしれないな」

「なんだか怖くなってきたわね。何者なの、その大久保って人？」

紗子は声を落として問いかける。山下は慎重に応じた。

「いま捜査中の人物で、まだ言うわけにはいかないんだが」

「つまりストーカーとか、そういう関係で追っているの？」

紗子は察しがいい。山下は言った。

「そう理解してもらっていい。準強制わいせつ事件を起こしたこともあるようだ。そのあとは見かけていないんだね」

「息子のスイミングスクールのカリキュラムがちょうどその日に終了したのよ」

「それ以後、なにか身辺で不審なことはなかった？」

「とくになかったから、その男のことは忘れていたわ。うちの前に車を駐めてたのはその男なの？」

「可能性が高い。じつはあのときのタイヤの痕がその男の車のものと一致してね。ただ、同じタイヤを履いている車はほかにもあるんだよ」

「でも、スポーツクラブの件と考え合わせれば、ほぼ当たりなんじゃない？」

「そう思うんだが、いまのところ立証はできないんだよ。ただ気になる情報が入ってきてね――」

あの車が駐まっていた日の午後三時ごろ、園崎の家の近くの公園の前で、大久保が所有する車と同じダークブルーのＢＭＷが目撃されていたことを聞かせると、紗子は驚きを隠さない。

「じゃあその男、スポーツクラブで私に目をつけて、ずっと私にストーカーをやっていたわけなの？」

「ただ付け回しているだけでまだストーカー行為以前だが、そういう場所に出入りしていたのも、標的にできる女性を物色するためだったのかもしれないな」

「そう言われると思い当たるわ。私と雅人がスクールに通っていたのは日中の午前中で、その時間、スポーツクラブを利用しているのはほとんどが女性なのよ」

「勤め人なら、そういうところに出かけられる時間じゃないね」

「じゃあ、普通のサラリーマンじゃないわけね」

「その気になれば自由な時間をつくりやすい職業ではある」

山下はさらに確信を深めた。国会議員秘書の勤務形態に詳しいわけではないが、いちいちタイムレコーダーを押すような職場ではないはずだ。

「その人、どういう仕事をしているの？　あ、刑事さんにはそういうことを訊いちゃいけないわけか」

紗子はあっさり引き下がる。山下は慎重に言った。

「社会通念から言えば、とくに怪しい職業じゃないんだがね」

「でも、ニュースになるような凶悪事件の犯人って、わりと周囲から見て普通の人だったりいい人だったりという話をよく聞くじゃない」

「そいつの印象はどうだった？」

「服装はカジュアルだけどこざっぱりしていて、一見紳士風だったわね。腕時計や靴もいかにも高級品という感じだったわ」

「その男の車は？」

「わからない。駐車場には何台も駐まっていたし、その人が車に乗り込むところも見ていないから」

「わかった。こっちでも捜査を進めるよ。外出するときは身辺に注意を払ったほうがいい」

「大丈夫よ。その男が近くにいたら、すぐ山下さんに電話するわ」

「そうしてくれ。まさか白昼堂々、凶行に及ぶとは思わないが」

山下はそう応じて通話を終えた。話の内容を伝えると、北沢は言った。

「やっぱりね。もしそうだとしたら、紗子さんが自分を捜査対象にしている刑事の奥さんだとそのあと気づいたのかもしれない。そうなると動機が複雑になりますね」

「逆恨みとか捜査をやめろという脅しか？　少なくとも現在の捜査と無関係だとは言いにくくなるな」

山下は嘆息した。ストーカーをやるような人間ならリサーチもとことんするだろう。あの晩はたまたま紗子が気づいただけで、別の日にも家を見張っていた可能性は高い。そこに園崎が帰宅すれば、大久保なら二つの目的を達成する絶好のチャンスとみたかもしれない。

「大久保を行動確認する必要があるんじゃないですか」

「ただ、まだ事件というほどのことは起きていない。おれのほうで動くにしても、人を大々的に動員するのは難しい」

「そのあたりが私たちの捜査ではいつも障害になりますね。公安なら、事件性とは無関係に怪しいとみれば人を張り付けられますけど」

「生活安全捜査隊が発足したのも、そうした事案に遅滞なく対応するためという考えによるものだが、それにしたって動けるのはあくまで事件が起きてからだ。それまでは動く名目が立たない点では、ほかの捜査部門と変わりない」

焦燥を覚えながら山下は言った。それが刑事事件の捜査の限界なのだ。かといって怪しいと目星をつけた人間をすべて監視下におくことになれば、それはまさしく警察国家だ。そもそもそんなことを始めたら、人手はいくらあっても足りなくなる。

「所轄の警邏《けいら》がパトロールしていますから、そっちに大久保の顔写真を渡しておくくらいならできますよ。車だってそうはざらにないタイプですから、また紗子さんの身辺をうろつくようなら、それで捕捉できるかもしれません」

「そのときは、こちらも予防的な観点で動けるな。事情聴取して口頭で警告するくらいはできる。もっともそれで大人しくなるようなら、そもそもストーカー事件なんか起こしていないわけなんだが」

苦いものを嚙みしめながら山下は言った。

6

山下の連絡を受けて、園崎は紗子に電話を入れることにした。自分の口からも、やはり注意を促しておく必要がある。

自宅の固定電話はしばらく呼び出したあとに留守番電話に切り替わる。外出しているらしい。メッセージは残さずに、今度は紗子の携帯を呼び出してみる。こちらはすぐに応答した。

「いま、外にいるのか」

「そうなの。散歩がてら駅前のスーパーに買い物に行くところ。雅人も一緒よ」

「車じゃないのか」

「最近少し運動不足だったし、きのう買い忘れたものを買い足しに行くだけだから。気分転換にもなるしね」

「山下と話したんだろう、例の不審な車の件？」

「そうなの。山下さんたちが捜査している、過去にストーカー事件を起こした人物の車の可能性が高いらしいのよ。私、その男と会ったことがあって——」

紗子はその経緯を語った。山下からすでに聞いていたが、園崎は改めて耳を傾けた。又聞きより本人から聞く話のほうがはるかに価値があるというのが、刑事が忘れてはいけない心がけなのだ。園崎は問いかけた。

「一見、普通でも、なにか感覚的に嫌なものがあったわけだ」

「そうなの。話し方に下品なところはなかったし、偉ぶっているような感じもなかったし――」

園崎が知っている大久保の印象とはずいぶん違う。紗子は続ける。

「ただ、それがなんとなく作り物のような気がしたのよ。うまく言えないんだけど、別の人格の人間が仮面を被っているような感じかしら」

事情聴取のときや、そのあとの電話でのやりとりで見せた大久保のふてぶてしい態度が地なのか、あるいはそれもいくつもある仮面の一つなのか。

かつて組対部四課にいた時代、腹黒く残忍な本性を猫なで声と紳士面で押し隠した幹部クラスの暴力団員によく出会ったものだった。それが連中の世界でのし上がるために必要な資質で、やくざと体質のよく似た政治という世界の住人にも、似たような人間はざらにいる。

「その後、尾行されたり待ち伏せされた覚えはないいんだね」

「気がつかなかっただけということはあるかもね。私はその男のこと、すぐに忘れちゃったから」

どんなことでも尾を引かない性格なのが紗子のある意味で美点だが、それが裏目に出ていた可能性がなくもない。

「しかし、これからは注意したほうがいいぞ。いまになって、なにやらうごめきだしている気配だから」

「でも駅前まで出かけないといけない用事はいろいろあるのよ。そんなのを怖がって家にばかりいたら、気持ちが腐っちゃうし」

「だったら車にしたほうがいい。徒歩だと、人気《ひとけ》のない通りでなにをされるかわからないから」

「でもいまはまだ、迷惑電話をかけたり待ち伏せしたりといった本格的なストーカー行為はしていないわよ」

「ストーカーだけじゃない。準強制わいせつで警察の厄介になったこともあるらしい。なにをやってくるかは予測がつかないから」

強い調子で園崎は言った。大久保はこれから園崎と会うわけで、少なくともきょうは心配ないことになるが、今後のことを考えれば、気を緩められる状況ではない。

園崎は午後三時ごろに警視庁を出た。

桜田門から月島《つきしま》、門前仲町《もんぜんなかちょう》と乗り換えて西葛西まで三十分ほど。大久保と会うのは午後四時だが、なにか仕掛けている惧《おそ》れがあるから、事前に現地の状況を把握しておく必要がある。

一人で行くことを水沼は心配したが、また水沼の存在が発覚して大久保にへそを曲げられては困る。

今回の事件に着手したのは三ヵ月前で、紗子が大久保と接触したのは一ヵ月ほど前。そのころはまだ内偵中だったが、しらばくれて大久保にも接していて、気どられない範囲で探りを入れたことがある。

そのとき顔と名前を覚えられていれば、園崎が帰宅したとき近くに大久保がいたら、紗子と園崎が彼の頭のなかで結びついたはずで、山下の読みは当たっている可能性が高い。訊いてもしらを切るのは間違いないが、そのときの表情や挙動で腹のなかはある程度読める。それ以上に、そのことに触れてやれば、紗子の身辺に接近しにくくする警告の効果もあるだろう。

紗子の身の安全に関しては不安が残るが、とりあえず大久保とはこれから会うわけで、最低限そのあいだはなにもできない。大久保のほうも、我が身を守るためにいまはなにかと多忙なはずだ。今後さらに追い詰めていけばストーカー行為に走る暇もなくなるはずで、あとは山下たちの仕事に期待するしかない。

ここまでやられているなら目には目をで、園崎としても遠慮する気は毛頭ない。騙されたふりをしてどう騙すか。そこは向こうの出方次第だが、こうなれば刑期をまけてやるどころか、あっせん収賄罪の最高刑で刑務所にぶち込んでやるしかない。

そもそも黒幕が桑原参議院議員なのかどうかも怪しくなってきた。おそらく大久保はその威を借りて、東秋生のみならず、全国津々浦々の市区町村を餌食《えじき》にし、賄賂で私腹を肥やしている——。

そんな読みにいよいよ自信が深まった。主要なターゲットが桑原であることに変わりはないが、大久保がそちらを挙げるためにパスしていいような小者ではないのは間違いない。

西葛西駅には午後三時半に到着した。北口のロータリーに向かうと、大久保はまだ姿を見せていない。きのうと同様、また誰かを伴っていないかチェックを入れているのかもしれないが、きょうは水沼がいないから、それを理由にすっぽかすことはできないはずだ。

まだサラリーマンの帰宅時間前で、駅前の人通りは閑散としている。電車で来るかどうかはわからない。駅前ロータリーを指定したということは、自慢の愛車で来るつもりかもしれないと、行き来する車の流れにも目を向けるが、ダークブルーのＢＭＷはやってこない。

四時になった。大久保はまだ来ない。じりじりしながらさらに十分待った。それでもやってこない。やむなく大久保の携帯に電話を入れると、呼び出し音なしですぐに留守電に切り替わる。いまどき街中で携帯が繋がらない場所はほとんどない。どうやら電源を切っているらしい。

またもすっぽかしか？　そうだとしても理由がわからない。面談を求めてきたのは向こうなのだ。きのうのように誰かが近くにいると勘違いしたのか。しかしあのときは向こうからキャンセルの電話を寄越している。

さらに何度か大久保の携帯に電話を入れたが、やはり繋がらずすぐに留守電に切り替わる。やむなく事務所の固定電話にかけてみる。捜査中止命令が出ている以上、大久保との接触は重要な秘匿事項で、事務所側にも知られたくない。できればそれは避けたかったが、この際はやむを得ないだろう。

大久保とは別の秘書らしい人物が出る。大久保はいるかと訊くと、あなたは誰かとしつこく訊いてくる。しようがないから名を名乗ると、つっけんどんな調子で、大久保はいま外出中で、いつ帰るかは聞いていないと言う。

さらに三十分待っても大久保はやってこない。なにかの事情ですっぽかされたらしい。国外逃避でも図るつもりか、あるいは口封じに何者かに殺害された——。

いくらなんでもそれは考えにくい。それとも表向きこちらの捜査が終結させられたことは大久保の耳にも入っているだろうから、持ちかけた取り引き自体が無用になったと判断し、勝手に方針転換したのかもしれない。

そうだとしたら、今後の捜査がやりにくくなる。大久保をふたたび事情聴取に呼び出すことは難しい。

もちろんここまでの内偵で得た情報はたっぷりあるし、大久保が関わったあっせん利得やあっせん収賄に関しては、ほかの市区町村に対してもやっていた可能性があるというのがこちらの読みだ。

地を這《は》うような捜査になるのは間違いないが、ここまでくればとことん叩き潰すまで闘いをやめる気はない。二課のサンズイ捜査といっても大半は地方の政治家や地方自治体の公務員が対象で、国政に携わる政治家を捜査対象にできる機会はそうはない。

さらに三十分待ったがけっきょく大久保は現れない。諦めて本庁へ戻ろうと駅に向かい、水沼に状況を知らせようと携帯を手にすると電源が落ちていた。バッテリーが切れているらしい。

モバイルバッテリーなどという気の利いたものは持っていない。去年までは頑固にガラケーを使っていたが、水沼が出先でインターネットを使い、捜査に関連する情報をあっさり探し出すのをしばしば見せつけられるうちに、心変わりしてスマホに買い替えた。「ポリスモード」と呼ばれる官給の携帯電話もあるが、その使用目的は情報の共有で、システム的にはむしろ情報がダダ漏れする惧れがあり、保秘が命の捜査二課で使っている者はほとんどいない。

しかしスマホは便利だがガラケーと比べバッテリーの保《も》ちが悪い。しかもガラケーのときの感覚が抜けないからつい充電を忘れてしまう。こうなると金はかかるがガラケーとスマホの両方持ちにするしかないかと悩み始めていたところだった。

7

「なにをしてたんだ。携帯がまったく通じない。大変なことになってるんだぞ」

本庁に戻ると、本間が血相を変えて言う。

「バッテリーが切れてたんです。なにがあったんですか」

「奥さんが交通事故にあった。いま行徳市内の病院にいる。すぐに行け。意識不明の重体だそうだ」

園崎は絶句した。ついさっき元気な妻と話したばかりだった。その声が耳のなかで響いて、本間の話を実感をもって受けとれない。ジョークではないかという気さえするが、本間の表情は深刻だ。園崎は問いかけた。

「息子は？　妻と一緒に外出していたはずなんですが」

「軽い打撲程度で命に別状はない。そちらもいま病院で手当てを受けている」

「どこの病院ですか」

「行徳総合病院だ。千葉県警から連絡があったんだ。知らせてくれたのは山下という生活安全部の警部補だ」

「山下が？」

「事情はよくわからないが、おまえの友人だそうだな。警察無線で奥さんの名前が流れたので、すぐ交通部に確認してくれたようだ。詳しいことは病院にいる警察関係者から聞いてくれということだ。病院の場所はわかるだろう。すぐに飛んでいけ」

怒鳴りつけるように本間が言う。水沼が自分のモバイルバッテリーを差し出した。

「これで充電しながら向かってください。フル充電するには時間がかかりますが、五分もあればとりあえずは使えるようになりますから」

「水沼。お前もついて行け。うちの班はいま開店休業だ。ここでただ心配していても始まらん」

起きている事態がショックなのは間違いないが、付き添いが必要なほど気落ちはしていない。むしろいまはなんとか妻を救いたい思いで気が張っている。

しかし万一のことを考えたとき、自分が正常な判断力を保てるかどうか自信はない。私用に同僚を付き合わせるのがあとで問題にならないか気になるが、本間は意に介する様子もない。その言葉に甘えることにして、園崎は水沼とともに刑事部屋を飛び出した。

玄関前の乗り場でタクシーを摑まえ、行徳総合病院へと指示をする。またしても大久保にすっぽかされたことを教えると、水沼はいまいましげに舌打ちをした。

「けっきょく逃げたんですよ。捜査が潰されたことを知って、当面危ない橋を渡る必要がなくなった。こうなったら別の事案をほじりだしてやりましょうよ。こういうことはたまたま東秋生だけで起きたわけじゃないでしょうから、徹底して嗅《か》ぎ回れば似たようなケースが必ず見つかりますよ」

「おれもそれは考えていたよ。別件なら今回の捜査中止命令は関係ない」

「手口がわかってるんだから、必ず端緒は見つかりますよ。大丈夫です。奥さんは必ず回復します。僕が遊びにいくと、奥さんはいつも自分は園崎さんのファンだと言ってました。園崎さんが解決した事件が新聞に載るのを見るのが妻としての生き甲斐だって——。いまこんな時期に園崎さんを悲しませるようなことは絶対にしませんから」

「そう願いたいよ。彼女が喜ぶ顔を見るのがおれにとっても生き甲斐だ。大事なのは、出世することよりも刑事として立派な仕事をしてくれることだって、いつも言ってくれていた」

言いながら覚えず嗚咽《おえつ》が漏れた。そのとき園崎の携帯の呼び出し音が鳴りだした。充電がある程度進んだらしい。モバイルバッテリーのコードを繋いだまま園崎が応答すると、慌てた調子の山下の声が流れてきた。

「やっと繋がったか。なにしてたんだ。紗子さんが大変なことに——」

「係長から聞いていま病院に向かっているところだ。携帯のバッテリーが切れてたんだよ」

「こんなときになにやってるんだよ。おれはいま北沢と一緒に病院に来ている。紗子さんは

ＩＣＵ（集中治療室）にいる。内臓破裂と頭部の打撲で極めて危険な状態だ」

背筋を重い衝撃が突き抜けた。言葉を失う園崎に山下は続ける。

「いま交通捜査課が初動で動いているんだが、犯人はまだ見つからない」

思いがけない言葉に、思わず問い返した。

「犯人が？　つまり轢《ひ》き逃げなのか？」

「そうなんだ。現場は狭い脇道で人通りも少ない。近くの家の人が外でドンという鈍い音がしたあと雅人君が泣いているのに気づいて外に出て、路肩に倒れている紗子さんを見つけたらしい」

「轢き逃げなのは間違いないんだな」

「路上には強いタイヤ痕があり、ヘッドランプの破片が落ちていたらしい」

慄《おのの》くものを覚えて園崎は訊いた。

「ひょっとしてそのタイヤ痕、大久保の車のと一致しなかったか」

「いま交通鑑識にその写真を渡して確認してもらっている。ヘッドランプの破片からも車種は特定できるはずだ。おまえがこっちに着くころには答えが出ると思うよ」

「じつはこれは捜査上の機密で、絶対に外部に漏らして欲しくないんだが――」

きょうの四時に大久保と会う予定だったのが、すっぽかされて連絡もとれない状況だと説明すると、山下は驚きを隠さない。

「タイヤ痕が大久保のと一致したら、もう決まりと考えていいな。おまえと会う約束をすっぽかしたのは、そっちの用事で忙しかったからだろうよ」

「しかしそうだとしたら、取り引きを口実におれにしつこく面談を求めてきた理由がわからない」

「そうだな。アリバイづくりのためならお前に会っていなきゃ意味がない」

山下は唸る。園崎は言った。

「そもそもタイヤ痕が大久保の車と一致するかどうかもわからない。もし紗子を狙ったとしても、そのための凶器に馬鹿高い愛車を使うかどうかだ。そういう車が足がつきやすいのはわかっているはずだし」

「いずれにしても、きょうのすっぽかしが紗子さんの事故と無関係だとは考えにくい。できればその点を交通捜査課にも伝えておきたいんだが、それじゃおまえのほうに支障があるわけだろう」

「じつはそのことはうちの班のなかでも内緒にしていて、係長と相棒の水沼しか知らない。ばれると係長の首まで飛びかねない」

「そっちにもいろいろ事情があるわけだ。いまはおれもそれ以上は聞かないほうがよさそうだな」

「ただなにかのときのために頭に入れておいて欲しいんだよ。そこがこの先、重要なポイントになるかもしれない」

穏やかならざる思いで園崎は言った。深刻な調子で山下も応じる。

「おれのほうは、いまのところ捜査に直接乗り出せる立場じゃない。いま病院に駆けつけているのも、被害者と私的な関係があるからという理由で関係者との連絡役を買って出ているだけなんだ。ただしタイヤ痕やヘッドランプの破片から大久保の車と同一車種だという答えが出たら、交通捜査課に共同捜査の申し入れをするよ。ストーカーに関わる部分については、すでにこっちが着手していた事案なわけだから」

「おれのほうも、これからなんとかして大久保と連絡をとる。向こうだってそういつまでも携帯を切ってはいられないだろう。そのときの口の利き方である程度腹の内は探れるかもしれない」

「わかった。大久保と連絡がついたら、まず紗子さんが事故に遭った時刻、どこにいたかだけ確認してくれ。通報者の話から判断するとおおむね午後四時二十分くらいだな。もっともやっていたとしたら正直に言うはずもないが」

「誰かと口裏を合わせるくらいのことはするだろうな。とにかく急いでそちらに向かうよ」

「ああ。紗子さんの実家にも連絡したほうがいいだろう。そっちはお前がやってくれ」

切迫した調子で山下は言う。紗子の実家は横浜で、到着するまでにはやや時間がかかるだろう。園崎の母は一昨年他界していて、こちらはとりあえず連絡する先がない。

さっそく実家に電話を入れた。状況を説明すると、義母は動転した様子で、いますぐ病院に飛んでいくという。通話を終えて事情を説明すると、水沼は驚いたような顔で応じる。

「紗子さんが大久保に付け狙われていたんですか。県警が単に大久保の過去の性癖を調べたついでに、大久保の自宅もチェックしてくれただけかと思っていましたよ」

「うちの前に駐まっていた車の件はあくまで私事だし、それが大久保の車で、乗っていたのが大久保だったという証拠はなかったわけだから、おれとしても腹にしまっておくしかなかった。それが予断に繋がってはまずいと思ってな」

「しかしこうなると、結果としては予断と言い切れない部分もあるんじゃないですか」

「たしかにそうなんだが――」

苦い気分で園崎は言った。その時間、自分と大久保が会っているという想定を信じ切って、紗子に対する注意喚起が甘くなったのは間違いない。

あのときすぐに家に戻るように言っていれば、この事件は未然に防げたのかもしれない。そこは大いに悔やまれるが、いまこの時点でも、やったのが大久保だという確証はない。

どうせ出るはずもないと思いながら大久保の携帯に電話を入れると、今度は数回の呼び出し音で応答した。

「なんだ、園崎さんか。なにか用かね」

そのすっとぼけた調子には意表を突かれた。約束の時間に姿を見せなかった言い訳くらいはするものと思い込んでいたが、その期待がのっけから崩された。

「ふざけたことを言うなよ。きょう会う話はそっちから言ってきたことだ。都合が悪いんなら、電話の一本も入れたらどうだ」

「なに寝とぼけたことを言ってるんだ。そんな話は知らないよ。出まかせもいいとこだ」

「きょうの午後四時に、西葛西駅北口のロータリーで会うと、きのう約束しただろう」

「おれがそんな約束するわけがない。そもそもどういう理由があって、おれを追い回そうとしている刑事と会わなきゃいけないいんだよ」

大久保はあくまでしらを切る。当初から引っかけるつもりだったのは間違いない。大久保とは電話で話しただけで、それを録音していたわけではない。否定されてもこちらは反証するすべがない。そのしらばくれた態度がどういう思惑によるものなのかがわからない。憤りを隠さず問いかけた。

「要するに、おれをはめたわけだ。約束をすっぽかしているあいだ、おまえはどこでなにをしていた？」

「どうしてそんなことを聞くんだよ。あんたには関係ないことだろう」

「ところが大いに関係があるんだよ。おれはあの時間のアリバイを訊いている」

「アリバイ？　まるで犯罪者みたいじゃないか。いったい、おれがなにをしたと言うんだよ」

乾いた声で大久保は笑った。

第四章

1

病院に到着して面会の手続きをとり、ＩＣＵのある病棟に駆け込むと、山下と北沢がナースステーション前のベンチで深刻な様子で話し込んでいた。

園崎と水沼の姿を認めると、山下は立ち上がり急《せ》かすように言う。

「早く面会の手続きをしろ。ＩＣＵは別途、手続きが必要なようだから。おれたちは家族じゃないから面会できないし、詳しい容態《ようだい》も教えてもらえない」

慌ててナースステーションに向かうと、身分証明書の提示を求められ、園崎は運転免許証を提示した。それで確認がとれ、看護師に案内されてＩＣＵに向かった。水沼は山下たちのところに居残った。

様々な医療機器に囲まれたベッドがいくつも並び、医師や看護師が忙《せわ》しなく動き回るＩＣ

Uは、清潔だがどこか無機質で、一般病棟のような人の匂いを感じさせない。

案内されたベッドで、紗子は頭部に包帯を巻かれ、口元には酸素マスクがあてがわれ、体のあちこちに点滴のチューブや脳波計、心電計のケーブルが繋がれて見るからに痛々しい。しかしかすかに寝息を立てているその表情は穏やかで、頭に思い描いていた悲惨な交通事故被害者の印象とはほど遠い。

「紗子、大丈夫か？　おれがわかるか」

園崎は枕元に歩み寄って声をかけた。軽く肩を揺すっても、紗子はなにも反応しない。不安を覚えてさらに揺すろうとすると、付き添ってきた若い看護師が慌てて制止する。

「いけません。いま緊急手術を終えたばかりで、絶対安静なんです」

「緊急手術？」

不安を隠さず問い返すと、看護師は落ち着いた口調で説明する。

「内臓に損傷があって、緊急手術したのはそちらのほうです。無事に終わりましたのでご安心ください」

「頭部の打撲は？」

看護師は一瞬口ごもってから、言いにくそうに説明する。

「そちらは手術が不適応なんです。いまは薬で脳圧の上昇や出血を抑える治療をしています。詳しいことは先生から聞いてください」

「危険な状態なんですか」

「私には詳しいことはわかりません。それは先生に――」

看護師は困惑したように同じことを繰り返す。そのとき背後から声がかかった。振り向くと、白衣を着た四十代くらいの快活な印象の人物が立っている。

「主治医の中村《なかむら》です。いまは麻酔が効いていますのでお話はできません」

「麻酔が切れれば意識は戻るんですね」

その言葉に勇気づけられて問い返す。しかし医師は厳しい表情で首を横に振る。

「麻酔が切れても、意識が戻るかどうかは予断を許さない状態です」

話しぶりは率直で、概して好感の持てる人物だ。しかし口にしたその言葉は、園崎の心をぐさりと抉《えぐ》った。

「脳の損傷が激しいということなんですか」

「CTスキャンの結果ではかなり重篤《じゅうとく》です。意識障害が長期にわたることもあり得ます」

「死亡することも？」

口にしたくはない言葉だが訊かないわけにはいかない。医師は黙って頷いた。体全体から力が抜けた。すがるような思いで確認した。

「助かる見込みはないんですか」

「いま申し上げたのはあくまで最悪の場合です。こうした重篤な脳挫傷の場合、予後の判断が非常に難しいんです。ほとんど後遺症もなく退院される患者さんもなかにはいます。その一方で重い後遺症が残ってしまうケースもあれば、いわゆる植物状態に陥ってしまうケースもあります」

医師は淡々と説明する。けっきょくなにも答えていないのに等しいが、医学的な見地からは、いまそれ以上のことは言えないのだろうと納得するしかない。

「そのまま死ぬこともあるんですね」

園崎はもう一度確認した。希望を持ちたいのは山々だが、最悪のケースがそうであるなら、そこから目はそらせない。

そんな生死の境をさまよっているはずの紗子の顔が、不思議に血色がよく表情は穏やかで、かすかに微笑《ほほえ》んでいるようにさえ見える。いまにも昼寝から目覚めるように、あくびをしながら起きだしそうな気がしてくる。

ほんの三時間ほど前に言葉を交わしたばかりだった。そのときの元気な声が耳にこびりついて離れない。いま起きていることが嘘だとしか思えない。そんな印象のギャップに戸惑いながら答えを待った。医師は真剣な表情で口を開く。

「まだ答えの出せる状況ではないんです。我々も手を尽くします。決して希望がないわけじゃありません」

園崎としてはその言葉を信じるしかない。紗子の手を握りしめる。その手はひんやりとしてなんの反応も示さない。祈る思いで園崎は言った。

「どうかよろしくお願いします。元気な妻に、ぜひもう一度会わせてください」

「お気持ちはわかります。容態に変化があれば、随時ご連絡します」

実直な口ぶりで医師が言う。傍らから先ほどの看護師が声をかける。

「息子さんにお会いになりますか。いま小児病棟にいます」

「大きな怪我はなかったと聞いていますが、どんな状態なんですか」

不安な思いで問いかけると、医師が代わってそれに答える。

「私は息子さんの担当じゃないんですが、軽い打撲と擦《す》り傷があるくらいで、骨折や脳や内臓の損傷はなさそうです。ただ担当の小児科の医師は、今夜一晩入院してもらって経過観察をする必要があると言っています」

「妻が重体だということを、息子は知っているんですね」

「ええ。事故の現場にいたわけですから、相当ショックを受けているはずです。PTSD（心的外傷後ストレス障害）の兆候も見られるということです」

怪我が軽いと聞いてその点は安心していたが、現場の近くの住民が事故に気付いたのは雅人の泣き声でだという。そのときの雅人のショックは並大抵のものではなかったはずだ。新たな不安を覚えながら看護師に訊いた。

「病棟を教えてください」

「私がご案内します」

看護師はてきぱきと先に立って歩きだす。園崎はそれに続いた。

2

小児病棟はエレベーターで数階昇ったフロアーにあった。エレベーターホールに向かう途中、ナースステーションの前を通ったが、園崎の深刻な表情を見てか、山下たちは黙って見守るだけだった。

案内してきた看護師は小児病棟のナースステーションで事情を伝え、こんどはそちらの看護師が状況を説明しながら園崎とともに病室に向かった。

病室には六人ほどの患者がいて、近くのベッドには子供と付き添いの母親らしい女性の姿も見えるが、雅人のネームプレートのあるベッドはカーテンで閉ざされていた。

看護師がカーテンを開けると、雅人は小エビのように体を丸め、こちらに背を向けている。体が小刻みに震えているから、眠っているようでもない。

「雅人。パパだよ」

園崎は穏やかに声をかけた。雅人は警戒するように起き上がってこちらを向き、園崎の顔を確認する。その目に大粒の涙が溢《あふ》れ出した。右腕に包帯が巻かれ、左の頬《ほお》に大きめの絆創《ばんそう》膏《こう》が貼ってあるだけで、外傷が軽いという話は本当らしい。

「パパ――。ママはどうしたの？　死んじゃったの？」

園崎はその小さい体を抱きしめた。いまもそのときの恐怖に直面しているかのように、雅人の体は硬く強張《こわば》っていて震えも止まらない。

「早く退院できるようにいま頑張っているんだよ。もう少ししたら必ず元気になって帰ってくるから、寂しいかもしれないけどもうちょっとの我慢だ」

ＩＣＵは十二歳以下の子供の面会が禁じられているとのことで、紗子が一般病棟に移るまで雅人を会わせることはできない。それがいつまで続くのか、あるいはこのまま生きた紗子に会わせられないかもしれないと思うと痛切なものが込みあげる。

「本当なの？　ママは元気になるの？　早くママに会いたいよ」

雅人は泣きじゃくりながら園崎にしがみつく。慈《いつく》しむようにその背中を撫でるうちに、園崎の胸に滾《たぎ》るような怒りが湧いてきた。

看護師は別のベッドに回って声かけをしている。園崎は声を落として問いかけた。

「雅人。ママを撥《は》ねたのはどんな車だった？」

「青くて、大きな車だった」

「青いって、暗い感じの青か。それとも空色？」

「暗い感じだった」

雅人はしゃくり上げながら頷いた。ダークブルーの大きな車――。大久保のＢＭＷの特徴と一致する。

看護師の説明では、ＰＴＳＤの懸念があるため、雅人も肉親以外は面会謝絶にしているとのことだった。つまり警察関係者は唯一の目撃者である雅人の証言をまだ聞いていないわけだろう。

「ちょっと待っててくれるか。もうじき横浜のお祖母《ばあ》ちゃんが来るから」

「どこへ行くの？」

雅人はいかにも心細そうだ。努めて力強く園崎は応じた。

「山下のおじさんが病院に来てるんだよ。いま雅人から聞いた話を伝えて、ママを撥ねた犯人を早く捕まえてもらわないと」

「山下のおじさんが捕まえてくれるの？」

雅人は瞳を輝かせる。園崎は頷いた。

「パパは警視庁の刑事だから、千葉県で起きた事件は捜査できないんだ。山下のおじさんはママのことをよく知ってるし、いまもとても心配してくれている。きっと犯人を見つけてくれるよ」

「捕まえて、刑務所に入れてくれるんだね」

「ああ、絶対にな」

園崎は頷いて、雅人の体をもう一度強く抱きしめた。

3

ＩＣＵの病棟に戻り、ナースステーションの前のベンチで待っていた山下と北沢と水沼に声をかけ、廊下の突き当たりにある談話コーナーに移動して、紗子と雅人の状況を報告した。

「どっちも深刻だな」

顔を曇らせて山下が言う。園崎は頷いた。

「それについては病院頼みで、おれにできることはなにもない。しかし紗子をあんな目に遭わせた犯人を捕まえることはできる。いま雅人から聞いたんだが――」

紗子を撥ねた車がダークブルーの大型車だったらしいことを伝えると、北沢は残念そうに首を横に振る。

「さっき所轄の交通課から連絡があったんです。路上に落ちていたヘッドランプの破片は大久保の車のものではありませんでした。タイヤ痕も紗子さんが撮影したものとは違っていました」

「そうなのか。車種は？」

「セレナです。ミニバンタイプだから雅人君には大きな車に見えたんでしょう。路上で採取された塗料片から、ボディカラーはダークブルーだと判明しています」

「その点は想定が狂ったな。じつはさっき大久保と電話で話をしたんだ――」

西葛西の駅前で午後四時に待ち合わせをし、すっぽかされたことを教えた。水沼はまだそのことを話していないようだった。しかしこの状況では、もはや保秘にこだわる意味はない。

山下は勢い込んだ。

「事故があったのはほぼその時刻だ。車種の件はともかく、大久保がやった可能性は否定できないな」

「問題はその時刻の大久保のアリバイだよ。何度も携帯に電話を入れたが、圏外で通じない。どうも電源を切っていたようだ。やっと応答したのはこっちに向かう車のなかだった」

「大久保の反応はどうだった？」

「その時刻、どこにいたのか聞いてやると、あんたには関係ないことだろうと言いやがる。だからといって轢き逃げの件を追及するだけの根拠がまだこちらにはないし、それは千葉県警の仕事だから、今後の捜査に影響があってはまずいと思って触れなかった。しかしあの舐めた態度からすると、身に覚えがあるのは間違いないよ」

「ばれるはずがないという自信があるわけだ。なんらかのかたちで関わっていたにせよ、実行犯ではないのかもしれないな」

山下は唸る。北沢が首を傾げる。

「だったら、むしろアリバイを主張するんじゃないですか。それじゃわざわざ疑惑を招くようなものですから」

「たしかにそうだな。そもそもそういう犯行に人目を引く自慢の高級外車を使うはずもない。レンタカーかもしれないし、盗難車両の可能性もある」

山下も頷く。黙って聞いていた水沼が口を開く。

「やはりアリバイがないんですよ。嘘のアリバイを主張すればこちらの裏とりですぐにばれる。そうなると言い逃れはできません。事実上、罪を認めたことになってしまうでしょう」

「あいつならそういう悪知恵は働くだろうな。しかしわざわざおれと会う約束をしてすっぽかした。その理由の説明がつかない」

園崎は割り切れない思いを口にした。水沼が身を乗り出す。

「たぶん最初は取り引きする気があったんですよ。ところが政治筋からの圧力で東秋生の捜査に幕が引かれた話を耳にした。それならわざわざ藪蛇《やぶへび》になる取り引きをする必要はないと考え直したんじゃないですか」

「だったらどうして紗子を襲ったのかがわからない」

園崎は自問するように問いかけた。水沼はあっさり答えを返す。

「園崎さんがその程度のことで追及を諦めるとは思っていなかった。つまり恫喝の意味があったんだと思います。ここで手を引かないと大変なことになるぞと——。ところが加減を間違えてやりすぎてしまった」

いささか強引だが、十分あり得る解釈だ。北沢は別の考えを口にする。

「大久保にはストーカーと準強制わいせつの前歴があります。彼らの行動は予測しがたくて、単に被害者に危害を加えるだけで喜びを感じるタイプもいるんです。おそらく警察が認知していたのは氷山の一角でしょう。それを政治の力を利用して握り潰してきたとしたら、図に乗ってそのうち極端な行動に走ることになる。スポーツクラブの件や、園崎さんの自宅周辺に駐まっていた不審な車のことを考えると、園崎さんが追っていた事案とは別に、紗子さんが標的になっていたということもあり得ますから」

北沢の見解も一考に値するが、その分野が専門ではない園崎にはいま一つしっくりこない。というより、先ほどの電話での大久保の態度がいかにも腹に一物《いちもつ》ありそうで、一筋縄ではいかないような気がしてならない。

「でも轢き逃げというのは、案外検挙率が高いんです」

北沢が自信をのぞかせる。以前は交通部にいたからそのあたりの事情はよくわかっているだろうが、じつはそれがかなり楽観的な話だということは、畑違いの園崎も知っている。

同じ轢き逃げでも、死亡事故での検挙率は一〇〇パーセント近いが、重傷事故なら七〇パーセント強、軽傷を含めた全体では六〇パーセント弱とさらに低下する。

そこは殺人事件と似ていて、日本の警察の殺人の検挙率は九五パーセントを超え世界有数だが、空き巣などの窃盗犯となると三〇パーセント未満と世界的に見てもごく低い。要はマンパワーの問題で、軽微な犯罪には人手が割《さ》けないのがその理由だ。

紗子は死んではいないが重傷で、県警も捜査にはかなり力を入れるはずだ。しかしもし通常の轢き逃げ事故ではなく、殺人未遂に該当する意図的な犯行だとしたら、当然なんらかの計画性がある。足がつかないように事前の準備を周到に行なっているはずで、その場合は、一般の轢き逃げ事件のように簡単には犯人を割り出せないだろう。

そう考えだすと、あの電話での大久保の人を食った態度に、どういう意味があるのかいよいよ気になってくる。

「大久保が犯行時刻に園崎さんからの電話に応答していれば、令状を取ってそのときの位置情報を調べられるんですが、電源を切っていたとすると、記録そのものが残っていないわけですからね」

水沼は口惜《くや》しそうだ。電話会社が通話記録を残している理由はあくまで料金請求のための基礎データとしてで、警察の捜査に協力するためではない。だから料金が発生しない不着信の記録は残さない。

それを計算に入れて電源を切っていた可能性があるが、その点をいくら問い詰めても、携帯が鳴ると困る場所にいたから電源を切っていたと大久保はしらばくれたし、その主張を覆《くつがえ》す手段もこちらにはない。

「でも車はすぐに見つかりますよ。ヘッドランプが壊れたセレナを探せばいいんですから。まだ遠くには行っていないはずだし、そもそもそんな状態でこの時間に公道を走っていたら、すぐに警察に捕まりますから」

北沢は古巣の交通部に期待を寄せる。しかし車は見つかるかもしれないが、それが盗難車であれば持ち主と犯人は別人だ。園崎は首をひねった。

「計画的犯行だとしたら、すでにどこかに乗り捨ててるんじゃないのか。その場合、使ったのはたぶん盗難車だろう。だとしたらそこから大久保へと繋げていくのは難しい。そこまで計画性があったとしたら、車に指紋のような物証を残しているとは考えにくい」

「盗難車なら、いまどきの駐車場はほとんどが防犯カメラを備えていますから、その映像で大久保を特定できるかもしれませんよ」

北沢は張り切る。しかし山下は懐疑的だ。

「防犯カメラってのは案外当てにならないからな。近頃はフルHDとか解像度の高いのもあるが、そんなのはまだごく一部で、金のかけられる商業施設に限られる。駐車場やコンビニなんかはほとんどが低解像度のアナログ画質だ。ストーカーや強制わいせつの事案で防犯カメラの記録を見せてもらうことがよくあるが、たまたまどアップで撮影されたものじゃなきゃ、画像から犯人を特定するのはまず難しい」

園崎はなお期待を滲ませた。

「誰かが犯行直後の車を目撃していればいいんだが」

「いま所轄の交通課が周辺で聞き込みをしています。じきに目撃証言が出てくるんじゃないですか。車種はわかっていますから、ナンバーの一部でも覚えている人がいたらほぼ特定できますよ」

北沢が言う。園崎は問いかけた。

「ここ最近で、セレナの盗難車の情報は？」

「千葉県警には出ていません。警察庁のデータベースも確認しましたが、ここ数週間では千葉・東京方面でセレナが盗難された事件はありません。もちろん全国の警察本部から上がる情報が反映されるまでには若干のタイムラグがありますので、もうしばらく待ってみる必要がありますが」

「しかし、現場は人通りがなかったとしても、周辺の道路でならヘッドランプが破損した車を見た人がいてもよさそうなもんだが」

山下は苛立《いらだ》ちを隠さない。

4

そのとき、ナースステーションに義母の柿沢聡子《かきざわさとこ》の姿が見えた。園崎は駆け寄って患者の母だと説明した。応対したのは先ほどの看護師で、その説明で了解し、二人をICUに誘った。

電話連絡をしたとき、義母はひどく動転していたが、横浜からこちらへ向かうまでに気持ちはだいぶ落ち着いたようだった。話しぶりも気丈で、むしろ園崎が励まされるような格好だった。

紗子はいまも意識が戻っていない。義母は紗子の手を握り、愛情の籠《こも》った声で呼びかけた。

「紗子。大丈夫よ。私がついているからね。省吾さんもいるんだから、必ず元気になるわよ。こんな若さで死んだりしたらだめよ。省吾さんのためにも、私のためにも、雅人のためにもね。みんなあなたが大好きなんだから――」

そう語りかける声に次第に嗚咽が交じる。先ほどの主治医の説明をそのまま伝えるべきかどうか園崎は迷ったが、いずれは医師から聞くことになるだろう。そんな思いを察したように、聡子のほうから問いかける。

「紗子はどんな具合なの？　お医者さんはなんて言ってるの？」

園崎は医師から聞いたありのままを語った。聡子は冷静に話を聞き終え、自らの希望をも掻《か》き立てるかのように園崎に言った。

「大丈夫よ、省吾さん。紗子は絶対にあなたを一人になんかさせないわ」

園崎はすでに両親を失い、一人っ子できょうだいもいない。紗子も高校生のとき父を失い、母一人の手で育て上げられた。そんな二人の境遇に感じるところがあるのだろう。義母の聡子は実の母のように園崎に接してくれる。紗子にとっても、雅人の子育ての面で彼女の援助は不可欠と言っていいものだ。

世間でいうイクメンとは真逆の園崎の生活パターンに苦言を呈することもない。聡子の父もじつは警察官で、それもあってか園崎の仕事にはすこぶる理解がある。紗子が警視庁の職員を志望したのも、そんな縁で警察への親近感があったかららしい。

「私もそれを信じます。詳しいことはあとで主治医に聞いてください。中村という先生です。先ほど話した感触では、信頼していい人物のような気がします」

「刑事さんがそう言うんだから、きっと間違いないわね」

テレビドラマの刑事は別として、普通の市民でここまで刑事に信頼を寄せる者は少ない。聡子の父は神奈川県警捜査一課の刑事から叩き上げ、最後は鶴見《つるみ》署の署長を務めたと聞いている。

「紗子をあんな目に遭わせた犯人は、必ず検挙します。いま千葉県警が捜査を進めていて、車種とボディカラーは特定できました。紗子を撥ねたときヘッドランプも損傷しているので、それも重要な手掛かりになります」

大久保に対する疑惑についてはここではまだ言えない。園崎にとってはいまも秘匿捜査の対象であり、紗子の事件への関与にしても、いまは憶測の域を出ていない。聡子が問いかける。

「千葉県警というと、担当しているのは山下さんという刑事さん？　あなたのお友達で、紗子も親しくお付き合いしている人だと聞いているけど」

「事故のことを最初に知らせてくれたのが山下なんです。いまも病院に来てくれています。ただ彼は交通事故が専門じゃないので、いまは捜査に携わる立場じゃないんです」

「でもそういう人がいてくれれば心強いわ。省吾さんは警視庁の刑事だから、千葉県警に任せるしかないんだし」

父親が警察官だったから、そのあたりのことを聡子はよく知っている。

「捜査状況については彼が随時知らせてくれるはずです。県警の交通部も力を入れて捜査を進めてくれているようです」

「そこはお任せするしかないわね。警察の捜査に素人は口出しするなというのが父の口癖だったの。新聞に載るような事件を担当しているときに、うっかりその話をするといつも叱られたものよ」

聡子はそう言って小さく微笑んで、紗子の頬に手を添え、耳元で囁《ささや》いた。

「あなたは強い子よ。決して負けたりしないわよ。雅人のことも心配しないで。私がちゃんと面倒を見るから。しばらく行徳の家に居候《いそうろう》させてもらって、食事もつくるし幼稚園への送迎もするし、もちろんあなたのお見舞いにも来るわ。省吾さんの仕事に差《さ》し障《さわ》りがないようにするから安心して。こんなことで省吾さんが犯人を逃がしたりしたら、私が父さんに叱られるから」

そんな聡子に園崎は促した。

「雅人も見舞ってやってください。小児病棟にいます」

「ああ、そうね。怪我が軽いと聞いていたから、つい紗子のことで頭がいっぱいになって――。雅人は元気なの？」

「怪我のほうは心配なさそうです。ただひどいショックを受けているようで――」

ＰＴＳＤのことを説明すると、聡子は声を詰まらせた。

「そうだと思うわ。そんな場所に居合わせたら、大人だってショックを受けるものね。可哀そうに――」

雅人に甘いという点では聡子は園崎と双璧で、紗子からはいつも苦言を呈されている。

「ご一緒します。とにかく顔を見せてやってください。今夜一晩経過を観察して、場合によってはしばらく入院させることになるかもしれません」

「ちゃんと治さないと。まだ小さな子供だもの。後遺症が残ったら大変だわ。私が付きっきりで世話をするわよ。でもその犯人、本当に許せない。何の罪もない二人をこんな目に遭わせて――」

聡子は声を震わせた。

大好きなお祖母ちゃんの顔を見ると雅人の体の震えはぴたりと止まり、優しく言葉をかけられるうちに、それまでの緊張が解けたのかすやすやと寝入ってしまった。

そんな様子にとりあえず安堵し、聡子は健康保険証や身の回りの物をとってくると言って、行徳の園崎の自宅に向かった。

5

園崎は病院での状況を電話で本間に報告した。親身な調子で本間は応じた。

「あすからしばらく休暇をとれ。仕事も大事だが、それ以上に大事なのは奥さんだ。悔《く》いを残すようなことがあっちゃいかん」

その言葉には最悪の事態も考えろというニュアンスが込められている。もちろん園崎もそうしたいのは山々だが、一方で今回の事件に大久保が関与している感触はますます強まった。千葉県警の今後の捜査で大久保が浮上する可能性もなくはない。しかしあの電話での太々《ふてぶて》しい態度を見れば、容疑が及ばないようななんらかの対策を講じている可能性がある。

そうだとしたら交通部の手に負える事件だとは思えない。彼らは轢き逃げや悪質運転の捜査に関してはエキスパートかもしれないが、もしこちらの読みどおり計画性のある犯行だとしたら、交通部ではなく刑事部捜査一課が担当すべき事案だ。

その計画性を立証するうえでの糸口は、ひとつは山下たちが把握していた大久保のストーカー性向だが、事件があった時刻の行動が把握できなければ、それを大久保の犯行に結びつけることは難しい。

しかし園崎たちは大久保の日頃の行動範囲については情報を蓄積している。県警がアリバイを追及すれば、いつまでもしらばくれてはいられないはずだ。その際は園崎たちが裏をとればいいし、しらばくれ続けるなら大久保が立ち寄りそうな場所をすべて当たって、そのどこにもいなかったことを証明すればいい。

もちろん実行犯が別にいる可能性がないではないが、それについても、これまで関心のなかった政界や地方自治体関係以外の人脈をとことん洗えば、そうした仕事を請け負いそうな裏社会の人脈との接点が見つかるかもしれない。

そう考えれば園崎にもやれることはいくらでもあり、紗子の事件は本命のあっせん利得罪やあっせん収賄罪容疑を解明するうえでも格好の別件だ。そちらの容疑で勾留されれば、大久保は逃げも隠れもできなくなる。県警の協力を得てじっくり事情聴取して、証拠を固めて再逮捕し、改めてそちらの容疑で送検できる。

「数日は休ませてもらいますが、長期にわたるようになると、大久保を取り逃がすことになりかねません。いまの私にとって大久保は二重の意味での敵になりました。妻の事件にあいつが絡んでいるのは間違いありません。その大久保を取り逃がすようなことになれば、妻に申し開きができませんから」

強い確信をもって園崎は言った。大久保のストーカー性向のみで説明できる事案ではない。あっせん収賄やあっせん利得容疑の立証に執念を燃やしていた園崎への逆恨みがその動機だとしたら、捜査上の機密とはいえ、そのことを妻に伝えなかった自分にも責任がある。

「おれもあいつが無関係だとは思わんよ。固い証拠が出てくれれば、上の意向は撥《は》ね退《の》けて、一気に逮捕にも踏み切れる。逮捕状を発付するのは裁判所で、捜査二課長でも検察でもないからな。しかしそこまでもっていくにはもうしばらく時間がかかる」

「しかし妻があんな目に遭ったのは大久保の事案に私が関わっていたからで、そこにもう少し注意を払うべきだった。山下たちが提供してくれた情報を甘く見ていたのは間違いありません」

「そう自分を責めるなよ、保秘の徹底はおれたち二課の捜査の肝《きも》だからな。たとえ家族でも例外じゃない。それでおまえが自分を責めるんだったら、二課の刑事は全員人でなしだよ」

「ただ二課というのはとくに被疑者から恨みを買いやすい部署ですから。そこをわかっていながらやはり注意を怠った。保秘云々《うんぬん》の問題以前に、二課の刑事として脇が甘かったのは確かです」

園崎は慚愧《ざんき》の念を滲ませた。慰めるように本間は言う。

「だからといっておれたちのお得意さんが、全員大久保みたいな変質者というわけじゃない。

揃いも揃って人間の屑《くず》には変わりないがな」

紗子と大久保の接点については、病院へ向かうタクシーのなかからすでに本間に伝えてある。

「この一件が私に対する恫喝だとしたら、それで追及の手を緩めれば、まさしく大久保の思いどおりですよ。そんなことでは怯まない。いやそれどころか、とことんおまえを追い詰めてやると宣戦布告してやる必要があるでしょう」

「そこはもちろんそうなんだが、おまえと水沼だけでできることは限られる。かといって班全体を動かせば、上がしゃかりきになって潰しにかかる。終いにゃおれが飛ばされて、二課長の飼い犬みたいなのが後釜になるだろう。そうなったら、おまえも水沼も手足をもがれることになる」

「それどころか、私も離れ小島の駐在所に配転になるかもしれませんよ」

「それもあり得るな。しかし大久保にそれほどの実力があれば、なにも今度のような事件を起こす理由はない。そう考えるとバックグラウンドは単純じゃなさそうだ。そこに持ってきて大久保にストーカー性向があるとなると、おれたちだけで手に負える事案でもなくなるな」

「そっちは山下たちの領分です。彼らも本気で動いてくれるはずです」

「だったらむしろ、いまは向こうに期待すべきじゃないのか。彼らはおれたちみたいに手足を縛られていない。単なる轢き逃げ事故じゃないとすれば殺人未遂だ。捜査一課が乗りだしたら、政治家や大久保みたいなごろつき秘書が口出しできる事案じゃなくなる」

本間はどこか引き気味だ。言いたいことはよくわかるが、あの電話の調子から言えば、大久保の標的が園崎だったのは疑いようもない。しかも妻と息子に危害を加えるという卑劣極まりないことをやってきた。園崎本人に対してならやむを得ない。警察官になった以上殉《じゅん》職《しょく》もあり得ると腹を括って生きてきた。しかしいま生死の境をさまよっているのは紗子なのだ。湧《わ》き起こる憤りを吐き出すように園崎は言った。

「そのごろつきを地獄の底に叩き落としてやらないと、私は気が治《おさ》まりませんよ。こうなったら、警察手帳を返上して、一私人としてでも報復してやりたいところです」

「ちょっと待て。気持ちはわかるが、そこまで思い詰めることはないだろう」

本間は慌てて宥《なだ》めにかかる。しかし事件はいまや公務の領域を超えて、園崎の私生活をも侵食するに至っている。その敵と戦うことが組織の論理で封じられるなら、むしろそのことこそが園崎にとっては手枷足枷《てかせあしかせ》というものだ。

「もちろん最後の選択肢ですよ。しかしもしこのまま大久保を取り逃がすようなら、刺し違えてでもあいつに立ち向かう覚悟はあります」

「おまえにそこまで言わせてしまうのはおれとしても心苦しいよ。警察もしょせんは役所だ。やれることには限界がある。しかしおれもできる限りのことはするよ。だからあまり早まったことは考えるな」

「心配は要りません。いまの時点で私にできることはなにもありませんから。まずは県警の捜査の推移を見守るだけです。ただしその結果次第では容赦はしません」

「とりあえず事故と大久保の件は上には黙っていたほうがいいな。今回の事案が絡むと情実ありとみなされて、おまえを捜査の一線から外さなきゃいけなくなる」

本間は余計なことを心配する。身内が事件に巻き込まれたような場合、その刑事は捜査の担当から外されるのが刑事部門の不文律だが、大久保に対する捜査は表向きは幕が引かれているわけで、いま外す外さないの問題には当たらない。

「今後県警の捜査で大久保への容疑が浮上したとしても、とりあえずこちらの線に繋がるわけじゃないでしょうからその心配はありません。もし殺人未遂に容疑が切り替われば、捜査一課は動機の解明に乗り出すでしょう。そこでこっちの事案と繋がったら、むしろ県警のほうから協力を求めてくるんじゃないですか。そうなったら二課長も対応を変えざるを得ませんよ。殺人未遂事件の動機解明に協力しないとなると、千葉県警は捜査妨害とみなすでしょうから」

「向こうは大喜びで警視庁を非難するだろうな。神奈川だって埼玉だって似たようなもので、隣接する警察本部同士は互いの失策探しに血道《ちみち》を上げるのが習い性《ならいしょう》だから」

「あっせん収賄やあっせん利得なんて、一般の市民はとくに関心を持ちませんが、殺人未遂となればマスコミも大きく扱いますからね。警視庁もそこで批判の矢面《やおもて》には立ちたくないでしょう」

園崎は期待を滲ませた。いまは県警頼みという点が情けないが、そこが突破口になる可能性は大いにある。

6

「ところで、石川の件なんだが――」

本間が唐突に話題を変えた。

「どうも大久保とは知らない仲じゃなさそうだな」

「どういう繋がりがあるんですか」

園崎は問いかけた。桑原事務所と繋がりがあるという話は本間が選挙係から耳にした情報ですでに知っている。しかしそもそも元ネタが噂レベルだし、東秋生の事件が浮上する以前は、千葉県が地盤の桑原議員は二課の捜査対象にはならなかったから、真偽はいまも確認されていない。選挙係としても、部内の人間の収賄の疑いを表沙汰にはしたくなかっただろうから、見て見ぬふりで済ませていたきらいがある。

「石川本人はいまは都内に住んでいるが、以前は千葉市内に家があって、それも大久保の自宅と目と鼻の先だったらしい。美浜区だと言ってたな」

園崎は手帳を取り出して確認した。

「千葉市美浜区真砂《まさご》五丁目です。そのあたりなんですか」

「たしかそう聞いた。教えてくれたのは情報係の向井《むかい》だよ」

「スッポンの向井さんですか」

思わず問い返した。情報係は捜査二課のいわば先兵で、さまざまな情報ルートを駆使し、サンズイ事件の端緒を摑む仕事に特化する。もちろん今回の東秋生の事件のように、園崎たちナンバー知能が端緒を摑むケースはあるが、通常は着手している事件の捜査で手いっぱいで、新たな端緒を嗅ぎ回る仕事にまでは手が回らない。

しかし捜査一課や三課のように事件が発生してから動けばいい部署とは異なり、地の底深く潜っている犯罪の端緒を彼らが嗅ぎ出してくれて、初めて二課は捜査に着手できる。

向井和俊《かずとし》はその情報係のなかでスッポンの異名をとるベテランで、これまでも中央省庁が絡むサンズイ事案の大ネタを探り当て、それをナンバー知能が引き継いで、世の注目を集める大殊勲を挙げたケースがいくつもある。

食らいついたら離さない執念深さから生まれたあだ名だが、捜査部門ではないから事件の仕上げはナンバー知能任せで、結果的にものにできなかった事件のほうがはるかに多い。

そもそもナンバー知能に回ってくる前に、上の意向でお蔵入りになる事案も多々あって、骨折り損のくたびれ儲けだと二課の捜査員の大半が敬遠するが、一方で職務の性質上、チームを組まず独断専行が許される部署でもあって、そこが向井の性に合っているらしい。

とっつきにくい狷介《けんかい》な性格で、同僚も上司も腫れ物に触るようなところがあるらしいが、本間とはなぜか気が合って、たまに一献酌《く》み交わすような仲だという。

そんな向井が選挙係から石川の噂を聞きつけて、裏をとりに動いたことがあった。もちろん本間はそんなことを知らなかったが、たまたま廊下で立ち話をしていて、捜査を潰された愚痴をこぼし、そのなかで石川の名前を出したところ、向井がその顚末《てんまつ》を打ち明けたらしい。

その当時、石川は大久保の家から三軒ほど離れた借家に住んでいた。近隣の人間の話では、ほとんど近所付き合いをすることのない大久保が、石川とだけは仲がよく、一緒にゴルフに出かけたり、石川が大久保の家を訪れたりしていたという。

「どう馬が合ったのかわからない。馬が合ったというより、利害が一致したとみるべきだろうと向井は言っているんだが」

向井は二人を尾行して、出かけたゴルフ場を突き止め、翌日、捜査関係事項照会書を携えて出向いた。大久保はそこの会員で、過去一年の記録を開示してもらうと、月に一度ほどのペースで二人はプレイしており、料金は大久保が支払っていた。

二課の選挙係の刑事が政治家秘書の接待を受けていたわけで、むろん大問題ではあるものの、大久保が秘書を務める桑原参議院議員は千葉選挙区。石川は桑原に便宜供与できる立場にはなく、私人としての交際だと言われれば受託収賄の容疑は成立しない。しかし選挙係内部で語られている疑惑が真実なら、なにもないということはあり得ない。

さらに石川の身辺を探ってみたところ、石川の妻の弟が千葉県警捜査一課の刑事だとわかった。中林昭雄《なかばやしあきお》というらしい。捜査一課だと選挙違反やサンズイ事案については畑違いだが、千葉県警に縁故があるのは確かで、もし石川がそのルートから得た捜査情報を大久保に渡していたとすれば、ゴルフ場での接待は受託収賄罪に当たる可能性がある。

問題はそれを捜査対象にするかどうかで、上司に報告すればまず間違いなく潰される。捜査二課の刑事がサンズイ事案に関与していたなどという話が表沙汰になれば、二課長の首さえ飛びかねない。これは地雷を踏みかねないと、肝の据《す》わった向井もさすがに不安を覚えた。

警察内部の人間の感覚では、仲間を売ることは許しがたい裏切り行為で、組織内部で村八分にされ、陽の当たらない場所をたらい回しされて警察官人生を終えるのが通り相場だ。もともと陽当たりのいい部署にいるわけではないし、出世を望んでいるわけでもないが、いまの仕事が性に合っている。というよりそれ以外の部署では潰しが利かないと、向井自身が信じ込んでいた。

かといって身内のそんな不正を許すのは、二課の捜査員としてのプライドに関わる。やむなくその事案を向井は監察に預けることにした。警察のなかの警察というのが監察の建前だが、警察官による不祥事を表沙汰になる前に処理することが本来の業務で、下っ端の警官なら依願退職を迫り、幹部クラスならひたすら隠蔽《いんぺい》に走る。

それだけの事実を示せば、監察は石川に引導を渡すくらいはやってくれると思っていたら、結果はお咎《とが》めなしの無罪放免。向井にとばっちりは来なかったものの、裏でなんらかの力が働いたのは間違いない。あるいは石川と大久保、さらにその上にいる桑原参議院議員の関係は、向井が思っている以上に深いのかもしれないと考えざるを得なかった。

「それで向井さんは、その事案には見切りをつけたんですね」

園崎は確認した。残念そうに本間は応じる。

「立件しても立証は難しいしな。二課の刑事が、他県警の管轄とはいえ政治家秘書からゴルフの接待を受けていたとなると、明らかに不祥事ではあるが、犯罪とまでは言い切れない。金品の授受まで把握できればよかったんだが、それ以上の材料は出てこなかった」

「桑原の後援会関係者と繋がっているという噂はどうだったんですか」

「そっちは確証が摑めなかった。向井が接触した範囲では、後援会の関係者で石川のことを知っている人間はいなかったそうだ」

「石川さんと大久保の結びつきは、個人的なものと見ていいですね」

「そうだな。だとしたら石川と桑原議員に直接の繋がりはないのかもしれない。むしろ石川を通じて入ってくる情報を使って、大久保が議員を操っていたとも考えられる」

「紗子の事件についても、そのラインが考えられなくもないですね」

大久保が例のストーカー趣味で紗子に目をつけていたとしても、それはあくまで偶然で、紗子が園崎の妻だと知ったのは、石川からの情報によってだとも勘ぐれる。

「あれから、石川さんに不審な動きはありませんか」

園崎は確認した。いかにも胡散臭いと言いたげに本間は答える。

「午前中からどこかに出かけて、きょうは直帰すると連絡があった。どこにいたのかはわからない。石川に限らず、そういうことはいちいち詮索しないのがおれの流儀だからな」

「まさか、紗子の事件に直接手を貸しているとは考えたくないですがね」

「絶対にないとは言えないぞ。おれやおまえに対しても、筋違いの遺恨をもっている人間なのは間違いないからな」

「だとしたらことはややこしいですよ。義理の弟が県警の捜査一課にいるんでしょう。まだそっちの事案にはなっていませんが、この先どう転がるかわからない。下手をすると、捜査情報が大久保に筒抜けになるかもしれません」

「そこは今後、気をつけるべき点だな。捜査の幕引きの件では石川を放送局として利用させてもらったが、紗子さんの事件に関しては、うちの内部でも当面は触れないようにしておこう。水沼にも釘を刺しておいてくれ」

「彼は余計なことは喋りません。その件については山下にも伝えておきます」

「ああ。そこのところが微妙だな。単なる轢き逃げ事故じゃないとなると、向こうも捜査一課が乗り出してくる。情報の渡し方を一つ間違えると、証拠隠滅やアリバイ工作に走られる惧れもある」

「逆に情報の出し方を工夫すれば、大久保に圧力をかけたりミスリードしたりできるかもしれません。山下だって一課に知り合いはいるでしょうから、うまく立ち回るように頼んでおきますよ」

なるほどというように本間は応じた。

「内輪の人間から被疑者に情報が漏れたとなったら、県警だってただじゃ済まない。逆にうまく大久保を仕留めれば、そこから桑原議員の摘発にも繋がる。そっちはうちの事案だが、千葉を地盤にする大物政治家の汚職摘発に一役買ったとなれば、向こうの株だって上がるだろう」

7

聡子は雅人と紗子の下着や身の回り品を携えて、行徳の自宅から戻ってきた。

そのあいだ園崎は雅人につきっきりで状態を見守ったが、最初に対面したときよりも症状は悪化して、しだいに感情の表現が乏しくなった。眠っているように見えても体は震え続け、ときおり悪夢を見ているようにうなされる。同室のベッドにいる子供の声にも鋭く反応し、体全体を激しく痙攣《けいれん》させる。

脳波にもＰＴＳＤの特徴的な波形が表れているとのことで、小児科の医師は脳神経科の医師と相談し、最低でも一週間ないし二週間の入院治療が必要だと判断したらしい。そのため、今後は小児科ではなく脳神経科が治療を担当するとのことだった。

いま起きているのは急性期の症状で、それ自体は必ずしも長期にわたって続くわけではないが、そのあと一ヵ月ないし半年ほどで不眠や抑鬱《よくうつ》などの慢性的な症状が現れ、その治療に数年から十数年かかる場合もあるという。

いずれにしても急性の症状を呈しているのは、初期に有効な治療が行なえる点でむしろ有利だとのことだった。幼い子供のＰＴＳＤは、今後の成長過程でさまざまな問題を引き起こす惧れがあり、いま有効な治療が行なわれれば、それを防ぐことができるかもしれないという。

周囲の物音や人の声に敏感に反応することもあり、大部屋ではなく個室がいいと脳神経科の医師は勧めた。もちろん園崎はそれに応じた。費用も掛かるが、今後の雅人の人生を考えれば、それを惜しんではいられない。

その話を聞いて聡子は顔を曇らせたが、雅人が個室に移ることについては歓迎した。それなら自分がそこに寝泊まりして、ＩＣＵにいる紗子とも頻繁に面会できる。

紗子のことが不安だからしばらく仕事を休むと言うと、紗子も雅人も自分が責任をもって見守るから、園崎は早く職場に復帰すべきだと聡子は強く反対した。

「そもそもあなたがここにいても、できることはなにもないのよ。紗子だってそんなことを望んではいないわ。あなたには、いまやるべき仕事があるはずよ」

いまやるべきその仕事が、紗子をこんな目に遭わせた犯人かもしれない大久保を追い詰めることだとはここでは言えない。雅人のこともある。なんとか聡子を説得し、あすから数日、園崎は休暇をとることにした。

山下と北沢は県警本部に帰り、水沼も警視庁に戻っていった。雅人が個室に移り、聡子は付き添い用のベッドを借りて準備万端整えた。紗子の様子も見たかったが、ＩＣＵの面会時間は過ぎていて、きょうは会うことはできないとのことだった。

あとのことは聡子に託して、この日は自宅に戻ることにした。病院までは車で十分ほどで、紗子の身になにかあればいつでも遅滞なく飛んでこられる。


真っ暗な自宅の玄関の鍵を開ける。いつもならインターフォンのボタンを押せば、賑《にぎ》やかに迎えてくれる紗子と雅人がいまはいない。ダイニングの明かりを点け、途中で買ってきたコンビニ弁当を広げ、遅い夕飯に取りかかる。

日頃は家出同然の暮らしをしているくせに、家に帰れば妻と息子が必ず待ってくれていることを、水や空気があるように、当然のこととして受け止めていた。

　聡子が園崎に発破をかけたように、大久保のような悪党がこの世にいる限り、それを追及する人間は必要だ。誰かがやらなければ世の中はそういう連中の思いのままになる。彼らと戦うことこそが、園崎にとっては父の無念を晴らす道でもあった。刑事という仕事は、それも二課の刑事という仕事は、園崎にとって天職という以上の意味を持っていた。

　しかしそれ以上に、もし今回の事件に大久保が関わっているとしたら、それを大久保の異常な性癖のみでは説明できない。園崎への恫喝あるいは逆恨みがその動機なら、それを予見できなかった自分に咎がある。

　もちろん捜査に着手するとき、そんなことまで頭を回す刑事はいないし、また滅多に起きることでもない。しかしこの事案に限ってはそれが現実に起きたのだ。

　そのときダイニングテーブルに置いてあった携帯が鳴った。紗子の容態が急変でもしたのか――。慌ててディスプレイを見ると、山下からの着信だった。

「いまどこにいるんだ？」

「家に帰ったところだよ――」

　義母に追い立てられるように病院を出た経緯を説明すると、山下は安心したように応じる。

「たしかに、おまえがいてもなんの役にも立たないからな。紗子さんの容態に変化はないんだな」

「ああ。いい報告も悪い報告もいまのところない」

「そうか。ところでさっき聞いたうちの捜査一課の刑事のことなんだが、たしか中林昭雄だったな」

先ほど本間が伝えてきた向井からの情報はすぐに山下にも教えておいた。山下は本部に戻って、さっそくその男のことを調べてくれたらしい。

「捜査一課とうちの部署はほとんど付き合いがないから、おれは面識がなかったんだが、ついこのあいだ一課から移ってきた人間がいて、さっそく聞いてみた。どうもなかなかの切れ者らしいぞ」

「そっちの捜査一課にも石川並みの肩がいるのかと思っていたら、そういうわけじゃなかったのか」

「肩かどうかはわからない。階級は警部補で、殺人班の五係にいる」

「義理の兄貴の石川は巡査部長だが、弟のほうが出世しているわけだ。どこがどう切れ者なんだ」

「歳はまだ四十ちょっとだが、三十代半ばで警部補に昇任している」

「つまり試験が得意ながり勉タイプなんだろう」

本業が忙しければ昇任試験の勉強をする暇がない。だから現場で仕事のできる警官は、概して出世が遅いのが警察社会では通り相場だ。

「ところがそうでもないんだよ。当時話題になった連続殺人事件の捜査でいい仕事をして、警察功績章を授与された。警部補への昇任はそれに伴ってのものだった。その後もヒットを飛ばしていて、そろそろ警部への昇任も噂に上っているそうだ。他人の出世話には興味もないから、そのときはおれも気にも留めていなかったんだが」

「いくら義理の弟でも、そういう優秀な刑事が、石川のような屑とつるんで悪さをするとは思えないな」

「そこはどうだかわからんぞ。中央官庁の汚職事件で摘発されるのは、ほとんどが仕事のできる優秀な官僚なんだろう」

「たしかにな。そういうのじゃないと、そもそも賄賂を渡す意味がないからな」

「いずれにしても気になる話ではある」

「ああ。頭には入れておいたほうがよさそうだな――」

そう応じたとき、玄関のチャイムが鳴った。

「ちょっと待ってくれ。誰か人が来たようだ。あとでかけ直す」

いったん通話を終え、インターフォンのボタンを押して応答する。

「どなたですか?」

「夜分遅く申し訳ありません。園崎警部補ですね。千葉県警捜査一課の者です」

捜査一課――。やはり紗子の事件は単なる轢き逃げ事故ではなかったらしい。捜査一課が動いたということは、殺人未遂の可能性が高いと判断したからだろう。期待を込めて問いかけた。

「妻の事故の件ですね。なにか新しい事実が判明したんですか」

「そうなんです。それで園崎さんに任意同行をお願いしたいんです」

任意同行――。その言葉には耳を疑った。

「どういうことですか。つまり私が被疑者ということですか」

「被疑者とまでは言っていません。重要参考人ということです」

しれっとした調子で男は応じる。呆れかえって園崎は言った。

「あんた、頭がおかしくないか。おれがどうして妻を撥ねなきゃいけないんだ。言っていい冗談と悪い冗談がある」

「冗談でわざわざ動くほど、捜査一課は暇じゃありません」

「だったら警察手帳を見せてくれ」

「けっこうです。どうぞご覧になってください」

男は動じることもない。玄関まで走り、ドアスコープから外を覗いた。四十代くらいの背広姿の男が、開いた警察手帳を手にして玄関前に立っている。さらに背広姿の男が数人、威圧するようにその傍に控えている。

警察手帳に書かれた名前を見て、園崎は不快な慄《おのの》きを覚えた。中林昭雄。石川の義理の弟がどうしてこんなところに――。なにやら想像もしていなかった方向に、事態は転がり始めているらしい。

第五章

1

「どうしておれが被疑者になるんだ。被害者は妻と息子だ。家庭内に不和があったわけじゃない。千葉県警の捜査一課は、なんの根拠もない妄想で人を犯罪者に仕立て上げるのか」

行徳警察署の取調室で園崎は中林に食ってかかった。同席しているのは二十代くらいの刑事で、テーブルの上でノートパソコンを開き、猜疑心剝《む》き出しの視線を園崎に向けている。表情も変えずに中林は応じる。

「まだ被疑者だとは言っていませんよ。ただ今回の事案について、園崎さんなら詳しい事情をご存じじゃないかと思いましてね」

玄関先でもここに来るまでのパトカーの車中でも、どういう理由で呼び出しを食らったのか問い質《ただ》したが、署に着いたら話すと言うだけでひたすらはぐらかした。あくまで任意同行だから、だったら嫌だと拒否もできた。しかし背後の動きがあまりにも気になった。

妻と息子の轢き逃げ事件と、大久保の不審な行動、石川と大久保の癒着《ゆちやく》関係、そこに事情聴取の呼び出しをかけてきたのが石川の義理の弟の中林とくれば、怪しい臭いで気分が悪くなるほどだ。

そもそもどういう理屈で自分を被疑者扱いできるのかがわからない。偶発的な轢き逃げ事件ではなく、計画的な殺人未遂事件だとの見立てなら園崎の考えと一致するが、自分がその犯人にされるとは想像すらしなかった。

中林が首を突っ込んできたことが、石川の存在と無関係だとは思えない。それならこちらも先方の事情を探る必要がある。任意の事情聴取はむしろいい機会だと考えるべきだ。

こちらも素人ではないから、刑事の手口はお見通しだ。というより、事情聴取でとりあえず引っ張って揺さぶりをかけるのは二課の刑事の得意技だ。そんな手口を考えているのなら、その裏をかいて逆に情報を探り出す手もあるだろう。伸《の》るか反《そ》るかの勝負だが、こっちも伊達《だて》に刑事で飯を食ってはきていない。

「捜査一課が動いているということは、つまりあんたたちは轢き逃げ事故じゃなく殺人未遂とみているわけだ」

「断定はしていません。ただし轢き逃げがすべて交通部の仕事になるわけじゃない。極端に悪質なら捜査一課が乗り出すケースは警視庁でもあるでしょう」

中林はしかつめらしい顔で言う。園崎はさらに問いかけた。

「だからといって、そういう事件に本部の捜査一課が直接乗り出すというのは尋常じゃない。まず動くのは所轄のはずで、それが殺人や殺人未遂ということになれば、帳場を立ててあんたたちが乗り込むというのが普通の手順だろう。それもなしに一課の殺人班がしゃしゃり出るとなると、背後におかしな動きがあるとみるのはおれの考えすぎか」

「べつに珍しいことでもありませんよ。それなりの情報があれば、帳場が立つ前に先乗りをして当たりをつける。とくに被疑者がなにかと難しい立場の人間の場合はね」

「おれのことを言っているのか。被疑者という認識じゃないと、さっきは言っていたじゃないか」

「所轄の刑事課からそういう報告を受けたんで、まさかと思って我々が乗り出すことにした――。そう考えてもらってけっこうです」

「冗談を言うな。妻はいま意識不明の重体で、予後の見通しが立たない。息子はPTSDで後遺症が残る惧れもある。そういう状況にあるおれを被疑者呼ばわりする。これは為《ため》にする捜査じゃないのか。うしろで糸を引いている人間がいるんじゃないのか」

園崎は大胆に突っ込んだ。裏で石川が絡んでいる疑いは濃厚で、場合によってはこちらからそのネタを出してやる。さらには石川と大久保の懇《ねんご》ろな関係にも言及すれば、むしろ逃げられないのは中林だ。

紗子の身辺で起きていた不審な出来事に大久保が関与していたのは間違いないが、それについての捜査管轄権は千葉県警にあり、これまでは、園崎たちが捜査を進めていたあっせん利得ないしあっせん収賄容疑と関連付けるすべがなかった。

ところがどういう思惑があってか知らないが、今度はわざわざ園崎にちょっかいを出してきた。紗子と雅人の身に起きたことを思えば怒り心頭だが、せっかく敵が出してくれたぼろをみすみす見逃す手はないだろう。しかし中林はポーカーフェイスを崩さない。

「為にする捜査とはどういう意味ですか。私はもちろん県警内部にもあなたに遺恨を持つ者はいない。それより本題に入りましょう。お訊きしたいのは、事件発生時刻のアリバイです」

「アリバイ？　やはり犯人扱いじゃないか」

「事件の発生は午後四時二十分ごろで、その時刻にあなたがどこでなにをしていたか。それさえわかればいいんです」

中林はさりげなく訊いてくる。被疑者のアリバイを確認するのは刑事捜査の基本中の基本だから、そこに思惑があるとは言い切れない。しかし園崎は穏やかならざるものを感じた。あるいは大久保にはめられたのかもしれない――。

「午後三時半から五時過ぎまで、西葛西駅前のロータリーにいた」

「どういう用事で？」

「仕事だよ。捜査上の秘密で内容は言えない」

「その時間、間違いなくそこにいた証拠は？」

中林はじわりと攻めてくる。もし石川を介して彼が大久保と繋がっているとしたら、あのときの大久保の作戦についてはおそらく承知の上だろう。

いまさら地団駄《じだんだ》を踏んでも遅いが、大久保がちらつかせた疑似餌《ぎじえ》にまんまと騙されて、その点についての備えがゼロだった。水沼が一緒なら会わないという話を信じ込み、単身で西葛西駅に向かった。結果、大久保にはまんまとすっぽかされたうえに、そのあいだ向こうは携帯の電源を切っていて、こちらからの呼び出しには一度も応答しなかった。

もし通話が成立していれば通話履歴にそのときの園崎の位置情報も残っているはずだが、料金の発生しない不通の場合は通話の記録そのものが存在しないと聞いている。桑原議員の事務所への一回だけは繋がったが、そのとき相手側は固定電話だった。そのケースでも位置情報の記録が残っているのかどうか心もとない。

そのうえ保秘の習性が身についているから、GPS機能はオフにしていた。その場合、情報があったとしても基地局の位置情報だけで、精度は半径数百メートルのおおまかな範囲だ。しかも西葛西と行徳のあいだは電車で移動すれば十分ほどだから、それでアリバイが成立するとは必ずしも言えない。中林はさらに身を乗り出す。

「仕事なら、誰かが同行していたでしょう。我々の常識だと、刑事は単独では行動しない」

「あんたたちはそうでも、捜査二課はやり方が違っていてね。単独で動くのは珍しくもなんともないんだよ」

「だとしたら困ったことになりますよ」

まるで大久保が描いた筋書きを知ってでもいるかのように、中林はわざとらしく困惑してみせる。園崎はやむなく言った。

「上司にも同僚にも、その時間、おれがそこにいたことは知らせてある」

「伝聞情報は証拠になりませんよ」

「だったらおれの携帯の通話履歴を調べたらいい。そこからある場所に電話をかけている。相手は固定電話だが。携帯のキャリアに要求すれば、そのときの基地局情報がわかるだろう」

だめでもともと言ってみた。中林は舐めた調子で訊いてくる。

「ほほう。その相手は誰ですか」

「そっちで勝手に調べたらいいだろう。捜査上の重要機密で、おれの口から言うわけにはいかない」

ここで大久保や桑原議員の名前を出せば、上に内緒で進めている寝たふり捜査の事実がばれるから、そこは微妙な駆け引きだ。しかし轢き逃げの件で大久保の暗躍が浮き彫りになれば、こちらの本業であるサンズイ疑惑に関しても一気に網が絞れることになる。

「そんなことを言ってると、ますます厄介なことになりますよ。私としても本部が異なるとはいえ、同じ刑事という立場の園崎さんをしょっ引くなんて気が重いんですよ」

中林はいよいよ恫喝をかけてきた。自分が紗子を殺害しようとしたなどという話はたちの悪い冗談でしかない。もとよりこちらはとことん戦う気だが、かといって中林がなんの目算もなしに仕掛けてきたとは思えない。園崎は訊いた。

「そもそも、どうしておれが被疑者にされなきゃいけないんだ。犯行に使った車はまだ見つかっていないんだろう」

山下からはそんな話は聞いていない。もっとも彼は部署が違うから、担当ではない事件の捜査情報がリアルタイムで入るわけではないだろう。中林はあっさり首を横に振る。

「ところがつい二時間ほど前に、所轄の捜査員が発見したんですよ」

「どこで？」

「それがなんとも人を食った話でね。行徳署とは目と鼻の先の、市川野鳥の楽園の駐車場です」

市川野鳥の楽園は宮内庁新浜鴨場《しんはまかもば》に隣接した広大な湿地で、野鳥観察舎などの施設があるが、もともと自然保護を目的につくられた緑地のため、観察会のようなイベントのとき以外は立ち入り禁止になっている。園崎もだいぶ以前に紗子と雅人と観察会に参加したことがある。無料の駐車場があり、そのときはかなりの数の車が駐まっていた。しかし一般のレジャー施設のように毎日人が訪れる場所ではないから、普段は閑散としているはずだ。行徳署は京葉《けいよう》線市川塩浜《しおはま》駅から歩いて五分ほどのところで、京葉道路を隔てたすぐ向かいが野鳥の楽園だ。

「所轄の連中は現場周辺を重点的に捜索していたんですよ。灯台下暗しで、なんとも間抜けな話です」

中林は大袈裟《おおげさ》に嘆いてみせる。園崎は皮肉な調子で訊いてやった。

「それで、犯人の手掛かりが見つかったというのかね。それがおれだと言いたそうな顔をしているが」

「その車のすぐそばに、こんなものが落ちてましてね——」

中林は透明ビニールの証拠品袋を取り出した。なかに入っているのはボールペンだが、そこに警視庁のロゴが入っている。庁内事務用の支給品で、一本百円もしない代物《しろもの》だ。園崎も会議でのメモや書類書きにはいつも使っているが、その手のものに有り難みを感じないのは人の常で、しょっちゅう紛失したりもする。

「それで犯人は警視庁の人間だとみたわけだ。で、行徳に住んでいる警視庁関係者を当たったらおれが浮上した——。小学生並みの推理だな」

園崎は鼻で笑った。しかし中林はどこ吹く風だ。

「県警もそこまで間抜けじゃない。じつはこのボールペンから指紋が出ましてね」

不快な慄きを覚えて問い返した。

「それがおれの指紋だったのか」

「困ったことにね。それでなにか心当たりがないかと思って、夜分にもかかわらずご足労願ったわけでして」

日本全国の警察官の指紋は、犯罪者指紋とともにすべて警察庁の指紋データベースに登録されている。警察官が犯罪にかかわる可能性が高いという意味ではなく、誤って遺留物に触れた警察官の指紋を捜査対象から除外するのが主な目的だ。

仕組まれたものだと園崎は直感した。犯人がたまたま警視庁関係者だったとは考えにくい。しかし園崎の指紋のついたボールペンを簡単に入手できる人間は身辺にいくらでもいて、そこには中林の義理の兄の石川も含まれる。

「そのボールペンは庁内のどこにでも転がっている。おれも仕事でいつも使っていて、よくなくすことがある。つい二、三日前にも、デスクの上に置いてあったのがなくなっていた」

嘘ではない。そのときはとくに不審に思わなかった。どこかに落としたのかもしれないし、ちょっとメモ書きするときに他人のデスクのボールペンを拝借することもある。そのまま返すのを忘れていても、とくに苦情が来るわけでもない。園崎としてはせいぜいそんな感覚だった。

「誰かがそれを手に入れて、あなたに罪を擦《なす》り付けるために車の近くに落としたと？　大胆な推理だ」

中林は舐め切った口を利く。もし仕組まれたものだとしたら反証は困難だ。可能性があるとすれば、放置された車のなかから大久保ないし石川に繋がる物証が出た場合だ。しかしそれが計画的な犯行だとしたら、自分たちに不利な痕跡を残すはずがない。嫌味な調子で中林は続ける。

「問題はその車ですよ。松戸《まつど》市内の月極駐車場から盗まれたもので、けさ早く松戸署に盗難届が出たようです。もちろん心当たりはないとおっしゃるんでしょうがね」

「ふざけるなよ。持ち主は？」

「都内に勤務するサラリーマンです。事件が起きた時間は会社にいました」

「盗まれたのはいつなんだ」

「ここ二、三日だと言ってますが、車を通勤に使っているわけではなく、駐車場も自宅から離れているので、いつなくなったかまではわからないそうです」

「その駐車場に防犯カメラは？」

「なかった。いまは設置してあるところが多いんですがね」

「おれの指紋のついたボールペン以外に、なにか遺留物は？」

「まだ鑑識の結果が出ていないんでなんとも。それに犯人だけが知り得る事実が含まれていることもある。当面は捜査上の機密扱いになりますから」

中林は舌舐めずりするような顔つきだ。不信感をあらわに園崎は言った。

「だったらそのボールペンにしたって犯人だけが知り得る事実だろう。ほかの物証が出揃わないうちにおれを任意同行するというのは、いくらなんでも手回しがよすぎるんじゃないのか」

「私がなにか画策をしていると？　なんでそんなことをしなきゃいけないんですか。とんでもない言いがかりだ」

中林は血相を変えてみせる。山下から入った情報だと、県警の捜査一課ではなかなか切れ者だという評判らしいが、三味線の弾き方に関しては二課の刑事の足下にも及ばない。

「あんたの義理の兄さんのことはおれもよく知ってるよ」

「なにが言いたいんですか」

中林の顔がわずかに強《こわ》ばる。さりげない調子で園崎は続けた。

「石川輝之巡査部長。おれの班の同僚でね。いつもいろいろ世話になってるんだよ。いい意味でも悪い意味でも――」

その程度の話でこのややこしい状況から逃れられるとは思わないが、中林の動揺は誘えるだろう。そもそも被疑者と情実のある捜査員は現場から外すというのが刑事捜査の常道だ。被疑者が義理の兄の同僚となれば、二課なら確実に情実ありと見なし、捜査の一線には決して出さない。

「それがどういう関係があると？　本件は警視庁の捜査二課の事案じゃないでしょう」

「そこがなんとも微妙なんだよ。じつはいまおれが捜査対象にしているある人物が、石川さんと懇《ねんご》ろな関係にあるらしくてね」

園崎は切り札をちらつかせた。

「誰のことを言ってるんです？」

中林は身構える。どこまで情報を出すかが思案のしどころだ。うかつに手の内をさらしてしまえば、向こうは対抗手段を講じてくる。その気になれば逮捕状の請求も不可能ではないだろう。

とはいえ、そもそも動きがあまりに性急だ。その点を見れば、本気で訴追する気がないとも思えてくる。楽観的すぎるかもしれないが、指紋の存在とアリバイの不成立を根拠に逮捕・送検まではできても、その程度の材料だけで公判が維持できるとは思えない。

まず立証できないのは犯行の動機だ。園崎の家庭に不和がないのは、山下はもちろん近所の人々も知っているはずだ。それに紗子の意識が戻れば、園崎が自分を殺そうとするなど絶対にあり得ないことだと証言してくれる。

そうなったとき、むしろ指紋のついたボールペンが落ちていたこと自体が不自然で、石川と結託して中林が証拠を捏造《ねつぞう》した疑惑さえ浮上する。そこまで考えれば、必ずしもこちらが不利だとは言えないが、向こうにすればグレー決着で御の字なのかもしれない。

大久保はじつは追い詰められているはずだ。桑原議員の後継問題で地元後援会が敵に回っているいま、彼としてはぎりぎりの綱渡りを強いられているのではないか——。たとえ不起訴になったとしても、園崎にはグレーの印象がつきまとい、その場合、おそらく警察には居づらくなるだろう。公判で勝訴しない限りは晴れて無罪だとは言えず、それを目指せば、何ヵ月、あるいは何年も拘置所で暮らすことになる。

そのあいだに大久保は今回の疑惑から逃げおおせ、桑原議員の地盤を簒奪《さんだつ》して、議員バッジを手にしているかもしれない。どこからどういう圧力がかかったのか知らないが、警視庁も東京地検も、桑原と大久保の容疑に関しては見逃す腹のようだ。いまやその方向から大久保を追及するのは、園崎と水沼のチームによるスカンクワークだけ。係長の本間はバックアップはしてくれるが、それもあくまで寝たふりをしながらで、表だっては動けない。

そこまで読んでの作戦なら、まんまとしてやられたことになりかねない。しかしギブアップするのはまだ早い。むしろこういう子供だましのような作戦で、ちょっかいを出してくれたのをもっけの幸いと考えるべきだ。

「捜査上の機密なんでそれは言えない。おれに対しては言いがかり同然の容疑で引っ張っておいて、そっち方面の怪しい関係についてはしらばくれる。おいおい明らかにはなるだろうが、そういう絡みで動いているとなると、今度は警視庁の捜査二課があんたをしょっ引くことになりかねない。もちろん石川もセットだがな」

「なんのことを言っているのかわからない。石川とは単なる義理の兄弟で、とくに深い付き合いがあるわけじゃない。そんな心配をするより、まずはアリバイの証明でしょう」

「携帯電話会社に問い合わせればいいだろう」

「園崎さんの携帯番号を教えていただけますか」

「そっちで調べろよ。人に濡れ衣《ぎぬ》を着せようと画策している相手にわざわざ協力する馬鹿はいない。それより鑑識の結果はいつ出るんだ」

訊くと中林はつっけんどんに応じる。

「車というのは物証の宝庫でね。髪の毛やら糸屑やら靴についた泥やらいろいろ出てるから、これから分析にとりかかるところですよ」

「だったら車内からは、おれの指紋は出なかったわけだ」

「そりゃまあそうですが、指紋が証拠の王様だくらい警察官じゃなくても知っていますから、手袋をするなり入念に拭き取るなりしたんじゃないですか」

「靴の泥があったそうだが、それならうちにある靴をすべて調べたらどうだ。事件が起きたのはきょうだから、おれが犯人なら同じ泥がついているはずだ。車の周囲に足跡だって残っていただろう。これからうちに戻って、ぜんぶ押収していってもいいんだぞ」

自信をもって園崎は言った。家族で野鳥の楽園に行ったのは一年以上前の話だ。そのとき履いていったスニーカーは、湿地で泥まみれになり、もともと傷んでいたこともあって捨ててしまった。園崎はさらに強気で言った。

「衣服の糸屑も出たというんなら、うちにあるおれの衣類もすべて調べていい。おれが承諾するんだからガサ入れの令状は要らないだろう。ここまでサービスする被疑者はそうはいない。いますぐ動けよ」

「そう言われても時間が時間でね。鑑識も今夜は徹夜だし」

「だったらこれ以上押し問答してもしようがない。おれは帰らせてもらう。あとになって証拠を隠蔽したなんて言い出すなよ。おまえ、ちゃんと記録をとっただろうな」

傍らでノートパソコンを眺めている若い刑事に確認する。刑事は慌ててキーボードを叩く。彼らにしても同業者が相手の事情聴取や取り調べはそうは経験していないはずだ。刑事といえども法で定められた以上のことはできない。相手が一般人なら脱法すれすれの脅しすかしの手口は心得ていても、こちらも刑事だからそれは通用しない。中林が確認する。

「自宅には誰もいないんですか」

「しらばくれたことを訊くなよ。妻も息子も入院している。義母はつきっきりで看護に当たっている。おれはいても邪魔だからと追い出されて家に帰った。そこへあんたが押しかけてきたんだよ。証拠を隠滅するような人間はいない」

義母の聡子には行徳署に向かう車中から電話を入れて、捜査の状況が気になるから出かけて話を聞いてくると誤魔化しておいた。なにか異変があれば携帯に電話を寄越すはずだが、とくに連絡はないから、紗子の容態に変化はないらしい。

「そこまで疑ったりはしませんよ。なるべく早く動くようにします。いずれにしても、鑑識の結果が出るまでは、試料を提供してもらっても鑑定作業には入れませんので」

中林はなにやら退《ひ》き気味だ。そこから有力な物証が出るとは思ってもいないと、その顔にそれとなく書いてある。山下から聞いた評判がいよいよ怪しくなってきた。

この男が切れ者だとしたら、千葉県警の刑事の能力は推して知るべしだが、園崎は山下や北沢を無能な刑事だと思ったことはない。このレベルの刑事がスピード出世に見合う実績を残しているとなると、その実績自体に裏があるとさえ勘ぐりたくなる。

「それにしちゃ、ボールペンの件についてはやけに動きがいいな。まさか義理の兄貴から預かったんじゃないだろうな」

ずばり切り込んでやると、中林は不快感を滲ませる。

「冗談もほどほどにしなさいよ。警視庁の刑事が犯行に関与したとしたら由々しき事態だ。まずは当人から話を聞こうと思っただけです。そもそも石川にあなたを陥れる動機があるんですか」

「だったら、おれに妻子の殺害を企てる動機があるというのか。そんな荒唐無稽な話が成り立つんなら、石川にはそれ以上に立派な動機があるかもしれないぞ。そっちも引っ張って話を聞く必要があるだろう」

「それ以上の動機ってなんですか」

「政界の有力な人物とつるんでいるという噂があってな。あんたも心当たりがあるんじゃないのか。じつはいまおれたちがやっている捜査のターゲットがその人物なんだよ」

「あなたこそ石川になにか遺恨があるんじゃないんですか。義兄は現場一筋の叩き上げで、曲がったことは大嫌いな人ですよ」

「そうなのか。警視庁内での評判とはずいぶん違うな。誰から聞いたんだ」

「そういう挑発的な口を利いていると、我々の心証はどんどん悪化する。証拠は指紋付きのボールペンだけじゃない。状況証拠も含めて、これからいろいろ補強材料が出てくるでしょう。千葉県警を甘く見ないほうがいい」

中林は開き直ったように脅しをかける。園崎は突っぱねた。

「今回のふざけた話がどこから出てきたのか知らないが、おれたちがやっている捜査を妨害しようという意図があってのことだとは十分想像がつく。そうだとすれば、おれには対抗手段がある。あんたも足をすくわれて共倒れにならなきゃいいんだが」

2

朝まで絞られるかと覚悟をしていたが、中林のほうにボールペン以外の材料はいまのところないようで、午前零時には帰宅できた。

一般の人間ならその程度の証拠を突きつければ動揺し、それだけで十分崩せると甘く見たのかもしれないが、こちらもその道ではプロだ。自分が取り調べをするとき、やられたら困ることをやってやればいい。

捜査手続きの不備を突いたり、出てきては困るような証拠を積極的に提示してくる被疑者は、取り調べ担当者としていちばん手を焼くタイプだ。警察には強い公権力があるが、逆にそれが法に則《のっと》って付与されたものである以上、法手続きを逸脱《いつだつ》したことはやりたくてもできない。園崎が狙ったのはまさにそこだった。

ただしそれは捜査そのものに政治的なバイアスがかかっていないときの話で、そもそも大久保の捜査を潰しにかかってきたのもそうした政治的圧力だ。捜査一課が担当するような強行犯事案では普通は考えにくいが、捜査二課が扱うサンズイ事案では珍しくもない。

たとえ強行犯事案でも、今回のケースは不可解なところが多すぎる。ボールペンの件が捏造された証拠だということは園崎には自明だが、もしその捏造がなんらかの政治的圧力を受けて行われたものなら、覆すのは容易《たやす》い話ではない。

こちらから持ち出した履き物や衣類からの試料採取については、追って連絡するからと中林は気乗りのしない調子で応じた。車内の物証と一致しない場合、ボールペンの証拠能力が弱まることを惧れてのことだろうとは察しがつく。やむなく携帯の番号は教えてやった。

中林はパトカーで送ると言ったが、園崎は断った。どうせそのまま自宅の前で張り込むつもりだろう。断ったら断ったであとから人を張り付けるだろうとは十分想像できたが、県警のパトカーに乗ること自体、いまの園崎には不愉快極まりない話だし、それによっていわれのない事情聴取を既成事実化されかねない。

病院にいる聡子には帰りのタクシーのなかから電話を入れた。雅人はだいぶ落ち着いた様子で、周囲の物音に過敏に反応することもなく、いまはぐっすり眠っているらしい。麻酔が切れたあとも紗子の容態に変化はなく、しばらく重度の意識障害が続きそうだとのことだった。覚悟していたことではあったが、園崎にとっては辛《つら》い報告だった。

紗子をそんな状態にした犯人が大久保だという確信はますます強まった。そしてそれを引き起こした原因が自分の捜査にある――。そう考えたとき、湧き起こる自責の念は堪《た》えがたい。しかしそのことをいま聡子に打ち明ける勇気はない。

ただでさえ不安に抗《こう》して気丈に対処してくれている聡子がそんな事情を知れば、刑事の仕事にいくら物わかりがよくても、怒りのやり場に困るのは間違いない。園崎がいまやらなければならないのは、なんとかこの苦境を乗り越えて、サンズイ事案のみならず、殺人未遂容疑でも大久保を検挙して、十年でも二十年でも刑務所にぶち込んでやることだ。

聡子には、車は発見されたが、それが盗難車で、犯人はまだ見つからないとだけ伝えておいた。聡子はとくに不審がることもなく、なんとか犯人を捕まえて罪を償《つぐな》わせて欲しいと懇願《こんがん》した。もちろんそうすると、園崎は強い調子で請け合った。

遅い時間だったが、帰宅してすぐ山下に電話を入れた。山下は待ちかねていたように応答した。

「交通部のほうから話を聞いて、どうなったのか心配していたんだよ。車が見つかったらしいが、その件で事情聴取されたと言うもんだから、こちらから電話を入れるのを遠慮していたんだ。単に報告を受けただけじゃないのか」

「いや、きっちり任意同行しやがった。出てきたのは例の中林だよ」

「なんだって？　じゃあ、捜査一課の扱いになっていたのか。交通部の連中はそこまで把握していなかったようだ。いや、しらばくれていたのかもしれんな。いずれにしても、どうしておまえが被疑者扱いされるんだ」

園崎の指紋のついた警視庁のロゴ入りボールペンが車のそばに落ちていたという話を聞かせると、山下は怒りを隠さない。

「はめられたんだな。大久保と石川が結託して仕組んだのは間違いない」

「ああ。犯行があった時間帯に携帯の電源を切っていたのは、自分の位置情報がばれないようにするためだろう」

「そう思うよ。そうなると、やはり大久保が実行犯だという可能性が高まるな。しかし問題は、おまえのアリバイも証明できないことだ。いや、疑っているわけじゃないんだが、通話ができなかったということは、通話履歴も残っていないわけで、おまえがそのとき西葛西にいたことも証明できない」

「いや、大久保の事務所の固定電話にもかけたから、おれの携帯の通話履歴を調べれば、その記録はたぶんあると思う。位置情報も残っていると思うんだが――」

ＧＰＳがオフだったので、おおまかな基地局情報しかわからないことと、西葛西と行徳が車でも電車でも短時間で移動できて、アリバイの要件を満たすかどうかわからない――。そんな不安を伝えると、山下は吐き捨てるように言う。

「それを承知の上での事情聴取だとしたら、千葉県警の人間が犯罪に加担していることになる。それも殺人未遂事件だ。こうなると、中林や石川というチンピラだけで打てる芝居だとも思えなくなるな」

「もっと上のほうも絡んでいるとみるのか」

「桑原は参院千葉選挙区で盤石の強さを誇っている。そういう大物に胡麻をするのは警察本部長の仕事の一つだ。なにしろ警察予算の大半は地方自治体が面倒を見ているわけだから。そのうえ桑原は総務省に隠然《いんぜん》たる影響力を持っている。総務省は地方交付税の胴元だからな」

「その桑原には、近々総務大臣になるという下馬評もあるくらいだよ。大久保はその公設第一秘書で、代議士に対しても強い影響力があると見られている」

「そういう豪腕秘書なら、県警本部長を動かすくらいわけはないだろうな」

「そのレベルの人間まで、背後で動いているとみるのか」

「そのボールペンの件だけで立件できると思っているとしたら、よほどおまえを舐めているか、さもなきゃなにかでかい力が働いているかどっちかだ」

深刻な調子で山下は言う。そうだとしたらこちらも舐めてはかかれない。山下は続ける。

「しかし、おまえたちはよほど痛いところを押さえていたんじゃないのか。敵がそこまでの仕掛けをしてくるということは――」

「どっちかと言えば攻めあぐねていたんだよ。そのうえ、検察や上の人間から圧力がかかって――」

表向き大久保に対する捜査は終結し、いまは園崎と水沼の二人だけで隠密捜査を続けている状態だと説明すると、山下は唸った。

「それでも今回のようなことを仕掛けてきたとなると、大久保には、よほどまずい裏事情があったということになるな」

「そのくらいの圧力で、おれが諦めると思っていなかったんだろう。大久保はいま、ぎりぎりのところにいるようだ――」

その豪腕がむしろ災いし、後援会からは煙たがられ、桑原の後継を窺う立場も怪しくなっているらしい話を聞かせると、納得したように山下は応じる。

「たとえ訴追に至らなくても、その手の容疑で捜査の手が伸びることは、大久保にとっては大きなダメージなんだろうな。だからといって、やることがあまりにえげつない」

「ああ。おまえが見ているとおりなら、敵は想像以上に手強いことになる。しかしそのえげつないやり口でむしろ馬脚を露《あら》わしたとも言える。そこにバールを差し込んで、一気にひっくり返してやる手もありそうだ」

不退転の決意で園崎は言った。山下も力強く応じる。

「おれだって、このままじゃ千葉県警の刑事として恥ずかしい。部署が違うからやれることは限られるが、できるだけ情報は探ってみるよ。その中林という野郎のスピード出世にも、なにかいわくがありそうだ」

「おれも大したタマじゃないと見たんだが、切れ者だという噂はどこから出てるんだ」

「警察功績章を受けたという話だが、おれは噂も聞いていなかった。本部長賞くらいならおれだって一つや二つ持っているが、警察功績章となると県警内部でも扱いは別格だ。ところがきのう話が出た捜査一課から異動してきた刑事にあのあとさらに訊いてみたら、どうもあまり表だって噂にしたくない裏事情があったらしいな。受章理由とされた連続殺人事件は、当時かなり大ニュースになった。その手柄で警察功績章を受けたとなると、県警としても派手に広報するはずだが、どうも捜査一課内部で一悶着《ひともんちゃく》あったようだ」

「なにか不正でもあったのか」

「どうして中林一人の手柄になるのかという点に、現場からだいぶ不満があったらしい」

「警察功績章は警察庁長官から与えられるものだ。県警内部でどうこうできる問題じゃないだろう」

「そうは言っても、本部長の推挙がまずあっての話だからな。そういう不満がある以上、うちの広報としても派手にぶち上げるわけにはいかなかったんだろう」

「いずれにしても、厄介な相手ではありそうだな」

「しかし中林にはそれだけ上からの引きがあるのに、義理の兄貴の石川が万年巡査部長というのはどういうわけだ」

山下は不審げに問いかける。園崎は言った。

「人間の欲には種類がある。中林は出世欲を満たすほうを選び、石川は金銭欲を満たすほうを選んだんじゃないのか。とくに手蔓《てづる》が桑原参議院議員の事務所となると、中林は県警内部での厚遇に繋げやすい。しかし石川は警視庁の所属だから、そのぶん金でもらうしかない」

「捜査二課らしい見立てだな。当たっていそうだ。おれのほうは、さらに中林に関する噂を探ってみるよ。叩けばいくらでも埃《ほこり》が出そうな男だ」

苦々しい口ぶりで山下は言った。

3

続けて本間にも電話を入れた。すでに自宅に帰っていたが、紗子の事故の状況が気になっていたようで、どうなっているのか心配そうに訊いてきた。それを含めたここまでの状況を説明すると、本間はしばし絶句した。

「呆れた話だな。しかし気をつけたほうがいいぞ。そこまで見え見えの仕掛けをしてくるということは、向こうにもそれなりの目算があってのことだろう」

「要は妨害工作でしょうね。どんなお粗末な捜査でも、送検・起訴されてしまえば、私は刑事として手足をもがれますから」

「たしかにな。有罪無罪は別として、刑事事件の被疑者になっただけで警察官としての人生はほぼ終わりだ。その段階で依願退職させられて、不起訴や無罪になったとしてもあとの祭りだ」

本間は忌憚《きたん》のない見解を披露《ひろう》する。大袈裟ではなく、それは警察内部では十分あり得る対応だ。千葉県警から事情聴取を受けたという話を耳にすれば、すぐに監察が乗り出して、逮捕・送検されなくても、依願退職の圧力をかけてくるのは間違いない。

監察は警察のなかの警察を自任する部署だが、その本業は臭いものに蓋《ふた》をすることだ。彼らの仕事は刑事捜査ではないから、証拠もへったくれもない。警察に対する世間からの批判がかわせればそれでよく、問題になる前に力ずくでもその芽を摘《つ》もうとする。体《てい》よく首を切ってしまえばもう警察官ではないから、司法の分野で煮るなり焼くなり好きなようにすればいい――。

「そうなると、係長にも打つ手はないですね。他県警の捜査に口は挟めないし、庇《かば》い立てをすれば上から睨まれて、ブラックリストに載りかねない」

嫌味を言ったつもりはないが、本間は気に障ったように言い返す。

「どうせいま以上の出世はないから、赤でも黒でも黄色でも好きなリストに載せたらいい。しかしそれじゃやられっぱなしだろう。こっちだって攻めていかなきゃ、なんのための捜査二課なのかわからない」

「どういう手がありますか」

「狙い目は石川だな。そっちの件じゃどうも大活躍しているようだ。そのネタをスッポンに投げてやったら、喜んで食らいつくんじゃないのか」

「向井さんですか。石川さんと大久保の怪しい仲を突き止めたけど、けっきょく追い詰めるまでにはいかなかった」

「この前は中途半端で終わったが、この話を耳に入れてもう一度火を点けてやるよ。あいつも消化不良だったはずだから」

「うちの連中じゃ顔見知りだから、彼をつけ回すのは難しいですからね。同じ班の同僚を被疑者扱いするのは抵抗があるでしょうし」

園崎は大きく頷いた。向井が所属する情報係は、事件の端緒を摑むための潜行捜査が本業で、園崎たちのナンバー知能とは摑んだ端緒を引き継ぐとき以外に接触する機会はほとんどないから、石川の身辺を嗅ぎ回るには最適の部署だ。

向井は前回探りを入れたとき、そこで得た情報を監察に伝えたが、そこでどういう力が働いたのか、石川はお咎めなしだったらしい。スッポンの異名をもつ人物だ。今回の話を、向井はそのリベンジを果たすいい機会と見るかもしれない――。そんな感想を口にすると、本間はこれまで聞いていなかった裏話を披露した。

「それだけじゃないんだよ。難しい性格だから二課のなかじゃ敬して遠ざけられているが、曲がったことが大嫌いだ。かつて二課の刑事が被疑者から賄賂《わいろ》を受けとった事実を嗅ぎつけて、上が動かなかったもんだから、地検の特捜にチクって立件させちまったことがあるらしい。もちろん部内の人間には内緒でな。おれにだけ教えてくれたんだよ」

「本当ですか。スッポンの異名は伊達じゃないですね」

「ああ。前回は石川が大久保からゴルフの接待を受けているところまでは把握したが、石川からの便宜供与の事実が確認できなかった。しかし、もしおまえの指紋がついたボールペンを大久保に提供したのが石川なら、それは明らかに便宜供与に当たるし、犯人隠避《いんぴ》あるいは犯罪の幇助にも当たる。やっこさん、本気で嗅ぎ回るかもしれないぞ」

「かといって、庁内のボールペン紛失なんて日常茶飯の出来事で、それを石川に結びつけるのは至難の業でしょう」

さしたる期待もできずに応じると、本間の調子もやや弱くなる。

「たしかにな。庁内のどこにでも転がっている代物だからな。しかし、あすにでも向井に会って、その話をしてみるよ。あいつなら、なにか上手い手を思いつくかもしれん。事故が起きる前後に石川と大久保が接触しているのを向井が確認してくれれば、あとはうちのほうで石川を締め上げる手もある」

「そうなると、大久保のあっせん収賄とは別件になりますから、こっちも遠慮なく動けますね」

「そういうことだ。どっちから攻めようと、ターゲットは同じだ。山下というおまえの友達も、大久保のたちの悪い癖に関しては調べを進めていたんだろう。今回の件についても、そっちのラインから大久保の犯行を立証できるかもしれんしな」

本間は期待を覗かせる。けっきょく、どの方向から攻めるにしても、とりあえず他人任せということになる。あすは紗子と雅人を見舞わなければならないし、中林が自宅にある履き物や衣類を調べに来るかもしれない。なにか新しい事実が出たと言って事情聴取を求めてくることも考えられる。

しかしそれなら向こうの捜査状況についても、こちらは探りを入れられる。ボールペンの証拠だけでいますぐ逮捕状が取れるとは思えないし、あくまでそこにこだわるようなら、こちらは石川と大久保の懇ろな関係についてもさらに詳しく触れてやる。大久保が紗子に対してストーカーまがいの行為をしていた疑惑についても指摘してやることになる。

それなら勝負としてはイーブンだ。スポーツクラブでの大久保と紗子の接触、自宅前のタイヤ痕と大久保のＢＭＷのタイヤが同じ種類だったこと、紗子のいつもの通り道に大久保の車と同タイプのＢＭＷが駐まっていたことなど、紗子と大久保を結びつける状況証拠は少なからずある。

たかが指紋のついたボールペン一本で園崎の事情聴取ができるなら、山下たちがその気になれば、大久保の事情聴取だってできないはずがない。少なくともそれが、向こうにとっては手痛いボディブローになるはずだ。

4

翌日の朝八時に、園崎は病院へ向かった。本間にはとりあえず昨夜、何日かの休暇を申し出て、本間もそれがいいと了承した。

聡子の話では、紗子の容態は相変わらずで、いまも意識は回復していない。不安なのは脳圧が高止まりしたままで、それがより重篤な脳ヘルニアを引き起こす惧れがあるらしい。現在は薬による治療を行っているが、場合によっては開頭手術も必要かもしれないというのが主治医の中村医師の見方のようだった。聡子はなお強い気持ちを保っていて、そんな話に狼《ろう》狽《ばい》した園崎を叱咤《しった》した。

「あなたが弱気になっちゃだめじゃないの。あなたや雅人にもう一度会いたいと思って、紗子はいま頑張っているのよ。私は信じてるわ。紗子は必ず元気になるって。そして紗子にこんなことをした犯人を、あなたが絶対に捕まえてくれるって」

紗子の事件が警視庁の管轄ではないことが、聡子の頭からは消えてなくなってしまったようだ。しかし昨夜の本間との話を考えれば、園崎にとっても、いまや警察本部の垣根は消えたようなものだった。かといっていま自分がその犯人に仕立て上げられようとしているなどとは、聡子にはとても言えない。

「もちろんです。県警には山下もいます。いろいろ協力してもらえると思います。紗子も必ず回復するでしょう」

自らに活を入れるように園崎は応じた。自分で蒔《ま》いた種《たね》だとはいえ、それを蒔くのが刑事としての園崎の仕事で、いまそれを悔やんでも始まらない。

もちろん大久保のような悪質な被疑者が存在するとは夢にも思ってはいなかったし、またそれを惧れていたら、どんな被疑者にも警察は捜査の手を伸ばせないことになる。

雅人はだいぶ元気になってはいたが、今度はママに会わせろと駄々をこねて聡子を困らせているらしい。病室を訪れると、ママのところへ連れていけと、さっそく矛先を園崎に向けてきた。

誤魔化してもしようがない。ママはいまとても重い症状で、ＩＣＵという特別な病室に入っている。そこへは子供は面会に行けないということを聡子とともに懇々《こんこん》と説明した。

「ママは雅人に早く会えるように、いま頑張っているんだよ。だから雅人もママに心配をかけないように、先生の言うことをよく聞いて、お薬を飲んだり検査を受けたりしないとな。ママは必ず元気になるよ。ママと雅人をあんな目に遭わせた犯人は、パパや山下のおじさんがきっと捕まえるから」

「本当なんだね。ママは絶対に元気になるんだね。僕を迎えに来てくれるんだね」

「ああ、そうだよ。いまだってこの病院にいるんだよ。ＩＣＵから出られるようになれば、いつでも雅人が会いに行けるから」

「わかった。でもパパはお仕事があるから、毎日一緒にはいてくれないんでしょ」

聡子の手を握りしめながら、雅人は恨《うら》みがましい表情で問いかける。仕事を口実に事実上の母子家庭暮らしを強いてきた負い目があるから、それを言われると園崎は辛い。聡子が助け船を出してくれる。

「でもパパには、犯人を捕まえるという大事なお仕事があるのよ。ママのためにも頑張ってもらわないとね」

「そうだね。パパは悪者をやっつける正義の味方だから、僕も応援しないとだめだよってママも言ってたよ」

それでも雅人は切なそうだ。その肩を抱きかかえ、園崎は誓った。

「ああ、ママと雅人が応援してくれるから、パパはいつも力いっぱい仕事ができるんだ。そんなママをひどい目に遭わせた犯人を、パパは絶対に許さない」

そういう自分がいま犯人にされかかっているなどとは、ますます言いにくい雰囲気になってきた。しかし中林がこのまま諦めるとは思えない。次はどういう手を打ってくるか——。

この先、逮捕もあり得るわけで、そのとき雅人と聡子が果たして自分を信じてくれるかどうか？　信じてくれると確信はしていても、かすかに残る不安は拭えない。

逮捕の結果、自分にどれだけ不利な事態が訪れても、聡子と雅人が信じてくれるなら、園崎は世界を敵に回しても戦える。しかしもしその信頼に亀裂が入ったら、たとえ百万人の味方がいても、気持ちは折れてしまうに違いない。

かといって、いま聡子にそれを言うのはやはり憚《はばか》られる。事情を説明しようとすれば大久保のあっせん収賄に関わる捜査についても語らざるを得ず、それは公務員の守秘義務に抵《てい》触《しょく》するうえに、聡子に大きな動揺を与えかねない。彼女が自分を信じてくれるとは確信するが、紗子と雅人の看護の負担に加え、さらにそんな心労を押し付ける気には到底なれない。

雅人は昨夜はよく眠ったが、きょうも看護師や医師の巡回、朝食の配膳などの際に防御的な態度をとり、体の震えや硬直も起きてしまうらしく、いま自宅に戻せば症状の悪化は避けられないと医師も見ているようだ。

聡子としても、紗子のことがあるから自宅に戻って雅人につきっきりというわけにはいかない。医師はそんな事情を察してくれて、雅人はもうしばらく入院させたほうがいいと勧めてくれたという。聡子は任せておけというように園崎の手を握った。

「あなたは遠慮しないで仕事をしていいのよ。雅人は私と一緒にいれば落ち着いているから。それに紗子は絶対に戻ってくるわ。母親の私が保証するわよ」

5

ＩＣＵで紗子はきのうと同様、穏やかに眠っているように見えた。手を握るとかすかに握り返す感触があった。看護師にそれを言うと、重い意識障害でも、そうした反射的な筋肉の動きはよくあるものだという。

ＩＣＵでの面会時間は二十分と決められていて、そのあと中村医師から紗子の容態の説明を受けたが、聡子からすでに訊いていた内容とほぼ同様だった。

いまは薬で脳圧を下げるのがベストで、開頭手術のような侵襲《しんしゅうてき》的な処置は別の意味でのリスクを伴うという。脳ヘルニアのような重篤な事態に至った場合は別として、いまは推移を見守っているとのことだった。

こうした状態から回復に至った事例はいくらでもあり、決して悲観すべきではないと勇気づけるように医師は言うが、なにごとにも絶対ということはあり得ない。期待していたのはもっと楽観的な予後の見通しだったが、その点では不安を募《つの》らされたと言うしかない。

そのあと雅人の病室に戻り、しばらく相手をしていると、携帯に着信があった。中林からだった。仕事関係の電話だと聡子に断って病室を出て、人気《ひとけ》のない廊下で電話を受ける。

「昨晩はご足労をおかけしました」

きのうと変わらず口の利き方は丁寧だ。それがいかにも腹に一物ありそうで薄気味悪い。

「あれから捜査は進展したのかね。そろそろ帳場が立ってもいいころだが」

皮肉な調子で言ってやると、中林は平然と応じる。

「捜査のほうは進んでいます。園崎さんの通話履歴は確認させてもらいました。かけた時刻が午後四時十分でした。西葛西駅前のロータリーを含む半径三〇〇メートルの範囲内からかけてますね」

「それで、おれが西葛西にいたことは証明されたわけだな」

「そのこと自体は――。しかしそこから行徳の現場までは電車で十分くらいで、事故が起きたのは四時二十分前後ですから、アリバイがあったとは認めにくいんですよ」

想像したとおりのことを言ってきた。中林はさらに付け加える。

「それから、午後二時五十分に奥さんの携帯に電話を入れてますね」

「だからどうした？」

「奥さんの携帯の位置情報もわかりました。その時刻、奥さんは外出していて、行徳駅の周辺にいたようですね。そのときあなたが事故現場におびき出すような会話をされた――。いや、これはあくまで推理で、奥さんの意識が戻らない限り立証はできませんが」

なにやら微妙なことを言い出した。逆に言えば、妻の意識が回復しない限り、その邪推も否定できないことになる。状況証拠というにはほど遠いが、犯行を立証するうえで補強材料として使えないこともないだろう。中林はあながち馬鹿でもなさそうだ。園崎は逆襲を試みた。

「おれが西葛西から入れた電話の相手はわかったんだな」

「桑原参議院議員の事務所ですね」

けろりとした調子で中林は応じる。脅しつけるように園崎は言った。

「その点はしっかり記録しておけよ。そのうち重大な材料になるかもしれないからな」

「どういう意味ですか」

「義理の兄貴に訊いたらいい。というより、あんたはもう知ってるんじゃないのか」

「なにを言っているのかわかりませんが、こちらは法に則《のっと》って粛々《しゅくしゅく》と捜査を進めています」

「しかし帳場は立っていないわけだろう、ということは、捜査一課としては、まだこの件を殺人未遂とは認識していないことになるな」

「その方向で我々は調べを進めています。帳場が立つまでに多少の時間を要するのは、とくに珍しいことでもないですよ」

「うちにある靴や衣類の調べはどうするんだ。証拠が出ないのがわかっているから、すっぽかそうという魂胆じゃないだろうな」

「じつはその件で電話したんですよ。いまどちらに？」

「病院にいるよ」

「それでは午後二時にご自宅に伺います」

「わかった。あんたが来るのか？」

「私はほかに用事があるので、所轄の刑事と鑑識の人間が出向きます」

やる気のなさがその口ぶりから窺える。

「車内の物証と一致するものがなにも出なかったら、例のボールペンの件はきわめて不自然だな。おれ以外の誰かがわざわざそこに落としに出かけたことになる。結果は誤魔化さずに報告してくれよ」

園崎は釘を刺した。証拠を隠蔽するのは犯人側だけではない。警察や検察による証拠隠しや捏造は数々の冤罪事件でもしばしば指摘されているとおりだ。思わせぶりに中林は言った。
「もちろんですよ。ただし捜査上の機密に抵触しない範囲でね」

6

病院の食堂で昼食を済ませ、園崎は自宅に戻った。ほどなく行徳署の刑事二名と鑑識の職員三名がやってきた。

下駄箱にあった靴の泥と靴底のパターン、クローゼットにあった園崎の衣類から目立たない部分の繊維を採取しただけで、仕事にかかった時間は一時間足らずだった。

捜査の進捗《しんちょく》状況について刑事は一切口を閉ざしたが、そこに重大な秘密があるというより、ことさら話せるような事実もないのではないかと勘繰りたくなるような気の抜けた捜索ぶりだった。所轄のほうは今回の捜査に必ずしも乗り気ではなく、本部の殺人班がしゃしゃり出てきて、かえってことが厄介になったと困惑している様子さえ感じられた。

だとしたら中林の介入は、こちらにとってむしろありがたいと考えるべきだろう。指紋付きのボールペンという捏造された証拠が今回の動きのきっかけとはいえ、事件の実態が殺人未遂事件なのは間違いない。それがなければ所轄も交通部も轢き逃げ事件としての捜査に終始して、けっきょく迷宮入りにしてしまう可能性だってあっただろう。

刑事たちが帰ると、とりあえずやることもなくなった。病院のほうは、聡子に任せておくしかない。紗子の容態は予断を許さないが、いまは万一の際にすぐ飛んでいけるように自宅で待機することが、園崎にできる唯一のことだった。

所在もなくテレビを点けると、三時のニュースをやっていた。天気予報と合わせて八分ほどの短い番組だ。政治や企業関係のニュースを聞き流していると、最後のほうで気になるニュースが耳に入った。

「昨日、千葉県市川市行徳で起きた轢き逃げ事件に関連し、千葉県警捜査一課は、被害者の夫の警視庁捜査二課に所属する警部補、三十八歳を事情聴取したとのことです。さらに自宅への家宅捜索も行っており、被害者の女性はいまも重い意識障害のため、今後は容疑を殺人未遂に切り替えて捜査を進めるものとみられます――」

園崎は慄然《りつぜん》とした。中林がリークしたのだろう。そのあと、きのうの事件をおさらいするような映像とナレーションが続いたが、新情報の部分は伝聞と憶測だけのほとんど中身のないものだ。それでもテレビで流れれば世間の注目は集まる。警察や検察が世論を利用するためによく使う手だ。

園崎の実名は出していないが、紗子と雅人の名前はきのうのニュースですでに出ており、その夫が誰なのかは、近親者や警察関係者ならすぐわかる。してやられた。これが連中の当初からの作戦だった。

警視庁の監察はすぐに動き出すだろう。あとは謹慎処分か辞職勧告と相場は決まっている。これで刑事としての園崎の手足はほぼもがれたも同然だ。

第六章

1

「ニュースは見たか？」

本間はほどなく電話を寄越した。憤りを隠さず園崎は応じた。

「たまたまテレビを点けたらやってました。してやられましたよ。ここまでえげつない手を使ってくるとは思いもよりませんでした」

「事情聴取はともかく、本当に家宅捜索されたのか」

「ついさっき所轄の刑事と鑑識が来ましたよ。しかし呼んだのはこっちです。あんまり低レベルな話をするから、だったらうちへ来て好きなだけ調べろと私のほうから言ってやったんです。令状をとったうえでじゃないですから、家宅捜索という言葉は当たりません」

「そのあたりについてはしらばくれて、知り合いの記者にでもリークしたわけだ。同じ時刻のニュースはすべて確認したが、そのネタを流したのはあの局だけだ」

園崎の部署には、仕事柄、地デジの全チャンネルを自動録画できるレコーダーがある。さっそくそれでチェックしたのだろう。本間は続ける。

「これから夕刊もすべて確認するが、誰の仕業かあらかた見当はつくな。記者のほうも裏もとらずに右から左へ流したわけだ。そもそもあのニュースでは、県警本部の発表だとは一言も言っていない」

「我々もたまにそういう手を使いますから、偉そうなことは言えませんが、今回の手口に限っては、ほとんど犯罪ですよ」

腸《はらわた》が煮えくり返る思いで園崎は言った。本間はその先を心配する。

「問題は、あのニュースに反応して、うちの監察がどう動くかだな」

「近々、呼び出しを食らうのは間違いないでしょう。おそらく依願退職を迫ってくるでしょうね」

「いくら監察が横暴でも、動く前に直属の上司に打診するのが警察世界の当然の仁義だ。そのときはおれのほうからちゃんと事情を説明するよ。監察なんてろくでなしばかりだが、あいつらだって千葉県警の使い走りにされるのは沽券《こけん》に関わるだろう。県警にきっちり問い質せば、火のないところに煙だけ立っているのはわかるはずだ」

「もし呼び出されたら、私も屈服はしませんよ。連中にできるのは圧力をかけることだけで、現状ではそこに法的根拠はなにもない。私が依願退職に応じない限り、向こうに首を切る権限はありませんから」

「そりゃそうだが、あいつらは警務部の人事一課所属だ。そっちを動かせば、追い出し部屋へ配転するくらいのことはいつでもできるだろう」

追い出し部屋というのは民間企業でよく聞く話だが、警視庁にもそういう部署がちゃんとある。内部告発をして上に嫌われ、首を切る理由にできる悪事も働いていないような警察官が、そういうところに押し込まれ、朝から晩までコピー機やシュレッダーを操作しているという話は、決して警視庁内の都市伝説ではない。

「しかし監察にしてもマスコミにしても、ちょっと調べれば、県警がまだ帳場も立てていないくらいはわかるでしょう。中林が勝手に動いているだけで、県警の捜査一課が自分たちの事案だと考えている様子もいまのところありません」

「そうは言っても、警視庁と千葉県警が、とくに仲がいいわけでもないからな」

本間は唸る。神奈川県警と警視庁の仲の悪さはよく世間の話題になるが、それに限らず、縄張りを接している警察本部同士のライバル意識は相当なもので、首都を管轄し、予算も人員も破格な警視庁は、とくに目の敵にされやすい。

他県警の管轄で警視庁の警官の犯罪が摘発されれば、先方は鬼の首を取ったような喜びようで、普通なら新聞にも載らない微罪も大袈裟に報道発表するから、警視庁も首席監察官を筆頭に謝罪会見に引きずり出され、深々と頭を下げさせられる。それが殺人未遂の容疑で、被疑者が警視庁捜査二課の刑事となれば、県警は総力を挙げて捜査に乗り出すだろう。ただ現状では容疑があまりに薄弱で、一課の上のほうも着手しかねているところなのではないか。

しかし大久保にすれば、べつに園崎を刑務所にぶち込まなくてもかまわない。そこがこちらの困る点だ。捜査の現場にいられなくすれば、とりあえず向こうは用が足りるわけなのだ。その意味では、すでに目的を達する一歩手前ということだ。ガサ入れの話は明白な虚偽報道だが、事情聴取を受けたのは間違いない。指紋付きのボールペンという子供騙しの証拠は、それをするうえでまさにうってつけの材料だ。

「しかし、敵もよくまあ思いついたもんだよ。とりあえず謹慎程度で監察が収まるなら、それで嵐をやり過ごすほうがいいかもしれないな。そのボールペンの件、やったのは石川以外に考えられない。向井なら動いてくれるだろう。尻尾さえ摑んでくれれば、仕上げはおれがやる」

「仕上げって?」

「石川と大久保の癒着を徹底的に追い込む。これまでは石川側からの便宜供与《べんぎきょうよ》の実態が立証できなかったが、今回は義弟の中林が絡んでいて、その中林がおまえを狙い撃ちしてきた。奥さんの周辺には大久保が出没していて、石川はその大久保からたびたびゴルフの接待を受けている。それだけで、すでに石川からは不祥事の臭いが鼻がひん曲がるほど立ち上っている」

「それで監察が動きますか」

「おれのほうから、おまえの冤罪づくりのために石川が背後で暗躍した証拠を突きつけてやる。監察が然るべく石川を処分するならいいが、やらなきゃおれたちが受託収賄の容疑で先に石川を挙げてやる。うちの二課の刑事が、千葉県警の刑事とグルになって地元国会議員秘書に便宜供与したとなると、警視庁はえらい恥をさらすことになるってな」

「そこまでの証拠が集められますかね」

「向井の手帳には、以前調べたときの、石川が大久保から接待を受けた日時や場所がしっかりと書き留めてあるだろう。それを手掛かりに最近の動きを追っていけば、石川と大久保がその後も接触している事実が判明するはずだ。それを梃子《てこ》にして、今回はおれが石川を直接締め上げる」

「吐きますかね」

「おれだってあいつにはさんざん不快な思いをさせられた。こうなりゃ真っ向勝負で叩き潰すチャンスだよ。むしろこれが突破口になって、本命の事件に一気に切り込めるかもしれん」

「あっせん収賄容疑とは別件ですからね。しかし入り口は違っても行きつく先は一緒です。石川も大久保もセットで挙げられる。そうなれば、上の連中や検察がいくら蓋をしようとも、臭いものは自然に鍋の蓋から吹きこぼれる」

「県警が真面目に仕事をしてくれれば、大久保を殺人未遂容疑で検挙できるかもしれんしな」

「私にとっては、いまやそっちが本命ですがね。残念ながらうちの管轄じゃない」

「それどころか、おまえが犯人にされかかってるんじゃな。一応確認しておくが、本当にやってないんだろうな」

本間がしらばくれた調子で訊いてくる。園崎は気色ばんだ。

「言っていい冗談と悪い冗談がありますよ。私がどうしてそんな馬鹿なことをしなきゃいけないんですか。動機もないし、私が西葛西に出かけた事情は、係長の耳にもちゃんと入れてあったでしょう」

「わかってるよ。しかしなにごとにも絶対はないというのがおれの信条でな。おまえを信じているのは言うまでもないが、仕事は仕事だから」

本間は微妙なことを言う。気には障るが、言っていること自体は間違いではない。刑事は疑うのが商売で、なにごとであれ、手放しで信じれば落とし穴にはまる。

「正直に言えば、アリバイが必ずしも鉄壁じゃない。ただしその場に足跡も残さず、靴に砂や泥もつけずに指紋付きのボールペンをおいてくるなんてことは、足のない幽霊でもなきゃできませんよ。鑑識が自宅にある靴から試料を採取していきましたから、それと現場の土や泥を照合すれば、証拠としての信憑性は崩れます。そうなると誰がどうやってそのボールペンを入手してそこに置いたかということになる。少なくとも、石川が介在しないとできない芸当じゃないですか」

「そのとおりだよ。むしろ馬脚を露《あら》わしたのはあいつのほうだ。その点をきっちり伝えてやれば、向井は意気込むはずだ。おまえに動機がないのは、おれだって百も承知だよ」

本間は一転して信頼を滲ませた。

2

園崎は聡子に電話を入れた。いまは味方を確保することが重要だ。こちらから連絡するまえにさっきのニュースに接していたら、いくら聡子でも園崎に疑念を抱く惧れがある。

「ニュースは見ましたか」

園崎は問いかけた。聡子は当惑したように訊き返す。

「なんのニュース？　いま雅人が眠っているから、テレビは点けていないのよ」

「じつは――」

その内容を伝えると、聡子は驚きを隠さず問い返す。

「どうしてそんなことに？　あなたが紗子や雅人を殺そうとするなんてあり得ないわよね。

いったいどういうこと？　なにか私に隠していたことでもあったの？」

聡子の言葉に滲んだ猜疑を切ない思いで受け止めながら、園崎はゆうべの事情聴取からこの日の任意の捜索、先ほどのニュースまでの顚末を伝え、その背後に、いま捜査対象にしている大久保という政治家秘書が暗躍しているらしいこと、その男らしい不審な人物が最近紗子の身辺に出没しており、県警の山下たちが警戒を強めていたことなどを洗いざらい語った。

ことここに至れば、もはや守秘義務うんぬんの話ではない。むしろそれに拘泥《こうでい》せず紗子に事実を語っていれば、彼女は身辺にもっと用心していたのではないかと自責の念さえ湧いてくる。いままでそれを伝えなかったことを園崎は聡子に率直に詫《わ》びた。電話の向こうで聡子は深いため息を吐いた。

「いいのよ。刑事である以上、やむをえないことだもの。でも千葉県警というところは、そこまで腐っているの」

「全員がというわけじゃありません。山下や北沢のような正義感に燃えた刑事もいます。その一方で、警視庁にもたちの悪い刑事はいますから」

「石川という男ね。同僚に人殺しの濡れ衣を着せようとする刑事が警視庁にいるなんて、呆れるしかないわね」

「いずれにしても、私の脇が甘かったのは間違いありません」

「そこまで汚いことを思いつく警察官がいるなんて想像もしないのが普通で、父が生きていたら憤死しているわよ。でも心配なのはあなたよ。そんなインチキ捜査でも、一つ間違えば有罪にされちゃうわ。冤罪事件なんて、世の中にいくらでもあるじゃない」

「私には動機がありません。紗子の意識が戻れば、それを証言してもらえます」

「紗子にはもちろん回復して欲しいわ。でもその前に私が証言するわよ。どうしてあなたが紗子を殺さなきゃいけないの。そんな悪い冗談が、いったい誰に通じるの」

「そう願いたいところですが、県警にも警視庁にも、どうもそれが通じる人間がいるようでして」

「警視庁もあなたのことを疑っているの？」

「私の上司は信じてくれています。ただし、警察には監察という部署がありますので」

「知ってるわよ。父はいつも、監察こそ警察の恥部だって忌み嫌っていたわ」

それは監察以外の部署に所属するあらゆる警察官の率直な思いだろう。勝手に警察の自浄能力のご本尊《ほんぞん》を任じているが、アリバイづくりに下っ端警官の取るに足りない品行不良や不祥事を熱心に取り締まる一方で、大物警察官僚の悪事や不祥事はとことん隠蔽する。自浄能力とは対極の、警察という組織自体の保身の牙城《がじょう》ともいうべき存在なのだ。

「県警の捜査がどうなろうと、彼らはたぶん退職を迫ってきます。のちのち問題になりそうな人間は事前に組織から排除する。それが彼らのやり口ですから」

「でも、辞めちゃだめよ。それじゃ冤罪を受け入れることになるわ。意識をとり戻したとき、あなたがそんなことになっていると知ったら、紗子がどれだけ悲しむことか――」

聡子は切ない声を上げる。強い決意で園崎は言った。

「もちろん、どんな不当な圧力をかけられても絶対に辞めません。最後まで闘います。紗子のためにも雅人のためにも――」

「それを聞いて安心したわ。でも大丈夫よ。だって、いくらなんでもあり得ないことだもの。心配するだけ馬鹿馬鹿しいくらいの話よ」

聡子は気を取り直したように言う。そのあまりの馬鹿馬鹿しさゆえに、こちらは想像すらできなかったわけで、まさしく不意を衝《つ》かれたかたちだが、だからといって、やはり油断はできない。

それ以上に、その馬鹿馬鹿しい思いつきで大久保が紗子と雅人をあんな目に遭わせたとしたら、彼を刑務所にぶち込むことはもちろんのこと、その協力者の石川と中林にも手錠をかけなければ気が済まない。

3

聡子との話が終わるのを待ちかねてでもいたように、今度は山下が電話を寄越した。

「ニュースを見たよ。なんだかとんでもないことになってるようだな。中林ってのはとことことん汚い野郎だな」

　山下は吐き捨てるように言った。園崎は本間との話の際にも気になっていた疑念を口にした。

「しかし落ち着いて考えると、どこまで本気なのかいよいよわからなくなってきた。とことんおれを追及する気があるんなら、この段階でリークはしないはずだ。つまりそのやり口でマスコミを煽《あお》り立てるだけで、おれを警視庁から追い出すくらいは簡単にできるとみているからじゃないのか」

「そうだとしても、このままじゃ刑事としてのおまえは息の根を止められる。そういうふざけた策謀に千葉県警の人間が手を貸しているとしたら、おれは大手を振って世間を歩けないよ」

「おまえのせいじゃないから、気にすることはない。それより県警内での紗子の事件の扱いはどんな具合なんだ」

「交通部の交通捜査課と捜査一課が綱引きしているらしい。ただ現状では、交通部のほうは本部事案なのに対し、一課は中林と子飼いが勝手に動いているだけで、まだ捜査の主体は所轄の刑事課レベルだ。それも本来なら交通課の事案なのに、無理やり刑事課の連中を引っ張り出して、殺人未遂の見立てで着手した。現場じゃかなり不協和音があるらしいな」

「中林という男、どうしてそこまでやりたい放題ができるんだ」

園崎は怪訝な思いで問いかけた。たかが警部補で、悪知恵は働くとしても、現場で人望のある名刑事という印象からはほど遠い。山下は言う。

「やはりおれが睨んだとおり、本部長の引きが強いらしい」

「なにか理由があるのか」

「経歴を調べてみたんだが、いまの本部長は、十年ほど前に総務省に出向したことがある。桑原議員は、そのころすでに政界に転じていたはずだが、事務次官にまで上り詰めた人物だ。総務省内にはかなりの影響力を持っていただろう」

「ああ。いまも隠然たる影響力がある。というより、総務省に対する政治的利権で現在の地位にまでのし上がったというのが政界でのもっぱらの評判だな。そういう流れを読んで、石川と中林は桑原事務所とつるんだわけだ」

「いや、時期からすれば逆だろう。いまの本部長が着任したのは二年前だから」

「だとしたら、桑原事務所との繋がりに関しては、石川たちのほうが古株なわけだ」

「政治家に弱いのは、いまの本部長に限った話でもない。警察官僚の持病みたいなもんだからな。そこは用心しないと」

不安げな調子で山下は言う。複雑な気分で園崎は応じた。

「中林が授与された警察功績章にしてもそうだな。もしそんな話で繋がっているとすれば、本部長の肝いりだという噂にしても大いにあり得る話で、あの二人が桑原議員の威光をフル活用して甘い汁を吸ってきたのは間違いない」

「今回のややこしい事情を考えれば、そこに桑原陣営内部の権力抗争も絡んでいるとみているんだろう。案外、議員本人は蚊帳《かや》の外なのかもしれない。おまえたちが聞き込んだところだと、早くも議員の後釜のポジション争奪戦が始まっているそうじゃないか」

「大久保がいま躍起になって動いている裏には、当然、その要素が絡んでいるだろうな。石川と中林も、たぶん議員本人より秘書の大久保と近い」

園崎は確信をもって言った。そこだというように山下は気負い込む。

「だったら、おれたちが大久保を挙げるほうが手っ取り早いだろう。向こうはおまえを犯人に仕立てようとしているが、それが冤罪だとは百も承知で仕掛けているわけで、これから捜査の妨害になることはなんでもやってくる。しかしその大久保自身が危ない性癖を持っている。それが表沙汰になれば、議員の後釜どころの話じゃない」

「ああ。そういう噂が立つだけで、政治の世界からは退場だからな」

「それなら真っ向勝負より、そっちから攻めるほうが勝ち目がある」

「生活安全部が乗り出すとは、大久保も想定外だろうな」

「交通捜査課と捜査一課の綱引きに、おれたちも参戦してやるよ。交通捜査課は自分たちが無能扱いされたように感じて、中林にかなり遺恨《いこん》をもっているようだ。大久保についての情報を耳打ちしてやれば、共同戦線が張れるかもしれん」

「そうなると、警視庁の出番がなくなるな」

「そんなことはない。早晩そっちの監察が動き出すだろうが、お前はそんな圧力に絶対に屈しないでくれ。それがやって欲しい仕事だよ。おまえが心配しているように、いま辞めるようなことになったら連中としては一丁上がりで、それ以上はこの事案を追及しなくなる。そうなると、おれのほうで一泡吹かせて尻尾を出させる作戦も通じにくくなる」

「それについては係長ともさっき話したんだよ。こういう事情だとおれは直接動きにくいが、係長がこれから石川を締め上げてくれるそうだ」

園崎は自信を覗かせた。意外だと言いたげに山下が問い返す。

「そんな材料があるのか」

「ああ。例の向井という情報係の刑事が握っているネタだよ。石川が大久保からゴルフやらなにやら接待を受けていて、非常に深い付き合いだという――」

「桑原の地盤が千葉だから、便宜供与の立証ができなかったと言ってたな」

「しかし、例のボールペンの件も含め、今回、大久保との癒着が立証できれば、受託収賄罪の適用もあり得る。うちがやっていた桑原議員のあっせん収賄関係の捜査情報が、石川から大久保に流れていた可能性は大いに考えられるわけだから」

「それはいけそうだな。どうせ石川にしても中林にしても、金や出世が目当てで、大久保や桑原に義理があってやっているわけじゃない。材料さえ揃えて締め上げれば、案外簡単に吐きそうな気がするぞ」

山下は期待を滲ませた。

山下との電話を終えて、園崎は行徳駅に向かった。駅の売店にはもう夕刊が並んでいた。あるだけの新聞を買い込み、近くのファミレスに入ってすべてをチェックする。テレビと同じ内容の記事が載っていたのは一紙だけで、それはニュースを流した局と同系列の新聞だった。

記事の扱いはごく小さい。殺人未遂事件の被疑者が警視庁の刑事ということなら扱いはもっと大きくていいはずで、夕刊紙やスポーツ紙なら一面に大見出しが出てもおかしくはない。掲載した新聞も、編集レベルでは情報の信憑性に疑問符がついて、とりあえず唾をつける程度にしておこうという判断なのかもしれない。もっとも、あすの朝刊になれば他紙も追随する可能性があるから安心はできない。

内容はテレビのニュースとほとんど変わらず、その情報が千葉県警の公式発表だとは書かれていない。いわゆる関係筋の情報ということだろうが、そういう記述もとくに見られない。出どころを明らかにできないリーク情報だということは、新聞を読むのも仕事のうちの二課の刑事ならすぐにわかるが、中身を読みもせず、見出しを見ただけで鵜呑《うの》みにしてしまう一般の読者もいるだろう。

それ以上に不審なのは、活字になるのが早すぎる点だ。新聞はテレビと違い、記事にして編集をして印刷してと、読者の手元に届くまで時間がかかる。

とくに所轄の刑事と鑑識がやってきたタイミングからすれば、家宅捜索にまで言及している点が普通ならあり得ない。いやテレビのニュースにしても、いくらなんでも手回しがよすぎる。つまりかなり事前に情報が流れていたのは間違いなく、いよいよ中林の意図的なリークの可能性が強まった。

本間からもすぐに電話が入った。向こうもさっそく新聞をチェックしたようで、園崎が見たとおりの話だった。

「いまは夕刊の購読者もずいぶん減っているそうだからな。テレビのニュースといったって、あんな雑報扱いじゃ気に留める者はほとんどいないだろう」

「しかし監察はそういう情報にも目配りしていますからね。警視庁の名前が出たニュースや記事は決して見逃さないでしょう」

「そうかもしれんが、だったらもうおれのところへ電話の一本も入れてきていいだろう。それもないとなると、あいつら給料に見合う仕事をしているのかどうか、疑問を感じざるを得ないな」

あてが外れたように本間は言う。気を引き締めて園崎は応じた。

「まだ安心はできませんが、監察がどう出ようと屈する気はありません。じつはさっき県警の山下と話したんですが――」

県警の内情と、山下たちがじかに大久保の捜査に乗り出す話を伝えると、本間は期待をあらわにした。

「面白いことになりそうだな。こっちは石川をとっちめて大久保との繋がりを徹底追及する。山下君たちは別件で大久保に捜査の手を伸ばす。別件といったって、大久保にしたら十分尻に火が点く話だ。そこからの流れで交通捜査課が、轢き逃げ事件の真犯人と見立てる可能性も高まる。敵の目論見を一気にひっくり返せるかもしれないぞ」

園崎は問いかけた。

「向井さんとは、近々話をするんですか」

「近々というより、今夜にでもどこかで会って話をするよ。まだ庁内では内密にしておきたい事案だからな」

「いよいよ、私の出番がなくなりそうですね」

さっき山下にも言った不安を口にすると、本間は力強く請け合った。

「そんなことは気にするな。おまえにとっては、いまは奥さんと息子さんのことがなににも増して重大事だ。むしろいい機会だと割り切って看護に専念したらどうだ。監察から自宅謹慎を申し付けられたら、もっけの幸いだと受けておいたらいい」

4

園崎との電話のあと、山下は県警本部の近くのティールームへ北沢を呼び出して、いま起きている事態を伝えた。北沢は憤慨した。

「中林という人、どういう頭のつくりになってるんですか。どこをどう捻《ひね》ると園崎さんが殺人未遂犯だなんていう馬鹿げた見立てが出てくるんですか。それも被害者は奥さんと息子さんですよ」

「園崎や紗子さんを知っているおれたちからしたらあり得ない話だが、そうじゃない人間ならいくらでも騙せる。最近もどこかで警察官が強盗殺人をやらかした事件があったが、悲しいかな、全国に三十万人もいる警察官のなかには、犯罪に手を染める者も少なからずいるからな。やりかねないと思われてもしようがないところもある」

苦い気分で山下は言った。人口あたりの刑法犯認知件数から言えば、警察社会のそれは一般社会と比べて桁違いに少ないのだが、どんな微罪でも大きく報道されるから、警察そのものがまるで犯罪の温床のように見られてしまう。

「でも人を陥れるために証拠を捏造するなんて、そっちのほうこそ犯罪じゃないですか。そんなことを許したら、私たちだってその片棒を担いだことになりますよ」

「もちろんだ。そんな策謀はなんとしてでも潰さなきゃいかん。轢き逃げに関しては、やったのは間違いなく大久保だ。こうなるとわかっていたら、おれたちももっと積極的に追い込んでいたはずだが、そこまでやるとは想像すらできなかった」

「まず確認すべきは、事件があったときの大久保のアリバイだと思います。じかに本人に訊くのがいちばん手っ取り早いんじゃないですか」

北沢が身を乗り出す。山下は頷いた。

「どうせしらばくれるか嘘を吐くのはわかっているがな。揺さぶりをかけるとっかかりとしてはいいんじゃないか。中林も園崎に対して、まずそこから攻めてきたらしい。だったらお相子《あいこ》だな」

「大久保はその時間帯、携帯を切っていたんでしょう。ということは、位置情報からはアリバイを主張できない。その点は園崎さんのほうがまだましですよ。固定電話にかけた記録は残っているんですから」

「しかし、アリバイを聞くためにただ電話を入れても、警察だと言えば大久保は居留守を使うだろう。そうだとしたら警戒させるだけで終わってしまう。中林のように証拠を捏造するわけにもいかんしな。任意で呼び出しをかけるいい手がないものかな」

「ストーカー規制法の運用で十分いけますよ。それなら子ども女性安全対策課の領分ですから。ある女性に対するつきまとい行為の疑いがあるので、事情聴取したいと言ってやればいいんです。紗子さんの名前は出さないで――」

「大久保が応じるかな」

「園崎さんたちの呼び出しにはあっさり応じたんでしょう」

「あっちはサンズイ関係の容疑で、政治の世界じゃ日常茶飯の話だから大久保は対応に慣れている。むしろ園崎たちの手の内を探ろうという思惑もあっただろう。いろいろ汚い手を使ってきたのはそのあとからだ。しかしストーカー疑惑となると意味が違ってくる」

「国会議員の秘書としては、恥ずかしいというより品位に欠けます。それに今回立件されたら三度目ですからね。でも、むしろそこが付け目じゃないですか」

「しかし紗子さんはいま意識がない。誰が被害届を出すんだ」

「問題ありません。ストーカー規制法は改正されて、いまは非親告罪になってるじゃないですか」

「そうか。改正後もほとんどのケースで被害届が出てから動いていたから、つい忘れていた」

「ストーカー事案の場合、非親告罪化しても被害届なしに事件を認知するのはまず無理ですからね。相変わらずザル法だと評判は悪いですけど、この件に関しては役に立ちますよ」

「というと？」

「こういう方法はどうですか――」

北沢は大胆なアイデアを口にした。山下は唸った。

「それはいいな。だったら交通捜査課にも手伝ってもらえる。連中も中林のやり方が気に入らないらしい。あいつの鼻を明かせると思えば、乗ってくるのは間違いない。園崎にはおれのほうから伝えておくよ」

「だったら早く動きましょう。私の古巣ですから、話はすぐに通じると思います」

北沢はさっそく携帯を取り出した。

5

翌朝、園崎が病院へ出かけようと家を出たとたん、路上にいた三人の男に取り囲まれた。

「なんだよ、あんたたち。おれに用があるんならインターフォンで呼び出せばいいだろう。邪魔だから道を空けてくれないか」

どういう連中かは想像がついた。上司の本間に仁義を切りもしないで、さっそくお迎えに来たらしい。

「休暇中申し訳ないが、これから本庁に同行してもらえないかね」

五十絡みの年配の男が、言いながら名刺を差し出した。「警視庁警務部人事第一課監察係警部　徳永昭信《とくながあきのぶ》」とある。監察のトップは首席監察官で、階級は警視正だ。その下にいる監察官は警視というのが相場で、ノンキャリアでそこまで登り詰めた人間が、次の人事でどこかの所轄の署長に異動する前の腰掛ポストとみなされている。

　徳永の名刺には監察官の肩書はないから、その下の監察職員だとわかるが、むしろ手強《てごわ》いのはこっちのほうで、所轄の定期監察に出かけては接待攻勢で誤魔化され、あとは上がってきた書類に判子を押すだけの監察官よりもはるかに底意地の悪いのが揃っていると聞いている。

「妻と息子がいまどういう状況にあるかは知ってるんでしょう。同行を求める理由は想像できるし、逃げも隠れもする気はない。しかし事前に都合を聞くくらいはしたっていいんじゃないですか」

「そういう贅沢の言える立場だと思っているのか。逮捕に至ってはいないとはいえ、警視庁の刑事が殺人未遂事件の被疑者になっているとなると、我々にとっては非常事態なんだよ。いますぐ首をちょん切ろうというわけじゃない。あんただって釈明の機会は与えて欲しいだろう」

　徳永は高飛車だ。庁内でたまに見かける顔だが、付き合ったことはないし、名前も初めて知った。監察は身内を追い回すのが仕事だから、他部署の人間とはなるべく付き合わないのが原則だと聞いている。

「千葉県警に事情を問い合わせたんですか。まさかきのうの馬鹿げたニュースを信じ込んで、ばたばた動き始めたんじゃないでしょうね」

嫌味な調子で訊いてやる。すべてチェックしたわけではないが、園崎の家でとっている新聞の朝刊には関連する記事は出ておらず、出がけにチェックしたテレビのニュースでも触れてはいなかった。中林のリークに食いついたのは、きのうのニュース番組と新聞一紙だけのようだった。徳永は渋い表情で口ごもる。

「それは、その——。そこがよくわからないから、当事者のあんたからじかに話を聞こうと思ったんじゃないか」

「県警側の主張する被疑事実が理解できないから、被疑者の私に事情を説明させようというわけですか。なにやら本末転倒な気もしますが」

「そういう屁理屈を拝聴《はいちょう》している暇はないんだよ。テレビや新聞のニュースになっただけで警察官としては大失態だ。その尻拭いをするのがおれたちの仕事で、容疑が事実かどうかはこっちにとってはどうでもいいことだ。とにかく車に乗ってくれよ。こんなところで立ち話をするのはそっちだって世間体が悪いだろう」

徳永は苛立ちをあらわに近くに駐めてある覆面パトカーに目を向けた。どうせ覚悟はしていたことだから、ここは受けて立つしかないだろう。

「わかりましたよ。しかし濡れ衣だと知って私を処分するようなら、こちらも徹底的に闘いますよ」

警視庁に着くと、警務部のフロアーの奥まったところにある狭い小部屋に連れ込まれた。中央に小さなテーブルがあり、壁に向かって小机があって、窓はない。

刑事部門の取調室と似たようなものだが、最近はどこの取調室にも設置されている録画用のビデオカメラはない。監察の現場は最近の取り調べ可視化の流れとはまったく無縁のようだ。

その小テーブルを挟んで徳永が園崎に向き合って座り、さっきの三人のうちいちばん若そうな一人が記録用のノートパソコンを開いて小机で待機する。さっそく園崎のほうから切り出した。

「県警からは、どこまで話を聞いてるんですか」

「固い証拠が出たと言っている。それで事情聴取と家宅捜索に踏み切ったそうじゃないか。はっきりしたアリバイもなかったらしいな」

木で鼻を括ったように徳永は言う。白けた気分で園崎は応じた。

「証拠というのは指紋がついたボールペンのことでしょう。私が犯人ならそんな間抜けなことをするはずがない。アリバイにしたって、あるのに向こうが屁理屈をつけて認めないだけです。そもそもその話、県警の誰から聞いたんですか」

足元を見るように問い返すと、徳永はいかにも不快気に口をひん曲げる。

「中林という捜査一課殺人班の刑事だよ。いま轢き逃げ事件の捜査を担当しているのがその男らしい」

「私を事情聴取したのもそいつですよ。そんな小者じゃなくて、捜査一課のもっと上の人間に確認しなかったんですか」

「県警の捜査一課としては、まだその事案に正式に着手はしていないから、所轄に問い合わせてくれと言われた。しようがないからそっちに電話を入れたら、仕切っているのは本部の殺人班の中林だと言われたんだよ」

「体よくたらい回しにされたわけですね。例のテレビや新聞に情報をリークしたのは中林ですよ。私と同じ班にいる石川という刑事の義理の弟なんですがね」

「そんな話はどうでもいいんだよ。我々が問題にしているのはあんなニュースが世間に流れてしまったというその事実だ。おまえだって監察がどういう仕事をする部署か知らないわけじゃないだろう」

いつの間にか「あんた」から「おまえ」に格下げされてしまった。

「知ってますよ。警察の体面を維持するのが究極の任務で、ことの真偽は関係なく、組織にとって厄介な人間だとみればお払い箱にする。ただしお偉いさんは扱いが逆で、悪事の臭いが立ち上れば、躍起になってそれに蓋をする」

臆することなく園崎は言った。徳永は鼻で笑った。

「それがわかっているんなら、逆らっても損なくらい想像がつくだろう。おれたちは警察組織に属してはいるが、おまえたちとは商売の種類がまったく別なんだよ」

「世間の人は警察のなかの警察だなんて誤解してますがね。そもそも警察そのものが司法警察権を持っているんだから、内輪の人間に対しても、それを公正に執行すれば監察なんて部署は要らないはずです」

「二課の刑事というのは口だけは達者だな。まあ言っていることはあながち外れていない。しかし背後にどういう事情があろうと、ああいうニュースが出てしまえば、おれたちはおれたちのやり方で動かざるを得ない」

「だったら石川の件はどうなんですか。以前、うちの情報係から監察に収賄の疑いがあるという情報を上げたのに、なんのお咎めもなしでした。そのときは便宜供与の事実までは立証できませんでしたが、二課の内部は黒い噂でもちきりでしたよ――」

向井が調べて監察に通報したという石川の不審な行状を聞かせると、徳永はしらばくれる。

「そんな話、おれは聞いたことがない。監察の事案は機密性が高い。チームが違えば、そこがどんな事案を扱っているか皆目《かいもく》わからない。そんなの捜査一課や二課でも似たようなもんだろう。公安なんてもっと徹底していて、隣の机に座っているやつがなにをしているかさえわからない」

わざわざ公安の事例を持ち出すところを見ると、そこが徳永の古巣らしい。監察には公安出身者が多いというのはよく聞く話だ。

「石川には有力な国会議員の秘書とのコネがある。その議員の地盤が、じつは千葉県なんですよ」

「誰なんだよ、その議員は？」

徳永は眉を上げる。まったく関心がないわけでもないらしい。

「桑原参議院議員です。次期総務大臣の有力候補です」

「それが今度のこととどういう関係があるんだよ」

「我々がたまたま捜査対象にしていたのが、桑原議員とその公設第一秘書の大久保という男でしてね。もちろんサンズイ関係の容疑です。ところが最近になって突然、その捜査を中止しろと上から命令された。それが石川に対する監察の甘い扱いと同根じゃなきゃいいんですが」

「どういう意味だ」

「中林が証拠だと言っているボールペンですが、いつでも持ち出せる人間がいるんですよ。それも私の指紋付きのやつを」

「石川がやったというのか。まさか――」

徳永は怪訝な表情で身を乗り出す。園崎はここまでにわかった県警内での中林の立場と、石川と大久保の親密な関係、指紋付きのボールペンが車のそばに落ちていたことの不可解さ、西葛西での待ち合わせのあいだ、大久保が携帯の電源を切っていたことなどを詳しく語った。困惑を隠さず聞き終えると、徳永は呻《うめ》くように言った。

「そんなことを言われても、おれたちは捜査部門じゃない。そのうえ事件はあくまで県警の領分で、こっちが口を挟める筋合いじゃないだろう」

「だったら私をどう処分したいんですか。妻はいまも意識不明で、息子にはＰＴＳＤの症状が出ている。妻子はもちろんのこと、私だって被害者の一人ですよ」

「まだ処分うんぬんの段階じゃない。それに決めるのは上にいる監察官だよ。おれは事情聴取をして報告するだけだ」

徳永は逃げを打ってきた。園崎は追い打ちをかけた。

「それはどうでもいいんです。聞きたいのは徳永さんの考えですよ。中林ごときの言うことを鵜呑みにして、警視庁の監察が冤罪づくりに加担するんですか。あなたには警察官としてのプライドがないんですか」

「冤罪だと立証できるのか」

「できますよ。というより、そもそも公判で立証責任があるのは訴追する側ですから。あんな粗雑な筋立てで、公判が維持できるはずがない」

「それはおまえの考えで、おれは検事でも判事でもない。それに裁判なんて、下手すりゃ何年もかかる。そのあいだおまえを休職扱いにできるわけがない。法廷で頑張って罪を晴らすのはおまえの勝手だが、そのあいだ警視庁から給料をもらおうなんて虫が良すぎる話だろうが」

「そんなことは言ってませんよ。もし逮捕状が出たら辞職します。しかしそれも出ないうちに懲戒免職というのは御免こうむります」

「そんなのはこっちが決めることだよ。わかっているだろうが、懲戒免職なら退職金は出ないぞ。そうなるまえに依願退職して、もらえるものをもらっておくほうが利口だと思うがな」

今度は懐柔するような口ぶりだ。それが監察の常套《じょうとう》手段だということは誰でも知っている。

「損得の問題じゃないんですよ。私が失いたくないのは、警察官としての、そして人間としてのプライドです。徳永さんには興味のない話でしょうがね」

嫌味な調子で言ってやると、ふてくされたように徳永は応じる。

「そういう駄々をこねて、警視庁に所属するすべての警察官の顔に泥を塗ろうとする。そういうおまえのほうが、はるかに人の道にもとるとは思わんのか」

「あとで県警の冤罪づくりに加担したとばれたら、警視庁の監察がどういう体たらくの部署か世間に知らしめることになりますよ。そうなったら監察の威光は地に落ちる。警視庁のゲシュタポが張子《はりこ》の虎だとばれたら、監察なんて誰も怖がらなくなるでしょう」

「ゲシュタポだなんてのはおまえたちが勝手に言っている悪口だ。おれたちは警察組織の掃除人で、誰もやりたがらない汚れ役を引き受けてやってるんじゃないか」

「頼んだわけじゃないですよ。そもそもあなたの言う掃除の対象が我々からすれば理解できない。石川なんて、やってることは犯罪者そのものなのに、どういう理由でかお目こぼしになる」

「その件を担当したのは、おれじゃないと言ってるだろう」

「体質の問題だと言ってるんですよ。我々の現場だって、班が違っても捜査のやり方に大差はないですから」

「どうなんだよ。依願退職する気はないのか」

徳永は重ねて訊いてくる。園崎は素っ気なく首を横に振った。

「身に覚えがないのにそんなことをしたら、やったと認めるのと同じです。そうなったらマスコミは嵩《かさ》にかかって書き立てますよ。私も困るけど、警視庁はもっと困るんじゃないんですか」

「辞めてもらったあとなら、いくら騒がれてもべつに困らない」

徳永は突き放すように言う。不退転の覚悟で園崎は応じた。

「どうせ逮捕されたら、こっちが辞表を書く前に懲戒免職する気なんでしょう。もちろんそれは覚悟してますが、県警ではまだ帳場も立っていない。その段階で早手回しに動くとなると、この件でも上層部の意向が働いてるんじゃないかと勘繰りたくなる。桑原議員の事案では、うちの刑事部長も検察も躍起になって潰しにかかった。まさか監察までもがそのお先棒を担いでいるとは思いたくないんですがね」

強気の口調に気圧《けお》されたように、徳永は攻め口を変えてきた。

「しかし奥さんのことが心配じゃないのか。かなり重傷だと聞いている。もしこのまま意識が戻らなかったり重い障害が残ったりした場合、経済的にも困ることになるだろう。いま辞表を書けば少なからぬ退職金が手に入る。それは今後のおまえの人生にも大きな意味があるはずだ」

「中途退職の退職金なんてたかが知れてます。そんなことのために、やってもいない罪を認めるような馬鹿な真似はしませんよ」

きっぱり首を横に振ると、徳永は匙《さじ》を投げるように言う。

「それならしようがない。これから上と相談して処分を検討するが、それが決まるまでは自宅待機の扱いになる。まだ処分が決まったわけじゃないから、そのあいだの給料は支払われる。ただし刑事としての仕事はしちゃいかんし、呼び出しがあったらすぐに出頭できるように、遠出はしないでもらいたい」

「そう来るだろうとは思ってましたよ。これで桑原や大久保に対する二課の捜査は牙を抜かれる。まさしく敵の思うつぼじゃないですか」

園崎はさらに追い込んだ。怪訝な表情で徳永は問い返す。

「そっちの捜査に対しては、上から中止命令が出ているんだろう」

「桑原事務所関係のサンズイ疑惑に関してはそうですが、石川と大久保の癒着に関してはあくまで別件です。そっちに捜査の手を伸ばせば、最終的に同じ答えに行き着くはずなんです。それも妨害しようというんなら、監察も同じ穴の狢ということになりますよ」

「ずいぶんなことを言ってくれるじゃないか。おれたちは粛々と任務を遂行しているだけだ。こういうことにはちゃんとマニュアルがあって、上の意向を忖度してどうこうという話じゃない」

「だったら、そのマニュアルが間違っているとは思わないんですか」

「おまえに言われる筋合いはないよ。追って人事二課から上長に通達があるだろう」

徳永はこれで決まりだというように言い捨てる。警視庁の警務部には人事一課と二課がある。警部補以下の階級を担当するのが二課で、監察はかたちの上では一課に所属するが、園崎への人事権の行使となると二課が担当することになる。

「いいでしょう。私一人が抜けたって、うちの班はとことん追及します。ただし、それについては一切口外しないでください。この先、もしなにか妨害が入るようなら、徳永さんの口から洩れたとしか考えられません。その場合は公務員の守秘義務違反に該当するし、その便宜供与によって徳永さんがなんらかの利益を得たと認められた場合は、収賄の容疑も成り立つ。そうなったら我々二課としては、容赦なく摘発することになるでしょうから」

「監察を脅すとはいい根性をしてるじゃないか。言っとくが、その気になったらおまえの首なんていつでも切れる。あとで吠え面をかいても知らないぞ」

不快感丸出しの顔で徳永は言った。

6

この日はとりあえず放免になったので、そのまま庁舎を出て、いつも使っている日比谷公園の喫茶店に腰を落ち着けて、電話で本間と水沼を呼び出した。刑事部屋に出向けば、きのうの報道を目にしている連中もいるだろう。好奇の目に晒《さら》されるのはまっぴらだし、内密に話したいこともある。

状況を察して二人はすぐに飛んできた。監察から呼び出しを食らい、ひとしきりやり合ってきた話を伝えると、本間は憤りをあらわにした。

「ふざけたことを。おれの頭越しにそんなことをされたんじゃ、現場は商売にならない。誰なんだ、監察の担当者は？」

「徳永昭信という警部です。ご存じですか」

「ああ、知ってるよ。昔、巡査部長昇任後の研修で一緒になったことがある。そのときはたしか公安に所属していたな。公安からほかの部署に異動することはまずないから、その後もずっと公安畑だと思っていたが、いつのまにか監察に移っていたのか」

「監察にはそっちの出身者が多いと聞いていますからね。どういう人物なんですか」

「そのころはまだ公安の水に浸《つ》かり切っていなかったのか、気さくで正義感も強い男だった。公安という組織の風通しの悪さや組織内での金の動きの不透明さについて、内緒だと言いながらよく愚痴っていたよ」

「警察官としての矜持《きょうじ》みたいなものは、そのころはいくらかあったんですね」

「それが出世に響くんじゃないかと心配していたんだが、おれとほぼ同時期に警部に昇任したから、まあその点では平均レベルだろう。しかしいまのおまえの話からすると、性格はずいぶん悪いほうに変わっているようだな」

「そのあたりの性格の悪さも、監察なら平均レベルだと思いますがね」

嫌味な調子で応じると、本間は呆れたように言う。

「しかしおまえも、よくそこまで喧嘩を売ってきたもんだな。野郎もたじたじだっただろうけど、それで大人しくなる保証はないぞ」

「こうなったら係長が頼りですよ。これからいろいろあら探しをして、懲戒免職という手もあります。現にそれを匂わせていましたから」

「おれが苦情の電話を入れるよ。上長の意向も聞かずに部下をしょっ引くなんて、越権にもほどがある」

本間はいきり立つ。園崎はとりあえずそれを制した。

「いまは慌てて動かないほうがいいでしょう。火に油を注ぐだけですから。石川はいま刑事部屋にいるんですか」

「さっき出かけたよ。どうせどこかで油を売る気だろう。きのうの仕掛けが成功したとみて、大久保からどういう謝礼がもらえるか、取らぬ狸の皮算用をしているところじゃないのか」

「なんにしてもこの先は、これまで以上に慎重に動くべきだと思います。山下たちと連携する必要もあるかもしれません。自宅待機となると係長や水沼とも緊密に連絡がとれなくなる。そのあたりの打ち合わせを、いましっかりしておく必要があると思うんです――」

きのう山下と話した作戦のことを園崎は説明した。追及するのはストーカー規制法関係の容疑だが、その先で轢き逃げ事件との繋がりが必ず出てくるはずだ。そんな読みのもとに、山下と北沢がこれから交通捜査課と連携し、大久保を監視下に置くという話をすると、水沼が勢い込んで乗ってきた。

「だったら、僕も山下さんたちのチームに加わりますよ。それならよりダイレクトに連携できるじゃないですか。向こうがＯＫなら縄張りの問題も出ないでしょう。それにいくらスカンクワークだといっても、いまは僕も大久保に捜査の手を伸ばせる状況じゃないですから」

悪い考えではなさそうだ。山下たちにしても、やろうとしているのはある種のスカンクワークで、そこに十分なマンパワーが割けるとは思えない。本間も頷いた。

「たしかにな。石川に関しては、当面、向井に任せるしかない。どんな容疑であれ、大久保の身柄を押さえてしまえば、追及の糸口は自ずと見えてくる。向こうの交通捜査課は、中林の見立てには同意していないんだろう」

「そうなんです。中林からは、車内から出た物証についてあれからなにも聞いていません。もし大久保が実行犯なら、彼の毛髪やら衣類の屑が出ているはずです。ひょっとしたら指紋も出ているかもしれません。しかしこのままだと特定不能の遺留物として切り捨てられるかもしれない」

「靴の泥にせよ衣類の屑にせよ、おまえのだと特定できるものが車内にあれば、中林は鬼の首をとったように攻めてくるはずだ。しかし、そもそもあるはずがないわけで、だからいまだに逮捕状がとれない」

「ストーカー容疑が成立すれば、紗子を轢き逃げした動機もそこから説明できます。即逮捕には至らないにしても、身体検査令状と鑑定処分許可状をとれば指紋やＤＮＡ試料の採取は可能です。それによって身元特定不能の遺留物から大久保と一致するものが出てくるかもしれない。千葉県警なら、盗難車の車内だけでなく、車が盗まれた現場の遺留物とも照合できるでしょう」

「そうなったら、大久保を殺人未遂の容疑で逮捕できますよ。こっちのサンズイ疑惑とは繫がりませんが、園崎さんの恨みは晴らせるじゃないですか」

水沼が勢い込む。本間はさらに自信を覗かせた。

「なに、そこまでいけばサンズイの事案だって再浮上する。石川をとことん締め上げて、大久保との繋がりからそっちに捜査の手を伸ばす。いまは桑原や大久保を大っぴらに捜査対象にはできないが、石川についての疑惑はまったくの別件だからな。向井にはゆうべその件を話しておいたよ。やっこさんも食指を動かしていたから、そのうちほやほやのネタを拾ってきてくれるはずだ」


そのとき園崎の携帯が鳴った。山下からの着信だった。きょうから交通捜査課と共同で大久保の行動確認を始めると、ゆうべのうちに連絡を受けていた。さっそく動きがあったのか。期待を抱いて応答すると、山下の弾《はず》んだ声が流れてきた。

「大久保が尻尾を出したぞ。ゆうべ遅い時間に、北沢が自宅に電話を入れたんだが──」

県警生活安全部の子ども女性安全対策課の者だと名乗って、次のような話をしたらしい。

現在、ある女性からストーカー被害の相談を受けている。不審な男に尾行されたり、突然声をかけられたりして、その女性は恐怖を感じているようだ。

最近、それらしい男が女性の自宅前に長時間車を駐めて、家のなかの様子を監視しており、そのときの車がＢＭＷだった。家の前にはタイヤの痕が残っていて、女性はその写真を撮っていた。

そのとき以外にも、家の近辺にBMWが駐まっているのが目撃されている。そこで現在、千葉市内に住むBMWのオーナーすべてに依頼して、撮影されたタイヤ痕と照合するために、所有車のタイヤの鑑定作業を進めている——。

真偽を取り混ぜた微妙な餌《えさ》だった。被害者のプライバシーの問題があるからという理由をつけて紗子の名前は出していない。被疑者を特定しての話でもないが、大久保はさっそく引っかかったようだった。

「そのときはプライバシーがどうのこうのと理屈をつけて拒否したんだよ。ところが大久保は、けさ早い時間に例のBMWで自宅を出た。事務所に行くのかと思ったら、向かったのは市内のタイヤ販売店だった」

園崎は確認した。

「タイヤを交換したんだな」

「ああ、店が開くとすぐに飛び込んだ。出てきたときは、タイヤは新品になっていたよ」

「それまで履いていたタイヤは？」

「ああいう店は交換した古タイヤを引き取るから、それをしばらく貸して欲しいと頼んだら、そっちで処分してくれるなら、ただで持っていってかまわないと言われたよ。サービスで引き取りはしても、処分にはそれなりの金がかかるから、もっけの幸いといったところだろう」

「トレッドパターンがうちの前にあったタイヤ痕と一致したら、網は大きく絞り込めるな」

高ぶるものを覚えながら園崎は言った。山下は自信を滲ませた。

「凶器となった車とは別物だから、轢き逃げ事件にストレートに結びつくわけじゃないが、動機という点じゃおまえの容疑よりはるかに説得力がある。そっちが進める石川との癒着関係との合わせ技で、一本とれるかもしれないぞ」

第七章

1

「聞きたいのは、どうして五日前の夜、その女性の家の前に車を駐めていたかなんですよ。それも一時間以上も」

山下は問いかけた。苛立ちをあらわに大久保は応じる。

「駐車違反だというのならわかるが、どうしてそこからストーカー規制法違反の話が出てくるんだよ」

「あそこは駐車禁止の区域じゃないんです。だいぶ以前から、その女性が不審な人物につけ回されていたという話を聞いたもんですから、そのあたりの事情について確認させていただきたいと思いましてね」

山下たちは、きのう大久保が市内のタイヤ販売店で交換したタイヤを入手し、園崎の自宅前の路上で撮影したタイヤ痕と比較鑑定した。中林の横紙破りに怒り心頭だった交通捜査課は全面協力してくれ、トレッドパターンはもちろんのこと、傷や摩耗の一致まで確認された。

翌日、山下は生活安全捜査隊の刑事三名に、子ども女性安全対策課の北沢、さらに警視庁から非公認でゲスト参加した水沼を伴って大久保の自宅に向かい、任意出頭を求めた。

警察からタイヤを調べたいという申し出があった翌日、朝いちばんでタイヤ交換した事実を指摘すると、大久保は自分が監視対象にされていたことには憤慨《ふんがい》したものの、園崎の自宅前に駐車したこと自体は認めざるを得ないと観念したようだった。

もし園崎や山下の見立てどおり彼が実行犯もしくは教唆《きようさ》犯なら、今回の呼び出しが紗子の轢き逃げ事件と無関係だとは思っていないだろう。むしろそのための別件だくらいは察しているはずだが、自分には捜査一課の中林がついていて、彼がこれから園崎の容疑をさらに燃え立たせてくれれば、自分への小火《ぼや》程度の容疑はいくらでも揉《も》み消せると高をくっているものと思われる。

事情聴取は北沢と山下が担当している。子ども女性安全対策課と生活安全捜査隊は常に連携して動いている。前者はストーカーや児童虐待のような事件の防止や規制を担当する部署で、実際の犯罪を摘発するための実働部隊ではない。一方、生活安全捜査隊は、生活安全部が担当する事案全般に関わるのが建前だ。

しかしそもそも警視庁を始め、全国の警察本部に同様の部署が発足したのが、着手の遅れで凶悪事件に発展するケースが多発したストーカー事案での初動の重要性が指摘されたためだった。この事案での連携は本来あるべき姿だと言える。大久保は舐めたような調子で訊いてくる。

「被害届は出ているのか」

「ストーカー規制法はいまは親告罪じゃないんですよ。ですから被害届がなくても、事件を認知すれば捜査に乗り出せるし、法的手続きもとれます。あなたは過去にストーカー規制法で禁止命令を受けたことがありますね。それも二度も」

北沢が指摘する。こういう状況で前歴をあげつらうのは見込み捜査そのもので、普通なら禁忌とされるが、いまは相手が相手だから気にしてはいられない。もちろん大久保は動じない。

「すでに法的に決着がついた話だ。なんの魂胆があっていまごろそれを持ち出す？　私を恫喝するつもりなら、逆にこちらが法的手段に訴えるぞ」

「なんなりとどうぞ。あくまで事実を言っただけで、公の場であなたの名誉を毀損《きそん》したわけじゃないですから」

山下が素っ気なく応じると、大久保はこんどは渋面《じゅうめん》をつくって言い訳をする。

「どっちも誤解によるものだ。被害者はむしろ私だよ。偶然、同じ道を歩くことが何度か重なって、向こうが勝手に被害妄想を抱いたんだ」

「調書では、執拗に電話をかけ、メールを送ったということになっていますが」

「あるパーティで知り合ったんだよ。何度か食事に誘っただけで、それが問題なら、世間の男女の関係はすべてストーカー行為になってしまう」

「しかし禁止命令が出たのは紛れもない事実でしょう」

「ふざけた法律だよ。こっちの言い分は聞かずに、公安委員会が欠席裁判で命令を出す。逆らっても勝ち目がないから従っただけで、納得したわけじゃない」

「それ以前にも、準強制わいせつで捜査対象になっているんじゃないですか」

山下はたたみかけた。大久保はテーブルを叩いて反論する。

「あれだって合意に基づくものだったのに、あとで向こうが掌を返した。けっきょく金目当てで最後は示談で終わったが、要するにはめられたのは私だよ。職業柄、政敵から狙われやすい立場にあるんでね」

北沢が身を乗り出す。

「示談に応じざるを得なかったのは事実でしょう。ストーカー行為にしても、電話やメールの発信記録から事実認定されているわけで、禁止命令は根も葉もない話を根拠に出るものじゃないんですよ」

「百歩、いや千歩譲ってそうだとしても、どちらもとっくに終わった話だ。前科もついていない。それを君たちはいまになって蒸し返して、私を冤罪に陥れようとしている。為にする捜査だとしか思えない。いったい誰に頼まれたんだ」

山下は表情を変えずに首を横に振った。

「誰にも頼まれてはいませんよ。さっきも申し上げたとおり、ストーカー規制法は親告罪じゃないですから、事件性が認められれば、我々は捜査に着手せざるを得ない」

「事件性ってどういうことだ。なにか被害でも起きたのか」

「あなたがつきまとっていた女性が轢き逃げされましてね」

「なんのことだ。おれはつきまといなんかしていない」

大久保は大袈裟に天を仰ぐが、計算ずくの芝居なのは見え見えだ。山下はここぞと踏み込んだ。

「じゃあ言い換えましょう。被害者はあなたが愛車のＢＭＷを駐めていた家の女性です。彼女はそれ以前にあなたに声をかけられたのを覚えています」

「どこで？」

「南行徳のスポーツクラブですよ。彼女がロビーのベンチで息子さんのスイミングスクールが終わるのを待っていた。そのときに話しかけてきて、自分から大久保だと名乗ったそうじゃないですか。彼女はそのとき名前も住所も言わなかったけれど、そのあと彼女がクラブを出ると、あなたが後から追いかけてきて、彼女がベンチに置き忘れたポーチを手渡した」

「そんなことがあったかな。そもそもいつの話だね」

大久保は空とぼける。山下は続けた。

「一ヵ月ほど前ですよ。たぶんそのポーチに入っていたクラブの会員証から名前や住所を知ったんだろうと、その女性は考えていたようです」

「記憶にないね。大久保なんて名字はありふれている。別人だろう」

「しかし彼女には、あなたの写真を見てもらってるんですよ。スポーツクラブで声をかけてきたのは、間違いなくあなただと言っています」

「写真なんて当てにならない。そもそものことと私の車とどういう関係があるんだ。その女性を撥ねたのが私だとでもいうのか」

大久保はすれすれの鎌をかけてくる。山下は問いかけた。

「身に覚えはないですか」

大久保は吐き捨てるように言う。

「冗談じゃない。なんの事件のことを言ってるんだ」

「三日前に行徳駅近くで起きた轢き逃げ事件ですよ」

「それならテレビや新聞ですでに報道されてるじゃないか。犯行に使われた車は見つかったし、犯人は被害者の夫で、警視庁の刑事なんだろう」

「まだ犯人とは決まっていません。事情聴取を受けただけですよ」

「マスコミがそこまで報道したんなら、もう決着はついているようなもんだ。どうしてそのことで私が事情聴取を受けなくちゃいけないんだ」

大久保は勝ち誇ったように胸を反らす。動じることなく山下は言った。

「県警内部では意見が分かれています。というより、彼が犯人だとみているのはじつは少数派なんですよ」

「そんなはずはない。ちゃんとした証拠があるんじゃないのか」

「どうしてご存じなんですか」

「いや、警察がそこまで動いたということは、当然、ある程度の確証があってのことだと思っただけだ」

大久保は取り繕《つくろ》う。証拠うんぬんは例のボールペンのことだろう。中林から逐一情報は入っているはずで、ついうっかり口を滑らせたようだ。

「ところがその事件の被害者が、あなたにつきまとわれていた女性なんですよ。我々としては、動機の面からあなたに注目せざるを得ないんです」

「犯行に使われたのは、私の車じゃないだろう」

「そんなことは百も承知です。人目を引く高級外車でそんな犯行に及ぶ間抜けな犯人はいませんから」

さらりと受け流すと、苦々しげに大久保は言う。

「どうしても私を犯人に仕立てたいわけか。しかしそれは君たち生活安全部の仕事じゃない。

捜査一課が扱うべき事案だろう。その捜査一課が夫を犯人とみて捜査に乗り出している。となれば、ここは君たちの出る幕じゃないはずだ」

捜査一課なら中林の意のままに捜査が進む。そう思っているからこそのご親切なアドバイスだろう。山下はきっぱりと否定した。

「我々はあくまでストーカー事案として捜査を進めています。捜査一課とは立場も狙いも違う。たまたま被害者が同じ女性だっただけです。一課が誰を犯人に見立てようと、我々には我々としての見解がありますから」

「捜査一課に楯突《たてつ》こうというのか」

「我々が殺人未遂事件を扱ったって越権でもなんでもない。捜査一課だけが特別な部署じゃないんです。轢き逃げという括りなら交通部の所管でもある。そもそも事件が起きる前から、我々はあなたに注目していたわけですから」

「家の前に車を駐めただけで殺人未遂犯にされたんじゃ堪らないな」

「ほかにも気になることがありましてね。その女性の夫である警視庁捜査二課の刑事が、あなたをあっせん収賄罪容疑で捜査対象にしていた。いや正確に言えば、あなたのボスの桑原参議院議員に対する容疑なんですが」

「だからどうだと言うんだ。その刑事の妻を撥ねたからって、捜査の手が緩むわけじゃないだろう」

「しかしその刑事に奥さんを殺害しようとした罪を着せれば、捜査どころじゃなくなりますよ。あっせん収賄関係の捜査を中心的に担っていたのは彼ですから」

それを裏づけるには石川の自供を得る必要があるが、ここまで来ればとことん揺さぶってやるしかない。

「そこまでおれを疑うのか。千葉県警がそれほどの馬鹿を雇っているとは思ってもいなかった」

大久保は吐き捨てる。山下は角度を変えて切り込んだ。

「警視庁捜査二課の石川さんとは、ずいぶん親しいようですね」

「そんなところまで嗅ぎ回っているのか。たまたま同じ町内に警視庁の刑事が住んでいて、気が合って友達になっちゃまずいのか」

「石川さんはいまは同じ町内じゃないんでしょう。家を買って引っ越したとかで、なかなかの豪邸を構えたという噂ですが」

「刑事だって、身持ちをよくして貯蓄に励めばあの程度の家は持てるよ。裏になにかあると勘ぐっているわけか」

豪邸うんぬんは釣りだったが、大久保は引っかかったようで、妙に言い訳がましい。

「いや、そこはあくまで警視庁サイドの話で、我々が捜査の手を伸ばせる領域じゃありません。ただ、いろいろ気になる噂が聞こえてくるもんですからね」

「あんたたち、そういうくだらない噂を根拠に、おれを殺人未遂犯呼ばわりしているわけか」

「まだそこまでは言ってませんよ。園崎警部補――妻を轢き逃げした容疑がかかっている警視庁の刑事ですがね。あなたが彼の奥さんにつきまとい、日常の行動を観察していた理由をご説明願いたいんですよ」

「つきまとったりなんかしていない。家の前に車を駐めたのはたまたまで、ちょっと眠くなったから一休みしていただけだよ」

「近場にファミレスやコンビニもありますよ。わざわざあの家の前に一時間以上も車を駐める理由はないと思うんですがね。それにその前日にも、あの家の近くであなたのBMWを見かけた人がいるんですよ」

　大久保のものと同じBMWのM5を見かけたという目撃証言はあったが、ナンバーまでは特定できていない。しかしこれにも大久保は引っかかった。

「うちの先生の地盤は千葉県全体だ。県内のあちこちを見て歩き、公園や道路の状態をチェックするのも秘書としての仕事でね。県内は広いからいつも車で回ることにしている。私のBMWを目撃した人は地元にいくらでもいるはずだよ」

「だったら、そのときの車もあなたのものだと認めるわけですね」

「なんだよ。ナンバーで確認してたんじゃないのか」

「目撃者もそこまでは覚えていなかったんですよ。千葉ナンバーだということまではわかりましたが」

「引っかけやがったな」

大久保は目を剝いた。宣戦布告するように山下は言った。

「園崎警部補とあなたとのサンズイがらみの因縁話については、我々の関知するところではありません。しかしストーカー事案が殺人に発展することは珍しいケースじゃないんです。我々生活安全捜査隊は、そのために創設された部署でしてね。一課がなにを考えているのか知りませんが、こちらはこちらの筋読みで捜査を進めますので」

2

ゆうべ買っておいたコンビニ弁当で昼食をとり、病院へ出かけようとしていたところへ、山下から電話が入った。

水沼からの連絡で、けさいちばんで山下たちが大久保に任意出頭を求めたことはすでに聞いていた。山下は言った。

「いろいろボロは出したんだが、ストーカー規制法による取り締まりとなると、紗子さんが入院中の現状では捜査が進められない。つきまといや迷惑電話や迷惑メールといった行為を大久保はやりたくてもやれないわけだから。しかし動機の点では真っ黒の黒だな」

「事件が起きた時刻のアリバイは？」

「急な政治会合があって、議員と一緒に出席していたと言っている。そこで携帯の呼び出し音が鳴ったら大失態だから、電源は切っていたと言うんだが」

「そんなの、マナーモードにすれば問題ないだろう。おれが聞いたときはあんたには関係ないとしらばくれていたが、あれからうまい言い訳を思いついたようだな。その会合というのは本当にあったのか」

「政局がらみの集まりだから公にできないと言いやがる。しかし車については、家の前に駐めていた件についても、公園の近くで目撃された件についても認めた。スポーツクラブの件は他人の空似だとしらばくれたが、うちのほうで確認したら、やはりそこの会員になっていたよ。フィットネスというより、獲物を物色するのが目的だったんじゃないのか」

「それでつきまとってみたら、その対象の夫が自分を追及している捜査二課の刑事だった。そこで目的を変更したのか、あるいはそういう変態にとっては一石二鳥だったのか、今回の犯行に及んだというわけだ。いずれにしてもやばい野郎に目をつけられたのは間違いない。しかし、それだけで殺人未遂容疑までもっていくのは難しいだろう」

「そこはもちろんあいつも読んでいるようだ。というより、それについては妙に自信ありげなのが薄気味悪かった。中林と結託して、まだなにか目論んでいるような気がしたんだが」

山下は不穏なことを言い出した。いま園崎は自宅待機を命じられ、このあとどんな処分が下されるかわからない。彼らにすればすでに目的の半ばは達成しているはずなのだ。そのうえあのボールペンにしても、もし捏造が発覚すれば中林の首が飛ぶのは間違いない。それを承知で、いまここでさらに危ない橋を渡るとは考えにくい。

「向こうになにか打つ手があるのか。鑑識はうちに来て靴の泥から衣服の糸屑から洗いざらい採取していったが、犯行に使われた車からそれと一致するものが出たとは聞いていないぞ」

「しかし油断はならない。ボールペンの件にしてからがそうだ。証拠の捏造なんて平気でやる連中だ」

「いくら中林でも、鑑識までグルにしてそこまでできるとは思えないがな」

「おれも千葉県警の名誉に懸けて、そんなことは決してあって欲しくはないんだが」

山下はどこか覚束《おぼつか》ない口ぶりだ。そう言われると園崎も不安を覚えた。

「千葉県警どころじゃない。この国の警察の名誉に懸けてもと言いたいが、現にあいつらは今回それをやってきているわけだからな」

「そこまでしないとやばいほど、桑原のあっせん収賄関係の容疑は根が深いのか」

山下は怪訝な調子で問いかける。確信を持って園崎は言った。

「最初は東秋生の事案だけで一件落着だと思っていたんだが、どうもそうではなさそうだ。

桑原はもともと総務省に対して強力な影響力を持っている。そのうえ次の総務大臣の椅子が確実だと取り沙汰されている。となると、そういう立場を利用して、桑原の口利きビジネスが全国津々浦々の地方自治体にまで浸透していると考えたくなる。彼らとしては、おれたちの捜査が蟻の一穴になって、その実態が明るみに出るのが恐いんだろう」

「たしかに東秋生の一件だけなら、与党の議員はみんなそのくらいやっている。ばれたらしばらく雲隠れしていて、ほとぼりが冷めたころに復活するのはいつものことで、国民もそれに慣らされているからな」

「しかしそういう口利きが全国規模で行われていて、そこから得た闇資金が桑原の盤石の地盤を支えているとしたら、発覚すればただじゃ済まない」

確信を抱いて園崎は言った。もちろん園崎たちが東秋生の事案にこだわったのは当初からそこまで視野に入れていたからで、桑原という与党の大物政治家を逮捕訴追し、この国に蔓《まん》延《えん》している口利き政治に対する一罰百戒《いちばつひゃっかい》とするのが目的だった。

「いくら日本の国民が政治家の腐敗に寛大だといっても、そこまでいけば失脚は間違いないし、併合罪加重《かちょう》で刑務所にぶち込めるはずだからな」

山下は希望を繋ぐように言う。園崎はいまも抱いている疑念を口にした。

「ところが不思議なのは、それで慌てているのが大久保だという点だよ。ひょっとしてサンズイのほうの主犯もあいつなのかもしれない。桑原の権威を利用して闇資金を貯め込み、後釜になったときの政治資金にしようという腹だと考えるほうが筋が通る」

「そうだとしたら必死になるのもわかるな。そのうえいまはその後釜の話も怪しくなっているわけだ」

「後援会は大久保を嫌って、議員の息子を後継にしようと画策しているらしい。政治家になっていれば、東秋生の件くらいならうやむやにするのはわけがない。しかし秘書という立場はそれほど強いもんじゃない。先生のほうは自分に飛び火するようなことになっては困るから、大久保をトカゲの尻尾よろしく切り捨てる公算が高い」

「だったら桑原議員にアプローチして、大久保の首を切らせたほうが手っ取り早そうな気がするな。そうなれば、サンズイの件はともかく、殺人未遂に関しては、議員の政治的影響力を利用した隠蔽工作ができなくなる。中林や石川も桑原事務所を馘になった大久保に顎で使われるのは嫌うだろう。下手をすれば、自分たちも後ろに手が回りかねないわけだから」

「おれもそれを考えていたんだよ。ただ、自由に動ければじかに議員に接触する手もあるが、いまは警察手帳を返納している。つまり警察官としての仕事ができないただの人のうえに、自宅待機中にそんなことをしたのがばれたら本物の処分が待っている」

「だったら、おれたちがそこをいじっちゃまずいか」

山下が思いがけないことを言い出した。園崎は慌てて問いかけた。

「なにをしようと言うんだ」

「サンズイの話は営業外だが、ストーカー容疑に関してはおれたちの本業だ。それが紗子さんの事件に繋がるかもしれないという話を耳に入れてやったら、そのとき桑原がどう出るかだよ」

「今度はおまえが火の粉を浴びかねないぞ。千葉県警は桑原の地盤じゃないのか」

「しかし中林のような屑が捜査一課を牛耳って、挙げ句、おまえに殺人未遂の濡れ衣を着せるようなことを、おれは断じて許せない。もちろんそれが大久保逮捕の決め手になるかどうかはわからないが」

「石川繋がりで中林と大久保の癒着が立証できれば、そっちとの合わせ技で一本とれるかもしれないんだが」

期待を隠さず園崎は言った。どのみち大物政治家が絡んだサンズイ事案で、政治家本人を訴追できるケースはごく稀だ。桑原を見逃そうという気はもちろんさらさらない。しかしもし大久保が、議員の権威を笠に着た口利き商法で巨額の闇資金を得ているようなら、桑原にとって大久保は獅子身中《しししんちゅう》の虫《むし》ということだ。そこに付け入れば、想定外の突破口が見つかる可能性もある。山下は請け合った。

「北沢に任せればいい。きっと、いい按配《あんばい》にやってくれるよ――」

彼女が所属する子ども女性安全対策課は、ストーカーを含む性犯罪の常習者について、その雇用主や家族に注意を喚起する活動も行っているという。大っぴらにやると人権侵害だと騒ぎ立てる連中がいるからあくまで内々の活動だが、被害が起きてからでは遅い。法改正でストーカー規制法はいまは非親告罪になっている。したがってそういう予防的な活動は、担当部署内部では当然のことと認識されていると山下は説明する。

「雇用主とは、つまり桑原参議院議員だな」

園崎は興味を覚えた。これまでの二課の捜査では、大久保が壁になって桑原に直接接触する手段がなかったが、それがストーカー事案で、しかも問題のある人物が自分の公設秘書となれば、桑原も奥に引っ込んではいられないだろう。山下はさらに奇手を思いつく。

「それで埒《らち》が明かなきゃ、こっちも中林と同じ手を使ってやればいい」

「マスコミにリークするのか」

「場合によってはそれも考えなきゃな。政治スキャンダルも下半身ネタも週刊誌にとっては堪らない御馳走だ。その二つが合体した話なら喜んで食らいつく」

「たしかにな。そのうえ議員が問われるのは雇用責任だけで、大久保を馘にすればそれ以上の責任は問われない。サンズイの件は、大久保の犯行を立証できればその動機から解明していけるだろう」

期待を込めて園崎は言った。気合いの入った調子で山下は続ける。

「そのときは県警と警視庁の共同捜査にすればいい。議員の地盤は千葉県で、大久保の自宅も千葉市内だ。議員がどこに住んでいるのかは知らないが」

「東京の世田谷だよ。おれたちのほうは捜査を潰されちまったが、千葉県警にはいまのところ影響はない。むしろ大久保が馬鹿な動きをしてくれたおかげで、新しい攻め口が見つかったと考えるべきかもしれない」

「そのためには、紗子さんの事件の捜査で、なんとかおれたちが主導権を握ることだな」

山下は意欲を覗かせる。園崎は訊いた。

「そっちの捜査一課の動きはどうなんだ」

「まだ帳場を立てる気配はない。交通部の上のほうが中林の独走に不快感を強めているようだ。大久保の車のタイヤの鑑定には、交通捜査課が全面協力してくれた。もちろん北沢やおれからも情報は入れてある。とにかく中林に面子を潰されたと怒り心頭だよ」

「おれを犯人とは見ていないんだな」

「というより、所轄の交通課と地域課が総力を挙げて捜索に当たっていたのに、捜査を担当していたわけじゃない刑事課が先に車を発見したのが腑に落ちないと言っている。そこにあるのを最初から知っていたんじゃないかと勘繰っているくらいだ」

「共同捜査の話は出ていないのか」

「そもそも、犯行に使われた車も鑑識が採取した遺留物もすべて中林たちが押収して、交通捜査課に開示する気がないようだ」

県警も一枚岩ではないらしい。警視庁にしても、刑事部長自ら乗り出して園崎たちの捜査を潰しにかかったわけで、同病あい憐《あわ》れむといったところだ。

「つまり交通捜査課は、この事案から排除されているということか。けっきょく捜査一課の上のほうも、中林の独断専行を許しているわけだな」

「だが、まだ第一強行犯捜査は動いていない様子だ」

警視庁も他の道府県警もほぼ同様だが、第一強行犯捜査は捜査一課の筆頭格で、現場資料班や初動捜査班を擁し、捜査現場に先乗りして、捜査本部の設置を一課長や刑事部長に進言する重要な部署だ。

「現場資料班もまだ動いていないのか」

「まだのようだな。動いてくれれば、中林もいつまでも物証を抱え込んではいられなくなるんだが」

「ということは、いまのところ捜査一課は正式に事件に着手していないということか」

「扱いとしてはまだ所轄レベルだ。轢き逃げというのは、普通は本部扱いの事案じゃない。もし故意とみたとしても、殺人じゃなく未遂だから、その点からも、捜査本部を立てるべき事案かどうかは微妙だな」

「つまり捜査一課は、自分たちの仕事だとすら認識していない可能性があるわけだ」

「ただの轢き逃げなら、自動車運転過失致死傷罪や救護義務違反の罪の併合罪になる。それは交通事故の範疇《はんちゅう》で、捜査一課が出る幕じゃない」

「だったら、いまのところ、おれを殺人未遂の犯人とはみていないわけだ。県警の捜査一課も、そう捨てたもんじゃないな」

園崎はわずかに安堵したが、気を引き締めるように山下は言う。

「そこが腑に落ちないんだよ。中林たちが殺人未遂事件として着手したのは事実で、現場資料班が動くくらいはしてもいいはずなのに、第一強行犯捜査が見て見ぬふりをしているとしか思えない。県警内部によほど影響力のある人間が中林のバックについているのか、それとも捜査一課そのものにおかしなバイアスがかかっているのか」

「なにかあるのは間違いないな。しかし現状では、中林も決定的な証拠は手にしていないんだろう。あれば逮捕状を請求するなり帳場を立てるなり、攻め口はいろいろあるわけで、さすがにあのボールペンだけじゃ、そこまで持っていくのは無理だくらいの頭はあるんじゃないのか」

「これ以上おまえを追及すると藪蛇になりかねない。それをわかったうえで、捜査一課が本腰を入れて動かないようにコントロールしながら、一方でおまえを警視庁にいられなくするための小細工をする——。そんな作戦なのかもしれないが、果たしてそれだけだとみていいかだよ」

「というと？」

「うまい答えが見つからないんだが、やはり、きょうの大久保の自信ありげな態度を思うとな。普通ならあそこまで証拠を積み上げられたら、誰だっていくらかはびびるもんだ。気の弱い奴なら犯行を認めるかもしれない。単なる轢き逃げだったことにすれば、殺人未遂よりはずっと罪が軽いから」

「そんな気配は、おくびにも出さなかったわけだ」

「答えがどう出るかはもうわかっていると言いたげだった。残念ながら、こっちはまだ決め手を掴んでいないから、一気には攻められない。しかし、そうのんびりはしていられないかもしれないぞ」

不安げな口ぶりで山下は言った。

3

大久保の事情聴取の結果は水沼からすでに聞いていたようで、山下とのそんな話を報告すると、苦々しい口ぶりで本間は言った。

「ろくでなしなのは間違いないが、侮《あなど》りがたい相手でもあるな」

「大久保もそうですが、中林も舐めてはかかれないかもしれません。石川なんて、この件では端役《はやく》に過ぎないんじゃないですか」

「ああ。しかし逆に言えば、向こうにとっていちばん弱い部分があいつということになる。

じつはさっき向井から報告を受けた。ちょうど面白いネタを探していたようで、さっそく動いてくれたらしい」

向井とは昨夜話をしたと聞いている。園崎は弾かれたように問いかけた。

「なにか新しい情報が出てきましたか」

「以前、あいつが大久保とよく出かけていたゴルフ場を回ったら、ここ最近、二人はまた会っていたそうだ」

「今回も、料金を支払ったのは大久保なんですか」

「もちろん。大久保はそこの会員権をもっている。ただそれだけじゃ、以前、向井が調べ上げた材料以上のものじゃない」

本間はもったいをつけるように言う。向井はさっそく新ネタを見つけてきたようだ。

「ほかにもなにか出てきたんですか」

「ここ何ヵ月分かの利用者名簿をチェックしたらしいんだが、もちろん向井のことだから、横目もしっかり使ったらしい。すると、同じ日にプレイしていたもう一組の利用者の名前が目についた。時間もごく接近していたらしいな」

横目とは、目的の情報をチェックしながらついでに別の情報を盗み見たりすることを言う。銀行や企業での帳簿類の捜査中に、偶然新たな事件の端緒を見つけることもあれば、最初からそちらが本来の目的で、表向きの捜査対象がダミーのこともある。

今回、向井はたまたまそれを見つけたのだろうが、絶えずそういう目配りをするのは、サンズイ担当刑事の習い性でもある。本間は続けた。

「二人組で、一人は中林昭雄だった――」

いかにも思わせぶりな言い方に、園崎は勢い込んで問いかけた。

「もう一人は？」

「笠松公彦《かさまつきみひこ》。なんと千葉県警の本部長だよ。県警に異動するまえは上の役所（警察庁）の警備企画課長だったらしい」

「そいつは驚きじゃないですか」

「ああ。中林なんてたかが警部補で、警視監の笠松氏は雲の上の人間のはずだ。それが仲良くゴルフを楽しんでいたというのは、異例どころの話じゃない」

「階級の差から言ったら、係長が警視総監とゴルフ友達になるくらいのものじゃないですか」

「桑原もそこにいたら敵陣営の揃い踏みだったんだが、そこまで役者は揃わなかったようだな」

本間は残念そうだが、園崎はむしろそこに興味を引かれた。

「県警の本部長と大久保が一緒にコースに出たんじゃ目立ちすぎだとみて、分かれてプレイしたんでしょう。そのあとクラブハウスで内密の会合を持ったんじゃないですか。まだ結論を出すのは早いですが、彼らがワンセットで動いているとすると、桑原はじつは蚊帳の外というこちらの読みも当たっているかもしれませんね」

「丸々蚊帳の外ということはないと思うが、大久保自身もボスの威光を利用して蓄財している可能性は大いにある」

「その金で笠松氏や石川、中林を子飼いにしているんじゃないですか」

「石川と中林はともかく、笠松氏に関しては金以外の繋がりもありそうだ。むしろ大久保が桑原の地盤を簒奪した暁《あかつき》の論功行賞を狙っている線が当たりじゃないのか。警察庁のキャリアといっても、警察庁長官と警視総監の椅子はそれぞれ一つずつで、それを取り損ねたら、あとは閑職につくか転職するしかない。しかし与党の大物議員の伝手《つて》があれば、有利な天下り先に不自由はしないし、場合によっては政界への道も開けるかもしれない」

穿《うが》った見方をする本間に、園崎は言った。

「そんなところかもしれませんね。しかしそれなら、桑原議員と直接繋がったほうがむしろ安全なんじゃないですか。桑原の後継の座というのは水物で、現に大久保にすれば、議員の息子が急浮上して、それが怪しくなっているようですから」

「だからこそ必死だということもあるんじゃないのか。桑原のほうは、べつに連中の世話になる必要もない。案外、お前の見立てのように、桑原は大久保に威光を利用されただけで、必ずしも本ボシじゃないのかもしれないな」

「そんな気がします。ただし捜査一課の上層部の頭を飛び越えて笠松本部長と中林が結びついているとしたら、一課が見て見ぬふりを決め込んでいる理由もわからなくはない。それだと中林の独走がこのまま許されてしまう事態もあり得ますよ」

園崎は警戒心を滲ませた。

4

園崎が病院に出向くと、聡子が人気のない談話スペースに誘って、声を潜めて訊いてきた。

「どうだったの。監察はなにをしようとしているの」

「とりあえず自宅待機を命じられていますが、それ以上の話はまだ聞こえてきていません」

「そうなの。でもあなたが屈服さえしなければ、監察にできることはなにもないわよ。逮捕状が出ているわけじゃないし、あなたに紗子を殺そうとする動機があるはずがないんだし」

「千葉県警も私の容疑については態度を決めかねているようです。いまのところ捜査一課の一部の人間が突っ走っているだけで、逆に山下たちが、ストーカー容疑の線から大久保を追及しています。うちの係長もいろいろ動いてくれていて——」

向井が探り出した、県警本部長を含む怪しい面々の密会のことを聞かせると、聡子は憤りを滲ませた。

「死んだ父にはとても聞かせられない話ね。私で役に立つことがあったら、なんでも言ってちょうだい。といっても紗子と雅人の看護くらいしかできないけど」

「それをお願いできるだけで十分です。私も当面は自宅待機で、病院には頻繁に来られますから」

「自宅待機といったって、山下さんたちや係長さんも動いてくれているんだし、いろいろ連絡をとり合ったり、やることはいっぱいあるでしょ。こうなったら自宅を捜査本部にするつもりで闘ったらいいのよ」

聡子は発破をかけてくる。たしかにその通りで、山下や本間とのあいだでの機微《きび》にわたる話を、人の出入りの多い病院内でするわけにはいかない。

「あのニュースや新聞を読んでいれば、私が置かれている立場は知られていると思いますが、看護師や医師の応対はどうですか」

「私たちに対してはとくに変わらないし、そのことを話題にする人もいないわ。でもあなたが病院にいれば、興味を持たれるのは間違いないわね」

「お義母《かあ》さんが居づらいようなことはないですか」

「あなたまでそんな弱気なことを言わないで。私たちは犯罪者じゃないんだから、気にせず堂々としていればいいのよ。ただあなたの場合は、人に聞かれると困る話があると思うからそう言っただけ。むしろ心配なのはご近所の人たちよ。あなたをみてひそひそ話なんかしていない？」

「仕事の関係もあって、私自身はあまり近所付き合いをしていないのでなんとも言えませんが、とくに警戒されている様子はなく、近所の人とすれ違っても普通に挨拶してくれます。ただ腹の内はわかりません」

「だったら、そっちでも堂々としていなくちゃね。自分から日陰者になったりしたらだめよ」

聡子は親身に忠告する。ゆとりをみせて園崎は応じた。

「もちろんです。むしろ警視庁にいるよりずっと居心地がいい。自宅待機になっていなければ毎日が針の筵《むしろ》でしたよ。その点は監察に感謝したいくらいです。紗子の容態はどうですか」

「とくに大きな変化はないのよ。呼吸も心拍もだいぶ安定してきているので、そろそろ一般病棟に移れそうだと先生は言うんだけど、意識がいつ戻るかはまだわからないそうなの。長くかかるケースもあるけど、突然戻ることもあるから、希望を捨てないで待つことだって。雅人はいま昼寝してるから、紗子にこれから会ってくる？」

「そうします。私が話しかければ、それが意識が回復するきっかけになるかもしれませんから」

そう応じると、聡子は慣れた様子でナースステーションに向かい、面会の手続きをとってくれた。

向かったICUで、紗子は静かに寝息を立てていた。入院直後は何本も繋がれていたチューブやケーブルの数が減っている。園崎は紗子の手を握り、耳元で語りかけた。

「紗子。おれは君が戻るのをずっと待ってるよ。いいんだよ、急がなくて。雅人もだいぶ回復して、もうじき退院できそうだよ。そのあとは、お義母さんと交代で面倒を見るから。ちょっと事情があって、おれも当分仕事を休むことになってね」

紗子の手が園崎の手をかすかに握り返す。そんな反応はこれまでも何度かあった。しかし医師も看護師もそれは普通によくあることで、必ずしも回復の兆候ではないと言う。

しかし園崎にとってその手の温《ぬく》もりは、二人の心がいまも寄り添っていることを信じさせてくれる、言葉を超えた証《あかし》だった。

紗子の顔が一瞬ほころんだような気がした。傍らにいる聡子を振り向くと、穏やかに微笑んで、首を左右に振った。

「紗子はときどきそんな表情をするのよ。あなたや雅人の夢を見ているのかもしれないわね」

5

夕方まで雅人の相手をし、途中のラーメン店で食事を済ませて、午後七時過ぎに園崎は自宅に戻った。

そのあいだ、自分の行動確認をしているらしい人間の存在をずっと感じていた。千葉県警の関係者か、警視庁の監察か。いずれにしてもいま置かれている立場からすれば不思議でもなんでもない。とはいえ気持ちのいいものではない。

カーテンを細く開けて外を覗くと、斜向《はすむか》いの暗い路地に一瞬動く人影が見えた。これから四六時中つきまとうつもりなのかもしれないが、べつにどこかへ逃走しようとは思っていないし、警察手帳を召し上げられているいまの身では、捜査活動に類することもやりようがない。

もしつきまとっているのが監察だとしたら、それを懲戒の口実にしてくるのは間違いない。そこを狙っての挑発だとも考えられるから、迂闊《うかつ》な行動はできない。あるいは県警サイドの人間かもしれないが、そちらはまだ逮捕状を請求する目途《めど》も立っていないはずだ。

いずれにせよ、なんらかの意図があって圧力をかけている可能性があるが、少なくともその正体は把握《はあく》しておかないと、こちらも対策の立てようがない。園崎は家を出て、駅のほうに足を向けた。自宅の近辺は人通りが少ないから、こちらが警戒している限り、どんな名手でも気づかれずに尾行するのは難しいはずだ。

素知らぬ顔で歩いていると、案の定、背後に人の気配がする。振り向かずにその足音に耳を澄ます。スニーカーでも履いているのか、靴底がアスファルトの路面と擦れる音がかすかに聞こえる。こちらが歩くのと同じテンポで、意識して足を速めると、そちらも同じようにテンポが上がる。

五分ほど歩いたところで右手の路地に入る。もう少し先で公園を突っ切るコースが駅までの近道で、園崎は普段はそちらを使う。いま曲がった路地からも駅までは行けるが、だいぶ遠回りだということを地元の人間なら知っている。

のんびりした歩速でしばらく進むと、背後の人物も路地に入ってきたのが足音でわかる。尾行の技術は素人レベルだ。監察には公安出身者が多いと聞いている。公安は尾行が仕事の要だから、それなりの技術を習得していないと商売にならない。さらに監察となると尾行の対象が同じ警察組織に属する人間だから、その条件はより厳しくなるだろう。

捜査二課も公安や監察ほどではないが、尾行や張り込みは必須の技術で、サンズイ容疑の役人や政治家を尾行し、どこでどう金を使っているかを調べ上げて、太い尻尾を摑むことはしばしばある。

そんなとき一人で動くことはまずなく、対象者の行動範囲の地理を頭に入れておき、相手が予想外の動きをしたときはその場をやり過ごし、別の人間に連絡を入れて、移動しそうな場所に先回りさせるといった作戦で行動する。しかし背後にいる尾行者には、そうした工夫がまったくない。

となると中林の配下の可能性が高い。強行犯関係の部署は、事件が起きれば大規模な捜査本部態勢をとり、鳴り物入りで捜査を進めることに慣れている。だから尾行のような芸の細かい仕事は一般に不得手だ。さらに考えれば、こちらに圧力をかけるために、あえて行動確認されていることに気づかせようという意図があるのかもしれない。

そのまま駅前まで歩き、行きつけの書店に入った。ビジネス書の棚の前に立ち、本を探しているふりをしていると、少し離れた別の棚の前にジーンズにスニーカー姿の若い男が現れて、なに食わぬ顔で棚の書籍を物色している。

別の棚に移動すると、少し間を置いて、またこちらを見通せる棚に移動してくる。その書店には裏口があるが、目立たないためそちらを使う客は少ない。園崎は足早にその裏口を出て、人通りの少ない路地で待ち構えた。男も間を置かずそこから出てきた。園崎は男に歩み寄った。

「おれになにか用か」

男は困惑ぎみに応答する。

「なにを言ってるんですか。べつに用なんかないですよ」

「だったらどうして家の前から尾行してきた？」

「尾行なんかしてませんよ。たまたま同じ道を歩いていただけです」

書店に入るまで園崎は男の姿を見ていないが、男のほうは見破られていたと思い込んだようで、勝手に白状してくれた。

「あの道は、駅前に出るにはずいぶん遠回りだ。うちの近所の人間なら誰でも知っているはずなんだが」

「誰がどこを歩いたって自由じゃないですか」

「だったら、どうしておれと同じ道を歩いて、おれと同じ書店に入って、同じ裏口から出てくるんだよ。警察関係者か？　それなら警察手帳を見せてくれ」

ずばり訊いてやると、男は首を横に振る。

「だったら警察に通報するぞ。まさか変わった趣味があって、おれにストーカー行為をしていたんじゃないだろうな。改正ストーカー規制法では、同性でも規制の対象になるんだぞ」

「ちょ、ちょっと、話を大袈裟にしないでくださいよ。僕はこういう者です」

男は慌てて名刺を差し出した。肩書きが「プラスワン生命保険調査部調査員」で、名前は「稲垣孝志《いながきたかし》」となっている。

その保険会社の名前は知っている。紗子が園崎を受取人とする生命保険契約を結んでいるのがそこだった。

「その調査員が、どうしておれにつきまとうんだよ」

脅しつけるように問い詰めると、観念したように稲垣は言った。

「内々の調査をしろという上からの指示があったものですから。でもこうなると、直接、ご本人と話したほうがよさそうですね」

6

近場のティールームに腰を落ち着けると、稲垣は慇懃《いんぎん》な調子で切り出した。

「このたびは奥様の身に大変な事態が起きまして、ご心痛、お察しいたします。大変申し上げにくいことなんですが、じつは千葉県警から奥様が契約されている生命保険のことで問い合わせがありまして」

園崎は当惑した。園崎自身は妻を受取人とする死亡保険金三千万円の警察職員生活協同組合の生命共済に入っている。紗子も園崎を受取人とする一千万円の生命保険に入っているが、いずれの額もごく平均的なものだ。

園崎に関しては、殉職のリスクのある警察官であればもう少し多くてもいいという気がしないでもないが、捜査二課にいるあいだは危険が伴う事件を扱うことはまずないし、保険貧乏になるのも考えものだからと紗子と話し合い、現在の水準で落ち着いている。稲垣は続ける。

「生命保険の加入状況について警察から問い合わせがあった場合、おおむね保険金がらみの犯罪に関係したものでして」

「つまりあの事件が保険金殺人である可能性が高いと疑って、おれを嗅ぎ回っているわけだ」

園崎は不快感を滲ませた。稲垣は慌てて応じる。

「あくまでそういうマニュアルになっているだけのことです。ただしそれも場合によります。奥さんの死亡保険金は一千万円で、いわゆる保険金殺人が疑われるようなケースとはほど遠い。それにご存命ですから、無事に退院されれば支払われるのは入院給付金だけです。重度の障害が残れば死亡と同等に扱われる場合もありますが、いずれにせよその金額だと、普通は我々のような調査員が動くことはありません」

「だったらどうして、おれにつきまとうんだよ」

「直接には千葉県警からの情報開示の依頼があってのことなんですが、テレビや新聞でも報道されたものですから、とりあえず遺漏《いろう》のないように調査はしておけという上からの指示がありまして。それに県警のほうも――」

「殺人未遂の可能性を強くほのめかしたわけだな」

「保険約款では、保険金殺人の意図があろうとなかろうと、受取人が加害者であった場合は保険金の支払いが免責となりますから」

「それは公判で判決が確定した場合に限ってじゃないのか」

「もちろんそうですが、係争中も支払いには応じられませんので」

「しかし、おれはまだ逮捕されていない。もちろん犯人でもない」

「でも、県警からはほとんど決めつけるような話を聞かされましてね。応対したのは私の上司ですが、話の様子が誘導尋問に近く、我々が保険金殺人の可能性を疑っているという言質《げんち》をなんとか引き出したいのが本音のようで、実際には捜査が行き詰まっているような印象を受けたそうです」

「そりゃそうだろう。おれに対する容疑がそもそも無理筋で、千葉県警の捜査一課としても、まだ正式には着手していない」

「本当に？」

稲垣は意外そうに問い返す。園崎は頷いた。

「本当だよ。その話を持ち込んだのは、なんという刑事だね」

「中林さんという、県警捜査一課の刑事だと聞いています」

案の定だ。園崎は舌打ちした。

「おたくのほうはどう答えたんだ」

「それならこちらが独自で動いてみますという話になって、それで私が指名されたんです」

「動き始めたのはきょうからなのか」

「じつは一昨日からなんですが——」

稲垣は口ごもる。園崎は問いかけた。

「なにか気になることが？」

「捜査関係事項照会書が送られてきたのが四日前なんです」

園崎は思わず身を乗り出した。

「郵送で？」

「そうです。消印の日付はさらに一日前でした」

「だったら送ったのは、紗子が轢き逃げされる前々日じゃないか」

「そうなんです。もちろんそのときの文面は、単に園崎さんを受取人にした保険契約について確認したいということだけでした。ところがそれが届いた翌日、あの事件がテレビで報道された直後に私の上司に電話があって、あなたをその事件の犯人と決めつけるような表現をしながら、こちらに調査を進めるように執拗に迫ってきたそうなんです」

「あなたの上司は、そのときどういう対応をしたんだね」

「捜査関係事項照会書の送付と、実際の問い合わせがあった日時の関係に不自然なものを感じたようです。その点を問いただすと、捜査関係事項照会書を送付したのは別の事件に関わる話で、たまたま今回、轢き逃げ事件が起きたため、捜査の焦点がそちらに切り替わったというような、外部の者にはよくわからない説明だったそうです。それでとりあえず、こちら独自で園崎さんの身辺調査を行うことにしたらしいんですが、上司は、保険金殺人の可能性についてはあくまで言及を避けたそうです」

「その捜査関係事項照会書なんだが、誰の名前で出されたものだった？」

「電話をかけてきた中林という人です。署名捺印がありました」

「それはおかしな話だな。それを書く権限があるのは警部以上の階級の者と決まっている。しかし中林は警部補なんだよ」

「つまりその書面は、正式のものじゃないんですね」

稲垣は驚きを隠さない。園崎は説明した。

「警部以上というのはあくまで警察の内規で、刑事訴訟法や警察官職務執行法で規定されたものじゃないから、必ずしも法令に違反しているわけじゃないんだが、警察内部できちっとオーソライズされたものじゃないのも間違いない」

「そうなんですか。ぶっちゃけたことを言えば、生命保険に限らず保険業界というのは、保険金を支払わずに済めばそのぶん利益が出る商売なんです。ですからこちらも損得だけを考えれば、中林さんのご希望に沿うように動いたほうがいいんです。ただそれが冤罪に結びつくようなことがあってはまずい。そう考えるくらいのコンプライアンス意識はありますので」

稲垣は生真面目な顔で言う。園崎は問いかけた。

「それだと、君は職務を放棄することになるだろう。社内で難しい立場に置かれるんじゃないのか」

「そんなことはありません。我々は司法機関ではないですから。誰がシロで誰がクロかを判断するのは警察や検察や裁判所の仕事です。こちらはその結果に応じて保険金を支払うかどうかを決めるだけで、それ以外の権限もなければ義務もないんです。中林さんがあまりにくどいので、上司も仕方なく調査を約束せざるを得なかったというのが正直なところです」

「一昨日から私の周辺を探ってみて、君はどういう感触を持ったんだ」

「ご近所で噂を訊いて回っただけですが、例のニュースに関しては、みなさん、まさかという思いのようでした。奥さんと園崎さんの仲のよさはみなさんよく知っているようで、なにかの間違いだろうと首を傾げる人が大半でした」

「それでも尾行はしたわけだ」

「見事に見破られましたけど。要はサービスみたいなもので、一応仕事はしたという言い訳にはなるんです」

「それを中林に報告するのかね」

「向こうから訊かれたらすると思いますが、べつにそうする義務はないので、こちらから積極的には連絡しません。上司も警察からそういう問い合わせがあったことは上に報告しないといけないので、なにもやらないのも具合が悪い。いわばそのアリバイづくりに私に調査を命じただけなんです」

「だったら、ご苦労さんと言うしかないな」

「こっちが勝手にやったことですから、気になさらないでください。私の印象はいま申し上げたとおりで、上司にもそう報告しておきます。県警サイドにどういう意図があるのかは知りませんが、我々は警察の下請けじゃないですから」

県警への不信感を隠さず稲垣は言った。そのとき園崎の携帯が鳴った。ディスプレイを覗くと、山下からの着信だった。

「ちょっと失礼」

そう断って園崎は席を立ち、店の外に出て電話を受けると、切迫した調子の山下の声が流れてきた。

「まずいことになったぞ。ついさっき、捜査本部開設電報が出た」

捜査本部開設電報とは、刑事部長名で管内の所轄に一斉送信される指令文書で、事件の概要や本部が設置される所轄名、各所轄が派遣すべき応援人員の数などが通知される。

警視庁だけは帳場のことを特別捜査本部と呼称するため特捜開設電報と呼ばれるが、その意味は同様で、発令されれば、速やかに指定された所轄に捜査本部が設置され、数十人ないし百人規模の人員が招集される。その中心になるのは本部の捜査一課殺人班だ。

「まさか、例の事件で？」

園崎は携帯を握り直した。山下は言った。

「そのまさかが起きたんだよ。帳場が立つのは行徳署で、看板は『行徳駅前殺人未遂事件捜査本部』だ。未遂の帳場は珍しいと本部の人間も驚いている。気をつけた方がいいぞ。どんな無理筋でも、帳場を立てた以上、捜査一課としては面子がある。力尽くで逮捕状請求に持ち込むかもしれない」

「ああ。甘く見ていたよ。不意を衝かれた。ここまで抜き打ちでやってくるとは思いもよらなかった」

園崎は鋭い不安を覚えた。山下が言うとおり、逮捕状取得の可能性が出てきたがゆえの本部設置だとしたら、時間の余裕はもはやない。逮捕されれば、大久保を追い詰めるどころか、自らを防御するための手足さえもぎ取られることになる。

第八章

1

山下からの報告を受けて、園崎は稲垣と別れ、別のティールームに移動した。そこから本間に電話を入れて、捜査本部が開設された話を伝えると、本間は舌打ちした。

「まずいな。逮捕されたら向こうのやりたい放題だ。しかしいまある証拠でフダ（逮捕状）がとれるのか」

「中林は当然なにか企んでいるでしょう。じつは――」

稲垣から聞いた話を伝えると、苦い口ぶりで本間は言った。

「一つ一つじゃなんの証拠能力もない材料でも、数を集めりゃ検事や裁判官の心証も変えられる。生命保険の加入状況を調べていたとしたら、それを動機の立証に使うつもりだったんだろう」

「妻が加入している保険は常識的なレベルで、保険金殺人の動機になるとは保険会社も認識していないようです。ただ相手が中林ですから、どんな屁理屈をこねて攻めてくるかわからない」

「だからといって、事件が起きてもいないのに勝手に被疑者に見立てて捜査関係事項照会書を送ったとなると、いくらなんでも理屈に合わない。おまえを冤罪に陥れようという意思は明白で、裁判になったら証拠採用はまずされないだろう」

「問題は連中にとって公判での勝ち負けは関係ない点ですよ。いまのところ攻撃の対象は私に限られていますが、私が殺人容疑で逮捕されたとなれば、係長だって監督責任が問われます。どこかに異動ということになれば、おそらく後任の係長は東秋生の件には手をつけようとしない。桑原も大久保もそれで逃げ切り完了じゃないですか」

「早手回しにおれを左遷させるなよ。しかし、それはたしかにあり得るな」

本間は唸る。政治家が絡むサンズイ事案は立件するまでが勝負で、相手が相手だからあの手この手の捜査妨害がついて回るのは珍しくもないが、ここまで悪辣《あくらつ》な手口でくるとは想像さえしなかった。怖気を震うように園崎は言った。

「こうなると大久保が関与しているサンズイ事案がどれだけ大仕掛けなものか、まさに興津々ですよ。東秋生の一件はそのとば口に過ぎないんじゃないですか。その捜査にここまで過剰な妨害工作を仕掛けてくるとなると、なにやら一大疑獄事件の気配さえ漂《ただよ》ってきますよ」

「ああ。おれたちが追いかけていたのは象の尻尾で、体全体はまったく見えていなかったのかもしれん。しかしそのまえに、おまえの身をどう守るかだよ」

本間が口にした言葉は意外だった。もし逮捕状が出たら、その執行から園崎を守るということは、犯人蔵匿《ぞうとく》もしくは隠避の罪を犯すことをも意味する。

「無理ですよ。フダが出てしまったらもう逃げられません」

「出る前になんとかするんだよ。おれにいい考えがある」

なにやら危ないことを考えているらしい。園崎は問いかけた。

「どういう手なんですか」

「県警の捜査一課長に、捜査関係事項照会書を送ってやる」

その突飛《とっぴ》な発想に園崎は驚いた。

「いくらなんでも応じるわけがないでしょう。そもそも、どういう内容のものを送るんですか」

「捜査関係事項照会書は法的な文書じゃないし、強制力もない。逆に言えば、なにを書いても特段の問題はないわけだよ」

「しかし現状では、私に対する県警の捜査が違法だとは言えないでしょう」

「持ち出すのはそういう話じゃない。石川が大久保とつるんでいる件に関してだよ」

その作文がすでに頭のなかにできてでもいるかのように本間は続ける——。

今回の園崎に対する県警の捜査は、警視庁捜査二課所属の石川輝之巡査部長の義理の弟である中林昭雄警部補の主導で着手されたと承知している。ところがごく最近、石川と桑原勇参議院議員の秘書の大久保俊治、県警本部長の笠松公彦警視監と中林がゴルフ場で密会した事実が確認されている。さらに事件が発生する以前に、園崎の妻の生命保険の契約状況について、中林の名義で保険会社に捜査関係事項照会書が送付されている。

その大久保および桑原参議院議員のあっせん収賄に関する捜査を中心的に担当していたのが園崎で、現在行われている県警の捜査が、それを妨害するための意図的な工作である可能性は濃厚だ。

石川と大久保との癒着については警視庁捜査二課内部で捜査中であり、過去にも桑原陣営についての警視庁側の捜査情報が、石川を経由して大久保に流れていた疑いがある。

今回、唯一の物証だとされている園崎の指紋のついたボールペンにしても、警視庁の支給品であり、石川がいつでも持ち出せるもので、その点も仕組まれた冤罪づくりの可能性を強く疑わせる。

今後警視庁側で石川を逮捕することになれば、今回の県警の捜査の不当性が明らかになる。警視庁捜査二課としては、場合によっては県警サイドの関係者の摘発も辞さない。そうした事情について、県警捜査一課長としての忌憚《きたん》のないご見解を伺いたい——。

「そこまで言ってやれば、県警だっておいそれとは逮捕に踏み切れないはずだ」

自信ありげに本間は言う。園崎は不安を隠さず問いかけた。

「喧嘩を売るようなかたちになりませんか。係長にも火の粉が降りかかりかねない。とりあえず、電話で伝えるくらいにしておいたほうが無難じゃないですか」

「県警の捜査一課長が、おれごときからの電話に応じるわけがないだろう。しかし捜査関係事項照会書なら、法的な強制力はなくても、警視庁からの公式な要請文書なのは間違いない。無視はされても威圧にはなる」

「石川のサンズイ容疑は、うちのほうで摘発できそうですか」

「そっちのほうも本格的に動き始めるよ。やってるのがゴルフや飲食の接待だけだとは思えない。やつの銀行口座をこれから洗う。大久保の関係筋からの入金があったら、事情聴取できっちり締め上げる」

「政治の世界では、そういう金のやりとりは証拠の残らない現金でというのが一般的でしょう」

「それならそれでほかにも手がある。あいつは一昨年、江戸川区内に一戸建ての家を建てている。その資金の出どころを追及すれば、必ずぼろが出る」

「ローンは組んでいないんですか」

「警視庁信組に関しては向井が確認しているよ。そっちの住宅ローンはないそうだ」

「だとしたら怪しいですね。警察官をやっていて、利率から返済条件からあらゆる点で恵まれている警視庁信組のローンを使わない馬鹿はいませんから」

「銀行ローンについても調べてみるが、そっちにもないとしたら追及のし甲斐がある。記録に残らないかたちでの金銭授受があったのは間違いない」

「かなりの豪邸だそうじゃないですか」

「ああ。自慢げに写真を見せられたよ。それ以前は借家だった。もしどこかでローンを組んだとしたら、定年も視野に入るいまの年齢で、それを払い終えられるはずがない」

「石川を摘発できれば、私に対する容疑も消えるということですか」

半信半疑で問い返すと、もちろんだというように本間は応じる。

「こちらにとっては大久保も中林も検挙の対象になる。どう関与しているのか知らないが、疑惑は当然、県警本部長にも及ぶ。石川の摘発はまだ先になるが、そこまでの事実をちらつかせてやれば、向こうの一課長だって及び腰になるだろう」

「その隙に、石川を挙げてしまえばいいわけですね」

「もしおまえを逮捕していたら、県警としては赤っ恥だ。こっちも石川という獅子身中の虫を検挙して身内の恥をさらすわけだが、向こうはそれどころじゃないだろう。本部長までが中林と結託して甘い汁を吸っていたとしたら、県警本部全体を揺るがす大事件だ。そっちの捜査では、我々に一日《いちじつ》の長がある。うちのほうから共同捜査を持ち掛ければ、県警は嫌とは言えないだろう」

「こちらも上からとやかく言われる筋合いじゃない。その方向から新たにメスが入れられるかもしれませんね」

「千葉県警まで絡んでいるとしたら、場合によっちゃ政官界挙げての一大汚職事件に発展する」

「東秋生の件では、こっちはまだそこまで射程に入れていませんでした。ところがこの状況で、敵は総力戦を仕掛けてきています。むしろ馬脚をあらわしたというべきかもしれませんせん」

「よほどたちの悪い実態がその裏に隠されているわけだろう。こっちにとっても伸るか反るかの闘いになりそうだな」

舌なめずりするように本間は言うが、園崎にすればまだそこまで楽観的にはなれない。

「捜査本部が設置されたということは、近々逮捕状を請求する意思表示だとしか考えられない。背後にどんな怪しい力が働いていようと、そこまで行ってしまえば県警は面子に懸けても私を送検するでしょう。あとは検察の判断しだいですが、東秋生の一件では東京地検が圧力をかけてきた。そこに桑原陣営からの働きかけがあったとしたら、千葉地検が骨のあるところを見せてくれるとは考えにくいんじゃないですか」

「そのときはしばらく拘置所で暮らしてもらうしかないな。なに、石川を締め上げれば必ず背後の企みは立証できる。そうなれば検察も起訴を取り下げざるを得なくなるだろうし。もし公判に持ち込まれても、そのあたりの情報は弁護士にしっかり提供するから、間違っても負けることはあり得ない」

本間はあとは任せておけと言いたげだが、サンズイ捜査というのは水物で、思惑どおりには行かないのが通り相場だ。

それどころではない。園崎の考えでは、紗子を轢き逃げした犯人が大久保なのは間違いないが、園崎自身が逮捕されてしまえば、大久保に狙いを定めた山下たちの捜査も封じられてしまう。そもそも同じ警察本部の異なる部署が、同一の事件について別の被疑者を捜査対象にすることは実務的にもあり得ない。

刑務所であれ拘置所であれ、ぶち込まれてしまえば本間とも山下とも連絡がとれなくなる。おそらく訴追されるまでは、聡子との接見も認められないだろうから、紗子の容態さえ把握できない。

本間や山下を信じないわけではないが、自分がなにもできなくなるのが不安でならない。それ以上に、大久保のようなろくでなしの思惑どおりにすべてが運ぶ、そのことへの憤りは抑えがたい。

「逮捕状が出たら私は逃げますよ。逃げまくりながら闘います」

腹を括って園崎は言った。本間は慌てて宥めにかかる。

「馬鹿なことを考えるな。それじゃ容疑を深めるだけだ」

「その代わり、警察官としての制約を受けずに大久保を追い回せます。向こうがそこまで悪辣なら、こっちだってイレギュラーな手段を使わないと太刀打ちできませんから」

「大久保の犯罪を明らかにできたとしても、おまえもなんらかの罪に問われかねないぞ」

「かまいません。それで刑事人生が終わるとしても、大久保を刑務所にぶち込めれば本望です」

「そこまで思い詰めるなよ。やれることはまだいろいろある。気持ちはわかるが、おれたちの力を見くびるな。とにかくあすいちばんで県警の一課長に捜査関係事項照会書を送る。最初はファックスで、追っかけて原本を速達で送るよ。応じるかどうかわからないが、応じてくれなくても構わない。向こうの一課長だって、それを警告と受けとるくらいの頭はあるだろう」

「そう願いたいですがね」

園崎はやむなく言った。自分から刑事として闘う手段を奪おうというのなら、こちらは一人の人間として闘うしかない。法廷での闘いなどという悠長なことにかまけていれば、大久保の犯罪の痕跡は風化する。それどころか、もし思惑どおり桑原の地盤を簒奪し、国会議員になってしまえば、警察はますます捜査の手を伸ばしにくくなる。国会議員には会期中の不逮捕特権もある。

紗子の予後はいまも見通しがつかず、雅人も後遺症が残るかもしれないという。園崎をそんな状況に陥れた犯人が大手を振って世間を渡り、被害者の夫である自分が被疑者として勾留される――。

そんな理不尽な事態に陥るくらいなら、たとえ指名手配されても、自分の意思で行動する自由を手にしたい。

2

「まさか、あり得ないと思っていましたよ。うちの捜査一課にもいくらか良識はあると思っていたんですがね」

北沢は呆れたように言ってビールを呷る。捜査本部開設電報が出たとの情報を受け、山下は北沢と水沼を誘い、千葉駅前の居酒屋で落ち合った。捜査本部開設電報は刑事部長名で発出されたもので、山下たちが所属する生活安全部は対象外だ。

よほど大きな事案なら、生活安全部や組織犯罪対策部にも応援を要請してくるケースはあるが、その場合は県警本部長が指令を出すことになり、今回の場合はそこまでは考えにくい。

逆に言えば山下たちが捜査本部に乗り込むこともできないわけで、事実上蚊帳の外に置かれた格好だ。北沢が交通捜査課に問い合わせたところ、そちらにもお呼びはかかっていないとのことだった。

単なる轢き逃げ事件の可能性も否定できない段階で、交通部を排除して勝手に刑事部が仕切ることに交通捜査課の現場は強い不快感を示したという。

「おかしな力が働いたのは間違いないな。現場資料班がまだ動いてもいないのに帳場が立つなんて異例も異例だ。捜査一課長か、さらにその上の刑事部長の鶴の一声があったとしか思えない。そのさらに上にいるもう一羽の鶴は県警本部長だろうが、こういうやり方がまかりとおるなら警察組織のガバナンスはあってなきがごとしだよ」

山下は苦い気分でビールを呷った。水沼が不安そうに問いかける。

「逮捕状は出ますかね」

「例のボールペンの証拠くらいじゃ無理だろうね。出るんならとっくに出ているはずだよ。しかし帳場を立てた以上、空振りに終われば一課の面子が丸潰れだから、なんらかの手は打つつもりだろうね。早手回しに紗子さんの生命保険の契約状況までチェックを入れていたくらいだから」

「それ自体がでっち上げ捜査の明白な証拠じゃないですか」

「それはそうなんだが、承知で仕掛けているとしたら、いまの段階では歯止めにならない」

「でもいまどき、一千万の保険金欲しさに殺人を企てるなんてあり得ないですよ。だったら世の中の夫婦は全員保険金殺人の予備群です」

水沼は吐き捨てるように言う。北沢が身を乗り出す。

「こっちはこっちで、やるべきことをやるしかないでしょう。桑原議員に大久保の行状を伝えて注意を喚起する作戦、さっそく取りかかるつもりです」

「議員と連絡をとる方法はあるのか。電話を入れたって本人がじかに出たりはしない。大久保があいだに入れば握り潰されるだろうし、こちらの手の内を教えることにもなる」

「大丈夫ですよ。まず書面で連絡をとることになっていますから。親展扱いでかつ配達証明付きで送れば、たとえ秘書でも開封はしにくいでしょう」

「うまくいけば大久保の影響力を殺《そ》げるかもしれないが、いまの事態に対応するところまではいかないだろう。園崎が逮捕・送検されたら、同一事案の被疑者として大久保の逮捕状は請求できない。可能になるのは園崎が無罪判決を受けたときだ」

「でも大久保が犯人だと立証できれば、園崎さんが無罪放免になるのは間違いないでしょう」

「そこまでもっていくには時間がかかるよ。向こうと比べて、こっちは頭数が決定的に足りない」

「じゃあ園崎さんは、いったんは勾留されることになりますね」

不安も露わに水沼が言う。しかし山下にはさらに気になることがあった。

「それで済めばいいんだが――」

「有罪になる可能性があるとでも？」

「隠し玉でもあるんじゃないかと思うんだよ。きょうの事情聴取では、普通なら逃げきれないところまで追い込んだつもりなのに、大久保はカエルの面に小便という顔ですっとぼけた。その自信が薄気味悪い――」

不快な慄きを覚えながら山下は続けた。いくら本部長のお気に入りでも、たかが警部補の中林に、いま程度の証拠で捜査一課を動かすほどの実力があるとは思えない。気になるのは、園崎がわざわざ要求して自宅に鑑識を入れ、靴の泥やら衣服の繊維やらを採取させたことだった。

園崎の指紋付きボールペンという捏造の臭いがぷんぷんする証拠で任意同行を求め、さらに園崎の自宅の任意捜査を、まるで強制捜査ででもあったかのように仕立て上げ、それらをメディアにリークした。

その厚顔無恥なやり口を考えれば、園崎の自宅から採取した糸屑を車のなかにあった遺留物に混入させ、それを証拠として逮捕状を請求するくらいやりかねない――。

そんな疑念を口にすると、水沼は焦燥を露わにする。

「そんなことあり得るんですか。鑑識が証拠の捏造に加担するようになったら、刑事警察の信頼性はゼロになるじゃないですか」

「おれも県警の人間としてそこまで腐ったことはして欲しくないよ。ただ鑑識というのも刑事部の一部署にすぎず、独立した第三者機関じゃないわけで、捜査部門の見立てに合わせて仕事を進めるのはいわば常識だ。捜査部門とグルになって、都合が悪い鑑定結果は仕舞い込み、有利な材料だけを並べて公判の証拠にする。これまでの冤罪事件でいくらでも目にしてきたことだ」

苦いものを噛みしめるように山下は言った。同感だというように北沢が続ける。

「そのうえ園崎さんの家を捜索したのは、本部の鑑識課じゃなくて所轄の鑑識係でしょう。だから信憑性に欠けるというわけじゃないけど、中林の背後には大久保がいるわけで、鼻《はな》薬《ぐすり》を利かされれば、あってはならない注文に応えないとも限らない。そんなことをされたら、県警の一員として恥ずかしい限りですけどね」

「そもそも怪しいのは、犯行車両を中林たちが抱え込んで、交通捜査課に引き渡そうともしない点だよ――」

ため息とともに山下は言った。轢き逃げか殺人未遂かの線引きはそう単純ではない。そもそも最初に捜査に着手したのは交通捜査課だ。ところが中林たちは勝手に自分たちのヤマだと決めつけて彼らを排除している。その点では捜査の客観性を著《いちじる》しく欠いている。腐っても捜査一課で、そこはまずいという判断があって動かないのかとこれまで思っていたが、その点は完全に当てが外れた。

「交通捜査課は、今回の事態を黙って見ているんですか」

水沼が問いかける。北沢が答える。

「さっき、知り合いの捜査員から話を聞いたんだけど、交通部長が刑事部長に、共同捜査本部にしろと申し入れているそうなのよ」

「言うことを聞きそうなのか」

山下は身を乗り出した。北沢は力なく首を横に振る。

「難しいみたいですね。もし決裂するようなら、交通部は交通部で帳場を立てようという話も出ているそうなんです」

「それは頼もしいな。交通捜査課にはこれまでも情報を入れている。そういう流れになったら、おれたちもそっちの帳場に合流して、大久保真犯人説を派手にぶち上げれば、捜査一課だって園崎の逮捕には動きにくくなるだろう」

「そんなことが可能なんですか。警視庁では聞いたことがないですよ」

水沼は驚いたように問い返す。然《さ》もない調子で北沢は応じる。

「事件を認知して捜査に着手するのは、警察官の誰に対しても付与されている義務だから。それに、そもそも最初に動いていたのが交通捜査課で、まだ捜査の終結を宣言したわけじゃないでしょう。それを捜査本部に格上げするのは交通部の勝手だというのが、私が話を聞いた捜査員の考えみたいよ」

そこはとりあえず心強い。いま喫緊《きっきん》の課題は園崎の逮捕を阻止することだ。この際、県警内部が混乱してくれることは、むしろ都合がいいと考えるべきだろう。気を取り直すように山下は言った。

「そもそも捜査一課が帳場を立てたといっても、中林の主張する方向で一枚岩になるとは限らないしな」

なお不安を隠さず水沼が応じる。

「さっき山下さんが言ったような、中林の卑劣なやり口が通じるかどうかですね」

「油断はできないが、捜査一課がそこまで馬鹿だとは思いたくないよ」

祈るような思いで山下は言った。

3

翌日の朝、病院へ出かけようと園崎が家を出ると、近くの路上に黒いセダンが駐まっている。

リアウインドウについているアンテナの形状で、それが覆面パトカーだというのはすぐわかった。こちらは刑事で、そのくらいの見分けは簡単につく。向こうもそれは先刻承知で、あからさまに存在を誇示しているとしか思えない。

逮捕を前提に行動確認しているのだろう。要は逃げても無駄だというデモンストレーションだ。だとしたら逮捕状の請求が近いということか。こんなふうに四六時中つきまとわれたら、フダが出たときは逃げようがない。

もちろんそれは最後の手段だが、その可能性さえ奪われればもはや白旗を揚げるしかない。本間も山下もできる限りのことはしてくれるだろうが、自分を守るための捜査活動に、自分が関われなくなることがなによりも情けない。

素知らぬ顔でカーポートに向かい、車を出して、病院ではなく湾岸道路の方向に走り出す。覆面パトカーは一〇メートルほどの車間距離で追ってくる。尾行というよりつきまといだ。千鳥町《ちどりちょう》出入口から湾岸道路に入り、東京方面に向かう。覆面パトカーは相変わらず付かず離れず追ってくる。

浦安《うらやす》を過ぎ、舞浜《まいはま》大橋を渡れば東京都内だ。警察の縄張り意識ははっきりしていて、覆面パトカーでも普通は他の管轄地域での活動は遠慮する。交通関係の覆面は、ほかの管轄地域に入ったらスピード違反を見つけても取り締まりはしない。

刑事部門の覆面にそういう制約があるわけではないが、地元警察のパトカーと出会った場合、見とがめられてクレームをつけられる場合もあるし、赤色灯を点けてサイレンを鳴らし、対象の車を追い回すようなことは、地元警察の承諾なしにはできない。

そんな事情があるから、他の地元警察の管轄地域で対象者を尾行する場合、園崎たちは警察車両は使わず、マイカーやレンタカーを使うことが多い。

都内に入ってしまえば、そんな理由で向こうは肩身が狭い。一方こちらは自宅待機中とはいえ警視庁所属の警察官だから、多少は強い態度で接することができる。

辰巳《たつみ》第二パーキングエリアに入って車を降りると、覆面パトカーもすぐ近場に停まったが、車からは誰も降りてこない。ここは自販機とトイレがあるだけの小さいパーキングで、利用している車もごく少ない。そこに堂々と駐車したところをみると、尾行を秘匿する気がまったくないのは明らかだ。

園崎は歩み寄り、サイドウインドウからなかを覗き込んだ。運転席にいるのは丸刈りの若い男で、助手席にいるのは胡麻塩頭のやや年輩の男だ。どちらもいかにも刑事然としたよれたダークスーツを着用している。ウインドウをノックすると、若い男が窓を下ろした。園崎は問いかけた。

「なにか用でもあるのか」

どぎまぎした様子で若い男が応じる。

「いや、べつに。たまたま方向が同じだけですよ」

「うちの前から尾《つ》けて来ただろう。千葉県警の人間か。ここは東京都内であんたたちの管轄じゃない。覆面パトカーで我が物顔に走り回られるのは不愉快だな」

助手席から年輩の男が身を乗り出す。

「まあまあ、気を悪くしないで。これも仕事でね。いますぐあんたをどうこうしようというんじゃないんだよ。居場所を絶えず確認しておくようにという上からの命令でね」

男は名刺を差し出した。松戸警察署刑事組織犯罪対策課の主任で警部補、川口孝之《かわぐちたかゆき》――。

帳場が立ったのは行徳署だから、近隣の所轄から動員された応援部隊らしい。つまり中林の息のかかった人間ではなさそうだ。空とぼけて問いかけた。

「どういう理由で、おれを行動確認してるんだ」

「あんた、もう知ってるんじゃないのか。例の轢き逃げ事件で行徳署に帳場が立ったんだよ」

「轢き逃げだと見ているのか。容疑は殺人未遂だと聞いてるぞ」

「いや、言い間違えた。戒名《かいみょう》は『行徳駅前殺人事件』だよ」

戒名とは殺人事件の帳場に出る看板を指す警察内部の符丁だ。憤りを押し殺して園崎は言った。

「ふざけるなよ。妻はまだ生きている」

「済まん。また言い間違えた。悪気はないんだよ。なにしろゆうべ突然お呼びがかかって、けさは早くからおたくの行確を仰せつかったもんだから、まだ捜査会議にも出ていない。それにおれたちはてっきり轢き逃げ事件だと思っていて、殺人未遂で帳場が立ったこと自体、寝耳に水だったから」

「だったら大所帯の帳場を立ち上げて、県警はいったいなにをやってるんだよ。そんなにおれが怪しいんなら、任意同行して事情聴取したらいいじゃないか」

「おれもそう思うんだけど、捜査のやり方に口出しできる立場じゃないからね」

「仕切っているのは、誰なんだ。中林ってやつか」

「だから言っただろう。まだ捜査会議にも顔を出していないから、おれたちはなにも知らない。あんたも刑事ならわかるだろう。どこの帳場でも、所轄の刑事なんてただの歯車で、捜査の全容を把握しているのは本部から来たごく一部の人間だけだよ」

「おれに張り付いているのは、あんたたちだけなのか」

「二十四時間張り付いていたんじゃ身が持たないから、そのうち交代要員を出してくれるとは思うけど、いまのところ別動隊が動いているという話は聞いていない」

「だったら、ずいぶん手抜きの行確だな」

「なにを考えているのかわからないけど、まあ、おれたちも仕事だから、あまり気を悪くしないでくれよ」

川口は申し訳なさそうに言う。被疑者である園崎に対するそんな口の利き方からすれば、今回の帳場はやはり急ごしらえの安普請《やすぶしん》で、士気は必ずしも高くはなさそうだ。

かといって中林のやり方なら捜査陣の士気など問題ではない。証拠はでっち上げればいいし、狙いは園崎を訴追することではなく、大久保に対する捜査を潰すことなのだ。

園崎の逮捕は目的ではなくそのための手段に過ぎない。わざわざ帳場を立てたのは、園崎に擦り付けようとしている濡れ衣をオーソライズするためだろう。ふとひらめいて園崎は問いかけた。

「所属は松戸警察署だったな。普段はなにをやってるんだ」

「窃盗捜査が専門で、交通関係も強行犯関係も畑が違う。本部のほうは頭数さえ揃えれば仕事は終わり。たまに本部長や一課長が発破をかけに顔を出すくらいのもんで、大変なのは汗水たらして駆けずり回るおれたち所轄の人間だよ。事件が解決すれば手柄は本部の連中が独り占めして、こっちはそのお零《こぼ》れにも与れない。まあ、そのへんの事情は警視庁だって同じだろうけど」

「窃盗捜査というと、車の盗難も扱うわけだな」

「もちろん。市内で車両盗難事件が続発して忙しいさなかに呼び出されて、こっちはいい迷惑だよ。近隣で帳場が立つたびに仕事がたまる一方で、それで捜査に遅れが出ても、本部の連中が手伝ってくれるというわけじゃない」

「だったらおれに容疑がかかっている例の事件——。県警は殺人未遂と決めつけているようだが、使われた盗難車については、あんたたちも捜査していたんじゃないのか」

「そりゃまあ、仕事だから——」

川口は渋い顔で口ごもる。とくに期待はしていなかったから、園崎はあっさり引き下がった。

「捜査上の機密だというわけか。じゃあ訊くだけ無駄だな」

「あんた、これからどこへ行くんだ」

川口が問いかける。園崎はとぼけて応じた。

「北海道かもしれないし、九州かもしれない。それを付け回すのがあんたたちの仕事だろう。長期出張になりそうだな」

「そんなことを言ってると、逃走の意思ありとみられて心証が悪くなるぞ」

「心証はもともと最悪だよ。やってもいない罪を擦り付けられてるんだから」

「それはおれたちが決めることじゃない。県警本部にはおれたちなんか目じゃないくらい優秀なみなさんがいるらしいから、なにか考えがあるんだろうけど、ただ、どうもね」

川口は腑に落ちないとでも言いたげな口ぶりだ。園崎は問いかけた。

「盗難車の件か？」

川口は頷いた。

「盗んだ手口が、ここ最近松戸市内を中心に起きている一連の車両盗難事件と同じなんだよ。リレーアタックという、いまはやりのスマートキーの弱点を突いた非常に高度なやり方でね――」

川口は縷々《るる》説明する。スマートキーは、一メートルほどの距離しか飛ばない微弱な電波を絶えず出していて、そこにキーのＩＤが含まれている。泥棒は特殊な機械を使ってキーを持っているドライバーに近づいて、その電波を受信し、増幅して仲間に送信する。仲間がその受信機を持って車に近づいて電波を発信すればドアは開錠でき、エンジンも始動できる。

「その話は、捜査本部には伝えたのか」

園崎は問いかけた。川口はいかにも不快だというように吐き捨てる。

「捜査本部の会議にはまだ参加していないって、さっきも言っただろう。ひょっとしたらおれたちが邪魔だから、こんな仕事を押し付けて会議から排除したんじゃないかと勘ぐってもいるんだよ」

「どういうことなんだ？」

「行徳署の管内でその盗難車が発見されてすぐ、うちに問い合わせが来たんだよ。こっちはそんな手口から大規模窃盗グループの仕業だと考えて、そこを主張したんだけど、向こうは聞く耳持たずで、強引に単独犯によるものだという結論にしちまった」

「訊いてきたのは誰だね」

「中林という捜査一課の刑事だよ。今度の帳場もそいつが仕切っているようなんだが、どうにも鼻持ちならない野郎だよ」

「あんたもそう思うのか？」

我が意を得たりという思いで問いかけた。川口は頷く。

「いまの担当は窃盗関係だけど、以前は強行犯捜査係にいたこともある。今度の事件は、はっきり言って無理筋だよ。あんた、なにか中林の恨みを買うようなことでもやったのか」

川口は鋭い見方を披露した。中林のやり方は、山下や北沢のみならず、県警サイドのほかの人間も違和感を覚えるものらしい。だとしたら捜査本部そのものも一枚岩ではなさそうだが、逆にいえば、そういう雰囲気を押し切って帳場の開設に持ち込んだ中林の腕力は侮りがたいともいえる。気のない調子で園崎は応じた。

「そこは、こっちにしても捜査上の機密でね。あんたもそのあたりの事情には首を突っ込まないほうがいい。あらぬ火の粉を被ることにもなりかねない」

「気になることを言うじゃないか。県警の上の人間が絡んでいるのか」

興味津々の様子で川口は訊いてくる。もう少し突っ込んだ話を聞かせてやりたいが、曲がりなりにも川口は捜査本部に属する人間だ。ここまでの話にしても、腹を探るための誘い水の可能性もある。

それにこちらが把握している情報を聞かせるとしたら、山下や本間の動きにも触れることになる。それは園崎にとっていまや命綱とも言うべきで、その動きまで封じられたらあとは敵の意のままだ。あるいはそこまで勘ぐらないにしても、川口は捜査本部では一兵卒にすぎず、捜査の方向性に影響を与える力はないだろう。

「そこはご想像に任せるよ。申し訳ないが、いまはあんたもおれにとって敵方の人間だ。これ以上無駄話をして得なことはない。もちろんそっちも仕事なら、好きなだけ付き合ってくれて構わないがね」

素っ気なく言って、園崎は車に戻った。

4

川口たちを引き連れて箱根にドライブでもしてやろうかとも思ったが、こっちもそれほど暇ではない。いつ逮捕状が出るか読めないので、聡子に事情を説明しておく必要がある。紗子と雅人ともしばらく会えなくなるだろう。意識はないといっても、紗子にはしばしの別れを告げておきたい。

雅人はほぼ回復したようで、病院もいつまでも預かってはくれない。紗子のほうは完全看護だから、聡子も四六時中付き添う必要はないらしい。

けさ電話で話した様子では、間もなく雅人は退院させるが、幼稚園はしばらく休ませて、聡子が面倒を見てくれるという。紗子もそろそろＩＣＵを出るとのことで、ようやく雅人を紗子に会わせることはできそうだ。それがＰＴＳＤの悪化に対する歯止めにもなるだろうと、脳神経科の医師も期待しているとのことだった。

辰巳ジャンクションから首都高深川《ふかがわ》線に入り、箱崎《はこざき》経由で小松川《こまつがわ》線、京葉道路と繋いで、午前十時には行徳総合病院に着いた。

川口たちは律義に付き合ってくれた。行確だと思えば不愉快極まりないが、SPの一種だと思えばVIP気分だ。

大久保の性格を考えれば、園崎を逮捕するより殺害したほうが手っ取り早いと考える可能性も十分ある。着々と手を打っているようでも、大久保自身危ない橋を渡っている。中林のやり方はいかにも強引で、ことがここまで大きくなれば、失敗したときのリスクも高まる。

こちらはそこが狙い目で、千葉県警まで巻き込んだ工作の実態が明らかになれば、桑原や大久保が絡んだサンズイ疑惑にそこから一気に切り込める。

伸るか反るかの勝負だが、石川と大久保の癒着の件は、警視庁サイドがすでに尻尾を摑んでいる。大久保自身の殺人未遂容疑に関しては、山下たちがストーカー疑惑の線からメスを入れようと動いている。すでに山下たちから事情聴取を受けている大久保は、もちろんそのことを知っている。

大久保の裏の人脈まではまだ把握していなかったが、松戸で盗まれた車両が、川口の言う大規模な窃盗グループの手を経ているとしたら、その筋にもパイプをもっている可能性が高い。

だとしたら紗子を轢き逃げした実行犯は大久保ではなく、金で雇われた裏社会の人間の可能性もある。その場合、ストーカー疑惑の線から大久保を仕留めるのは難しい。そしてそれ以上に、同じような連中を使って園崎を直接狙ってくる可能性もある。

まさか千葉県警がその下請けをするとは思えないから、県警の捜査員が張り付いてくれるのは、むしろ感謝すべきことだろう。

川口たちは病院の駐車場に車を駐めたが、そこで待機する様子で院内までは入ってこない。この病院では病棟に立ち入るには身分証の提示を求める規則になっている。警察手帳を見せれば病院も拒否はしないだろうが、まだ指名手配されているわけでもない患者の親族に張り付いて刑事が院内を歩き回れば、患者の安静を重視する立場の病院側は不快感を示すはずだ。それで警察に苦情がいけば、建前としては秘匿追尾を指示されているであろう川口たちも具合が悪い。

警察官というのは公権力を背景になんでもできると一般には思われているが、必ずしも市民から好かれてはいない存在だから、必要もない場所で目立つような行動をするのは控えるものだ。そもそも自分が警官だと知られるのを好まない習性は日常生活でも身についていて、居酒屋で同僚と飲むときの会話でも、自分が所属する所轄や警察本部を会社と呼ぶのが一般的だ。

小児病棟の病室に向かうと、雅人は興じていたゲーム機を放り投げて園崎に抱き付いてきた。

「パパ、きょうも来てくれたんだね。元気なときはパパはいつも家に帰ってこないから、僕、まだこれからずっと病院にいるよ」

そんな言葉に忸怩《じくじ》たるものを覚える。紗子の理解に甘えて、雅人にはそんな思いをさせ続けていた。それがとんでもない罠にはまったおかげで、雅人の期待に応えられるというのはいかにも皮肉な現実だ。

あとでまた戻るからと、ゲームをしようとせがむ雅人を宥めすかして、聡子とともに廊下の奥の談話スペースに向かった。

行徳署に捜査本部が設置され、逮捕状が出るのが時間の問題かもしれないと話すと、すでに覚悟してでもいたように、落ち着いた口振りで聡子は応じた。

「紗子と雅人のことなら心配は要らないわ。私に任せておきなさい。でもあなたはとことん闘わなくちゃ。そんな理不尽なことがまかり通るようじゃ、この国の警察を誰も信じなくなるわ」

「逮捕されたら長期にわたる勾留は避けられません。公判で闘って無実を証明する自信はありますが、そのあいだに敵はあらゆる証拠を隠滅し、我々の手の届かないところへ逃げ切ってしまうでしょう」

「それが狙いじゃないの？　裁判で無罪になったとしても、そこで失うものがどれほど大きいか。紗子はもとの状態に戻れるかどうかわからないし、あなただっていったんは解職されるでしょう。そのあと復職できるかどうかもわからない」

「そもそもこちらが復職する気になるかどうかわかりませんが、大久保が紗子と雅人にしたことはもちろん、彼らが政官界に張り巡らしている汚職のネットワークが温存されるような事態は絶対に許せません」

「私もそう思うわ。父は頑固一徹で、一人の警察官として節を屈することは決してしなかった。政治家に甘い上司のやり方を批判して、所轄の地域課に左遷されたこともあった」

その上司がのちに汚職で摘発されて、彼は古巣の刑事部門に戻り、最後は所轄の署長で退職したという話は紗子からも聞いている。

「いまも県警の刑事が張り付いています。逮捕状が出たときに備えてだと思います。それを防ごうと本間係長や山下が動いてくれていますが、間に合うかどうかはわかりません」

「もし出たら、あなたはどうするの？」

「逃げるつもりです」

「本気なの？」

聡子は真剣な表情で顔を覗き込む。園崎は頷いた。

「係長や山下を信じないわけじゃありません。しかし紗子をあんな目に遭わせた大久保は、絶対に自分の手で仕留めたいんです」

「まさか、殺そうと思ってるんじゃないわよね」

聡子はストレートに訊いてくる。園崎は大きく首を横に振った。

「あくまで司直の手に委《ゆだ》ねるつもりです。ただそこまで持ち込むうえで、私にやれることがまだまだあるはずなんです」

「でもそれじゃ指名手配されるでしょう。とても自由には動けないんじゃないの」

「少なくとも、留置場や拘置所にいるよりは自由です」

園崎はきっぱりと言い切った。先ほどの川口の話から、やるべきことの方向が見えてきた。大久保に闇社会との繋がりがあるのは間違いない。もしこちらの読みどおり、全国津々浦々の自治体に口利き介入をして荒稼ぎしているとしたら、そこには裏社会の人間、あるいはそれに極めて近い筋の人間が関わっているのが通例だ。

東秋生の事案では、口利きを依頼した地元の土建会社の会長の藤井と桑原が中学以来の幼馴染で、その結びつきに暴力団が介在していないのは明らかだった。そのせいでその方面への捜査が手薄になっていたが、いま想定している桑原事務所を介したあっせん収賄疑惑に関しては、東秋生の件は氷山の一角に過ぎない。

その種の事件はおおむね地元の利権に絡むもので、群がるのは政治家と地元暴力団のフロント企業と相場が決まっている。地方自治体に対する桑原の威光を利用して、それを実質的に差配しているのが大久保だとしたら、その線から悪事の中枢に切り込むことができそうだ。

その点ではかつて組対部四課に所属した園崎には一日の長があり、その筋の情報提供者とのパイプはいまも生きている。

公安が左や右の組織に属する人間を情報源として確保するように、二課に異動したいまも、園崎にとってその方面の人脈はとっておきのネタ元で、いくつかのサンズイ事案を立件するうえで、大いに役立ったことがある。表には出せない話だが、組対部四課時代には、より重要なネタと引き換えに、小さな悪事を見逃してやったことが何度かあって、そこに義理を感じていまも協力してくれる「知人」がいる。二課という部署の特殊性から、そういう情報ソースは秘匿することが容認される。つまりそこにアクセスできるのは園崎だけで、本間でさえ彼らとの面識は一切ない。

「なにか手があるのね、だったら自由にやりなさい――」

止められるかと思ったら、聡子はむしろ背中を押すように言う。

「心配はしてないわ。最終的にあなたの潔白は証明されるんだから。でも逮捕されて起訴されたら、何ヵ月も、何年も拘置所で暮らすことになる。もしあなたの手で犯人を突き止めることができたら、そんな無駄な時間を過ごさずに済む。それは紗子にとっても雅人にとっても大事なことね」

「そう思います。困難は承知の上です。しかし、こんな理不尽な圧力に抵抗もできず、唯々《いい》諾々《だくだく》と法に従うなんてまっぴらです。いやそれは法なんかじゃない。法の名を騙《かた》る邪悪そのものです」

「だったらこれをお持ちなさい。役に立つかどうかわからないけど。一時しのぎにはなるかもしれない」

聡子は手にしていたポシェットから鍵を取り出して手渡した。

「これは？」

「横浜の自宅の鍵よ。しばらくは身を隠せると思うわ。もちろん指名手配されたら警察はそちらも調べると思うけど、時間稼ぎにはなると思うの。私はもう一つ合鍵を持っているから大丈夫」

なんとも大胆な提案だ。園崎は慌てて問い返した。

「そんなことをしたら、お義母さんに迷惑がかかりますよ」

「私はあなたの親族よ。親族の場合、犯人蔵匿の罪は免除されるんでしょ。父から聞いたことがあるわ。法にも人情があるんだなってそのときは思ったけど、それが我が身に適用されるとは思ってもみなかったわ」

聡子はあっけらかんと言ってのける。そもそも園崎の無実が立証されれば、犯人蔵匿の罪そのものが成立しないが、少なくとも捜査段階で警察が、聡子の逮捕を含む強硬手段に出ることへの歯止めにはなるだろう。

「ありがとうございます。場合によっては使わせてもらうことになるかもしれません」

園崎は思いを込めて礼を言い、それを預かった。川口たちが身辺に張り付いているから、その目を逃れて横浜に向かうのは難しそうだが、なにか打つ手はあるだろう。それにまだ逮捕状が出るわけではなさそうで、いまの段階で過剰な動きをする必要はない。ゆうべ山下と話したところでは、帳場には行徳署の生活安全課の刑事も動員されるとのことで、切迫した動きがあれば情報を入れてもらえるように話をつけておくと言っていた。

5

ＩＣＵの紗子を見舞ったあと、小一時間、雅人のゲームに付き合って、園崎はいったん自宅に戻った。

もちろん川口たちもついてきた。家に入れてお茶でも振る舞ってやりたい気にもなるが、彼らも敵側の人間であることに違いはない。いまこちらから気を許す必要はないだろう。

山下の携帯に電話を入れると、留守電に切り替わるので、連絡が欲しいとメッセージを入れた。

コーヒーを入れてしばらく待つと、山下は折り返し電話を寄越した。

「済まん。周りに人がいるもんだから、場所を移動してたんだ。捜査本部の動きがいくらかわかったよ」

声を落として山下は言う。不穏なものを覚えながら園崎は訊いた。

「逮捕状請求の準備が進んでいるのか」

「意見が真っ二つに分かれているそうだよ。中林一派は即刻逮捕状を請求すべきだと息巻いているが、交通捜査課の連中が、まだ証拠が不十分だと強硬に反対しているらしい」

「交通部も帳場に参加しているのか」

「合同捜査とまではいかなかったが、捜査共助という名目で、捜査員を何人か送り込むことには成功したようだ。彼らにすれば、このままじゃトンビに油揚げを攫《さら》われるようで面白くない。それ以上に、おれたちが入れておいた大久保に関する情報がむしろ本筋だという感触があるようで、いまおまえを逮捕するのは尚早《しょうそう》で、それによって真犯人を取り逃がすことになってはまずいと主張している」

「いい流れだな。中林のほうは？」

「提示している証拠は三点だけだ。まず例のボールペン、それからおまえのアリバイだ。電話の発信記録による位置情報を、むしろ逆の証拠に使おうとしているらしい。つまり西葛西と行徳なら、車で走れば十分犯行時刻に間に合うという理屈だな」

「もう一つは？」

「紗子さんの保険金だよ。それで動機が立証できると言っているらしい」

山下は舌打ちする。やはりはめられたということだ。指紋付きのボールペンはもちろんのこと、大久保が西葛西に呼び出してすっぽかしたのも、それを状況証拠に使おうという当初からの目算があったからだろう。

　生命保険会社に送付された捜査関係事項照会書にしても、同じ狙いに基づくものとみるべきだ。中林は日本国内で営業しているすべての生命保険会社にそれを送付していたはずで、普通の家庭なら妻が被保険者になっている契約はあって当たり前だ。

　投網《とあみ》を打つようにして紗子の保険契約を見つけ、事件が起きてから保険会社に誘導的な問い合わせをし、保険金殺人の疑いがあるという認識を引き出そうとした。稲垣の話だと、保険会社は乗らなかったが、中林はそれを歪曲《わいきょく》して捜査記録を作成し、あたかも重要証拠でもあるかのように捜査会議で提示したのだろう。

　そこは川口が言っていた車両盗難の件と同様で、犯行に使われた車が大規模窃盗団によって盗まれたとする見立てに耳を貸さず、強引に個人の犯行と決めつけたやり口とそっくりだ。

　その話を聞かせると、山下は憤りをあらわにする。

「だったら、おれのほうからその情報を交通捜査課に入れておくよ。松戸署に問い合わせれば、向こうの捜査状況も詳しくわかるだろう。なにしろ証拠の車自体を中林が抱え込んで引き渡そうとしないもんだから、交通捜査課も手のつけようがなかったらしい」

「それで上の人たちの考えはどうなんだ。刑事部長や捜査一課長も、顔見せくらいはしたんだろう」

「発破だけかけて、早々に帰っていったそうだ」

「まあ警視庁でもそのクラスは帳場開設の激励に出てくるだけで、現場の仕切りは担当管理官に任せるのが通例だが、いずれにしても、あまりやる気がないのは間違いないな」

「嫌々帳場を立てたんなら、さらに上からの鶴の一声があった可能性が高い。だとしたら、必ずしもこっち有利の話だとは考えにくい」

「やはり本部長が絡んでいるということか。こうなると、単に大久保から鼻薬を利かされているだけだとも思えないいな」

「ああ。もっとでかいサンズイ疑惑に本部長自ら関わっているような気もしてくる。おまえたちの事案の主戦場が、じつは千葉県警だということにもなりかねない」

山下は唸る。園崎は問いかけた。

「刑事部長や捜査一課長が及び腰だとしたら、その下の管理官はどうなんだ。捜査に積極的なのか」

「逮捕状請求は時期尚早とみているようだ。裁判所が逮捕状を発付したとしても、いま程度の証拠じゃ公判が維持できない。有罪の判決が出たとしても、あとで冤罪だと判明したら県警としての立場がなくなると言っているらしい」

「冤罪の可能性にまで言及しているのか」

「仮にという話だが、動機についてもアリバイについても説得力が乏しいとみているようだ。」

中林は例のボールペンの件を持ち出して執拗に食い下がったが、それ単独ではとても公判には堪《た》えられないと、やはり否定的な見解だったそうだ」

「県警の捜査一課にも、見識のある人物がいるようだな」

「というより、それが普通なんだがな」

山下はうんざりしたように言う。園崎は訊いた。

「中林はそれで引っ込んだのか」

「これからさらに補強証拠が出せると、なにやら自信を見せているらしい」

「それも薄気味悪い話だな。中林の班の係長はどうなんだ」

「いまのところ我関せずで、模様眺めをしているようだ」

「そっちも一枚岩ではないわけだ」

「しかし油断はならない。刑事部長としては、いったん立ち上げた帳場を、被疑者の目星もつけずにはたためない。本部長と中林一派に挟撃《きょうげき》されたら、あっさり落とされることだってあり得る」

「それに関しては、うちの係長が動いているんだが――」

県警捜査一課長宛ての捜査関係事項照会書の件を聞かせると、山下は期待を覗かせた。

「ブラフにはなりそうだな」

「こっちの手の内を晒すことにもなるが、だからといって県警側の人間が警視庁の、それも部内の人間に対する捜査に干渉はできない。警告の役割は十分果たすだろう」

「おれたちが帳場に参加できれば、ことをもっとややこしくして捜査そのものを頓挫《とんざ》させることもできそうだが、いまのところは交通部に頑張ってもらうしかない」

「攻め手はあるのか」

「いま捜査一課が独り占めしている犯行車両を引き渡すように要求している。一課のほうじゃ鑑識作業は済んでいるから、渡さない理由はないはずなんだが、被疑者が起訴されるまでは重要証拠として手元に置くと言って引き下がらないらしい」

「だとしたらそこに、中林たちが見て欲しくないものがあるとも勘ぐれるな」

「ああ。交通鑑識課はその道のプロだ。車内の物証は洗いざらい採取されていても、車体そのものまでは弄《いじ》れない。そこに不審な痕跡でもあれば、おまえの容疑をひっくり返せるかもしれない」

「まだ交通鑑識課は、車に触ってもいなかったのか」

「そうらしい」

「交通鑑識課が鑑定を行っていないのに、どうしてそれが犯行車両だとわかったんだ」

「車種が一致したことと、ボディに人をはねた痕跡が残っていて、ヘッドランプも破損していた。車種もセレナで一致した。さらにそれが盗難車だったことも、強力な状況証拠だと中林は言っている」

「怪しい話だな。そのあたりもでっち上げの可能性がある」

苦々しい思いで園崎は言った。山下も同感のようだ。

「おまえが聞いた松戸署の捜査情報とも繋がりそうだな。いずれにしても、おれはおれで交通捜査課を煽ってやるよ。ひょっとしたら、車内に大久保の痕跡でも残っているんじゃないのか。消すに消せないような痕跡が」

「大いにあり得るな」

「ストーカー疑惑の線に交通捜査課は興味を抱いてくれている。あとは本間さんが石川を締め上げて、大久保との癒着の実態を解明する。そうやってじりじり追い込んでいけば、おまえを逮捕したら県警がやばい事態に陥るくらい、脳味噌があればわかるはずだよ」

山下の見通しは楽観的だ。しかし園崎の警戒感は変わらない。逮捕状が出た場合に逃走するつもりでいることを、いま山下に言うわけにはいかない。知ってしまえば、それを秘匿することは犯人蔵匿罪に当たる。そのとき山下は堪えがたい葛藤に陥るだろう。

よろしく頼むと応じて通話を終えて窓の外を見ると、姿を隠そうという気はもうまるでないようで、川口と若い男は車外でのんびりコーヒーを飲んでいる。園崎の姿に気がついて、川口はこちらに軽く手を振った。園崎の逃走を許せば彼らも責任を問われるだろう。気の毒だがそれもやむを得ない。

敵がいろいろぼろを出してくれているのに、いま自分が逮捕されれば、想像もつかない大きな力によって、すべてが握り潰される惧れがある。日本の刑事事件の有罪率は九九・九パーセント。起訴されてしまえば勝てる見込みはほとんどない。本間や山下の尽力があっても、その壁は決して簡単には破れない。

第九章

1

その夜、園崎はある人物に電話を入れた。

宮本清一《みやもとせいいち》――。東京都内で中規模の不動産会社を経営しているが、その会社が、じつは都内を拠点とする指定暴力団、橋村《はしむら》組のフロント企業だというのはその世界では誰でも知っている話で、園崎とは組対部四課時代からの付き合いだ。

「どうしたんだよ、園崎さん。ニュースで見たよ。あんたの名前はまだ出ていないけど、奥さんの名前が出ていたから、すぐにわかった。とんでもないことになってるじゃないか。しかしあんたがそんな馬鹿なことをするはずがない。電話しようかと思ったんだけど、おれみたいな人間と付き合いがあることがわかったらいろいろ不利になるんじゃないかと思って遠慮してたんだよ」

親身な調子で宮本は言う。園崎とはほぼ同年配で、某有名私立大学を卒業してあるメガバンクに就職したが、個人的な株取引で損失を生じ、その穴埋めのために顧客の預金に手を出した。

それが発覚し、業務上横領罪で告訴され、執行猶予付き懲役三年の判決が下った。それ以上争っても判決が覆《くつがえ》る見込みはないし、刑務所に入らずに済んだだけでも儲けものだと考えて、控訴はしなかった。

しかし大手銀行のエリート行員の横領事件としてマスコミが大きく取り扱ったため、その後の再就職の道は閉ざされた。

そんなとき、声をかけてきたのが橋村組の若頭だった。やくざも法規制の強化で伝統的なシノギがやりにくくなっていた。その結果、資金力が脆弱《ぜいじやく》な組は覚醒剤の密売や振り込め詐欺といった犯罪に手を染めるようになるが、橋村組は資金面ではそこそこのゆとりがあった。

これからはやくざも合法ビジネスに進出する時代だと組長は考えた。目をつけたのが不動産業で、かつてのバブル時代、銀行やノンバンクと組んで、地上げで大儲けした時代があった。その当時のノウハウを生かせば商売はうまくいくとの皮算用で乗り出してはみたものの、時代が違うから思惑どおりにはいかない。

それまで社長をやっていたのは組と付き合いのある元総会屋だったが、会社を切り盛りする才覚はほとんどなく、事業は赤字が累積するばかりだった。

このままではせっかく目指した経済やくざへの脱皮も絵に描いた餅になる。そんな危機感をもっていたところへ、宮本のニュースを耳にした。若頭の申し出はそのフロント企業の社長への就任で、組員になれとは言わない。それではフロント企業としての意味が失われるからだ。

宮本にとっては望外の話だった。業務上横領の前科のある人間を迎え入れようというまともな企業は存在しない。横領した多額の金の弁済も求められている。宮本にすれば、今度はむしろ刑務所に入ったほうがましだというのが正直なところだった。

宮本は喜んで話に乗った。前任の社長の放漫経営を一新し、投資する不動産の選定にも、情実を排し、厳密な数値データに基づく管理システムを導入した。暴力団社会の色合いが強く残っていた非効率的で旧弊な組織体質も一掃した。

当初は元組員の社員たちから強い反発を受け、命を狙われたことさえあったが、若頭が楯になって改革は進められた。その結果、二年後には赤字を一掃し、以後は順調な黒字経営を続けて、胴元の組の懐は潤った。

かたちとしては組に属さず、あくまでフロント企業の社長という身分だったが、その実績を評価されて、いまでは組の序列でも、事実上若頭に次ぐナンバースリーの位置を占めている。

宮本と知り合ったのは、十年ほど前、橋村組と、以前から対立していた都内の指定暴力団、上川《かみかわ》一家とのあいだに抗争が勃発し、一触即発の状況になったときだった。

園崎たち組対部四課のチームも緊張した。経済やくざを志向する橋村組は暴力的な抗争を嫌っていたが、上川一家は都内有数の武闘派集団で、そのため特定危険指定暴力団にも指定されている。

組対部四課にとって、市民社会にも被害を及ぼすかもしれない抗争を未然に防ぐことは最大の使命だが、上層部はこれをチャンスと心得て、どちらかの組を潰したいと考えた。暴力団を取り締まる立場としては両方潰すのが理想だが、四課にしてもそこまでの実力はない。

この際、できれば上川一家の組長の首を取りたい。それに協力してくれれば、橋村組に対する圧力は手控える――。そんな課長の意を体《たい》し、園崎は橋村組と水面下で接触した。当時はまだなり立ての警部補で、元来、刑事部の捜査二課入りを希望していたから、組対部四課のなかでもどこか異色の刑事だと見られていたようで、そこを見込んでの抜擢《ばってき》だった。

園崎が注目したのは脱税だった。そもそも暴力団の収入の大半は、ミカジメや賭場の開帳など非合法な手段で得られたもので、それらはすべて現金で授受される。組織の末端から上層部への上納金もすべて現金でやりとりされる。現金による金の出入りは税務署も把握しにくいから、脱税や無申告はやりたい放題だ。

しかし逆の視点からみれば、脱税こそ暴力団の資金力に痛打を与える材料の宝庫でもある。

国税当局の手には余っても、マル暴専門の四課なら脱税の状況証拠はいくらでも探り出せる。現に億単位の巨額脱税で暴力団組長が逮捕された事例もある。おそらくそれは氷山の一角で、やりようによっては暴力団壊滅の切り札になるはずだと、園崎は日頃から主張していた。

その面に関しては、経済やくざへの転身を図っている橋村組よりも、昔ながらの武闘派路線で、賭博や覚醒剤密売をシノギの中心とする上川一家のほうが脇が甘い。一方の橋村組はそのあたりのガードが堅い。だったら四課としては橋村組と組んで、上川一家の内部情報を提供してもらい、それを材料に上川一家をとことん追及する。それで組長の検挙にまで進めば、橋村組にとっても御の字だろう。経済やくざを自任する橋村組なら、上川一家の金の出入りに関してもそれ相応の情報は持っているはずだ――。そんな認識を園崎と四課の上層部は共有した。

そんな目算で話を持ち掛けたら、橋村組は一も二もなく乗ってきた。そのときの水面下の交渉で、係長に同行したのが経済事案に強い園崎で、橋村組からは若頭と、表向きは組員ではないが、すでにその貢献が認められ、若頭の腹心となっていた宮本だった。

その後は園崎と宮本が、橋村組と組対部四課の接触を担当した。さすがに元メガバンクのエリート銀行員で、宮本が調べ上げた上川一家のシノギの詳細な実態は、組長の上川源三《げんぞう》の数十億円に上る脱税を裏付けるに十分なものだった。

園崎たちからの情報提供でマルサ（東京国税局査察部）が動き、上川は訴追され、懲役五年の判決を受けた。巨額の追徴課税で組の資金力は底をつき、それまで上川一家が優位を保っていた地場の力関係は逆転した。

上川一家と比べれば温和な性格の橋村組の勢力が強まったことで、一触即発の対立関係は解消した。以来、園崎と宮本は奇妙な信頼関係で結ばれ、宮本は自分の組に不利なものでない限り、同業者の動向についての情報を余さず提供してくれた。逆にそのバーターで、小さな悪事は見て見ぬふりをしてやったこともある。そんな関係が捜査二課に異動したいまも続いていて、何度か筋のいい情報を提供してくれたことがある。

「じつはふざけた話に巻き込まれちまってね――」

園崎は身辺で起きている厄介な状況について説明した。宮本は察し良く事情を呑み込んだ。

「警察ってのは、いい意味でも悪い意味でもなにかと融通の利きすぎる組織だとは知っているが、そこまでたちが悪いとは想像もしなかったな。やくざの世界だったら遠慮なしに鉛《なまり》弾《だま》で決着をつけるところだよ。しかしあんたの場合はそうはいかない。要するに、その大久保って野郎のバックグラウンドを調べればいいわけか」

「ああ。妻を轢き逃げした車が、大規模な車両窃盗団によって盗まれたのは間違いないと思う。問題は、それがどうして大久保の手に渡ったかだ。たぶん大久保が、闇社会に繋がるような手づるで手に入れたんじゃないかと思うんだよ」

「あっせん収賄関係の容疑がかかるような男なら、そっちと繋がっている可能性は大いにあるよ。いまの時代、やくざが直接関わるようなことはまずないが、絡んでいるのは大体がどこかの組のフロントだ。警察がいくらやっきになって潰そうとしても、政界にとって暴力団は相変わらず便利な存在なんだよ。暴対法にしたってそうだ。暴力団なんていっそ非合法にしてしまえばいいものを、絶対にそこまでは踏み切らない」

宮本の言うことは正論だ。そうなれば自分の属する橋村組も非合法化されるが、そのときはフロント企業を通じた合法ビジネスに軸足が移っているはずだから、むしろそうなることを歓迎するというような持論をよく聞かされた。

「そのあたりについても、なにか情報はないかと思ってね。金のやりとりは現金だろうから、大久保の銀行口座を洗ってもめぼしい材料は出てこない。ボスの桑原参議院議員にしても、政治資金収支報告書に不審な献金の記載はない。もちろん、そういう危ない筋の金をそんなところに記載するはずもないんだが」

「せいぜいアンテナを張ってみるよ。あんたの濡れ衣を晴らすためにできるのはそれくらいだから。それで、これからどうするんだ」

「状況にもよるが、留置場や拘置所にぶち込まれたら自分でできることがなにもなくなる。それを避けるために、おれの上司や千葉県警の友人がいろいろ動いてくれてはいるんだが、まだいい答えが出ていない――」

県警の捜査本部の状況と、本間や山下の動きを伝えると、宮本は唸った。

「予断を許さない状況だ。もし逮捕状が出たら、あんたはどうするつもりなんだ」

宮本は心配そうに問いかける。園崎はさらりと言った。

「逃げるつもりだよ」

「指名手配されるだろう」

「もちろんだ。だからと言って留置場にぶち込まれるよりはずっと自由だ。いずれは捕まるにしても、そのあいだにできる限りのことがやれる。大久保の汚職の実態を暴き出せれば、あとはたっぷり時間をかけて公判で争えるし、轢き逃げ事件の真犯人が大久保だと立証できれば、そこでこちらは無罪放免だ」

「ずいぶん大胆な作戦だな」

「ほかに方法がない。このまま大人しく逮捕されたら、下手をすると殺人未遂の冤罪を被《こうむ》りかねない」

「奥さんはどんな状態なんだ」

「いまも意識障害が続いている」

「回復の見込みは？」

「まだ見通せない。もし目覚めてくれれば、犯人の顔を見ているかもしれないし、少なくともおれに彼女を殺害しようとする動機がないことは証言してくれるだろう」

「そもそも、向こうが主張している動機が保険金だというんじゃ、あまりにも説得力がないだろう。たかが一千万の保険金欲しさに妻を殺そうとする馬鹿がいるはずがない。あんたが大枚の借金を抱えて、たちの悪い取り立て屋に命を狙われていたとでもいうんならわからなくもないが、そんなわけはないだろうしな」

「おれくらいの歳の警察官なら、誰でも抱えている程度の住宅ローンはあるが、返済が滞っているわけじゃない。心配なのは、このさき向こうが、さらに汚い手を使ってくる可能性があることだよ」

「証拠の捏造か。すでにそのボールペンの件でやってきているわけだからな。電話の位置情報の件にしても、はめられたのは間違いないな」

宮本はため息を吐く。苦々しい思いで園崎は応じた。

「大久保の狙いは、とりあえずなんでもいいからおれを身動きできなくすることなんだろう。だからどんな無理筋でも力任せに攻めてくる」

「あんた一人を押さえ込んだからって、大久保や桑原に対する捜査がストップするわけじゃないだろう」

「ところがその事案は、警視庁サイドでは部長命令で捜査が潰されている。その裏では検察も動いているようだから、もし送検したとしても、おそらく不起訴で終わりにするだろう」

「地検の特捜は動かないのか。そういうのは連中のお家芸だろう」

「この件にはなぜか特捜部も食指を動かしていない。桑原議員はいまの法務大臣と派閥が同じで、えらく仲がいいという話を聞いている。検察といったってしょせんは法務省の一部局だから、裏から特捜部の捜査に介入するくらい造作もないだろう」

「だったら、どうやって大久保を追い詰めるんだ」

「じつはうちのほうにも隠し玉があってね――」

石川と中林と大久保、そこに千葉県警本部長まで加わった癒着の疑惑のことを教えると、宮本は怒りを隠さない。

「警察もやることがやくざと変わりないな。いや、そこまでいくとやくざだって気が引けるくらいの話だよ」

「そうなんだが、そっちは潰されたあっせん収賄の事案とは別件だから、尻尾さえ摑めばうちの部署でも捜査に着手できる」

「だったら千葉県警を舞台にした一大汚職事件じゃないか。そこまでいったら大久保とかいうカス野郎も打つ手がなくなる。当然そいつらが仕組んだあんたの濡れ衣も晴らせる。面白いじゃないか。おれにできることはなんでもするよ。逃げるんだったら隠れ家も用意するぞ」

力強い調子で宮本は請け合った。

2

「さっき、桑原議員サイドから接触がありました」

昼少し前に、北沢が弾んだ声で電話を寄越した。山下は問いかけた。

「例の大久保の行状についての注意喚起に対する反応か。議員本人からなのか？」

「違います。秘書だと言っていますが、どうも話し向きからすると、公設第二秘書ないし私設秘書のようです」

「大久保じゃないわけだ」

「少なくとも大久保の手に渡らずに済んだのはたしかでしょう」

「どういう反応をしてるんだ」

「会って詳しい事情を聞きたいといっています。話し向きでは、大久保の過去の行状について知っているふうで、またか、といった口ぶりなんです」

「問題はボスの桑原氏が、今回の話を握り潰そうとしているか、あるいは大久保を排除しようとしているかだな」

「腹の内までは読めません。詳しい話を聞きたいから、内密に会えないかという要請なんです」

「内密にというのが、なにか匂うな」

「そうでもないですよ。こちらにしてもあくまで内密の注意喚起という扱いで、もともと公にはできない性質のものですから」

「大久保にそれが伝わる心配は？」

「なんとも言えません。でも、そこは賭けじゃないですか」

不敵な口調で北沢は言う。腹を固めて山下は応じた。

「ああ。やってみて損はない。向こうはいつどこで会いたいと言ってるんだ」

「千葉市内の事務所はもちろん、議員会館もまずいようなことを言っています。それで、あす都内で会うわけにはいかないかと言うんです。銀座のホテルのラウンジです」

「おれも同席してかまわないか」

「問題ないと思います。時間は午後五時を希望しています。山下さんの都合はいかがですか」

「時間を空けておくよ。この話は園崎にしておいていいか」

「もちろんです。せっかくの機会ですから、園崎さんのほうでも確認したいことがあるんじゃないですか。桑原陣営内部の動きも多少はわかるかもしれませんから」

北沢は張り切って応じる。期待を隠さず山下は言った。

「桑原議員に大久保を切る意思があるかどうかだな。そこであっせん収賄関係も含め、今回の事案全体の構図が見えてくるかもしれん」

山下はさっそく園崎に電話を入れた。園崎はすぐに応じた。

「なにか目新しい動きでもあったのか」

「捜査本部のほうはまだ揉めているようだ。いますぐ逮捕状という話ではなさそうだよ。それより――」

北沢から聞いた話を伝えると、いかにも興味深そうに園崎は応じる。

「面白いことになったな。その秘書の出方で桑原の腹の内が読める。もし大久保と桑原が一体の関係なら、おまえたちの捜査に圧力をかけてくるだろうし、そうでもないようなら、桑原と大久保のあいだに亀裂があるのではというこちらの憶測が案外当たっていたことになる」

「つまりあっせん収賄関係の疑惑にしても、桑原議員は名前を利用されただけで、主犯じゃないどころか母屋を乗っ取られた被害者の可能性もあるわけだな」

「そうだとしたらあすの秘書との面談は、当初の目的とは別の意味で重要なポイントになりそうだ。議員だって大久保を野放しにしていたら自分の尻に火が点くくらいの判断はできるだろう。おれが出席するわけにはいかないから、そのあたりのニュアンスをしっかり確認してもらえると助かる」

「ああ、任せておけ。それより、早まるんじゃないぞ」

不安を隠さず山下は言った。本人がことさら不穏な話を口にしたわけではないが、汚職追及に対する園崎のただならぬ情熱は常々聞かされていたし、それに加えて逮捕状の請求が迫っている現状を考えたとき、園崎が素直に逮捕に応じるとは考えにくいのだ。とぼけた調子で園崎が問いかける。

「どういうことだよ、早まるって」

「いや、気の回しすぎかもしれないけど、逃走する気じゃないかと思ってな」

「すでに本部の捜査員につきまとわれている。覆面パトカーのエスコート付きじゃとても逃げられないよ」

その言い方には、もし可能ならそうしたいというようなニュアンスも含まれる。山下は確認した。

「いまも張り付いているのか」

「ちゃっかりいるよ。日中の連中とは別の二人組だ」

「そうか。しかし無茶はしないでくれよ。おまえが逮捕されてもおれたちは決して手を引かない。本間係長だって、石川のルートから千葉県警にメスを入れるわけだろう。留置場や拘置所は楽しい場所じゃないが、ほんのしばらくの辛抱だ。逃げたらおまえに対する嫌疑がより深まるだけだ。結果的に大久保たちを利することになる」

「ああ、そのとおりだ。おまえにも迷惑をかけるしな」

園崎の言葉はなにやら奇妙なものだった。彼が逃げたところで山下に迷惑がかかるわけではない。それがあるとしたら、逃亡の計画を山下が知っていたときだけだ。そのときは犯人蔵匿や隠避の罪に問われる可能性があるが、事前に知らなければ咎め立てされる理由はない。

「おれも北沢も、べつにおまえのために動いているわけじゃない。大久保や中林の思い通りにことが進んだら千葉県警の恥だし、それを見逃すようじゃ警察官としても人間としてもクズに成り下がると思えばこそだ。おれについての心配は無用だよ。だからといって逃げろと勧めているわけじゃない。それをされたら、ここまでのおれたちの努力が水の泡になりかねない」

「心配は要らないよ。それより、桑原事務所の秘書の件をよろしく頼む」

そう言って、園崎はそそくさと通話を切った。山下は落ち着きの悪いものを感じた。自分としては、園崎の濡れ衣を晴らすために最大限のことをするつもりでいる。

しかしそのための決め手をいまも手にしていない。あすの桑原の秘書との面談で、園崎たちが追っていたサンズイ事案の構図がある程度把握できるかもしれないが、それ自体は園崎にかけられた殺人未遂の容疑を否定する材料にはならない。

その一方で、園崎の逮捕状があす出るかあさって出るか、下手をすればきょうにでも出かねないという切羽詰まった状況だ。本間が石川の線から追及しようとしている千葉県警内の疑惑にしても、ここ数日のうちに決着がつくような話ではない。

園崎にすれば、いまも意識障害の紗子のことが心配だろう。息子の雅人もまだ安心できる状態だとは言えないようだ。勾留されれば当分は弁護士以外は接見できず、紗子の容態についての情報も得られない。それも園崎にとっては堪えがたいことだろう。

かといって指名手配されたら、そうは逃げ切れるものではない。逃げているあいだに、自らの無実を立証する材料を手にする見通しでもあるのか。

それなら自分や本間に任せてくれればいい。もしそんな材料があるのなら、いったんは勾留されても、短期間のうちに不起訴で釈放させられるのは間違いない。

3

夕刻、園崎が紗子と雅人を見舞って自宅に帰ってくると、水沼から電話が入った。

「お邪魔していいですか。これ以上、山下さんのところに居候していても、いまはやることがないんです。係長に相談したら、それなら園崎さんの身の回りの世話をしてやれというもんですから」

「身の回りの世話といったって、おれはなにも不自由はしていない。変なことをしないようにお目付け役をしろということか」

「そういうわけじゃないですよ。でも県警の連中に行確されているんでしょう」

「ああ。鬱陶《うっとう》しくてしようがない」

「食事はちゃんとしてますか」

「最近はコンビニ弁当もなかなか充実してるから、とくに困るようなことはない」

「だったら僕が食事の用意をしますよ。こう見えても実家が食堂をやっていて、いつも手伝わされていたもんですから、見よう見真似でけっこう美味いものをつくれるんです」

「そうだったな。しかしおまえだってやることはあるだろう。石川の身辺を嗅ぎまわるとか」

「そっちは向井さんが動いています。なにしろ一匹狼なもんですから、係長がそんな話を持ち掛けたら、足手まといだと断られたそうです。それに――」

水沼はどこか意味ありげな口ぶりだ。園崎は問い返した。

「それに、なんだよ」

「園崎さん、なにか企んでるんじゃないかと思って」

「企むって？」

「あくまで僕の勝手な推測なんですけど、この先、逮捕状が出て、それに従っちゃったら、あとは大久保たちの思うつぼじゃないですか。園崎さんは間違いなく懲戒免職で、そのうえ身柄を勾留される。例のボールペンの件があるくらいですから、向こうはさらに新たな証拠を捏造してくることだってあり得ます。園崎さんを身動きできなくしておいて、そのあいだにやりたい放題してくるような気がするんです」

「それを見越して、おれが逃走を図るはずだというわけか」

「そうなんです。そのとき、僕になにかお手伝いできることがあるかと思って。もちろん僕は官舎暮らしですから、匿《かくま》うのは無理ですが」

水沼は驚くべきことを口にする。園崎は慌ててそれを制した。

「冗談を言うなよ。おれをそそのかしてどうする。逃げたって身を隠す場所はないし、そんなことをしたら、おまえの手が後ろに回ることになる」

「でも、最終的に園崎さんが無罪なら、犯人蔵匿の罪は成立しませんよ」

「そりゃそうだが、いったんはおまえも逮捕されかねない。それだけで警察は馘になる。首を切られたら復職は難しいぞ」

「その点は園崎さんも一緒じゃないですか。無罪が確定したからって復職できる保証はありません。僕の立場からすれば、園崎さんが犯人だなんて天地神明に誓ってあり得ないと断言できます。ただ現状でそれを立証できないのがもどかしいんです」

「逃げたからって、立証できるわけでもないだろう」

「なにか手があるはずです。園崎さんが勾留されてしまえば、僕にできることはほとんどなにもなくなります。そこが悔しくて仕方がない。でも限られた時間であれ、園崎さんが自由の身でいられるなら、協力できることがいろいろあると思うんです」

なにやら穏やかではない話になってきた。しかしここから先はすべて自分の責任でやり切るつもりで、そういうかたちで水沼を、あるいは山下たちを巻き添えにする考えは毛頭ない。聡子は親族で、犯人蔵匿の罪は免責になる。宮本には手を借りることになるかもしれないが、彼はその筋の人間だ。千葉県警に察知されないような手立てはいくらでもあるだろうし、水沼たちと違い、犯人蔵匿の罪程度で馘になるわけでもない。

とはいえ山下にしても水沼にしても、園崎の腹の内を見抜いてしまったようだった。それらしいことを本間にほのめかしたことはあったが、本間が漏らすようなことはないだろう。水沼たちがそこをあっさり察知したとしたら、こちらの脇が甘かったと言わざるを得ない。

園崎は問いかけた。

「いま、どこにいるんだ」

「行徳駅前です」

「だったら、近辺で飯でも食おうか。これから出かけるよ。お供がついていくと思うが、気にしなくていいから」

「じゃあ、お待ちしています。県警のひっつき虫の顔も覚えておきたいですから」

水沼はすでに逃走幇助の作戦に入っているような口ぶりだ。

駅前の行きつけの居酒屋に腰を落ち着け、適当に肴《さかな》を注文し、よく冷えたビールで乾杯すると、水沼は声を落として問いかけた。

「あいつらですか？　あの隅のほうのテーブルで、ちらちらこっちを見ている目つきの悪い二人組。飲んでいるのはウーロン茶みたいですよ」

「ああ。家の前からずっと尾けてきた。行確しているのを隠す気もないらしい。要するに、おれの居場所を絶えず把握しておいて、フダが出たときに、すぐに逮捕手続きに入れるようにということだろう」

「逃げるのはなかなか難しそうですね」

水沼は渋い顔で頷いた。男たちからさりげなく目をそらして、素知らぬ顔で園崎は問いかけた。

「なにかいい作戦はあるか」

「その気があるんですね」

水沼は嬉しそうに身を乗り出した。気勢を殺ぐように園崎は言った。

「まだそこまでは考えていないよ。単なるシミュレーションだ」

「僕がおとりになるというのはどうですか」

水沼はあっさり答えを出した。園崎は問い返した。

「おとりって、どうやって？」

「張り付いているのは、いまのところあの二人だけなんでしょ」

「そのようだ。捜査本部内でも、逮捕状を請求するかどうかまだ揉めているらしい。そんな事情だから、体制の組み方が中途半端なようだな」

「だったら、園崎さんの家の裏口の鍵を貸してくださいよ。ここで別れたあと、園崎さんは玄関から家に戻る。僕は裏通りの路地を通って園崎さんの家の裏口から入ります。そうすれば連中には気づかれませんから」

「そのあと、どうするんだ」

「タイミングを見計らって、僕が園崎さんの車でどこかへ出かけます。人相がわからないように夜がいいと思います」

「その程度で騙せるか?」

「実行する前に何度か園崎さんが外出すればいいでしょう。できるだけ目立つ服装をして、キャップを被り、サングラスをかけて——。その服装を見慣れさせておいてから、僕がそれを着て車で家を出れば、連中は間違いなく僕を尾行します。そのあいだに園崎さんは家を出て、タクシーでも電車でもなんでもいいから、身を隠せる場所に移動すればいいんです」

水沼はなにやらいけそうなアイデアをひねり出した。園崎は気持ちをそそられた。

「問題は実行のタイミングだな。まだフダが出るかどうかわからない。おれが行方《ゆくえ》をくらませば、捜査本部はそれを重大な状況証拠とみて、一気に逮捕状請求に踏み切るだろう」

「それはあり得ますね。だとしたら藪蛇です。でも連中は、いずれ近いうちに逮捕状を請求するでしょうから、そのタイミングで実行したらどうですか」

水沼は即座に作戦を修正する。園崎は頷いた。

「どんなに早くても、請求から発付まで小一時間はかかるからな。それに大所帯の捜査本部を立ち上げてしまった以上、中林たちがこっそりフダをとれるような状況じゃなくなっている。捜査本部としての決定がなきゃ動けない」

「山下さんは、帳場に出張《でば》っている交通捜査課の捜査員や、応援に入っている所轄の生活安全課の捜査員と密に連絡を取っています。そのあたりの動向はすぐに耳に入りますから、こっちもどんぴしゃのタイミングで動けるはずですよ」

水沼は自信を覗かせる。園崎は言った。

「あくまでシミュレーションだがな。それじゃおまえに犯人蔵匿の容疑がかかる場合によっては水沼の協力を得る必要があるかもしれないが、それはやはり最後の手段だ。しかし水沼はあっけらかんと言ってのける。

「心配ないですよ。実行するとしたら逮捕状が発付される前ですから、その時点では犯人蔵匿の罪は成立しません」

「なるほどな。なかなか切れるじゃないか」

感心したように言うと、水沼はビールを一呷りして胸をそらせた。

「ずっと考えていたんですよ。最悪の場合、そういう作戦もあるかもしれないって。こうなったら、中林やその上にいる県警本部長に赤っ恥をかかせてやったらいいんですよ」

「ああ。連中のやっていることはある意味で突っ込みどころ満載だ。だからこそこれからさらに汚い手を使ってくるだろう」

危機感を募らせて園崎は言った。我が意を得たりというように水沼は応じる。

「そうですよ。こんなふざけたことがまかり通るようなら、この国の警察も政治もやくざ以下ですよ。そんな連中と一緒くたにされたんじゃ警察官なんてやってられません。もし園崎さんがとことん闘うんなら、僕にもぜひお手伝いさせてください」

「警察官人生を棒に振ることになりかねないぞ」

「いいですよ。そんなもの棒に振ったって。これで僕らが負けるようなら、もうこの国そのものがお終いじゃないですか」

水沼は憂国の士のような口を利く。桑原や大久保がやっている政界の汚職に対する園崎の執念は、そんな連中の欲得と保身の犠牲になって死んだ父の遺恨を晴らすためだった。それに加えて大久保は、自らに向けられた捜査を妨害するために、妻の紗子を意識不明の重体に陥れ、息子の雅人にも精神的外傷を負わせ、挙げ句の果てにその罪を園崎に擦《なす》り付けた。その恨みを晴らすためなら、本音を言えば大久保を殺すことも厭《いと》わない。

しかし山下や北沢や水沼も、おそらく本間も、そんな私怨によってではなく、いま起きているあまりにも理不尽な悪事に対する義憤で動いてくれている。その憤りのエネルギーを背に受けて、園崎こそ先頭に立って闘うしかない。

留置場や拘置所で臭い飯を食っている暇はない。自らの無実を勝ち取って、さらに大久保とその金づるに巣くう県警の有象無象《うぞうむぞう》を刑務所にぶち込まなければ、彼らの尽力を無にすることになる。

4

本間は捜査二課のフロアーの小会議室で向井と会っていた。

向井はここ数日、金融機関を中心に石川の金回りを調べていた。警視庁信組からの住宅ローンがないのは確認済みで、もちろんそちらの口座に不審な金の出入りはないという。

警視庁信組の口座に頻繁に監察のチェックが入るのは警察官なら誰でも知っている。金の出入りは警察官の素行を調べるうえで格好の情報だから、監察がそれを見逃すはずはなく、表沙汰にできない金の出入りがある者なら、そのために信組の口座を使うことはまずあり得ない。

「日本国内の銀行やノンバンクのすべてをチェックしたんだけど、石川名義の住宅ローンはなかったよ。本人名義の普通口座もあったけど、クレジットカードや公共料金の引き落としに使っているようで、定期的に警視庁信組の口座から一定の金額が振り込まれている。残高は多いときでも三十万円ほどで、とくに不審なものはない。ただし別の名義の怪しい口座があった」

してやったりという顔で向井は言った。階級は警部補で、出世の面では本間に後《おく》れを取っているが、入庁はほぼ同期で、二人で話すときはいつも友達言葉だ。本間は問い返した。

「横目を利かせたわけか」

「昔はマイクロフィルムで閲覧するやり方だったからそれもできたんだけど、いまは口座履歴がオンライン化されているから、一発で目的の口座だけプリントアウトされて出てきてしまう。だからそれ以外の口座を覗くことができない。しようがないから戸籍謄本をとって親族を洗い出した。それで妻と子供の名義の口座をぜんぶチェックしたんだよ」

「大仕事だったたな」

「それほどでもない。妻と息子と娘名義の口座が一つずつあったんだが、それがどうにも怪しいんだよ」

「というと？」

「過去十数年にわたって、そこに年数回、百万単位の入金があってね。それが一昨年の夏ごろまで、三つの口座を合わせて軽く六千万を超えていた」

「石川の奥さんが仕事をしているという話は聞いていないな。息子はたしか大学生で、娘は高校生くらいだと思ったが」

「おれもそこは確認したよ。近所の人の話だと、奥さんが専業主婦なのは間違いなさそうだ。息子も娘もあんたの言うとおりだ。つまり三人とも、そういう大枚の金を貯め込むような収入の道はない。それ以上に不審なのは、その入金が、すべて現金による振り込みだったことだよ」

声を落として向井は言う。本間は大きく頷いた。

「いわゆる名義預金だったわけだろう。世間には知られたくない悪銭だから、目立たないように、家族の名義の口座に分散させておいたわけだ」

「そう思うね。その三つの口座から、一昨年、一気に五千万円ほどが現金で引き出されていた」

「江戸川の自慢の邸宅を購入した年だ。本人は親族からの遺産を相続したとか言っていたが、やはり嘘だったようだな」

「親族関係の戸籍謄本も取得して確認したんだが、両親を含めて、その時期、石川が法定相続人になるような人物が死亡した事実はなかった」

「その金の出どころが大久保だったかどうかは立証できないとしても、その可能性はまず疑いようがないな。税務署にチクってやれば、喜んで摘発すると思うが」

期待を覗かせて本間は言った。しかし向井は首を横に振る。

「そこは微妙だね。徴税の時効は五年で、悪質な脱税でも七年だ。貯め込んでいた金のうち、時効が成立していない分は大した額じゃない。それに国税は、追徴課税さえできれば金の出どころまでは追及しない。おれたちとは商売の種類が違うから」

たしかにそうなのだ。たちの悪い脱税なら国税は警察や検察に告訴するが、そこまで行くケースはごく稀だ。そのあたりの連携がうまくいけばサンズイ捜査の力にもなるのだが、国税にとっては、税金を払ってくれさえすれば犯罪者でも暴力団でもお得意さんだ。税務調査に協力させたいから、機密保持には気を遣うのが習い性なのだ。

「それならおれの出番だな。これからみっちり石川を締め上げてやるよ。その金の出どころを説明できないようなら、とりあえず監察に通報してやる」

「その監察が石川に関してはなんだかおかしいんだよ。以前あいつの癒着疑惑を通報したときは、なぜかお咎めなしで終わっちまった。内部に石川に鼻薬を利かされてるのがいるんじゃないのか」

向井は猜疑を滲ませる。言われてみると腑に落ちるところがなくもない。任意の事情聴取がマスコミにリークされただけで園崎に自宅待機を命じ、場合によっては懲戒処分も匂わせている。捜査しているのは千葉県警で、警視庁の監察なら多少は身内を庇う姿勢を見せてもよさそうなものなのに、事情聴取の際の扱いはほとんど犯罪者だったと園崎からは聞いている。

「しかし警視庁の捜査二課からサンズイの容疑者が出るとなったら、監察だって慌てるだろう。警視庁に実害が及ばないように、依願退職であれ懲戒免職であれとりあえず首を切るはずだ。そうなれば大久保たちにとっても戦力ダウンだ」

「だからと言って、それをきっかけに石川を検挙するところまではいかないぞ」

「なに、いま石川の件をあんたに任せるしかないのは、あいつがまだうちの班にいるからだよ。捜査対象者が身内にいたんじゃ、まさに獅子身中の虫を抱え込んでいることになる。しかし首さえ飛ばせば、班の総力を挙げて捜査に入れる。そこから先はただのサンズイ事案だ。検挙してとことん追及して、大久保を介して県警本部長まで繋がる癒着の実態を暴き出す。こっちはあいつの性格をよく知っている。普段は強がっているが、叩かれると案外弱いタイプでね」

「しかしのんびり構えていると、園崎に逮捕状が出ちまうんじゃないのか」

向井は心配げだ。本間は強気に応じた。

「向こうの帳場もまだまとまっていない。中林とかいうふざけた野郎も、まだ全権掌握には至っていないようで、いまの証拠だけじゃ公判に堪えられないというのが、帳場を仕切る管理官の考えらしい」

「交通部のほうも、その中林の横車に反発していると言ってたな」

「そうらしい。そもそも犯行に使われたとされる車を中林が抱え込んで交通捜査課に渡さないうえに——」

その車両が大規模車両窃盗団によって盗まれたものと思われるという、行動確認でつきまとっている松戸警察署の刑事からの話は園崎から報告を受けていた。そのことを伝えると、向井は不快感を滲ませた。

「都合が悪いから中林が握り潰したわけだ。生命保険会社への問い合わせの件といい、でっち上げ捜査なのは子供でもわかりそうなものなのに、千葉県警というところは、そこまで馬鹿が揃っているのか」

「馬鹿というより、バックに本部長がいるとしたら、なにやらわけのわからないバイアスがかかっているということだろうな」

「だとしたら、フダをとるのも時間の問題だろう」

「そのときはしようがない。園崎にはしばらく留置場か拘置所で暮らしてもらうことになるが、それほど長逗留《ながとうりゅう》にはならないよ。こっちの捜査が進展すれば、でっち上げ捜査の実態が明らかになる。現状では唯一の物証のボールペンが、石川が中林に渡したものだという自供が得られれば、園崎に対する容疑は完全にひっくり返る」

「しかし、あんたのほうは、それで終わりというわけにはいかないだろう」

「ああ。石川が大久保に金を掴まされて警視庁サイドの情報を流していたとしたら、収賄の罪に問えるし、それに協力して園崎を冤罪に陥れようとした中林は虚偽告訴罪にも問える。

東秋生の事案は刑事部長の命令で潰されちまったが、そっちのほうなら別件だ。石川と大久保を警視庁の手で逮捕したら、県警も殺人未遂の容疑を大久保に向けるしかなくなる。そのときは県警との共同捜査で大久保の悪事を暴き出す。そこから桑原参議院議員にも捜査の手が伸ばせるし、笠松県警本部長だって捜査の射程に入る。じつはその絡みで、一つ手を打ってあるんだよ――」

県警の捜査一課長に対し、こちらが想定している事件の概要を示唆する内容の捜査関係事項照会書を送付した件を伝えたが、向井はさほど関心を示さない。

「面白いことになりそうだが、敵も必死で抵抗するだろう。東秋生の件を潰せるくらいの政治力を駆使できる連中だ。舐めてはかかれないいんじゃないのか」

「それはそうだが、その先にあるのは、東秋生なんか氷山の一角に過ぎないような、巨大なサンズイ事案のはずだよ。たぶんおれの警察官人生最大のヤマになる」

不退転の思いで本間は言った。

5

翌日の昼前に、山下の携帯に電話が入った。相手は捜査本部に駆り出されている行徳署生活安全課の川北《かわきた》という捜査員で、山下とはかつてストーカー殺人事件でともに捜査を進めたことがあり、以来気心の知れた間柄になっている。

当初から園崎に対する容疑に疑問を抱き、山下たちの大久保真犯人説に共感を示してきた。行徳署の捜査本部の状況を逐一報告してくれているのが川北で、現状で蚊帳の外に置かれている山下たちにとっては貴重な橋頭堡《きょうとうほ》だ。

「おかしな流れになってきましたよ。ついさっき終わった捜査会議で、中林さんが新たな物証が出たと言い出しましてね」

「新たな物証？　いったいなにを？」

「事件で使われた車から採取した遺留物のなかに、園崎さんの自宅で採取したものと同じ衣服の繊維が見つかったと言うんですよ」

山下は呆れるしかなかった。やってきそうだとは想像していたが、まさかそこまでという思いも一方にはあった。いま考えれば園崎の脇が甘かったと言わざるを得ないが、彼も自宅の捜索を自ら申し出たときは、まさかそこまでふざけたことをされるとは思いもしなかっただろう。

「どうしていまごろになって、そんなものが出てきたんだ」

「鑑識の話では、車内から採取した泥の中に混じっていたそうです。そのため当初は気づかなかった。より詳細に再鑑定した結果、それが出てきたと言っています」

「鑑定したのは、所轄の鑑識係なのか」

「今回は本部の鑑識課です。繊維の分析は科捜研に依頼したそうです」

川北は困惑をあらわにする。まさか科捜研が中林と結託して虚偽の鑑定をしたとは思えない。しかし、もともと園崎の家で採取したものを、車内から出た物証だと偽って鑑定に回せば、そういう答えが出るのは当たり前の話だ。

「その車は、まだ中林たちが抱え込んでいるのか」

「そういう物証が出てきた以上もう用はないと思ったのか、やっと交通捜査課に引き渡すことに同意したそうです」

「余計な証拠が残らないように、じっくり掃除したうえでな」

山下は皮肉を滲ませた。焦燥を覗かせて川北は言う。

「それで帳場の流れが変わりつつあるんです。逮捕状請求に消極的だった管理官が、どうも中林たちに押し切られそうな勢いです」

「そんな出どころの怪しい物証を、管理官も信じているわけか」

「もう一度事情聴取をしてその結果によって判断しようと、なんとか防波堤になってはいるようなんですが」

「そんな状況で事情聴取に応じたら、そのまま逮捕というのが通り相場だ。もっと上のほうはどういう考えなんだ」

「フダの件については、まだ捜査一課長からゴーサインが出ていないと管理官は渋っています。普通ならその程度のことは帳場の裁量で決められるはずなんですが」

「さすがに園崎が警視庁の刑事で、もし誤認逮捕にでもなれば県警は大恥をかき、警視庁に頭が上がらなくなる。そのあたりまで想像を巡らせて、慎重になっているのかもしれないな」

山下はわずかに安堵した。昨夜、園崎から聞いた話では、本間が捜査関係事項照会書の形式を使って、県警捜査一課長宛てに、園崎の事案に関する不審点を指摘する文書を送付したということだった。

そこでは石川と中林、大久保、加えて笠松県警本部長の関与まで示唆したという。そこまでの話は川北にはまだ言えないが、それを受けて捜査一課長がいくらか慎重になっているとしたら、本間の作戦が多少は功を奏したことになるだろう。

「なんにしても、そんな物証がいまごろ出てきたというのがいかにも怪しいじゃないですか。しかし証拠は証拠ですから、もしフダを請求されたら、裁判所は問題なく発付するでしょう」

「そうだろうな。予断を許さない。きょうのうちにフダが出ても不思議はない。また状況が変わったら教えてくれ」

「わかりました。でもおかしな話ですよ。やはりここは管理官の言うとおり任意で事情聴取するのが筋じゃないですか。たぶん中林さんは、そこで自分たちのぼろが出るのを惧れているんですよ」

「今度も中林が聴取を担当できるかどうかはわからないからな。管理官が中林のやり方に不信感を持っているとしたら、担当者を変える可能性がある。そもそも中林が事情聴取したときは、まだ帳場は立っていなかったわけだから」

「中林さんの強引なやり口からすると、上に無断で逮捕状を請求する可能性だってありますよ。なんだかバックに大きな力が働いているみたいに強気一点張りで、管理官もたじたじなんです」

「やはりな」

「というと？」

「どうも中林は、笠松本部長と個人的に繋がっているらしい」

「本当ですか」

「警視庁の刑事が、二人がゴルフ場で会っている事実を確認したそうだ。中林の義理の兄の石川という警視庁捜査二課の刑事も一緒だったようだ。もちろん大久保もそこにいた」

「だったら役者が勢揃いしたわけじゃないですか」

「ああ。ただし帳場ではそんな話はしないほうがいいぞ。おまえの身にも災いが降りかかりかねない」

「そうですね。なんとかしたいとは思いますけど、僕程度じゃできることは限られていますから」

　やるせない口調で川北は言った。

6

「やってきたか。おれも甘かったよ。任意でガサ入れなんてさせるんじゃやなかった」

　山下からの報告を受けて、園崎は思わず唸った。慰めるように山下は応じた。

「しようがないよ。おまえがやらせなくても、いずれ令状をとってガサを入れたはずだから」

「こうなると、いよいよ腹を固めるしかなさそうだな」

「ああ。おまえとしては闘いの場が変わることになる。楽じゃないが、かといってほかに手はない。なに心配はない。外のことはおれたちに任せて、おまえは取り調べの場で警察や検察と目いっぱい闘ったらいい」

　山下は宥めるように言う。園崎は努めて力なく応じた。

「そうするしかなさそうだな。とりあえず首を洗って待ってるよ」

　もちろん、おめおめ逮捕されるわけにはいかない。いま目指すのは、単に自らが被った濡れ衣を晴らすことではない。そんな理不尽な状況に自分を落とし込んだ、悪意に満ちた政治と公権力の癒着構造を敵に回した闘いだ。山下を騙すことになるのは心苦しいが、いまならまだ闘いの場所を選ぶ自由がある。

「フダを請求する動きが出たら連絡して欲しい。勾留される前に妻や義母に挨拶をしなきゃいけない。逮捕後のことをいろいろ相談しておく必要がある。弁護士の手配もしないといけないし」

「ああ、そうしたほうがいい。国選弁護人は頼りない。いちばん肝心なときに役に立たない」

山下の言うとおり、国選弁護人がつくのは送検されて以降だが、私選なら逮捕直後から接見や法的手続きのサポートが受けられる。逮捕された被疑者にとって、送検前の取り調べこそ正念場なのだ。しかし弁護士の話を出したのはあくまで山下を安心させるためで、その選択肢は園崎の頭にはすでにない。自信を覗かせて山下が言う。

「きょうの夕方、おれと北沢は桑原議員の秘書と会う。大久保に関して新しい材料が出るかもしれないし、議員に大久保を排除する動きでもあれば、その時点であいつは丸裸だ。中林もうちの本部長も大久保に忠誠を尽くす理由がなくなる」

「ああ。その点は期待できるな。そのあたりの状況も逐次知らせてくれ。もちろんそのときおれが娑婆《しゃば》にいればの話だが」

「とりあえず帳場は、いますぐフダを取りに行くような気配でもなさそうだ。捜査一課長がどうも気乗りがしない様子で、ひょっとしたら本間係長が送った照会書が効いているのかもしれないな」

「そうだといいんだが。一課長にはまともな頭がついていると信じたいよ」

「おれもだよ。結果的におまえの冤罪が晴らせればそれはそれでけっこうだが、そのためのでっち上げ捜査に本部長まで関与していたとなると、県警の一員として恥さらしもいいところだ」

苦いものを吐き出すように山下は言った。


そんなやりとりをして通話を終えて、水沼に状況を報告した。水沼は焦燥をあらわにする。

「まずいですよ。ぐずぐずしていると手遅れになります。捜査一課長がゴーサインを出したら、帳場は一気に動きます。作戦の決行は今夜しかないでしょう。逮捕状の執行は普通は早朝ですから」

例外はあるものの、逮捕後の警察の取り調べは一日八時間以内、午前五時から午後十時までというのが原則だ。逮捕後四十八時間以内に送検しないといけないから、逮捕は早朝に行ったほうが取り調べの時間が多く取れる。

いずれにしても、中林が捏造した第二の証拠には管理官や捜査一課長の逡巡を押し切る力がありそうだ。山下はあえて楽観的な見方を示したが、園崎もここは水沼の危惧に共感せざるを得ない。逮捕状請求はおそらく時間の問題だ。だとしたら、いまが逃走を成功させるための唯一のタイミングなのは間違いない。

昨夜、水沼とは駅前の居酒屋でいったん別れた。園崎は書店でしばらく時間を潰し、小一時間してから自宅に戻った。行確担当の二人の捜査員はそのまま尾いてきて、駐めてあった覆面パトカーの車内でふたたび監視を始めた。

そのあいだに水沼は園崎の自宅に先回りして、裏の路地を通ってキッチンのある裏口から家に入った。二人が水沼がいることに気づいた気配はなく、外に会話が漏れないように、その後は小声で話すようにした。

行確担当者は交代するたびに人が代わり、最初に張り付いていた松戸警察署の川口は、あれから一度も姿を見せていない。

きょうは朝いちばんで病院に出かけ、つい先ほど戻ってきたところで、昨夜の打ち合わせどおり、園崎は手持ちのなかでいちばん目立つレモンイエローのポロシャツを着て、派手な柄の野球帽を被り、濃いめのサングラスを着けての外出だった。二人の捜査員は、もちろん病院までのコースをしっかり送り迎えしてくれた。

昨夜は水沼に逃走の幇助をさせるのは心苦しいと感じていたが、水沼は積極的で、なにもできずに園崎に千葉県警の股《また》をくぐらせるようなことはできないと息巻いた。それではと園崎も厚意に甘えることにした。自分の無実が立証されれば、水沼が犯人蔵匿の罪に問われることはない。その点に関しては確たる自信があった。

そのあと園崎は宮本に電話を入れて、計画を実行することを連絡し、しばしのあいだ身を隠せる場所の用意と、飛ばしの携帯の入手を要請した。

宮本は喜んでそれに応じた。山下や本間や水沼との連絡がそのあとも必要になるはずだが、自前の携帯を使えばＧＰＳの位置情報から所在を把握される。県警が知らない番号ならその心配はない。

逮捕状が発行され、逃走が発覚すれば、即刻指名手配が行われるだろう。山下や本間がそのときどう行動するかはわからない。連絡をとれば新しい携帯番号を彼らは知ることになるが、彼らがそれを県警の捜査本部に提供するとは思えない。

まさか自分が警察に追われる身になるとは、これまでの人生で一度も考えたことはなかった。しかし選択肢はほかにない。自らの犯罪を隠蔽するために公権力を悪用しようという敵との闘いで、それを許容するような法律は、ただ足かせになるだけだ。

第十章

1

山下と北沢は午後五時に銀座八丁目のホテルのラウンジで、桑原参議院議員の私設秘書、邦本恭二《くにもときようじ》と面談した。

邦本は六十を過ぎていそうな年恰好《としかっこう》で、大久保より一回り上といったところだろう。園崎の話では、私設秘書が公設秘書より格が下ということはなく、桑原のような資金力が潤沢な議員なら、懐刀《ふところがたな》的な遣《や》り手秘書を高額の報酬で雇うこともあるという。

一見温厚そうだが、政界の修羅場《しゅらば》を潜《くぐ》り抜けてきたベテランらしい眼光の鋭さがある。うまく味方につければ役に立ちそうだが、逆の目が出る可能性もある。山下は慎重に切り出した。

「そもそも大久保秘書にそういう特殊な性向があることを、桑原議員はご存じだったんでしようか」

「そりゃ知っていたよ。準強制わいせつ事件を起こしたとき、先生の意向を受けて示談を進め、起訴猶予になるように手を尽くしたのはほかならぬこの私だから」

邦本は苦虫を嚙み潰したような顔で言う。政治の力で捜査に介入したことを隠そうとする様子もない。しかしその表情からすれば、大久保に対して必ずしもいい感情を持っていないのは間違いなさそうだ。山下はさらに踏み込んだ。

「先生は、彼のその種の性癖をどう見ているんですか」

「もちろん困ったもんだと思っているよ。政治家というのは毎日が綱渡りのような商売でね。世間の風向き一つでいつ転落するかわからない」

「そういうことが表沙汰になると、議員に対する風当たりも強くなるでしょうからね」

同情するような調子で山下は応じた。こちらの狙い目は大久保と桑原のあいだに隙間《すきま》を見つけ、そこに手をこじ入れて押し広げることだ。

「先生のために、彼はいろいろ泥をかぶってくれたんだよ。秘書としても有能だ。だからと言って仏の顔も三度までという言葉もあるからね」

邦本は意味ありげなことを言う。山下は身を乗り出した。

「我々としては、桑原先生にしっかりご対処いただきたいと願っているわけでして。まだ容疑の段階で、禁止命令等は出ていませんから、いまなら表沙汰にせずに済みます」

「被害届は出ているのかね」

「まだです。ただしストーカー規制法は現在は非親告罪になっていますので、我々としてはいつでも捜査に着手できます」

「その被害者は、どうして届を出さないんだね」

「じつは、ちょっとした事情がありましてね――」

山下は困惑を装った。邦本は怪訝な表情で問いかける。

「まだ直接的な被害を受けているわけじゃないんだろう」

「その女性は、最近市川市内で轢き逃げに遭い、現在も意識不明の状態なんです」

「まさか、大久保が？」

心当たりでもあるかのように、邦本の反応はいかにも速い。

「その可能性がなくはないと見ています――」

北沢が代わって説明する。紗子から聞いた大久保との接触のこと、自宅前に駐車していた不審な車のこと、その車のタイヤのトレッドパターンや傷の状態が大久保の車のものと一致したこと。ほかの日にも大久保の車が近辺で目撃されていたこと、さらに事件当時のアリバイがないこと――。

「ニュースによれば、その女性の夫が県警の事情聴取を受けているそうじゃないか。たしか警視庁の刑事だったはずだ」

「よくご存じで。ところが、その刑事と大久保秘書にはただならぬ因縁がありましてね――」

山下は噂話でもするように切り出した。それに対する邦本の反応は、園崎が追っていた事案への桑原陣営の関与の度合いを測るリトマス試験紙ともなるものだ。

「誰なんだね、その刑事は？」

邦本は興味をあらわに訊いてくる。しらばくれているのか、本当に知らないのか、いまはまだ予断を許さない。

「警視庁捜査二課の園崎警部補です。名前はご存じかと思いますが」

邦本は驚いたような表情で頷いた。

「大久保の事情聴取をした刑事だね。なにやら、うちの先生の周りを嗅ぎ回っているそうじゃないか」

「ご存じなら話が早い。大久保秘書のストーカー行為の対象が彼の妻だった点が果たして偶然なのか、我々はそこにも強い関心をもっているんです」

「君たちの取り締まり対象はストーカー行為や家庭内暴力で、轢き逃げ事件はそもそも所管が別だろう」

邦本は首を傾げる。確信のある口調で北沢が応じる。

「ところが、性的な関心以外の要素がストーカー行為を過激化させる引き金になるようなことは珍しくないんです。というより、ストーカー常習者は、自分の行為を正当化するためにあらゆる材料を都合よく利用する傾向があります」

「自分に捜査の手が及んだことへの逆恨みというわけか。いくらなんでも想像が逞しすぎないか」

邦本は鼻で笑うが、その表情がぎこちない。山下はさらに押していった。

「桑原事務所周辺にあっせん収賄罪関係の捜査の手が伸びたことについて、先生からなにかご指示は？」

「あるわけがない。そもそも、そんなのまったくの濡れ衣だよ。少なくとも先生に関してはね――」

その言葉からは、大久保への容疑に関しては必ずしも否定しないと言いたげな含意《がんい》が読み取れる。

「それより畑違いのうえに管轄も違う事案に、どうして君たちはそこまで口を挟むんだ」

邦本は苛立ちを滲ませる。山下はきっぱりと応じた。

「真相を究明するのが、我々警察官の仕事ですから」

「しかし県警の捜査対象は、その警視庁の刑事じゃないのか」

「同じ県警といっても、必ずしも一枚岩じゃありません」

「捜査一課とは見解が違うと？」

その問いには答えず、山下は思いきって踏み込んだ。

「石川輝之という警視庁の刑事はご存じで？」

「聞いたことがない」

「警視庁の捜査二課は、その人物が大久保氏と深い繋がりがあるとみていまして、いま身辺を洗っているようなんです。本当にご存じないですか」

「なにやら鎌をかけているように聞こえるんだが」

邦本は口をへの字に曲げる。素知らぬ顔で山下は続けた。

「園崎警部補に対する県警の捜査に、石川を通じて桑原議員サイドからなんらかの影響力が行使されたのではないかと警視庁の二課は見ているようです」

「滅相《めっそう》もない話だ。一国会議員に過ぎない先生に、千葉県警の捜査に影響を与えるような力はない」

邦本は気色《けしき》ばむ。山下はあっさり引いてみせた。

「いずれにしても、そちらについては我々の捜査権が及ぶ範囲じゃありません。警視庁サイドに任せるしかないんですが、もしそのラインから大久保秘書に贈賄《ぞうわい》の容疑が出てくれば、桑原先生にもいろいろ影響があるんじゃないかと思いましてね」

「贈賄って、どういうことだ」

「大久保秘書から石川という刑事に、長期にわたって多額の利益供与が行われていたらしいと聞いています。立派な家が買えるほどの金額です。気になるのはその資金がどこから出たかです」

「それをうちの先生に結びつけようという魂胆か」

邦本は警戒心を隠さない。山下はそこに付け入った。

「そうじゃないんです。もしその件に先生が関与していないとしたら、いまここで大久保秘書との関係をお切りになるのが賢明じゃないかと思いましてね」

「大久保のストーカー行為の話が、どうしてそっちにまで広がってしまうんだ。そこが皆目わからない」

「その石川刑事の義理の弟が、園崎警部補を容疑者と見立てて捜査を開始した一課の中林刑事です。彼も大久保秘書と面識があることを警視庁サイドが把握しています。そのために証拠の捏造さえ行われた可能性があります。これ以上は捜査上の機密に属することなので申し上げられませんが」

「それが事実だとしても、すべて大久保の一存でやっていることだよ。先生は与り知らぬ話だ」

邦本は防御線を張る。山下はすかさず押していく。

「警視庁の捜査二課が、これから本格的に動くと思われます。大久保秘書の疑惑が表に出れば、桑原先生にも火の粉が飛びます。そこはお気をつけになったほうがいいと思うんですが」

「どうもよくわからんのだが、県警の生活安全部に属する君たちが、どうしてそういう話に首を突っ込むんだ。そっちこそ、なにかおかしな筋の意向を受けているんじゃないのか」

邦本は猜疑を滲ませるが、だからといってことさら敵意を向けるふうでもない。むしろこちらの利用価値を値踏みしている様子ですらある。

「園崎警部補は私の親友です」

山下は大胆に打って出た。吐き捨てるように邦本は応じる。

「じゃあ君は個人的な理由で捜査一課に難癖をつけているわけか。それじゃまさしく情実捜査じゃないか」

「公権力をもつ人々が、欲得絡みで無実の園崎に殺人未遂の罪を着せようとしている。私を動かしているのはそんな理不尽への怒りです」

「単なる言いがかり以上の証拠があるというのかね」

「もちろんあります。いずれ捜査の結果が公表されるでしょう。警視庁の二課がターゲットにしているのは、大久保、石川、中林のトライアングルですが、場合によっては、そのさらに上へとラインが延びる可能性があります」

「その上って、誰だ？」

邦本は弾かれたように問い返す。ここで手の内を明かすことは、必ずしもこちらにとって不利ではないだろう。むしろ桑原サイドにすれば大きなプレッシャーになるはずだ。政治家の保身の常套手段はトカゲの尻尾切りで、大久保が切られれば、石川も中林も、その上にいる笠松もワンセットで切り捨てられる。山下は言った。

「笠松県警本部長です」

「まさか――」

邦本は絶句した。三味線かどうかはわからない。本当に知らなかったのならショックは大きいだろうが、もし桑原が背後で大久保を動かしていたのなら、なおさらその事実を隠蔽するために大久保を切り捨てざるを得ないはずだ。

「警視庁の二課は本気のようです。私にも、県警の一部の人間が私利私欲のために警察の名を汚すような行為を行っているとしたら、なんとしてでもそれを阻止したいという思いがあります――」

本間や水沼もこれから本気で動いてくれるだろう。しかし最終決着までには時間がかかる。山下はさらに大胆に水を向けた。

「きょう我々が邦本さんとお会いした理由は、ここまでの話で十分お察し頂けたと思いますが」

「大久保を切れという恫喝かね」

邦本は渋面をつくって身構える。動じることなく山下は応じた。

「恫喝じゃありません。そちらにとっても損をする話じゃないと思ってのご忠告です」

「そういうやり方が、刑事の職務を逸脱しているとは思わんのかね」

「刑事としての職務どころか、笠松氏に至っては県警本部長という要職の責務を完全に逸脱していると考えられます。彼らに立ち向かおうとすれば、こちらも矩《のり》をこえて闘わざるを得ませんので」

園崎が終生の敵とするのは桑原のような利権政治家だが、園崎を苦境から救い出すためにその力を利用することに、いま山下はなんら道義上の問題を感じない。呆れたように邦本が言う。

「私とこういう話をしたことが発覚したら、君の立場だって危うくなるだろう」

「私のことは心配ご無用です。すべて腹を括ったうえでのことですから。しかしこのまま事態を放置すれば、桑原先生に累が及ぶことになりますよ」

「先生は潔白だよ。信じるかどうかは君の勝手だが」

邦本はここでも含みのある言葉を口にする。毒杯を飲み干す気分で山下は言った。

「我々の本命は大久保秘書です。桑原先生の威光を利用して、全国の自治体に口利き行為を行い、そこで得た資金で桑原先生の後釜に座ろうと画策しているという噂を聞き及んでいます。捜査二課は今後その方向でも、徹底した捜査を進めるはずです」

「大久保を切れば、先生の捜査は手加減してくれるのかね」

邦本は本音を覗かせた。微妙な表現で山下は応じた。

「潔白だとおっしゃるんなら、なんの心配も要らないんじゃないですか。ただ大久保氏との関係はいま断ち切っておくのが賢明だと思います。政治家に対する収賄捜査が、秘書のレベルで終わってしまうのはよくある話のようですから」

2

「なんだか、先方にとっては渡りに船だったような気がしませんか」

邦本と別れて新橋《しんばし》の喫茶店に場所を変えたところで北沢が言う。それについては山下も同感だった。

「大久保や石川、中林の画策にしても、こちらはほのめかしただけで、すべての情報は提示していない。それでも向こうは話の核心部分を先読みしているように理解した。まったく知らないわけではなさそうだ」

「大久保を切ることには乗り気だという感触がありましたね」

確信ありげに北沢は言う。だとしたら今回の作戦は北沢のヒットということだ。

「微妙なところだな。この間の大久保の動きをまったく知らないわけじゃなさそうだが、むしろ邦本秘書の頭に浮かんだのは、園崎たちが聞き込んだ桑原陣営の後継者争いの件じゃないのか」

「邦本氏が大久保を嫌っているというニュアンスは十分伝わってきましたからね」

「彼にしてもなかなかの実力者のようだ。両雄並び立たずで、仲がいいとはとても思えない」

「だとしたら、もし大久保が後釜に座るようになれば、邦本氏の居場所はなくなるんじゃないですか」

「ああ。その意味でも、彼にとっては千載一遇のチャンスだ。議員のほうにも息子を後継にしたい思惑があるとすれば、ここで大久保を切りたいのが本音だろうな。しかし大久保も並みのタマじゃない。たぶん桑原議員の弱みも握っている。そこを惧れて邦本氏が二の足を踏む可能性もなくはない」

「だからといって山下さんもしっかり脅しをかけたじゃないですか、なにもしないと大久保と心中することになるのはよくわかったでしょう。切るしかないと思います」

北沢の読みはあくまで強気だ。苦笑いして山下は言った。

「脅しというのは聞こえが悪いな。まあ、おれも必死だったよ。大久保が切り捨てられれば、中林も笠松本部長も危ない橋を渡るメリットがなくなる。捜査本部も店仕舞いになるんじゃないのか」

「問題はそのタイミングですよ。逮捕状がきょうにも請求されておかしくない状況ですから」

「そのときは園崎にしばらく不自由な思いをしてもらうしかないが、大久保が排除されれば、中林、石川、笠松のチームは瓦解《がかい》する。そうなれば形勢は一気に逆転する。そこからはおれたちの出番だよ。警視庁の二課だって本腰を入れるはずだし」

「それを願いたいですね。そんな希望が持てれば、園崎さんも心強いと思います」

「そういうことだ。とりあえず園崎に報告しておくよ」

そう応じて山下が携帯を取り出したとたんに着信音が鳴り出した。川北からだった。不穏なものを覚えて応答すると、押し殺した声で川北は報告する。

「ついさっき、逮捕状請求のゴーサインが出ました。いま中林さんのチームが請求書面の準備に入っています」

「管理官は押し切られたんだな」

「どうも、捜査一課長から指示があったようなんです」

本間の作戦はどうやら空振りだったらしい。切迫した思いで問いかけた。

「今夜のうちには、裁判所へ駆け込むつもりだな」

「中林さんは自信満々ですよ」

「逮捕状請求の審査では証拠調べなんかしないから、中林があることないこと書き連ねても、よほど矛盾がない限りフリーパスだ。その点では裁判所も自動発券機みたいなもんだから」

「とりあえず、園崎さんに知らせておいたほうがいいんじゃないですか」

「そうだな。いまから弁護士に話をしておけば、逮捕直後から接見ができる。それが当面は娑婆と繋がる唯一の情報のパイプだ」

「それじゃ、新しい動きが出たらまた連絡します」

川北はそう言って通話を終えた。話の内容を伝えると北沢は焦燥を隠さない。

「向こうはひたすら攻勢に出てきますね。捜査一課長のうしろには笠松本部長が控えているんでしょう」

「中林にしたって本気だろうしな。ここで負けたら県警内部で出世の道が閉ざされる。それどころか、証拠捏造の事実が発覚したら、懲戒免職は間違いない」

「ここまで仕掛けてしまった以上、あとには引けないわけですね」

「この先、強引な手に出れば出るほど自らの退路を断つことになる。いまはやりたいようにやらせるしかないな」

山下はそう応じて、改めて園崎の携帯を呼び出した。呼び出し音が鳴らずに、そのまま留守電センターに繋がってしまう。もう一度かけ直しても同様だ。今度は自宅の固定電話にかけてみたが、やはり留守電が応答するだけだ。携帯と固定の両方に急いで連絡が欲しいとメッセージを入れたが、不穏な思いが拭えない。

「おかしいぞ。ひょっとして――」

「通じないんですか」

北沢が問いかける。山下は頷いた。

「捜査本部の動きを察知して先手を打ったのかもしれないな。早まったことはするなと言っておいたんだが」

「でも園崎さんは、捜査本部の連中に行動確認されていたんじゃないですか」

「ああ。まだなんとも言えないが、おれだってあいつの立場だったら――」

「気持ちはわかります。私だって、あんなふざけた連中の罠にかかって手錠をかけられるなんて堪りません。これから園崎さんの自宅に行ってみましょうか」

「いや、止めたほうがいい。もしあいつが逃走を図ったとしても、まだフダが出ているわけじゃない。自宅には帳場の刑事も張り付いている。いまおれたちが接触したことがばれたら、この先なにかと手足を縛られることになる」

「じゃあ、私たちにできることは？」

「大久保の犯行を明らかにする証拠を固めることだな。中林が出してきた捏造証拠がなければ、こっちが握っている状況証拠が優位なのは間違いない。ストーカー疑惑の線から追及していけば、必ず太い尻尾が掴める。もし園崎が逃げたとしても、それを非難する気は毛頭ないし、この先、なにか支援できることがあれば、おれが個人的に動くことだって吝《やぶさ》かじゃない」

「逃走を幇助することになりますよ」

「あいつがそこまで腹を括って行動に出たのなら、おれだってきれいごとは言っていられない。気になるのは、あいつがおれをいまも信じてくれているかだよ」

3

時刻は午後八時。園崎は、横浜の石川町《いしかわちょう》にある紗子の実家に腰を落ち着けたところだった。

築三十年ほどの一戸建ての二階家で、紗子と結婚して以来何度も訪れているから勝手は知っている。

鍵は聡子から預かっていた。しかし逮捕状が出て、自分が行方をくらましていることが発覚したら、千葉県警がまず目をつけるのがこの家のはずで、そういつまでも長居はできない。

夕刻六時頃になって、行徳の自宅前の覆面パトカーが二台に増えた。裏口からの逃走を警戒して、路地を通って抜けられる裏通りにもパトカーがいるとみていいだろう。逮捕状請求が間近に迫っている——。園崎と水沼はそう判断せざるを得なかった。

そんな動きを察知すれば山下が知らせてくれるはずだが、彼にしても、捜査本部に動員されている生活安全課の刑事からの報告に頼るしかないから、つねに最新情報が得られるとは限らない。やるならこのタイミングしかないと園崎は決断し、水沼もむろん異存はなかった。

水沼は計画どおり、園崎が日中着て歩いていたレモンイエローのポロシャツにサングラス、野球帽という出で立ちでカーポートに向かった。

園崎と比べガタイがいいが、車に乗ってしまえば気づかれることはないだろう。水沼は室内の明かりを消してキッチンのある裏口からカーポートに出た。園崎は真っ暗なダイニングに一人残り、カーテンの隙間から外の様子を窺った。

車が走り出すと、覆面パトカーはさして間隔も空けずに水沼の乗る車を追っていった。家にいるのは園崎一人だと思い込んでいたのだろう。追尾の確実性を優先して二台のチームで動くことにしたようだ。そこはこちらの思惑どおりだった。

園崎は室内の明かりを消したまま家をあとにして、徒歩で行徳駅に向かい、そこからバスで市川駅に出た。

最寄りの行徳駅で電車に乗れば、警察は駅構内の防犯カメラをチェックするだろう。それを避けての行動だった。市川駅にもカメラはあるが、そちらに手を回すまでは時間が稼げる。位置情報で追跡されるのを警戒して、携帯電話の電源は切ってある。

市川駅から横須賀《よこすか》線直通の総武快速線に乗り、横浜まで一時間弱。そこから根岸《ねぎし》線に乗り換えて十分ほどで石川町に着いた。

駅の付近で公衆電話を見つけて連絡を入れると、水沼は、あのあとドライブスルーのハンバーガーショップに立ち寄ったりしながら市川市内を走り回り、つい先ほど帰ってきたという。パトカーはふたたび家の前に車を駐めて監視を継続しているらしい。

水沼はそのあと路地を通って裏通りに出て、いま行徳駅に着いたところだという。案の定、裏通りにも覆面パトカーが一台張り付いていたが、もとの服装に戻っていたので、職質を受けることもなかったようだ。

路地は近隣の住民も裏通りに出るためによく使う。きのう彼が家に入ったとき、そちらに覆面パトカーはいなかったというから、彼が居候していたことに県警側はいまも気づいていないはずだった。

あすの早朝、中林は張り切って園崎を逮捕しに来るかもしれないが、もぬけの殻と気がついたとき、慌てふためく顔を想像するだけで気持ちが晴れる。

「どういうマジックを使ったか、連中、頭を悩ますんじゃないですか」

水沼も弾んだ声で言う。園崎は慎重に釘を刺した。

「この件は本間係長にもまだ言わないでくれよ。係長にも立場があるから、知ってしまえば黙ってもいられない。黙っていれば犯人隠避の容疑が係長にも及ぶ」

「もちろんですよ。いま園崎さんがどこにいてこれからどこに向かうのかも、僕には言わないでくださいね。最悪取り調べをされても知らないことは喋れませんから」

「そうさせてもらうよ。おれのほうもしばらく携帯を切っておく。状況が落ち着いたらこっちから連絡する」

「本間さんや山下さんには、園崎さんのほうから知らせるんですか」

「頃合いをみてな。あすの朝、逃走の事実を知って県警がどう騒ぎ立てるかだ。それを見極めてからでも遅くはないよ」

「どちらも園崎さんが逃げることに諸手《もろて》を挙げて賛成だとは思えませんからね」

「ああ。おれもいろいろ準備がある。あすになれば、敵の動きを見極められる」

「困ったことがあったら、僕になんでも言ってください。手伝えることはいろいろあると思います」

「そうさせてもらうよ。とりあえず官舎に戻って狸寝入りをしていてくれ。おれのほうは、なんとか隠れ家は確保できそうだ」

余裕を覗かせて園崎は言った。横浜の家にいられるのはたぶんあすの朝までで、そのあとの居場所については宮本を頼るしかないが、不動産会社の社長だから、マンションの空家を見繕《みつくろ》うくらいわけはないはずだ。

水沼との通話を終え、続けて聡子に電話を入れた。彼女の携帯を呼び出せばそちらの着信履歴に記録が残る。急用だと言って病棟のナースステーションに電話を入れて、聡子を電話口に呼び出してもらった。

こういう状況は予期していたのだろう。聡子はすぐに出てくれて、園崎の声を聞くと、いかにも安心したように言った。

「無事だったのね。携帯が通じないから、ずっと気を揉んでいたのよ」

「こちらから連絡しようと思っていたんです。これから横浜の家に向かうところです。今夜一晩、居候させてもらいます」

「じゃあ、逮捕状が出たのね」

聡子は声を落として問いかけた。落ち着いた調子で園崎は言った。

「おそらく――。まだ執行はされていませんが、あすの早朝には行徳の家に捜査員が押しかけるでしょう」

「それを見越して動いたわけね。いい判断だわ。警察に訊かれても私はなにも答えないけど、でも横浜の家はすぐに突き止められるでしょう」

「ええ。でもとりあえず今夜一晩は準備ができます。位置情報から居場所が発覚するので、これまでの携帯は使えませんが、新しい隠れ家が決まったら、別の携帯か公衆電話を使ってこちらから連絡します」

「いい隠れ家はみつかりそうなの？」

「それも含めて、これからいろいろ人と連絡をとります。紗子と雅人はどうですか」

「紗子の意識はまだ戻らないけど、容態は安定しているわ。雅人も元気でいるから安心してちょうだい」

「ありがとうございます。ご心配をおかけしますが、しばらくのあいだ二人のことをよろしくお願いします」

思いを込めて園崎が言うと、叱咤するように聡子は応じた。

「あなたは間違ったことをしていないわ。いまはとことん闘うことよ。それは紗子のためでも雅人のためでもあるんだから」

「ええ。たとえ冤罪でも、私に犯罪者の烙印《らくいん》が押されたら、二人をどれほど悲しませることか。それを考えたら死んでも負けられない闘いです」

「もちろん意識が戻ったとき、あなたがやったなんて紗子が信じるはずはないわ。でもこのままじゃ、犯人にされちゃいかねないものね」

「向こうは証拠の捏造でもなんでもやってきます。普通の闘い方では勝てないでしょう。場合によっては、私にも法に抵触するような手段を使う覚悟があります。もしそれで訴追されることになっても、紗子を殺害しようとしたなどというふざけた容疑が晴らせるなら本望です」

「でも気をつけてね。その大久保という男、ひとつ間違えると、また危険なことをやりそうよ。現に紗子をあんな目に遭わせたわけだから」

「そこは十分警戒しますが、逆にそういうことを仕掛けてくれれば、それを梃子にして状況をひっくり返せます」

それはここ数日園崎が心に秘めてきた思惑だ。おそらくあす以降、自分は指名手配されるだろう。しかしそれは同時に警察官というくびきから逃れ、闘う手段を自由に選べることでもある。

「それなら私はなにも言わないわ。あなたはきっとやってのける。それに山下さんや本間さんのような人たちもいるのよ。警察全体が敵じゃないんだから」

聡子は全幅の信頼を示してくれた。いまの園崎にとって、それはもっとも心強いエールだった。

4

午後十一時をだいぶ回った時刻、刑事部屋に一人居残っていた山下に川北から電話が入った。

「ついさっき逮捕状が出ました。執行はあすの朝七時です」

「まあ、想定内といったところだな」

動揺することもなく山下は応じた。逮捕状請求の一報を受けてから園崎には何度も電話を入れたが、相変わらず接続はせず、留守電センターにメッセージを残しても返事は来ない。

園崎は間違いなく逃走したと、山下はすでに確信していた。しかしまだそのことを川北には言えないし、少なくともあす県警の捜査員が園崎の家に向かうまでは発覚することもない。こうなったら自分にできるのは園崎の思いを遂げさせてやることだけだと、すでに腹は固めていた。

「この話、園崎さんに知らせなくていいんですか」

「いや、それはまずいな。フダが出てしまった以上、犯人隠避になりかねないからな」

「つまりそれを知ったら、園崎さんが逃走すると？」

「それはないと思うが、おれも警察官だから、捜査対象になっている人間にそんな機密情報を漏らすわけにはいかないだろう」

弱気な調子を装って山下は言った。相手が数少ない味方の川北でも、ここは三味線を弾くしかない。

「たしかにそうですね。僕らも一応は警察官ですから」

川北はどこか不満げだ。川北の口の堅さを疑うわけではないが、園崎の逃走を知ってしまえば、彼にも犯人隠避の容疑がかかりかねない。

「逮捕されたらおれに知らせてくれ。親族に連絡して、弁護士の手配やら衣類の差し入れやら、いろいろしてもらわなきゃいかん。警視庁のほうにも連絡を入れて善後策を話し合う必要がある。ここからが勝負だよ。なにがあろうと、おれたちの力で園崎を娑婆《しゃば》に戻す」

強い口調で山下は言った。川北も憤りを滲ませる。

「中林警部補の強引なやり方は異常です。同じ捜査本部に属して、意図的な冤罪づくりに加担するのはまっぴらです。僕には大したことはできませんが、お手伝いできることがあればいつでも言ってください」

彼は園崎と面識があるわけではないが、この間《かん》の大久保たちの疑惑に満ちた動きについては十分レクチャーしている。そのお陰で山下は、蚊帳の外に置かれながらも帳場の動きをほぼリアルタイムで把握できた。園崎の逃亡で川北は今後ますます重要な役割を果たすことになるだろう。彼のような正義感のある若い刑事が県警にいてくれることは、山下にとっても大きな救いだ。

そんな話を終えて北沢に電話を入れると、向こうも成り行きが気になって居残っていたらしく、弾かれたように反応した。

「フダが出たんですか」

「ああ。いい時間だから、外で飯を食いながら話さないか」

「わかりました。園崎さんとは、あれから連絡がとれたんですか」

「相変わらず携帯の電源が切れている。個人のアドレスにメールも送ったんだが、それにも返信はない」

「やはり逃げたんでしょうか」

「おそらくな」

「帳場の動きを読んでいたんですね」

「ああ。おれたちも漫然と構えてはいられなくなった」

「わかりました。じゃあ、いつもの店で待ってます」

ことの重大さを理解したように、声を落として北沢は応じた。


県警本部にほど近い行きつけの居酒屋に出向くと、北沢はすでにやってきていて、周囲に人気のない隅のテーブル席を確保し、手酌でビールを飲《や》っていた。

山下たちがこの店をよく利用するのは、肴が美味いからではない。むしろその逆で、潰れずにやっているのが不思議なほど客の入りが悪く、それがかえって密談に向いているからだった。それでも囁くような声で北沢は問いかける。

「まだ捜査本部は気づいていないんでしょうか」

「そのようだ。そういう動きがあれば川北から連絡が入るはずだから」

「そのあいだにどこまで逃げ延びられるかですね」

「といっても、そう遠くへは行くはずがない。逃げたとしたら、単に逮捕を免れようとしてじゃない。たぶんなにかを仕掛ける気だし、そのためには大久保と接触可能な場所にいるはずだ」

「いずれにしても、突発的な行動だとは思えませんね。周到な作戦を考えていたような気がします」

「たしかにな。普通なら、そんな無意味で無謀なことをするやつじゃない。捜査本部がいくら間抜けでも、指名手配されたら逃げて逃げ切れるものじゃない。そのくらいは百も承知だろう」

「大久保と直接接触する気でしょうか」

「それを心配してるんだよ。自分についての疑惑を隠蔽するためには殺人さえ厭わないようなやつだ。盗難車を手に入れた経緯からすると、裏社会ともコネがありそうだ。もちろんそのあたりは端《はな》から頭に入っているはずだが」

「お義母さんなら、なにか知ってるんじゃないですか。あるいは水沼君とか――」

「もし知っているとしたら、なおさら口は堅いだろうな」

「私たちを信じてはもらえないんでしょうかね」

北沢は切なげな口ぶりだ。山下は首を横に振った。

「園崎としては、むしろそれを教えておれたちを共犯関係にするのを惧れているんじゃないのかな」

「でも一人でできることは限られるんじゃないですか」

「なに、そのうち本人が連絡を寄越すだろう。いまはまだ逃走そのものが発覚していない。向こうも身を落ち着けられる場所をまだ見つけていないはずだ。いまの段階でおれたちが迂闇に動けば、かえって足を引っ張ることになりかねない」

「連絡がとれたら、どうするんですか」

北沢の問いに、山下は平然と応じた。

「一言嫌味を言ってやるよ。どうしておれたちを信じなかったんだってな。もちろん手助けが必要なら、なんでもやってやる」

「本気なんですね。だったら私も付き合わせてください」

「下手をすると、こっちだって手が後ろに回りかねないぞ」

「山下さんにその覚悟があるんなら、私だって同じです」

迷いのない口ぶりで北沢は応じた。

5

聡子の自宅からいちばん近い公衆電話は、歩いて五分ほどのコンビニにある。

この家にも固定電話はあるが、電話会社から通話記録をとれば誰と通話したか発覚する。せっかく携帯の使用を止めてもそれではなんの意味もないから、不自由でもしばらくは公衆電話に頼るしかない。

持参したキャップを目深にかぶり、園崎はコンビニに向かった。すでに深夜で家の周辺に人影はない。防犯カメラに映る可能性はあるが、顔さえ撮られなければ足どりは摑まれない。いや顔が映っていたとしても、近隣の防犯カメラをすべてチェックして、点を繋いで移動経路を割り出すには時間も人手もかかる。そのあいだに安全な場所に移動することは十分可能だろう。

公衆電話はコンビニの入り口の脇にあった。近くには防犯カメラは見当たらず、駐車場の隅のほうに一基設置されているだけだった。店内にはもちろんあるが、外については主に駐車場全体を監視する目的で設置されているようで、その距離からなら人物を特定できる大きさには映らない。

宮本の携帯を呼び出すと、応答せずに留守電に切り替わる。「園崎だ、またかけ直す」とメッセージを入れて、五分ほどしてもう一度かけると、今度は宮本は遅滞なく応答した。

「おお、どうした。まだ逮捕されていないのか」

「幸いね。ただフダは出ているようだから、あすの朝には執行されるだろう」

「それで、どうするつもりなんだ」

「もちろん逃げるよ。というより、もう自宅を出て家内の実家に一時退避している。だとしても、あすのうちにはこっちにも手が回るだろうから、その前に隠れ家を確保したいんだが」

「それならもう用意してある。二、三日前に部屋が空いて、次の入居者が決まっていないマンスリーマンションがあってね。家具付きのワンルームでエアコンも冷蔵庫もある。Ｗｉ－Ｆｉも繋がっているからインターネットも使えるぞ」

「それは有り難い。ノートパソコンは持ってきたから、街中《まちなか》の無料Ｗｉ－Ｆｉを使おうと思っていたんだが、それならメールの送受信にあちこち出歩く必要もない」

「持つべきものは友だって、身にしみて感じているだろう。ああ、それから、頼まれていた飛ばしの携帯も用意できる」

「そうか。恩に着るよ」

「その代わり、今回の馬鹿げた事態が落着したら、うちのほうにもたっぷりサービスしてくれよ」

「これまでだって持ちつ持たれつでやってきた。おれの裁量の範囲に関しては、おたくの会社の帳簿に手を着けるようなことは決してしない」

「それで結構だ。どのみち、あんたが追っている桑原やら大久保やらの悪事と違って、おれのやっていることは公明正大なビジネスだ。まあ胴元が胴元だから、世間の目に触れて欲しくないところもあるけどね。そこをわかってくれているんなら、これからもいい関係が続くと思うよ」

　宮本は機嫌良く応じる。園崎は訊いた。

「そのマンスリーマンションはどこにあるんだ」

「上野《うえの》だよ。御徒町《おかちまち》や上野広小路《ひろこうじ》の駅に近い。身を隠すにはああいうごちゃごちゃした土地柄のほうが具合がいい――」

マンションの名はフリッツハイム御徒町。キーはデジタル式で、宮本は暗証番号を教えてくれた。飛ばしの携帯は一両日中に入手して宅配便で届けてくれるという。手渡しを避けたのは、二人が接触しているのを人に見られないほうがいいという判断によるものだ。受けとる際の偽名も適当に決めておいた。

「ああ、それから、例の車両窃盗団のことだが――」

宮本はもう一つ、とっておきのプレゼントを用意してくれていた。それは大久保の悪事を追及する上で、喉から手が出るほど欲しい情報だった。

6

翌朝は七時に家を出て、根岸線で大船《おおふな》に向かい、いったん下車して駅の近くのファミレスで朝食をとり、ラッシュアワーが終わる時刻に横須賀線で東京に向かった。足どりを追われるのを嫌っての攪乱《かくらん》作戦だ。

十時少し前に御徒町に到着し、五分も歩いたところにそのマンションはあった。入った室内は十畳ほどのワンルームで、宮本が言ったとおり、ベッドやダイニングテーブル、テレビ、エアコン、冷蔵庫、ガスコンロなど、生活に必要なものはほとんど備え付けられている。

さっそくテレビを点けて見たが、やっているのはワイドショーばかりで、園崎が逃亡したというニュースは流れていない。けっきょく逮捕状は出ておらず、杞憂《きゆう》だったかと思いながら適当に番組を眺めていると、突然画面にテロップが流れだした。

殺人未遂容疑で逮捕状が出ていた警視庁捜査二課の園崎省吾警部補が自宅から行方をくらまし、現在逃走中とみられ、県警は指名手配をしたという内容だ。

やはりこちらの読みは正解で、ゆうべの作戦はベストのタイミングだったようだ。ほどなくニュースの時間になって、捜査本部の記者会見の映像が流れた。

出席した担当管理官は、逮捕状の執行を感づかれないように張り込み人員を絞っていた結果の失態だとして謝罪した。

記者たちからは、同じ警察官ということで身内意識が働いたのではないかとの質問や、わずか一回の事情聴取のみで逮捕に踏み切ったこと自体拙速《せっそく》ではなかったかという質問まで飛び出したが、容疑については確実な物証があり、捜査手続きに不備はなかったと強気で押し通し、現在の状況については捜査中のため詳細は公表できないと突っぱねた。しかし管理官の表情には、想定外の出来事に困惑しているのがありありと見てとれた。

指名手配といってもさまざまな段階があり、全国の警察署や交番、新聞やテレビ等のメディアを通じて氏名や顔写真を公表する、いわゆる公開捜査に踏み切るかどうかはケースバイケースだ。

顔写真入りのポスターやチラシの作成にはある程度の時間がかかるし、逃走犯が警戒するのを嫌って、あえて情報を出さないケースもある。現時点では全国の警察本部に対して、捜査共助の依頼を行った程度だろう。

ネット上のニュースも確認しようと思い、設置されているＷｉ－Ｆｉにパソコンを接続する。ニュースサイトをいくつか閲覧したが、記者会見が行われたばかりでまだ記事になっていないのか、それについての情報は見つからない。

そのときメール着信を知らせるポップアップが現れた。開いてみると、送信者は山下だった。知らせたい情報がある。園崎の現状についても聞きたい。返信を待っているという内容だ。ほかにも似たような文面のメールが何通も溜まっていた。さっそく次のような内容の返信を認《したた》めた。

連絡ありがとう。現状では電話が使いにくい状態で、連絡ができずに申し訳ない。

今回の行動を事前に知らせなかったことも、きみたちに幇助の疑惑が及ばないようにという考えからで、決して疑っていたわけではない。

いまは安全な場所にいる。これから大久保を追い詰めるうえで必要な情報を、必ずしも合法的とは言えない筋から収集する。それを材料に、おれ自身の手で大久保を仕留めるつもりだ。

知らせたい情報があるならぜひ教えて欲しい。それも今後の作戦に向けて大きな力になりそうだ。捜査本部の動きについても情報が欲しい。

一緒に動けないのは残念だが、今回の行動の責任はおれが一身に負うべきもので、誰一人巻き添えにしたくない。そこを理解してもらえるとありがたい——。

とりあえずそんなメールを送信し、返信を待つ。

聡子にはもちろん、本間と水沼にも現在の状況を報告したいが、まだ状況が流動的で先の見通しが読めないし、水沼の性格を考えると、いまの状況では勇み足をされる惧れがある。捜査本部の動きが見えてくるまでは、いましばらく静かにしていて欲しい。

山下からは、三十分ほどしてメールが届いた。今回の行動を予期していたように、文面は抑制されていて、園崎に対する非難めいた調子はみられない。

捜査本部の状況については、こちらが想像していたとおり、まだ右往左往しているような段階で、やっと自宅周辺での聞き込みを始めたところのようだった。園崎が消えた理由については皆目見当がついていないらしい。

聡子からはすでに事情聴取しているが、彼女はなにも知らないと応じ、昨夜からは電話連絡もしていないと言って、携帯の発着信履歴をみせたという。

捜査本部は神奈川県警に捜査共助を依頼して、所轄の捜査員を聡子の自宅に向かわせたが、誰もいないという連絡があった。捜査本部は屋内で身を潜めている可能性もあると見ているが、ドアを解錠するためには家宅捜索令状が必要で、いま中林たちが請求の準備に入っているらしい。

いずれにしても中林たちにとっては想定外だったようで、もともと園崎犯人説に疑問を感じていた交通捜査課や所轄の捜査員の動きは悪く、慌てふためく中林たちをみて陰で喝采《かっさい》している者さえいるという。

しかし一度ゴーサインを出してしまった以上、管理官にとっては面子に関わる一大事で、一課長を通じて追加の人員招集を要請しているらしい。山下は、水沼にも状況を問い合わせたが、彼も寝耳に水だと驚いている様子だったという。

そんな状況を伝えたあとで、山下は桑原の私設秘書の邦本との面談の状況を報告した。園崎にとっては心強い話だった。大久保が解雇されれば、彼がこれまで利用してきた政治権力のバリアーは取り払われる。

しかし果たしてそれほど甘いかどうか。大久保が後援会の有力者から嫌われているわりにいまも侮《あなど》りがたい実力を維持しているのは、表沙汰になっては困る弱みを桑原が握られているためだとも考えられる。だとしても、少なくとも桑原陣営に亀裂を入れられたのは間違いない。

山下の率直な文面からは、諸手を挙げて賛成とはいかないまでも、実行してしまった以上、この先はあくまで園崎の味方だという思いが滲んでいた。園崎はさっそく返信のメールを打ち込んだ。

7

「きたよ、返信が──」

山下は声を落として電話の向こうの北沢に言った。ついさっき、園崎に捜査本部の状況ときのうの邦本との面談の様子をメールで伝えたばかりで、いま届いたのはそれに対する返信だった。北沢は声を弾ませた。

「携帯に転送してください。読んでからそちらに向かいます」

「いや、外に出よう。いつものティールームがいいな」

声を落として山下は応じた。刑事部屋には人がいる。この先はこれまで以上に保秘を徹底する必要がある。北沢は興奮気味に問いかける。

「微妙な話なんですね」

「ああ、手伝えることが出てきそうだ。十分後に落ち合おう」

そう応じて北沢の個人アドレスにメールを転送し、素知らぬ顔で刑事部屋を出た。県警本部にほど近いティールームに腰を落ち着けて待っていると、五分もせずに北沢はやってきた。

「メール、読みましたよ。園崎さんは本気ですね」

飲み物のトレイを持ってテーブルに着くなり、気合いの入った調子で北沢は言った。

「ああ。こうなると、なんとかやり切ってもらわないとな」

「私たちはもともと大久保のストーカー容疑で動き始めたわけですから、捜査本部のことを気にする必要はないんじゃないですか。大久保の携帯の通話記録なら、捜査関係事項照会書を提示すれば、キャリアは開示してくれますよ」

「ああ。おれのほうで用意して、さっそく動いてみようと思う。大久保に関しては、行徳の帳場の捜査線上に上がっているわけじゃない。ストーカー容疑の余罪追及のためだと言えば、うちの係長は判子を押してくれるはずだ」

捜査関係事項照会書は警部以上の階級の者が作成することに内規で決まっている。山下の班は行徳の事件には表向き一切関わっていないから、係長が渋る理由はないだろう。

園崎からの依頼は、ここ一ヵ月ほどの大久保の通話記録をすべて洗ってくれというものだった。表には出せないある情報提供者から、千葉県内を中心に活動する大規模車両窃盗グループの元締めについての情報が得られそうだという。

その元締めは柏《かしわ》市に事務所を持つ指定暴力団で、情報提供者は組長を含む上級幹部の名前を知っており、大久保の通話記録にそれらの人物との通話が含まれていれば、大久保が事件に使った車両を、その暴力団を介して入手したという有力な状況証拠になる。

その場合、大久保とその暴力団とのあいだには深い繋がりがあると考えられ、もし彼が轢き逃げ事件の実行犯ではなかったとしても、金銭を対価に犯行を指示した可能性も高い。いずれにせよ大久保をとことん追い込み、殺人未遂事件の主犯として一気に浮上させられるかもしれないと、園崎は大きな期待を寄せていた。

もちろん組の人間と大久保が口裏を合わせて否定すれば立証は難しい。暴力団との付き合いが政治家秘書としての適格性を疑わせるのは言うまでもないが、政治の世界の人間が裏社会と繋がっていることは珍しくなく、そのこと自体は犯罪でもない。

そこをどう突破するつもりなのか。園崎には目算があるようだが、それについては明かそうとしない。しかし邦本とのやりとりには大いに興味を示し、大久保が深く関与しているはずのサンズイ容疑を含め、そちらとの合わせ技で一本勝ちが狙えると期待を覗かせた。

「ただ、園崎さんの今後の行動が心配ではありますね」

北沢が言う。山下は頷いた。

「今回の件では、あいつにもそれなりの覚悟があるはずだ。警察官としては行使できない荒技を考えている可能性もある」

「その場合、私たちはどうすれば？」

「見て見ぬふりをするしかないだろうな。それで訴追されてもかまわないという覚悟があいつにはある。逮捕状が出たことを知って逃走したこと自体がそうだから」

「逮捕を免れるために身を隠すこと自体は罪じゃないですよ」

北沢が指摘する。たしかに逃走罪が成立するのは法令によって拘禁されている者に限られる。まだ逮捕されていない園崎の場合、逃走罪は成立しない。

「そこはあいつも承知だと思うが、訴追された場合、心証が著しく悪くなるのは間違いない」

「その前に身の潔白を示さないと、今回の行動が裏目に出かねないですね」

「ああ。厄介なことをしてくれたが、こうなればやりたいようにやらせるしかない。まさか大久保を殺したりはしないだろうから」

冗談のつもりで言うと、北沢は真顔で応じる。

「むしろ、怖いのはその逆ですよ」

「大久保が園崎を？」

「やりかねないと思いませんか」

「大久保が裏社会と繫がっているとしたら、迂闊《うかつ》に接触すればその危険はあるな」

山下は頷いた。むろん園崎がそれを想定していないはずはない。しかし彼がいまどこにいるのか知らない以上、なにか起きても救う手立てがない。

こちらに幇助の容疑がかかるのが心苦しいようなことを言ってはいたが、やはり信じてもらえていないのではないかという思いがまた心をよぎる。

そのとき山下の携帯が鳴った。川北からだった。捜査本部に新しい動きでもあったのか――。慌てて応答すると、どこか切迫したような声が流れてきた。

「いまどちらに？」

「外で人と打ち合わせをしてるんだが」

「だったら、警察無線は聞いていないんですね」

「なにか事件でもあったのか」

「千葉市内のビルの敷地で、上階から転落したとみられる死体が見つかったそうです。所轄では自殺の可能性が高いとみているようなんですが――」

「なにか気になることが？」

「死んでいた人の身元ですよ。桑原参議院議員の私設秘書の邦本恭二――。ご存じゃないかと思いまして」

第十一章

1

山下から届いたメールを読んで、園崎は言い難い慄きを覚えた。きのう山下と北沢が会ったばかりの邦本秘書がビルから転落して死亡した――。

所轄は自殺の可能性が高いと見ているようだ。死体が発見されたビルには桑原議員の地元後援会が入居しており、邦本もしばしば出入りしていたとのことで、そこで死体が発見されたこと自体に違和感はない。不審な人物や人が争っている現場を目撃した者もおらず、邦本の体にも暴行を受けた痕跡はなかったという。

しかし園崎にすれば素直には納得できない。きのう会ったときの邦本に自殺願望があるような気配は感じられず、むしろ大久保とは別の意味で野心満々な人物に見えたと山下は言う。

山下はこちらが把握している大久保への疑惑を突きつけて、桑原議員に累が及ばないように大久保を解雇すべきだと忠告した。邦本はその考えに乗り気だったようで、そのあとさっそく動き出した可能性がある。桑原や後援会とそんな話をし、それが大久保に伝わったのかもしれないし、あるいは邦本が自ら大久保と会って引導を渡そうとしたのかもしれない。

あくまで想像だが、大久保が紗子にしたこと、さらに露骨な証拠捏造でその罪を園崎に擦り付けようとした悪辣さを思えば、大久保に殺害されたと考えるほうがむしろ筋読みとして自然ではないか。

山下も同様の見立てのようで、依頼しておいた大久保の通話記録があすには入手でき、そこに記録された位置情報を調べれば、邦本が死亡した時刻のアリバイについても確認できるだろうと言う。

しかし、もしやったのが大久保なら、犯行時刻には携帯は使わないだろうし、むしろ紗子のときと同様、電源を切っていた可能性がある。

死体が発見されたのがこの日の午前十一時少し前で、死亡推定時刻は午前十時前後。山下たちが邦本と別れたのがきのうの午後六時だというから、その後の十六時間のあいだに二人がなんらかのかたちで接触した可能性は高い。もちろん宮本が示唆する闇社会との繋がりを考えれば、実行犯が大久保だとは限らない。

しかしタイミングからして邦本の死に大久保が関与している可能性は極めて高い。他殺だとしたら、思いもかけないかたちで太い尻尾を覗かせてくれたことになる。

その一方で、桑原事務所に大久保を解雇させ、大久保、石川、中林のトライアングルを瓦解させようという山下たちの作戦は頓挫した。ライバル関係にあったであろう邦本がいなくなることで、これまで以上に桑原陣営での大久保の存在感は増すかもしれない。

しかし今後の捜査で大久保による邦本殺害の疑惑が浮上すれば、今度はそれがすべてをひっくり返す梃子になる。園崎も山下も殺人事件は本業ではないが、これから宮本の協力で、柏の指定暴力団との繋がりがあぶり出される可能性は高い。それを耳打ちしてやれば、さすがに桑原も大久保を切らざるを得なくなるはずだ。

園崎はいま刑事というくびきから離れたフリーハンドを手にしている。事情聴取や逮捕状請求のような公権力の行使はできないが、私人としてやれることはいくらでもある。あらぬ濡れ衣を着せられて犯罪者の烙印を押されるなら、その敵を叩き潰すために考えられる手段はすべて使う覚悟だ。

山下には続報があればメールで知らせて欲しいと頼んでおいた。携帯電話が使えないのがまだるっこしいが、宮本が用意してくれる飛ばしの携帯が届くのは早くてもあすになるだろう。

殺人未遂の容疑者の逃亡となるとマスコミも放ってはおかず、園崎についてはああだこうだの憶測報道がメディアの世界を飛び交っている。どういう経路で入手したのか、園崎の学生時代の写真も露出しているが、いまの園崎とはだいぶ風貌が違う。警視庁の職員の写真なら千葉県警も入手可能なはずだが、それをメディアに公表しないところをみると、なにやらこの事件が大きく扱われるのを嫌っている気配さえ窺える。

山下から聞いている話でも、帳場では、中林一派と交通部を筆頭に彼らに反発する勢力との確執がいまもあるようで、園崎の事案が中林が仕組んだ冤罪だということになれば、捜査一課長にしても、大恥をかくどころか首さえ飛びかねない。その意味では、捜査関係事項照会書を装った本間の情報提供は必ずしも無意味ではなかったようだ。

県警が情報の公開を渋ればマスコミはそのうち興醒めする。あすあさってには新たなニュースの陰に隠れてワイドショーのネタにもならなくなるだろう。県警もそれが望ましいと考えているのなら、その点はこちらにとっても都合がいい。

2

「おまえ、なにか隠していないか」

水沼をデスクの傍らに呼んで、本間が小声で問いかけた。けさから本間は千葉県警の刑事や警視庁の監察から引く手あまただったようで、もちろん本人も寝耳に水だったから、なにを聞かれても答えに窮するだけのようだった。

「園崎さんの件ですか。僕も心配してるんですよ。でも見事に県警の裏をかいたじゃないですか」

思わず頬が緩んだのに気づいて、水沼は慌てて表情を引き締めた。本間は毒づいた。

「せっかくおまえをお目付け役にしたのに、どうしてちゃっかり官舎に帰って、ぐうたら眠っていたんだよ」

「園崎さんが嫌がるもんですから。なんとか顔を立ててくれって頼み込んだんですが、けっきょく追い返されたんですよ」

「それじゃ子供の使いじゃないか。おまえ、なにか知ってるな。まさか逃走を帮助したんじゃないだろうな」

「そんなことはないですよ。だったら県警が、僕を事情聴取しに来たっていいじゃないですか」

行徳駅前の居酒屋で園崎と一緒のところを県警の刑事に見られているが、話を聞きに来なかったところをみると、水沼が何者なのか特定できなかったわけだろう。山下の部署に助っ人に出張りはしたが、とくに仕事もしないうちに用済みになったから、捜査本部の連中とはまったく面識がない。

そのあと駅前で別れる芝居をして見せたから、別の道を通って園崎の家に入ったのには気づかれていない。中林一派が先走っているだけで、捜査本部全体として一枚岩ではないために、一課長も管理官も逮捕状請求には及び腰だった。そのせいで逮捕前の被疑者の行動確認としては大甘だったのが幸いしたようだ。

「まあいい。やりそうだとはおれも思っていたんだよ。もしおまえが手伝いをしてたんだったら、口が裂けても言うんじゃないぞ。おれもなにも知らないことにするから」

本間は猜疑を隠さないが、すべてを腹に仕舞い込む覚悟はあるようだ。水沼はとぼけて応じた。

「そのうち連絡があるんじゃないですか。まだきのうのきょうで、園崎さんもなにかと忙しいでしょうから」

「このタイミングでフダが出るとは、おれも意表を突かれたよ。しかしそれ以上に意表を突かれたのは県警のほうだろう。園崎がこれ以上早まったことをしてくれなければいいんだが」

本間は眉間《みけん》にしわを寄せる。園崎は水沼にも詳しい話はしなかったし、こちらも無理に聞こうとはしなかった。しかしなにか勝算があるらしいことは逃走後の電話での会話から感じとれた。園崎のことだ。決して思いつきによる行動ではないはずだ。水沼は問いかけた。

「石川さんはどんな様子ですか。向こうは向こうで、いまとんでもないことになってるんじゃないですか。さっきニュースでやっていた桑原事務所の秘書の自殺、大久保の件と繋がっていないとは思えませんが」

「邦本という秘書だったな。山下君が、大久保の例の悪癖の件で突ついてみるという話だったが」

つい先ほどテレビで臨時ニュースが流れた。普通、自殺の可能性が高いと警察が判断した場合、ニュースになることはまずありえない。ただしその人物の社会的地位によっては報道の対象になる。桑原参議院議員の秘書ということで、マスコミはそこに政局の匂いを感じとったのかもしれない。もちろんそれとは別の理由で、本間も水沼もその真相は大いに気になる。

「山下さんに訊いてみましょうか。もしかしたら園崎さんのことについても、なにか知っているかもしれないし」

「そうだとしたら彼のほうから、おれやおまえに連絡があってもよさそうなものなのに」

「僕らを信じていないのかもしれませんよ」

自分たちをというより、園崎は本間を警戒して山下に口止めしているのかもしれない。上司である本間が園崎の逃走に賛成のはずがない。あらぬ老婆心《ろうばしん》を発揮して、その情報を県警に通報しないとも限らない。

それに逃走中のいま、園崎は当然携帯の電源を切っているはずだ。パソコンやＷｉ－Ｆｉが使える環境ならメールのやりとりも可能だが、そういう準備をしていたのかどうかについても詳しい話は聞いていない。

捜査本部がいまどんな動きをしているのかもわからない。普通なら関東一円に非常線を張り、大々的な捕り物にしていいはずだが、そういう報道もとくに聞こえてこないし、ニュースやワイドショーでも新しい情報は出ていない。とりあえず無事に逃げおおせているのは間違いなさそうだ。現状では、むしろ便りがないのが良い知らせと言うべきだろう。

「なぜあいつはおれを信じないんだ」

本間は苦虫を嚙み潰すように言う。腹を探るように水沼は応じた。

「でも、逃げると聞いたら止めていたでしょう。係長としての立場というものがありますから」

「園崎の動向がわかったら、おれが千葉県警にチクると言いたいわけか」

「知っちゃったら言わないわけにはいかないと思いますけど」

「冗談を抜かせ。腐ってもおれは警視庁の刑事だ。中林みたいな県警の屑を喜ばせるようなことは死んでもやらない」

「だったら場合によっては、逃走を幇助するんですね」

水沼は突っ込んだ。声を落として本間は応じた。

「こうなりゃとことん園崎に付き合うよ。監察はもう懲戒解雇の稟議書《りんぎしょ》の準備に入っているようだから」

「園崎さんの？」

「ああ。園崎だけじゃ済まないだろう。おれにだってもうじき辞表を書けと迫ってきそうだよ」

「担当は、このあいだ園崎さんを取り調べた徳永という人ですね」

「そうだよ。千葉県警のろくでなしの尻馬に乗って、まだシロかクロかわからない身内を解雇するようじゃ、警視庁の監察も地に落ちたもんだと言ってやったよ。野郎も具合が悪そうだったけど、逮捕状が出たとたんにとんずらされたんじゃ庇いようがないと言いやがる」

「その人、最初から庇う気なんかなかったじゃないですか。園崎さんはすべて覚悟の上ですよ。それより、石川さんの動きに注意しないと」

「ああ。その秘書の件にまで関与しているとは思わないが、向こうは向こうで切羽詰まっているはずだ。きょうは直行で直帰だと言ってやがる」

「油を売るときの常套手段じゃないですか」

「本業とは別件で、いまは油を売るどころじゃないだろう」

「中林と大久保と三人で鳩首《きゅうしゅ》会議でもしてるんじゃないですか。石川さんの不審な金の出入りのことは監察に言ったんですか」

「もちろんだ。園崎の濡れ衣を晴らすいちばんのとっかかりが野郎の収賄だ。銀行の金の出入りから、大久保、中林、それに加えて笠松県警本部長まで加わった密会の話を聞かせてやったら、近々、呼び出して取り調べるそうだ」

「尻尾を掴めますかね」

「舌先三寸で言い逃れるだろう。こっちもまだ状況証拠だけで、決定的な材料がないのが痛い。しかし山下君たちがストーカー疑惑の線からじかに大久保に迫っている。そこに持ってきて園崎が行方をくらました。留置場にぶち込んで手も足も出せないようにする作戦が裏目に出て、いちばん危ない天敵を野に放っちまった。園崎にとっては、ああいう連中はすべて親の仇だからな」

「それで刑事になったのに、今度はそいつらのお陰で刑事をやめる羽目になった。それに加えて奥さんと息子さんのことだってありますから」

「園崎としては、殺しても飽きたりないくらいだろうよ」

「その気持ちは当然です。大久保だってそこはわかっているから、いまは首のあたりが冷や冷やしているはずですよ」

「そもそも、そういう刑事だと知っていたから、ああいう悪辣な策謀に走ったんだろうしな」

「でも、園崎さんがここまで腹を括るとは思いもしなかったんでしょうね」

「身内のことを言うのは恥ずかしいが、あいつらは勝ったつもりでいたんだろう。でっち上げの証拠で冤罪を被《こうむ》り、再審で無罪になるケースが最近いくらでも出てきている。警察がその気になれば、検察も裁判所も騙せると高を括ったわけだ」

吐き捨てるように本間は言う。現に県警の捜査一課長は見事に騙されて、裁判所まで捏造証拠を疑いもせずフダを出した。逮捕されて送検されたら、検察だって中林の作文を信じて起訴するだろう。

「ところが園崎さんの起死回生の作戦で、すべて裏目に出かねないわけですね」

「おれたち二課の事案じゃ死刑や無期はあり得ないが、大久保に関しては、なんとしてでもそこまで行ってもらわないとな」

「邦本秘書の件もあります。十分それに値する悪党ですよ。もちろん石川、中林、笠松の三人組にも、臭い飯を食ってもらわなきゃ気が済みません」

自らに気合いを入れるように水沼は言った。

3

さすがに指名手配されている身となれば、日中の外出は憚《はばか》られる。警視庁管内の交番やコンビニにも、すでに手配写真が回っていることだろう。

最近は警視庁も他の警察本部も、見当たり捜査の有効性に着目して専門の捜査員を養成しているから、そんな連中の目にとまり、職質でもされれば逃げようがない。行動するとしたら夜だろう。いまはマンションの室内でできることをするしかない。

そのときドアホンのチャイムが鳴った。応答するとバイク便の業者で、届け物だという。

ドアスコープから覗くと、会社名のロゴの入ったヘルメットを被った若い男で、持っているのは小さな荷物だ。

ドアを開けて伝票に偽名のサインをする。男はいかにも忙しない様子で、こちらの顔に目を向けるでもなく立ち去った。

受けとったのは喉から手が出るほど欲しかった飛ばしの携帯で、最新型のスマホだった。宅配便では時間がかかるので、宮本が気を利かせてくれたらしい。

園崎はガラケーからスマホに移行したとき、面白半分でツイッターのアカウントを取得していた。けっきょく使う理由もなかったのできょうまで休眠状態だった。この際だからそれを利用しようというのが逃走の当初から温めていた作戦の一つだった。

届いたばかりのスマホでツイッターのサイトにアクセスし、園崎本人のアカウントだとはっきりわかるように、ユーザー名を「ただいま指名手配中」に変更した。最初のツイートは次のようなものにした。

殺人未遂容疑で指名手配中の警視庁捜査二課の園崎省吾です。私は無実です。だから逃走し、警察と闘うことを決意しました。真犯人が誰か知っています。この件については今後続報があります。ぜひフォローをお願いします。

そこに「＃指名手配」、「＃園崎省吾」、「＃大久保俊治」、「＃桑原勇参議院議員」というハッシュタグをつけた。百四十字の制限があるから書けるのはそのくらいだ。

しかし、指名手配犯自らが投稿したツイートだと認識されれば、ある程度のフォロワーはつくだろうし、リツイートも行われるはずだ。とりあえずの宣戦布告としてはこれで十分で、あとは敵の反応を見ながら材料を小出しにしていく。敵にも頭はついている。一気に手の内を晒せば対抗策を考えるだろう。

邦本秘書の死が自殺のはずがない。山下たちが接触しなければ、邦本は死なずに済んだかもしれない。山下も心理的には厳しいところに追い込まれているだろう。その点については園崎も心苦しい。その呵責《かしやく》から彼らを救うためにも、いまできることはすべてやるしかない。

次いで電話を入れた相手は聡子だった。知らない携帯番号から電話をするかもしれないと言っておいたので、聡子は安心した様子で応答した。

「いまどこにいるかは訊かないでおくわ。無事なのね」

「ええ。落ち着ける場所にいますので、ご心配は要りません。横浜の家はもう家宅捜索されましたか」

「けさ警察から電話があって、令状が出たから立ち会えって。鍵を開けないとドアを壊すっていうから、紗子と雅人のことは看護師さんに頼んで出かけたのよ。あなたがいないのはわかっていたけど、なかを荒らされたら困るから」

「いないのを確認しただけですか」

「髪の毛や指紋を採取していったけど、あなたはうちへはよく立ち寄るから、あっても不自然じゃないと言っておいたわ。そのあとまた事情聴取されたけど、知らないことは答えようがないから――。それより、きょう担当したのは中林という刑事よ」

聡子は声を落とす。園崎は問いかけた。

「お義母さんの印象はどうでした？」

「私にだって人を見る目はあるわよ。あれは詐欺師とか恐喝屋の類《たぐ》いよ」

園崎から噂はかねがね聞いているから、ある種の色眼鏡で見ている傾向はあるだろうが、しかしそれは初対面のときの園崎の印象と変わらない。

「私もそう思いました。刑事の誰もが正義感の塊《かたまり》というわけじゃないですが、金でもない出世でもない、頑固な筋が一本通っていないとやっていけない商売ではあるんです。しかしあの男の頭には、組織のなかを上手く泳いで、自分が得をすることしかない」

「父の同僚や部下の刑事さんには子供のころずいぶん可愛がってもらったものよ。優しい人も強面《こわもて》の人もいたけど、あなたが言うように、犯罪を憎むという筋は一本通っていたわ。でも中林という人にとっては、どんな犯罪も出世の手蔓に過ぎないのよ」

「どんな話をしたんですか」

「紗子や雅人を気遣う言葉がないばかりか、私も含めて全員が犯罪者の仲間だと言いたげな口ぶりよ。あなたと紗子の絆の強さは私がいちばんよくわかっている。雅人へのあなたの愛情だって親馬鹿の限度を超えているもの。だからあり得ないことだっていくら言っても、例の子供騙しの証拠を振りかざして、都合の悪い話は聞きたくないという態度がありありなのよ」

「もちろん私のことも訊かれたんでしょう」

「知ってて言わないのなら犯人隠避の罪で逮捕するなんて脅すから、知らないのはもちろんだけど、もし知っていてもその罪は親族には適用されないって言ってやったら、あっさり引き下がったわよ。素人だと馬鹿にして恫喝したつもりなんでしょうけど」

「お義母さんには、なにかとご迷惑をおかけします。それで紗子の容態はどうですか」

「意識障害はまだ続いているんだけど、脳圧は平常に戻って、脳ヘルニアの心配はなくなったから、あすには一般病棟に移れるそうなの。そうなれば雅人もママの顔を見られるし、近くで雅人の声を聞けば、紗子の意識回復のきっかけになるかもしれないし」

聡子は声を弾ませる。とりあえずそれは朗報と言うべきだろう。雅人と話をしたいところだが、病院内に捜査員がいる惧れもある。雅人が電話で人と話をしているところを見れば、相手が誰か、考えるまでもなくわかるだろう。

「それはよかった。体のほうさえよくなってくれれば、意識が戻るのは時間の問題でしょう。私も早く紗子と雅人のもとへ戻れるよう頑張ります」

「心配しないで。二人のことは任せてちょうだい。あなたは無実を証明することに全力を尽くしなさい。そして本当に悪い連中を絶対に逃がさないようにして」

聡子は気丈に励ましてくれる。ここまで気持ちが折れずにこられたのは、そんな聡子がいてくれたからでもあった。心強い思いで園崎は応じた。

「ええ。そのために警察を敵に回すようなことになったんですから、こうなったら絶対に負けるわけにはいきません」

4

続いて本間に電話を入れた。呼び出し音が鳴っても応じない。留守電が応答したので、のちほど電話を入れると言っていったん通話を終えた。五分ほどすると、本間のほうから電話を寄越した。

「おまえからだろうとはわかっていたんだが、人の耳があるから場所を変えたところだよ。いまのところ、うまく逃げおおせているようだな」

「千葉県警の誰もが間抜けだとは言いませんが、少なくとも中林は指揮官として無能なようですね」

とりあえず安心したような本間の声を聞いて、楽観的な気分で園崎は応じた。本間は怪訝な調子で問いかける。

「帳場を動かしているのは中林だけじゃない。捜査一課の管理官や係長もいるだろう」

「中林のご人徳ということもあるんでしょう。あいつに手柄を上げさせるのは沽券に関わるという思いが、上の人たちには強いんじゃないですか」

「舐めてかからないほうがいいぞ。笠松本部長クラスを裏で操る政治力があるようだからな」

「そこが諸刃の剣ですよ。そういう人間だからこそ、敵も多いと思うんです」

「しかし大胆なことをやってくれたな。頭の半分はどやしつけたい気持ちだが、もう半分はほかに選択肢はなかったという思いだよ。よくぞやったと褒める気はないがな」

「そうお気を遣わずに。そもそも係長に褒めてもらったことなんて、これまで一度もありませんから」

「減らず口は健在なようだな。これからなにをする気だ」

本間は興味深げに問いかける。どこまで信用していいか、ここは思案のしどころだが、県警側に寝返るということはまずあり得ない。もちろん大久保に金で買われるなどということはまったく考えられない。

あるとすれば直属の上司という立場から、園崎の逮捕に協力せざるを得ない状況に追い込まれるケースだが、それなら最初にいまどこにいるのか訊いてくるはずで、少なくともここまでのやりとりに、本間を疑うべき材料は見つからない。この先、大久保を追い詰めるうえでは、山下はもちろん、本間や水沼の支援が欠かせない。ここで勘ぐって得することはない。

「大久保のバックグラウンドをとことん洗います。どうも、ある暴力団と因縁浅からぬ仲のようでして――」

宮本から聞いた柏の指定暴力団の話を聞かせると、本間は唸った。もちろん宮本の名前は伏せておいた。

「大久保がその組の人間と繋がっているのがわかれば、そこからいろいろ攻め口が出てきそうだな。おまえにとっては昔とった杵柄《きねづか》じゃないか」

「というより、たぶん仕事は二課の領分になりますよ」

「どこから攻めるんだ」

「脱税ですよ」

「そりゃ難しいだろう。暴力団というのは金の移動に金融機関を使わない。いまは銀行自体が暴力団構成員に口座を持たせないようにしているが、そっちはそもそも金の流れの支流に過ぎない。本流はすべて現金で動いているから、警察も国税も把握するのに苦労する」

「逆に言えばそういうやり方で、連中は必ず巨額の脱税をやっています」

園崎は自信を滲ませた。本間は思案するような口振りだ。

「たしかにいまの時代、有価証券でも金やプラチナでも、取り引きの記録は必ず残る仕組みになっている。その唯一の例外が現ナマだからな」

「脱税した所得が存在するのはわかっている。ところがその金庫をこじ開ける方法が見つからない。国税当局にとっては悩ましいはずですよ」

「切り込む方法があるのか」

「大久保とその組の繋がりが明らかになれば、殺人未遂幇助の容疑で事務所や組長の自宅にガサ入れできます」

「凶器の車の繋がりだな」

「提供したのはその組で間違いないですよ。千葉県内を仕事場にしている大規模車両窃盗グループの元締めのようですから」

「だとしても県警の管轄の話だから、おれたちは絡めないだろう」

「管轄もへったくれもないですよ。少なくとも私に関しては」

「なにをする気か知らないが、おれにも少しは仕事を回せよ」

本間はいかにも不満げだ。発破をかけるように園崎は言った。

「やって欲しいことはいくらでもありますよ。まずは石川をとっ捕まえてください」

「監察にはもう働きかけてるよ」

「徳永って人でしょう。当てにはなりませんよ。それよりマルサの協力を仰いだらどうですか。妻と息子と娘名義の口座に合わせて六千万円の預金があって、それがすべて百万単位の現金による入金だった。マルサが聞いたらよだれを垂らすような話だと思いますけど」

「しかしマルサの商いとしては、額が少なすぎないか」

「そこを係長の顔でなんとかしてください。マルサと連携して、でかい脱税事案をいくつも仕上げたという自慢話をずいぶん聞かされましたけど」

「そういうのは億の単位からで、かつ手口が悪質なものだ。石川程度の事案なら、リョウチョウ（国税局課税部資料調査課）の管轄だよ」

小馬鹿にするような調子で本間は応じる。園崎はそれでも押していった。

「リョウチョウには強制調査権がないでしょう。それにこっちの目的は税金を取り立てることじゃない。マルサに告発してもらい、逮捕して余罪を引きずり出す。こっちにとって重要なのはその余罪です。金の流れは繋がっているはずですから、そこから大久保の不正な蓄財にもメスが入る。その金の出どころは、ひょっとしたら柏の暴力団かもしれない。マルサと組めば、そこまで突っ込んでいけるでしょう」

「ずいぶん欲張りな話だが、面白い流れにはなりそうだな」

本間はようやく食指を動かした。園崎はさらに一押しした。

「そのときは県警の二課も巻き込めばいいんですよ。車両窃盗団の元締めだという話が本当なら三課も巻き込めるし、その窃盗団の仕事場が都内まで広がっていれば、警視庁が動いたっていいわけですから」

「煽るじゃないか。だったらなるべく早く、マルサの知り合いに話を持ちかけてみるよ。石川の件だけじゃ物足りないかもしれないが、そういうおまけがつけば、食いついてくる可能性は大だ」

「でかいヤマになりますよ」

「千葉県内も東京国税局の管轄だしな。それでおまえはなにをするんだよ。どこに雲隠れしてるのか知らないが、おれたちだけを働かせて、高みの見物を決め込むつもりじゃないだろうな」

「大久保を直接揺さぶりますよ。あいつの弱点は異常に攻撃欲が強いことです。桑原事務所の邦本秘書の死にも間違いなく関わっています。挑発すれば必ず動きますから——」

ため息とともに本間は言った。

「危ないことはするなよ。あんな野郎と刺し違えたら、無駄死に以外のなにものでもないからな」

5

山下はホットラインの開通を喜んだ。

「無事でいるのはわかっていたが、声が聞けて安心したよ。しかしこのおれまで見事に騙してくれたな」

「悪かった。信用しなかったわけじゃない。おまえに犯人隠避の容疑がかかったらまずいと思ってな」

「たしかにな。そんときゃおれも手足を縛られる。この電話は、警察に知られることはないのか」

「適法とはいえない手段で手に入れたものだから、足がつく心配はない。位置情報にしても、警察が番号を知らなければキャリアに開示させることはできない」

「飛ばしの携帯ってやつか。この国でそういうのを使っている刑事はおまえくらいのものだろうよ」

「まもなく刑事じゃなくなるよ。懲戒解雇は間違いなさそうだ」

「むしろそのほうがいい。依願退職じゃ罪を認めたことになる。無実が立証されたら、民事訴訟に打って出ればいい。解雇が不当だと認められれば現職復帰の要求もできる。もっともおまえはそんな気分にはならないだろうから、そのときは退職金や未払い賃金に加えてたんまり慰謝料を請求できる」

山下は先の心配をしてくれる。しかしいまは大久保の悪行を白日《はくじつ》のもとに晒すのが焦眉《しょうび》の急《きゅう》だ。

「そこはおいおい考えるとして、大久保の通話記録は入手できそうか」

「さっきキャリアに捜査関係事項照会書をファックスしたところだよ。ストーカー疑惑の捜査という名目にしておいたから、向こうも迅速に対応すると応じてくれた。そういう事案で出し渋りをした結果、ストーカー殺人でも起こされたら、向こうも世間から糾弾《きゅうだん》されるからな」

「じゃあ、もうじき手に入るな」

「どうも話の流れから、ここ二年くらいのデータがあったほうがよさそうだと思ってね。さすがにデータの量が多いから上の承認が必要で、あすまではかかるらしい」

「宝の山だといいんだが」

「おれも大いに期待しているよ。ところで、いまどこにいるんだ」

山下は遠慮なしに訊いてくる。園崎は言った。

「おまえを信用しないわけじゃないんだが、県警側の人間なのは間違いないからな」

「やけに用心深いな。心配しているのはおまえになにかあった場合だよ。大久保を舐めると危ない。どこでどう居どころを突き止められるかわからない。おまえが逃亡中に轢き逃げされたり自殺したりということになれば、あいつらは一生枕を高くして眠れることになる」

「その点なら万全だよ。場所を提供してくれている男は口が堅いうえに、おれはそいつの弱みを握っている。おれを売ったら、これまで握り潰してやっていたネタが明るみに出るくらいわきまえている。まあ、ギブ・アンド・テイクの関係だな」

「闇社会の人間なのか」

「半分は足を突っ込んでいる。組対部四課の時代からいまに至るまで、いろいろ仕事の役に立ってくれた。おれもいろんなことを見逃してやった。そういう人間は表の社会の脱税やら汚職の噂にも耳が聡《さと》いから、おれにとっては貴重な情報源なんだよ」

「ことここに至って、おまえをパクろうという気なんておれには毛頭ないんだが」

「もちろん信じてるよ、だから通話記録の件をおまえに頼んだ。結果によってはその先の大久保の追及もやって欲しい。そのあいだに、おれはおれのやり方で大久保を揺さぶるよ」

「目算があるのか」

「ないことはない。本間さんのほうも石川の追及に着手するようだし――」

マルサを巻き込んでの大捕物に発展しそうだという話をすると、ライバル意識を燃やすように山下は言った。

「轢き逃げ事件にしても柏の組にしても、すべて県警の縄張りでの話だ。そこはきっちりこちらが仕切るよ」

「そうは言っても、おれからすれば当面の敵は中林や笠松だ。つまり県警そのものが敵の牙城なわけだから」

「おれや北沢がいるだろう。ほかにも中林を快く思っていない連中はいる。そう拗《す》ねることはないだろう」

「拗ねちゃいないよ。県警内の味方はおれにとって虎の子だ。両面作戦で敵を締め上げてもらえば、大久保を罠に誘い込める」

「なんだよ、その罠って？」

山下は怪訝な口振りで問いかける。園崎は慎重に応じた。

「おまえたちに迷惑はかけたくない。大久保に引導を渡すのはおれの仕事だから」

「迷惑って、どういう意味だ」

「おまえは警察官だ。おれはもうじきただの人になる。そのうえ殺人未遂事件の被疑者にされた。あいつが紗子にしたことは絶対に許せない。本当の気持ちを言えば、おれの手で処刑したいくらいだよ」

「まさか殺すわけにはいかないだろう」

「刺し違えるくらいの覚悟がないと、最終的に追い詰めるのは難しい。そういう意味で言ったんだ。おれだってわかってるよ。警察が誰かを罪に陥れようとすれば、冗談抜きでなんでもできる。だから、中林が提示している証拠が捏造によるものだと立証するのは、普通のやり方じゃまず無理だ」

「大方、科捜研の人間が中林に鼻薬を利かされたんだろう。科捜研の鑑定結果は、公判の場では過大評価される傾向があるからな。しかし紗子さんが意識を回復すれば、おまえにそんな動機がないことを証言してくれるんじゃないのか」

「なんの足しにもならないよ。身内の証言は信頼性の点では最低ランクで、せいぜい使えて情状酌量の材料くらいだ。それにもし、このまま紗子が戻らなかったら――」

思いの丈《たけ》をつい漏らすと、叱咤するように山下は遮《さえぎ》る。

「それは言うな。いまは少しでも希望のあるほうに目を向けるべきだ。おまえを冤罪から救うために、彼女は必ず帰ってくる。だから早まったことは絶対にするな」

そうは言われても、紗子の身に最悪の事態が起きたら自分がどんな行動に出るか、園崎自身でさえ予測がつかない。強い決意を秘めて園崎は言った。

「心配しなくていい。最後は司直の手に委《ゆだ》ねるつもりだよ。しかしおれを法の制約から解き放ったのはあいつらだ。そのツケはきっちり払ってもらうしかないだろう」

6

川北から電話が入ったのは、午後三時を過ぎたころだった。緊張を覚えて山下は問いかけた。

「なにか起きたのか」

「帳場はいま大騒ぎですよ。園崎さんのツイッターの投稿が、いまネットの世界を駆け巡っているんです。いわゆるバズっている状態です」

「ツイッターの投稿？　つまりどういうことなんだ」

当惑を覚えて山下は問い返した。興奮した声で川北は応じる。

「園崎さんが本人だと名乗って投稿したんです。自分は無実で、真犯人が誰か知っていると。それ以上の情報はまだ出していませんが、続報があるからフォローして欲しいと要請しています。自分の名前や大久保や桑原参議院議員のハッシュタグもつけてあります」

「いつそんなものを」

「投稿されたのは二時間ほど前です。ところがそれがリツイートされ、瞬《また》く間に拡散しています。フォロワーはほんの数時間で二万人に達し、いまも増え続けている模様です。強い興味を示すコメント付きのリツイートや返信もあって、いまのところ非難するようなものはほとんどありません」

「大胆なことをしたな。それじゃ県警に対する宣戦布告じゃないか」

山下は唸った。さきほどの電話で園崎はそんなことをおくびにも出さなかった。さらにわからないのは、いまの立場で園崎がそんなことをする意味だ。

それは半分寝ている捜査本部を目覚めさせるカンフル剤になりかねない。近ごろのマスコミはインターネット上の情報に敏感に反応する。いったん静まっていた園崎についての報道にも、これからふたたび火が点くかもしれない。

園崎はどうやら大久保たちに対して、劇場型の闘いを挑むつもりらしい。しかしそれが果たして吉と出るか凶と出るか。捜査本部は警視庁を始め近隣の警察本部に捜査協力をより強く要請するだろうし、事情を知らない各本部は、警察の面子に関わる事態だと考えて、園崎の逮捕に総力を挙げることにもなりかねない。

もちろん園崎には勝算があってのことだろう。しかしそれだけでは、先ほど話に出た刺し違えるという過激な言葉のニュアンスとはほど遠い。あるいはいまやっていることは、その先の勝負に備えた前哨戦のようなものかもしれない。

山下は園崎の携帯番号を呼び出した。誰かと話しているのか通話中だった。

7

園崎は宮本に電話を入れ、飛ばしの携帯が届いたことを報告し、迅速な手配に礼を言った。鷹揚な調子で宮本は応じた。

「いいってことよ。おれのほうも、あんたと連絡がとれないのはなにかと不便でね。マンションの居心地はどうだ」

「なかなか快適だよ。駅に近いのも助かるが、指名手配されている身では、そうそう外も出歩けない」

「ああ。とくにコンビニは避けたほうがいいぞ。ああいうところには必ず手配写真が回るそうだから」

「県警が派手に情報を流さないのがむしろ薄気味悪いよ。どういう作戦で捜索しているのかわからない。表向きは寝たふりをして、被疑者を泳がせるという手法もあるからね」

「あんたが警戒してマンションから出ないんじゃ、見当たり捜査もできないからな。しかし、それじゃ飯を食いにも出られないだろう」

「きのうここにくる途中で多少の食料は仕入れてきたから、なんとか四、五日はもちそうだよ」

「そんなに早くけりがつくわけでもないだろう。餓死でもされたら部屋が疵《きず》ものになる」

宮本は余計な心配をする。付け入るように園崎は訊いた。

「だったら厚かましい頼みだが、足を用意してもらえないか」

「足？」

「車だよ。いま使っていない車があればそれでもいいし、あんたの名前でレンタカーを借りてくれてもいい」

思案する様子もなく宮本は応じる。

「予備で持っているぼろ車があるよ。マンションから歩いて五分くらいのところにコインパーキングがあるから、うちの若い者にそこへ運ばせておく。そのあとマンションの集合ポストにキーと駐車券を入れておくよ。駐車料は多少かかるが、そのくらいの用意はあるんだろう」

「こういう状況になるのはわかっていたから、まとまった現金は下ろしておいたよ。クレジットカードやATMは足がつくから」

「用意周到だな。大久保とかいうやつの通話記録は手に入ったか」

「あすには出るはずだ。そのあとおれのところに送ってもらって、すぐにあんたに転送するよ」

「隆凌《たかりょう》会はうちの親元の橋村組とはなにかと鞘《さや》当ての多い相手でね。縄張りを接しているわけじゃないんだが、あそこが裏で操っている車両窃盗グループは、こっちの縄張りでもずいぶん悪さをしている。できればぶっ潰したいのが本音なんだよ。いずれうちのシマを侵食してくるんじゃないかと組長も心配していてね」

宮本は危ないことを言ってくる。隆凌会というのが柏の暴力団の名前だが、そういう意図があっての協力だとしたら、宮本の証言の信憑性も揺らいでしまう。

「だからといって、そのために偽証はして欲しくないけどな」

「そんなことをするわけがない。いくら警察でも、出まかせの話で首をとるのは無理だろう」

「おれに関しては、それができると信じている馬鹿が千葉県警にいるんだが」

「そんなことがないようにあんたに協力するんだよ。あんたが逮捕・訴追されるような世の中になったら、おれたちのような人間は、なおさらありもしない罪で刑務所にぶち込まれることになる」

「わかった。だったらそこもギブ・アンド・テイクだ。あんたのほうにもメリットがあるんなら、おれにとってはそれが保険だと理解しておくよ」

「おれもあんたの冤罪が晴れて二課に復帰してくれるのがいちばんの願いだよ。このままムショに入られたら、せっかくできた警視庁の親友を失うことになる。それはこっちの商売にとってもダメージだから」

世間の人に聞かれたら警察への信頼が地に落ちかねない話だが、中林たちが仕掛けた策謀と比べれば、十分紳士の付き合いと言えるレベルだろう。

そんな話を終え、先ほど投稿したツイッターへの反応を見て驚いた。

タイムラインには園崎のメッセージへの返信やリツイートが際限もなく並び、ゼロだったフォロワーの数が、わずか数時間で二万数千人に達している。

返信やリツイートの大半は並々ならぬ関心を示すもので、なかには園崎にエールを送るものさえあった。まだ詳細な事実を開示したわけではないし、反応した人々の知識は新聞やテレビのニュース、ワイドショーからのはずで、そちらはことさら園崎に好意的ではなかった。

それでも多少の反応はあるだろうとは期待していたが、ここまでだとは予想すらしなかった。人々は県警が発表した事実関係に違和感を感じていたようで、コメントにもそんなニュアンスが読み取れるものが少なからずあった。ここまでの反応は予想外だったが、それが敵陣営に対する強い逆風になってくれるのは間違いないだろう。

とりあえずフォロワーの期待に応えるために、二回目の投稿を行った。内容は次のようなものにした。

フォローとリツイートありがとう。捏造された証拠に基づく冤罪に対し、私は徹底して闘います。真犯人は桑原勇参議院議員の公設第一秘書の大久保俊治です。彼は私の捜査対象であり、かつ妻に対してストーカー行為を行っていました。より詳細な情報は今後開設予定のブログで公表します。ご期待を。


いずれブログを立ち上げようとは考えていたが、こうなれば前倒しせざるを得ない。ブログを使ったことはないが、やり方はゆうべ調べておいたからいますぐにでも取りかかれる。しかしあすには大久保の犯行を示唆する情報が出てくるはずで、それを得てからのほうが内容により信憑性を与えられる。

そのとき山下から電話が入った。

「ツイッターがえらく賑やかだな。どうしておれに言ってくれなかったんだ」

山下はいかにも不服そうだ。園崎は率直に詫びた。

「これほどの反応があるとは思わなかったんだ。先に言えば、馬鹿なことをするなと止められるんじゃないかと思って」

「もうとっくに馬鹿なことをやっちまっただろう。それと比べれば今度のは大した問題じゃない。というより、面白い流れになってきたじゃないか。行徳の帳場はその話で持ちきりだそうだ」

「大久保には、中林からもうご注進が行ってるな」

「ああ。かなり動揺しているだろう。これから新聞やテレビもこの話題で持ちきりになる。おまえはどこまで情報を開示するんだ」

「ブログを開設するつもりだよ。ツイッターは字数の制限があるから書けることが限られる。フォロワーをそっちに誘導すれば十分な情報を開示できる。憶測も含めて、これまでに知り得たことはすべて書く」

「もう怖いものなしだな。懲戒解雇になれば、公務員の守秘義務なんてものもなくなるわけだから」

「そもそも冤罪で指名手配までされたんじゃ、守秘義務もへったくれもないだろう。こうなったら桑原や笠松の名前も大々的に出してやる。名誉毀損だなんだと騒ぎ立てるかもしれないが、そんなのはまったく気にしない。むしろ騒げば騒ぐほど、連中に対する世間の印象は悪くなるだろう」

「しかしマスコミや世間がいくら騒いでも、司法警察権があるわけじゃない。大久保の逮捕・訴追に結びつく可能性は少ない。逆に帳場も体面があるから、今後マスコミ対策に力を入れるんじゃないのか」

「いいじゃないか。受けて立つよ。いまは大久保陣営を揺さぶるしかない。そこに桑原がどう関わっているかは知らないが、むろんそっちにも動揺を与えないと」

「おれたちが狙った桑原と大久保の分断工作は頓挫したが、そこにもう一度くさびを打ち込む効果はありそうだな」

「ああ。おまえにとっては辛い結果だったかもしれないが、見通しは決して悪くない。まだ攻撃の手を緩める気はないよ」

強い手応えを覚えて園崎は言った。

8

宮本は小一時間のうちに車を手配してくれた。キーと駐車券とコインパーキングへの地図はマンションの集合ポストに入れておいたと、つい先ほど連絡があった。

暗くなるのを待って園崎はマンションを出た。一帯は小ぶりなビルやマンションが立て込んではいるが、表通りから離れているため人通りは少ない。

それでも用心のためにキャップを目深に被り、防犯カメラらしいものがあれば、できるだけ顔をそらすようにした。

地図に示されたコインパーキングは十数階はある立体駐車場で、駐車券に印字された駐車位置には、やや年式の古いクラウンが駐めてあった。色はごくありきたりのダークグレーで、これなら目立つことはない。クレジットカードも使えたが、もちろん現金で精算した。

向かったのは千葉方面だった。急ぐ用事でもないから、カーナビを使ってできるだけ脇道を選び、検問があるかもしれない幹線道路や高速道路は使わないことにする。

千葉方面に向かう主要な道路に渋滞の情報は出ていない。検問が敷かれていれば、その手前で多少の渋滞が発生するはずだが、いまはまだ警視庁も、鉦《かね》や太鼓で探し回るほどの態勢はとっていないようだ。

大久保の動向はわからないが、慌てているのは間違いない。ツイッター上では園崎の件がまさにバズっており、フォロワーの数は優に十万を超えた。メディアもそれに気づいたようで、前代未聞の出来事として、夕刻のニュースはこぞってそれを報道した。

関心の的は園崎自身よりも、そこに名前を挙げられた桑原と大久保のようだった。取材を試みたメディアもあったが、桑原事務所は園崎の事件との関係を一切否定し、議員本人に対してなんらかの捜査が行われていた事実はないと強調した。

秘書の大久保についても、警視庁の捜査対象になるような不正を行うはずがなく、有能な秘書として議員の信任は厚いと強弁した。

邦本秘書の自殺について質問するメディアもあったが、それはプライベートな問題であり、コメントは控えたいとの返答だった。

いずれも電話取材によるもので、応じたのは公設第二秘書か私設秘書だろう。議員本人が表に出るほどの状況ではないと、いまのところは高を括っているようだ。

さすがに大久保自身は表には出ず、桑原もいまのところ大久保を切り捨てる気はなさそうだ。ここで慌てれば桑原にとっても藪蛇になりかねない。あるいは邦本が大久保に殺害されたことにも気づいていて、いま切り捨てれば桑原の身にも危険が及ぶ——。それを惧れてでもいるのかと勘繰りたくもなってくる。

大久保が表に出る気がないのなら、こちらから出向いてやるほうが話が早い。あすにはブログを立ち上げて、敵の痛いところを突いていく。それと併せて園崎自身がこれから行動を起こす。

狙いは大久保を捜査線上にあげることだ。いまは不問に付されている園崎との関係を、中林たち以外の帳場の人間に印象づければ、事情聴取くらいはせざるを得なくなる。それは中林にとって都合の悪い成り行きだ。加えて大久保に直接プレッシャーをかけられる。いまや園崎は、大久保にとって天敵と言っていい存在のはずだ。

中林たちがやってきた証拠の捏造は、人としてのモラルを逸脱している。しかし刑事捜査には法で定められたルールがある。逮捕状の請求を含め、そこから先の彼らの手続きが法に適《かな》っているのは間違いない。同じ条件で闘ったとしたら、公権力を拠り所とする警察に勝てるわけがない。

だから園崎は闘いの場を変えた。警察官という身分はいまや剝奪《はくだつ》されたも同然で、逆に警察官ゆえの制約を受けることもない。

脇道や迂回路を通り、千葉市美浜区真砂にある大久保の自宅付近に到着したのは一時間半後だった。

しらばくれてその家の前を通り過ぎる。窓に明かりは点いていない。まだ帰っていないらしい。もちろん大久保もいまはなにかと多忙なはずだ。中林や石川や笠松と緊急協議の最中かもしれないし、桑原陣営内部に安住の地を得るために、権謀術数を巡らせているところかもしれない。

とりあえずどこにいようとかまわない。大久保の自宅から一〇メートルほど離れたところに車を駐めると、逃走生活に入って以来、ずっと電源を切っていた自分の携帯を手にとった。いまいる場所は住宅街の路上で、周囲を見渡しても人影はなく、しばらく車を駐めていても怪しまれない。

電源を入れ、システムが立ち上がったところでGPSをオンにして、大久保の携帯をコールする。呼び出し音が鳴る。十回ほど呼び出すと、久しぶりに聞く大久保の声が応答した。

「いまどこにいる？」

「どこにいようとおれの勝手だよ。お忙しいところ恐縮だが、折り入って話したいことがあってね」

「いったいなにを？」

大久保は警戒心を露わにする。ツイッターの件もさることながら、いちばんの不安の種は、園崎が自由に動き回っていることだろう。園崎は言った。

「あんたに自首を勧めようと思ってね」

「どういう意味だ」

「妻と息子にしたことを、あんた自らの意思で償って欲しいんだよ」

「おれがなにをしたって言うんだよ。なんであんたの犯した罪を、おれが背負わなきゃならないんだよ」

「あくまでしらばくれるつもりだな。いいか。言っておくが、おれの濡れ衣を晴らす方法はいくらでもある。逃げずに逮捕・訴追されて、公判で争う方法だってあったんだ。しかしいまおれにとって重要なのは、自分の無実を証明することじゃない」

「だったらなにをしようっていうんだよ」

「あらゆる方法を駆使して、おまえに罪を償わせる」

大久保は舐めた調子で言い返す。

「やってみたらいい。ツイッターやらブログやらで愚にもつかない憶測を並べたところで、警察は動かぬ証拠を握っている。けっきょく勝てないとわかっているから、尻尾を巻いて逃げ出したんだろう」

「ああ。おまえが仕掛けた汚い策謀にまんまとはまったよ。だから腐りきった千葉県警には、おれはなにも期待していない。おれはおれのやり方でおまえを仕留めることに決めたんだ」

「指名手配中のあんたになにができる」

「なんでもできると言っただろう。警察官というのは不自由な商売で、やれるのは法に定められたことに限られる。ところがいまのおれにはなんの縛《しば》りもないんだよ」

「おれを殺すこともできるというわけか」

大久保はせせら笑う。感情を押し殺して園崎は言った。

「もし妻の身に万一のことがあったら、おれは決して躊躇《ちゅうちょ》しない」

大久保は一転、狼狽《ろうばい》する。

「ちょっと待てよ。あんたがどう妄想を膨《ふく》らませようと、おれはなにもやっていないんだから。あんたを犯人と見立てたのは県警の勝手で、ひょっとしたらあんたは冤罪を被ったんじゃないかと、おれも心配しているくらいだよ」

大久保は開いた口が塞《ふさ》がらないことを言う。しかしここでやり合っても始まらない。天地がひっくり返っても、大久保が真実を語るはずがない。

「石川と中林とはずいぶんいいお友達のようだが、もうこれ以上、おれを舐めないほうがいい。できれば自首を勧めるが、どうもその気はなさそうだ。だったらおれがおまえの息の根を止めてやる。首を洗って待っているんだな」

そう言い捨てて、園崎は通話を切った。さらに電源も切ってから、もときた方向に車を走らせた。

遠くでパトカーのサイレンが聞こえ、それが次第に近づいてくる。一台や二台ではない。警邏《けいら》中の機捜や地域課のパトカーが、通信指令室からの通報を受けて、いま一斉にこちらに向かっているはずだ。

園崎の逃走が発覚して以来、捜査本部は令状をとって、園崎の携帯の位置情報を追跡していただろう。これまで電源を落としていたため摑めなかった位置情報が突然出現し、それが大久保の自宅のすぐ近くとなれば、捜査本部はショックを受ける。慌てふためく中林の顔が目に浮かぶようだった。

第十二章

1

大久保の自宅周辺に園崎が現れた——。行徳署の捜査本部は蜂の巣を突ついたような騒ぎだと川北が伝えてきた。園崎本人の仕業なのは間違いない。またも自分に知らせずに勝手な行動をと山下は歯嚙みしたが、いまの立場の園崎の手綱は誰も握れない。

逃走して以来、捜査本部は令状を取得して携帯の位置情報を追跡していたが、園崎はその間ずっと電源を切っていたようだ。その信号が突然出現し、その位置が大久保の自宅と目と鼻の先だった。

現場にパトカーが到着する前に位置を示す信号は消えた。むろん大久保の自宅周辺に園崎の姿はすでになく、園崎が意図して仕掛けた作戦なのは明らかだ。

さぞや中林は困惑しているだろう。これまで行徳の帳場の表舞台に大久保は一度も登場していない。園崎と大久保を結ぶラインを中林は一貫して秘匿してきた。ところがGPSによる正確な位置情報のみならず、それが捕捉されたときに園崎が携帯からかけた相手が大久保だったことが判明した。

「あのツイートに関して、捜査本部は積極的に動こうとはしていませんでした。ブレーキをかけたのは中林さんで、SNSの炎上ごときで慌てふためくことはない。フェイクニュースに踊らされて捜査の本筋を外したら園崎さんの手玉にとられる。いまは彼の身柄の拘束が最優先で、雑音に耳を貸すべきではないと主張しましてね」

うんざりしたように川北は言う。さもありなんと山下は応じた。

「一見正論に聞こえなくもないが、むしろその件から目をそらせたいという願望が滲み出ているな。しかしツイッターに投稿があったということは、そこからIPアドレスが把握できるわけだろう。それはやっているのか」

「ツイッター社に情報の開示を要請しているところです。ただ応じるかどうかの判断は、アメリカの法令に従ってアメリカの本社がするとのことで、テロや人命にかかわるような差し迫った危機でない限り、開示されるとしても一、二週間はかかるそうです。でもそのあとは捜査の網が絞られそうですね」

川北は不安を覗かせる。そのあたりについて山下は仕事柄詳しい。最近は携帯電話や電子メールではなく、ツイッターやフェイスブック、LINEなど、SNSを使ったストーカー行為も少なからずある。

ＩＰアドレスがわかれば、園崎がどのネットワークから発信したかが判明する。ホテルやマンスリーマンションのＬＡＮだったら居場所が特定できるかもしれないが、不特定の人間が利用するＷｉ－Ｆｉスポットだったら、場所は特定できても利用時だけのものだし、スマホやモバイルルーターからだと、契約者の住所や電話番号がわかるだけで、電源が切られていれば位置情報は得られない。ここまで周到に動いている以上、園崎もそうは間抜けなことはしないだろう――。

そんな考えを聞かせると、どこか嬉しそうに川北は言う。

「だったら当面は、そっちの線から居場所が発覚することはまずないですね」

「そもそも行徳署の帳場は、いまそれどころじゃないだろう」

山下も楽観的に応じた。園崎が大久保の自宅周辺に出没したのみならず、その時刻に大久保と電話で話していたとなると、中林以外の捜査員にとっては、園崎のツイートの内容がより信憑性のあるものになってくる。これまでは視界の外にあった大久保と轢き逃げ事件の関係に、本部内でも注目が集まるだろう。

園崎がそこを狙ったとしたら悪い作戦ではない。捜査本部にしても全員が中林の息のかかった人間ではない。というより交通部から参加した捜査員の大半は、当初から中林のやりかたに反感を持っている。川北が言う。

います」

「管理官を中心に、上の人たちはどこかで会議を開いているようです。中林さんも加わっています」

「帳場もこれまでの捜査方針を修正せざるを得ないかもしれないな」

「中林さんに手玉に取られていた管理官や係長も、彼の主張をこれで鵜呑みにはできなくなるんじゃないですか」

「そうは言っても帳場にだって面子があるから、園崎に対する容疑を撤回するまでにはいかないだろうしな」

気持ちを引き締めて山下は言った。中林は並みのタマではない。バックには県警本部長の笠松もいるし、大久保だってまだ桑原陣営での権勢は失っていない。過剰な期待は禁物だ。こちらにはまだまだやるべきことがある。

2

マンションに戻ったところでテレビを点けても、インターネットのニュースサイトを見ても、大久保宅周辺で起きた捕り物騒ぎの報道は一切ない。捜査本部は二度にわたって園崎に一杯食わされたことになり、隠せるものなら隠したいのが本音だろう。

しかしあれだけ迅速にパトカーが動いたということは、通信指令室を経由して指令が飛んだわけで、警察無線を聞いていた県警の警察官はそのやりとりを耳にしている。それが外部に漏れだすのは時間の問題だ。むろん山下にも伝わっていたようで、さっそく飛ばしの携帯に電話が入った。

「またやらかしてくれたようだな」

「もう情報が入ったのか。中林たちは慌てているだろう」

「まずは狙いが当たったな。これで帳場の品書きに大久保の名前が載るのは間違いない。中林もなにかと具合が悪くなるだろう。なんとかおまえを逮捕したいところだろうが、それも鳴り物入りではやりにくくなった」

「帳場はなにをしようとしているんだ」

「いまおまえが投稿したときのIPアドレスの開示をツイッター社に要請しているようだ。捜査関係事項照会書や令状のような公式な文書の提示が必要で、それを米本国の法令に基づいて審査する。それに一、二週間はかかるらしい。もし開示されたとしたら、そこから居場所を特定される心配はないのか」

「大丈夫。飛ばしの携帯でネットに接続しているから、IPアドレスを知ったからって、どこの誰だかわからない契約者にたどり着くだけだ」

「本部はいまのところその携帯の番号を知らないから、GPSの位置情報も取得できないわけだ」

「ＩＰアドレスがわかればキャリアに電話番号を開示させるだろう。それで把握される惧れがなくもないが、ＧＰＳは切ってあるからリアルタイムの追跡はできないし、基地局情報からでは、周囲数百メートルの大まかな位置しかわからない。いまいる場所は都内の繁華な場所で、住民と地域外からの流入人口を合わせれば、その範囲だけでも万単位の人がいる。それにＩＰアドレスが把握されるころには別の携帯を手に入れて、隠れ家も移動するつもりだよ」

「なかなか周到だな」

山下は舌打ちする。然もない調子で園崎は言った。

「たまたまことが都合よく運んでね。大久保にはたっぷり脅しを利かせてやったよ。これから先が楽しみだ」

「あすには大久保の通話記録が取得できる。そこから先をどうするかだな」

「松戸警察署刑事組織犯罪対策課の主任で川口孝之という刑事がいるんだが」

「轢き逃げに使われた車が大規模窃盗グループによって盗まれた可能性が高いと言っていた男か。いまは帳場に動員されてるんじゃないのか」

「おれが接触するわけにはいかないが、もし通話記録から隆凌会の幹部と大久保を繋ぐ線が見えたら、おまえのほうで話を繋いでもらえないかな。その組が車両窃盗グループのバックにいるとしたら、そっちの捜査に携わっていた刑事なら、なにかヒントになる材料を持っているかもしれない」

「ああ、じつはその件なんだが、やっと事件に使われた車両が交通捜査課に引き渡された。きょうから交通鑑識のほうで再鑑定に入っているそうなんだが、シャシの底面にわずかに付着していた泥が、どうも変わった場所のものだったらしい」

「どこの泥なんだ」

「県内の川井町《かわいちょう》だよ。市街地からは離れていて、一帯の地目はほとんど山林なんだが」

「つまり、普通の人間が出入りするような場所じゃないわけだ」

「盗まれた車の持ち主もそこに出かけたことはないと言っている。捜査員を派遣して、一帯になにがあるか調べてみるそうだが、グーグル・アースとかいう衛星写真が見られるサイトで確認したら、ヤード（自動車解体施設）と思われる塀で囲まれた怪しげな施設が何ヵ所かあったそうだ」

「不法ヤードか」

園崎は閃《ひらめ》いた。隆凌会と大久保にコネがあるとしたら、その可能性が高い。犯行に使われた車は、大久保に頼まれて、そこにあった盗品の在庫から見繕って提供したと考えれば辻褄が合う。

千葉県はヤードの集積地帯として有名で、県内に何百ヵ所もあると聞いたことがある。そのかなりの部分がいわゆる不法ヤードで、盗難車の解体と不正輸出に関わっており、さらに不法滞在外国人の働き場所にもなっていて、たちの悪い業者は、密輸入された違法薬物の隠《いん》匿《とく》場所としても使っているらしい。その見立てに山下も同意する。

「その松戸署の刑事に動いてもらえば、うちの捜査三課も巻き込めるかもしれない。行徳の帳場には、交通捜査課からも捜査員が出張っているから、そのラインで話を通すよ。大久保と隆凌会の繋がりがはっきりしたら、おれのほうもストーカー疑惑の線から大久保を追い詰める」

「しかし紗子の件ですでにおれに逮捕状が出ている。裁判所は同一の事案で異なる被疑者にフダは出さないだろう」

「こっちで有力な証拠を積み上げて、おまえに対する逮捕状をお蔵入りにさせるしかないな。フダの有効期間は発付の日から七日で、それを過ぎれば効力がなくなる。帳場が延長や再請求できないところまで追い込めば、期限が切れたあとはなんとでもなる」

山下は自信ありげだが、帳場にも面子がある。百人余りの捜査員を動員し、鳴り物入りで捜査を進めた結果、白旗を揚げて降参というのでは、中林を快く思っていない管理官にしても抵抗があるだろう。自分が恥をかくよりは、縁もゆかりもない警視庁の刑事を留置場にぶち込んで、強引に送検するほうを選ぶかもしれない。あとは検察次第で、例の捏造証拠で十分公判を維持できる――。そのくらいに状況を甘く見ることもありそうだ――。

そんな感想を漏らすと、見くびるなとでも言いたげに山下は応じる。

「上の人間は腐っていても、金や出世に目が眩《くら》まないぶん、現場の刑事には一本筋が通っている。本間さんもこれから石川を叩いて、中林や大久保の足元をぐらつかせてくれるんだろう」

「そうだな。いまはそういう力を結集するしかない。おれ一人でできることは限られている」

とりあえずそう答えはしたものの、園崎にとって重要なのは、自らの冤罪を晴らすこと以上に、大久保とその一派を監獄にぶち込むことなのだ。たとえ自分が無罪放免されようと、大久保に手錠がかからないなら、そのことになんの意味もない。

3

「いよいよ来たぞ」

朝いちばんで登庁すると、本間が声をかけてきた。水沼は問いかけた。

「園崎さんの処遇ですか」

「ああ。ゆうべ夜遅く、人事二課長から連絡があった。きょう付けで懲戒免職だそうだ。辞令が出るから代わりに受け取りに来いと言いやがる」

「まあ、想定どおりですね。いまの園崎さんにとってはどうでもいいことでしょう。気になるのは石川さんですよ」

「人事二課に出向くついでに、徳永にもう一度談判してくるよ。ほかの連中には園崎の処分の件はまだ言わなくていいぞ。あとでおれの口から説明するから」

第四知能犯第三係の島には、石川も含め本間と水沼以外の同僚は出てきていない。遅刻しているわけではない。定時の二時間前に登庁するのが本間の習わしで、それを知っているから、水沼もいつもより一時間早く顔を出した。

「動いてくれますかね」

「徳永はあまり当てにはならないが、ほかに秘策がなくもないんだよ。じつはきのう園崎と話をしたんだが――」

園崎から連絡が入り、いまは安全な場所にいるらしいことは本間から耳打ちされていた。そんな話を同僚たちがいる部内ではしにくいから、そのときはあまり踏み込んだことは聞いていない。しかし園崎が最初に電話をくれるのは自分だと水沼は信じていた。信用されていなかったのは本間ではなく自分だったのかと思えば口惜しい。水沼は身を乗り出した。

「どういう話を?」

「マルサを動かして、脱税事案として石川をとことん洗って欲しいと頼まれた。その金の流れをたどっていけば、大久保のサンズイの実態に迫れるかもしれない」

本間はきょうマルサの知人と会う予定だと言う。けっきょく自分の出る幕はなく、そちら任せにするつもりかと落胆すると、そんな腹の内を見透かしたように本間は言った。

「それでおまえには、石川の行動確認をして欲しいんだよ」

「僕が？　すぐに見破られますよ」

「なに、監察が動けばあいつの尻にも火が点く。行確を警戒するゆとりなんかないだろうし、そもそも身内に付け回されるとは思っちゃいない。それに電話だと通話記録が残るから、サンズイの被疑者は危ないと感じたとき、それを警戒してじかに会うことが多い。もし大久保と会うようなことがあれば、現場写真を撮って欲しい」

「でもあの人も一応は刑事ですよ。そこまで間抜けでしょうかね」

「そうやって買いかぶるのがむしろ危ない。サンズイ事案は知能犯罪で、頭のいいやつがやるものだと思い込んでいると肝心なポイントを見落とすことになる。間抜けなところに足跡を残しているのに、ろくに調べもしなかった結果、ひどい遠回りをしてしまったことが何度もある。それがおれの長年の経験則だよ」

本間はいかにも自信ありげだ。そこまで言われると否定もできない。水沼は頷いた。

「わかりました。上手くいけばサンズイの強力な証拠になりますね」

我が意を得たりというように本間は続ける。

「なんとか徳永をねじ伏せて、石川を監察対象にしてもらう。そうなれば園崎のときと同様、石川も自宅待機を命じられる。謹慎処分じゃないから好き放題泳がせられる。できればうちの班が総掛かりで追い回したいところだが、園崎のことがあるから、いまはおれとおまえのあいだだけの話にしておきたい」

「だったら行確は石川さんが監察対象になってからにします。とりあえずそのあいだに、僕のほうから園崎さんに連絡をとっていいですか」

思い余って水沼は言った。本間は鷹揚に頷いた。

「構わんよ。むしろおまえが中継役になってくれたほうがいい。おれはデスクに座っているのが仕事のようなもんだ。周りの耳があるから、向こうから電話をもらっても喋りにくいんだよ」

その返事に気をよくして、水沼は言った。

「わかりました。僕ならなにか手伝えることがあるかもしれませんから」

「くれぐれも勇み足はするなよ」

「もちろんですよ。園崎さんはいますごくいいポジションにいます。それをぶち壊しにするようなことは絶対にしません」

4

昼過ぎに山下からメールが届いた。添付されていたのは、キャリアから取得した通話記録のＰＤＦファイルだった。

通話相手の名前が判明したのは同じキャリアの契約者だけで、それ以外は電話番号だけだが、そちらもこれから各キャリアに開示を依頼するとのことだった。

園崎はそれを宮本に転送した。宮本からは三十分も経たずに連絡が来た。

「いたよ、隆凌会の大物が」

「大物って、若頭クラスか」

「それどころじゃない。山村克己《やまむらかつみ》――。隆凌会の組長その人だよ。ほかにも上級、中級の幹部が何人もいる――」

宮本は五名ほどの名前を諳《そら》んじる。園崎は慌ててそれをメモした。

「送ったリストに実名があったんだな」

「違うよ。暴力団の構成員は実名じゃ携帯の契約ができない。大概は他人の名義で契約している。ただおれたちの業界では、仲が悪い組同士でも危機管理のためのホットラインはつくっているから、番号を聞けば使用者が誰かはすぐわかる」

「それだと、大久保とそいつらの直接の繋がりは立証できないだろう」

「いや、日常的に利用する番号だから、いわゆる飛ばしは使えない。たいがいは親族や知人が契約者になっているから、そっちから手繰《たぐ》れば実際の使用者が誰かは立証できるはずだ。現におれたちは把握しているわけなんだが、立場上、それを証言したりはできないんでね」

「わかった。どのみちこれだけじゃ逮捕・訴追までは持っていけない。いまほかのルートからも追い込む算段をしている。そっちの準備が整ったとき、この情報は切り札になる」

「役に立てば嬉しいけどね。しかしあんたも派手にやってるようだな。ネットの世界じゃいまや超有名人だ」

「有名税が高くなって迂闊に出歩けなくなった。そのぶん敵も枕を高くして眠れないはずだがな」

「貸した車で出歩いているんだろう」

「ああ。ゆうべ使わせてもらったよ――」

大久保の家の近くで一芝居演じた話を聞かせると、宮本は楽しそうに笑った。

「そんなニュース、テレビでもやっていないし新聞にも出ていない。捜査本部は恥ずかしくてマスコミに発表できないんだろうな」

「しかし向こうは慌てているだろう。そのうちまた挨拶に出向いてやるよ」

「無理はするなよ。ここで逮捕されたらすべてが水の泡になる」

「もちろんだ。とにかく恩に着るよ。この先は仕上げの段階だ。ひょっとすると、世間があっと驚く大事件になるかもしれないぞ」

「そりゃいいな。またなにか手伝うことがあったら言ってくれ」

宮本は楽しげに応じて通話を終えた。さっそく山下に電話を入れた。報告すると山下は勢い込んだ。

「そりゃでかい成果だよ。おまえの読みがぴたり当たったな」

「あとはその材料をどう料理するかだが」

「車についていた泥の件、交通捜査課がさっそく動いてくれた。例の松戸署の刑事にその話を持ちかけたら、えらく興味をもってくれてね。上と話をして、帳場のほうは別の刑事と交代してもらうことにしたそうだ」

「彼も動いてくれるのか」

「ああ。おまえのツイートの件に加えてゆうべの事件があったから、現場はここまでの捜査に不信感を持ち始めているらしい。その刑事にすればなおさらで、そんな怪しげな捜査にかかずらうより、本業ででかいヤマを仕上げたいというのが偽らざるところのようだ。場合によっては交通捜査課と捜査三課で帳場を立てる。大久保の容疑が浮かんでくれば、おれたち生活安全捜査隊も加わるつもりだ。いずれにせよ、とりあえずの標的は大規模車両窃盗グループだから、行徳の帳場とバッティングすることはない」

「だったらよろしく頼む。まずは隆凌会と窃盗グループを繋ぐラインを明らかにすることだな。闇社会では定説といっていい話らしいが、その手の連中が警察の捜査に協力してくれるはずがない。本間さんもこれからマルサを絡めて、石川から大久保に繋がる金の流れを解明すると言っている」

「いい作戦だよ。いずれにせよ答えは見えているんだが、そこに至る道筋をどうつけるかだ。けっきょく着実に証拠を固めていくしかなさそうだな」

もちろんそれは重要だが、園崎にとっては時間との闘いだ。いつまでも逃亡生活は続けられない。捜査本部がいくらがたついても、いや、だからこそしゃかりきになって追ってくるだろう。

こちらが押さえている材料はすべて状況証拠だ。一方、中林たちが握っているのは捏造とはいえ物的証拠で、刑事裁判での証拠能力は遥かに高い。しかしいまの園崎には、山下にも本間にもできないことをやれる自由がある。

「その道筋はおれが力ずくでも切り開く。すでに大久保一派の足下はぐらついている。あんな連中の思惑どおり、たとえ一時のことではあっても臭い飯を食わされたんじゃ堪らない」

「その気持ちはわかるがな。まずはおれたちを信じろよ。決して無茶はするな」

親身な口調で山下は言う。園崎は不安な思いを口にした。

「もちろんだよ。しかし侮りがたい敵なのは間違いない。まだ本性を隠したままの大物がいるかもしれないし」

「桑原議員のことか」

「東秋生の事案を潰したのは大久保一人の力じゃない。あいつがやりたい放題できるのは、あくまで議員の威光があってのことで、その実力は並大抵のものじゃない。これから大久保を追い込んでも、そっちの尻尾をうっかり踏むと、とんでもない圧力がかかりそうな気がするよ」

「しかし議員と大久保の関係は、必ずしも上手くいっているわけじゃないんだろう」

「そこにややこしい事情がありそうだ。後継問題で陣営内部に確執があるうえに、邦本秘書の死にしても、議員は自殺じゃないと疑っているはずだ。それでも大久保を解雇しようとしない」

「なにか弱みを握られていると？」

「その程度の話ならいいんだが」

「違うと思うのか」

「もっと複雑な利害が絡まっているような気がするんだよ」

園崎にとって、いま最大の標的が大久保なのは間違いない。しかし大久保を捕らえたところで幕が引かれてしまうと、もう一つ別の悪を取り逃がしそうな気がしてならない。大久保が悪党なのは間違いないが、この事案には、それを上回る悪の匂いがつきまとう。

5

園崎はブログの作成に取り掛かった。こちらについても捜査本部はＩＰアドレスの取得に乗り出すだろう。だったらいっそ捜査を混乱させるために、もう一つ仕掛けてやることにした。

サイトにはまだログインせずに、文書作成ソフトで一回目の記事を書き上げた。ブログ利用の登録はすでに済ませてある。こちらも警察関係への情報開示の審査が厳格な外国のネット業者のサービスを使うことにした。

妻に対する大久保のストーカー行為、桑原参議院議員に対するあっせん収賄罪容疑で園崎が捜査対象にしていたのが大久保だったこと、さらに園崎の逮捕に至った証拠が、警視庁の石川輝之巡査部長とその義弟である千葉県警の中林昭雄警部補が結託して捏造したものであること、轢き逃げ事件が起きる以前に、中林が園崎の妻にかけていた生命保険の額を生命保険会社に問い合わせていたことなどを、誰がどう読んでも意図した冤罪づくりだと納得するように、高ぶる思いを抑えて書き連ねた。

ただしこの間に把握した隆凌会と大久保の結びつきについても、石川の親族の口座に入金された多額の金銭についても、中林と石川、大久保、そして県警本部長の笠松の癒着についても、手の内をさらすことになるのでいまは伏せておいた。それでもツイッターのような文字数の制限はないから、第一弾としては十分な内容になった。この先は状況を見ながら新材料を小出しにしていくことにする。

もちろんツイッターやブログで冤罪が覆せるなら裁判所は要らない。これだけでは大久保一派を仕留めるにはほど遠いが、捜査本部を揺さぶることはできる。中林の影響力は一定程度は殺がれるだろう。それが山下や交通捜査課の動きを後押しするはずだ。

準備が整ったころ、部屋のインターフォンが鳴った。「はい」と応答すると、「僕です」と耳に馴染んだ声が返った。

ドアを開けると、ラフな普段着姿の水沼が立っていた。

6

夕刻、北沢が電話を寄越した。

「山下さん、いよいよ出ちゃいましたよ」

「出たって、なにが？」

「園崎さんのブログですよ。ツイッターの投稿があってから、私もアカウントをフォローしていたんです。最新のツイートをみたら、そのブログのURLが張り付けてあって、そちらを見て欲しいというメッセージでした」

「わかった。いつものティールームで会おう」

声を落としてそう応じ、山下は席を立った。刑事部屋には人がいる。ここで話せる話題ではなさそうだ。

階段を駆け下り、県警本部にほど近いティールームに駆け込むと、北沢はすでに到着していた。飲み物を受け取ってテーブルにつくと、北沢はさっそく手にしているスマホでブログを表示してみせる。タイトルはツイッターのユーザー名と同じ「ただいま指名手配中」だ。内容は核心に踏み込んだものではないが、むしろその点が山下を安心させた。ここで気持ちがはやって手の内を見せて、いたずらに敵を警戒させてはまずい。

とはいえそこにはまだマスメディアが報道していない事実が存分に盛り込まれ、県警側の一方的な発表しか知らない人々にとっては、信じるかどうかは別として驚愕《きょうがく》の内容なのは間違いない。

「行徳の帳場は大騒ぎじゃないですか。園崎さんのアカウントはもちろんフォローしているでしょうから」

「マスコミだってフォローしているはずだから、これから大変なことになるぞ」

「記者会見をしないわけにはいかないでしょうね。どう言い逃れるのか楽しみですよ」

北沢は声を弾ませる。警察組織の一員としてはいい恥さらしだが、それも捜査本部の自業自得だから、山下にとっては気楽なものだ。そのとき山下の携帯が鳴った。そろそろ来るだろうと思っていた川北からの着信だった。

「おう。帳場はえらいことになってるんじゃないのか」

「もう知ってるんですか。じゃあ、ブログの中身についてはお知らせすることはないですね」

声を落として川北は続ける。それだけではないなにかが起きているような口ぶりだ。

「いま読み終えたところだよ。もう取材の電話が殺到してるんじゃないのか」

「それどころじゃないんですよ。二十分ほど前、ちょうどそのブログがアップされた時刻に、園崎さんの携帯のGPS情報がキャッチされてたんですよ」

山下は慌てて問い返した。

「自分の携帯を使ってアップロードしたわけか」

「そのようです。信号が捉えられたのはわずか三十秒ほどでした。その場所なんですが――」

意味ありげに川北は間を置いた。山下は先を促した。

「どこなんだ。また大久保の家の近くか」

「違います。なんと京葉線の市川塩浜駅前のロータリーなんです」

「また思い切った場所だな」

山下は舌打ちした。敵をからかうにもほどがある。そこは帳場のある行徳警察署の裏手で、署まで歩いて五分もかからない。

「すぐに帳場から捜査員が駆けつけたんですが、もちろん園崎さんはいませんでした。緊急配備を発令して周辺の道路で検問をしているんですが、園崎さんならそんなことは計算に入れているでしょう。まだ発見したという報告はありません」

「最初の逃走のときのように、またなにかマジックを使ったようだな」

「これで取り逃がしたら、管理官の首も怪しくなるんじゃないですか」

「それも中林がくだらない画策をしたからだ。管理官もとんだとばっちりを受けた。お気の毒にと言うしかないな。中林はどんな様子だ」

「当たり散らしてますよ。そもそも最初に逃走を許したのが間違いの始まりで、逮捕前の行確が甘かったからだと。一見、現場を非難しているようで、遠回しの標的は管理官ですよ。逮捕状が出たときは鼻高々だったくせに」

川北はそれ見たことかと言いたげだ。

「そもそも帳場が立ったことが間違いの始まりなんだがな。新しい動きがあったら知らせてくれ。園崎はなかなか舞台を盛り上げてくれるよ」

そう応じて通話を終え、内容を伝えると、北沢は驚きを隠さない。

「攻めに行ってるじゃないですか。中林一派のダメージはこれで倍加したんじゃないですか」

「とことん攻めて、帳場の態勢に亀裂を入れてやろうという作戦のようだな」

「向こうがどう反撃するかですよ」

「反撃どころじゃないだろう。帳場での面子をどう取り繕うかで、いまは頭がいっぱいじゃないのか」

「でも園崎さんは、どうしてそこまで連中を挑発するんでしょうね。私たちには任せておけないと思ってるみたいに」

「あいつにすればまだるっこしいのかもしれないが、おれたちも本間さんたちも、だいぶ見通しが立ってきた。信じてくれと言ってるんだが、あいつにはあいつの狙いがあるのかもしれない」

「大久保への報復でしょうか」

「報復というのとは違うと思うが、自分の手で決着をつけたいという思いは強いだろうな。最愛の妻を轢き逃げされた上に、その罪を擦り付けられて自分に逮捕状が出る。そんな無茶苦茶な状況に追い込まれれば、おれだって同じような行動に走るかもしれない」

「でも危険でもありますよ。奥さんだけじゃない。邦本秘書にしたって、大久保の手にかかったとしか思えませんから」

「園崎の命まで奪おうとすると言うのか」

「現に命までは奪わなかったにせよ、卑劣極まりないやり方で園崎さんの人生そのものを破滅させようとしているわけじゃないですか」

「そこもわかりにくい点だよ。東秋生の事案は、政治筋の力が働いて捜査は潰された。向こうにとっては一件落着のはずなのに、大久保はさらに攻撃を仕掛けてきた。やらずもがなのことをして、墓穴を掘ろうとしているとしか思えない」

かねて抱いていた疑念を口にすると、北沢は確信しているように指摘する。

「園崎さんにとってサンズイ捜査は、刑事としての仕事を超えてお父さんの仇を討つことでもあった。そのことを大久保は知っていたという話なんでしょ」

「捜査中止が決定された後も、園崎は潜行捜査で大久保を追い詰める腹だった。その執念を侮らなかったとしたら、大久保にも悪党なりの眼力があったわけだ」

迷いのない口調で北沢は続ける。

「奥さんが大久保の悪癖の標的になっていたのも不幸な偶然でした。準強制わいせつ事件を起こしたこともある攻撃的なストーカー性向の持ち主です。あの轢き逃げ事件は、そうした欲求の充足と、園崎さんの捜査を妨害するための一石二鳥の行動だったのかもしれません」

常人には理解しがたい心理だが、ストーカー事案というのはそういうもので、一線を越えたとたんに殺人に繋がるケースは珍しくない。

「そういう精神構造の持ち主を破滅的な行動に走らせないのがおれたちの仕事だ。その意味では、大久保の件は本来おれたちの事案でもあったんだよな」

「もっと早めに手が打てていれば、こんなことにはならなかった。そこは責任を感じますね」

「邦本秘書の件だって、もし大久保が関わっているとしたら責任を感じざるを得ない。その意味では園崎にとってだけじゃなく、おれたちにとっても大久保は許しがたい敵だ。なんとしてでもとっ捕まえて、法の裁きを受けさせたいよ」

「でも園崎さんはそれを待てないんでしょうね。奥さんの容態だってまだ楽観はできないし」

「このまま意識が戻らないこともあり得るわけだからな。いま電話を入れてみるよ」

山下は携帯を手にして園崎を呼び出した。もちろん飛ばしの携帯のほうだ。呼び出し音が鳴らず、留守電が応答する。連絡が欲しいとメッセージを残す。

「緊急配備に入ったんなら、近隣の所轄を総動員して検問をしているはずです。捕まる心配はないんですか」

北沢が問いかける。さして不安もなく山下は応じた。

「園崎はあの一帯に土地鑑がある。検問を避けて逃走するのは造作ないはずだ」

7

「いま辰巳パーキングエリアです。帳場ではすぐに緊急配備をしたようですが、ここまで検問はすべてフリーパスでした」

「上手くいったようだな。ブログを確認したよ。記事はしっかりアップロードされている」

してやったりという気分で園崎は応じた。水沼からは午前中早く電話があった。電話番号は本間から聞いたらしい。どうして自分に連絡をくれなかったのかとなじられた。

今回の逃走にすでに加担している水沼を外野席に置くのは心苦しい。それに本間やほかの同僚には頼めない仕事も、水沼になら任せられる。

そこで思いついたアイデアが、GPSの機能をオンにして、自分のスマホからブログにアップロードすることだった。場所は行徳の帳場のすぐ近く。その仕事を水沼に依頼することにした。

水沼は喜んで応じた。すでにつくってあったブログの記事を自分のスマホにコピーして、ログインすれば簡単にアップロードできる状態にしておいた。水沼はそのスマホをもって行徳に向かった。車は宮本から借りたクラウンだ。水沼は得意げに言う。

「僕としてはこれで二度目の作戦成功です。帳場のみなさんの顔が見たいですよ」

「中林の立場も難しくなるだろうな。いまやおれを追いかけるどころじゃない。自分に向けられた疑惑をどう払拭するかで頭がいっぱいだろう。帳場の人間だって、ここまでくればもう舌先三寸では誤魔化せない」

「それどころじゃないですよ。マスコミはがんがん追及するはずです。もう園崎さんの勝ちは決まったようなもんじゃないですか」

「それほど甘くはないだろう。なにしろおれは警察に追われている逃走犯だ。罪を逃れるために嘘八百を並べ立てているという理屈で言いくるめようとするのはわかっている」

「その嘘を暴くために本間さんも山下さんも動いています。警察だって捨てたもんじゃないですよ。中林や石川みたいな腐った警察官はほんの一部です」

「ところがそういう連中に限って、大きな権力をバックに持っている」

「笠松本部長ですか」

「その笠松を操る力が大久保にあって、さらにその威光の源が桑原にあるとしたら、おれ一人捻り潰すくらいわけはない」

「でも園崎さんには、まだまだとっておきの作戦があるんでしょう」

水沼は期待を覗かせる。園崎は曖昧《あいまい》に笑った。

「おれの頭は奇術師の帽子じゃないから、そうはアイデアは飛び出してこないがな。しかし向こうが焦ればそのうちぼろを出す」

「そのためにいまは揺さぶりをかけているんですね。いい作戦だと思いますよ」

水沼は楽観的で前向きだ。そこが彼の最大の美点だが、手綱はしっかり握っておく必要がある。

「この先、石川を行確するのはいいが、おまえ自身も身辺には気をつけたほうがいいぞ」

「大丈夫ですよ。大久保はいま園崎さんに戦々恐々で、僕ごときにちょっかいを出している余裕はないでしょう。それより園崎さんこそ気をつけないと。僕がボディガードにつければいいんですが」

「当面、このマンションがばれる心配はないよ。おれも迂闊に外は出歩かない。それに県警の帳場がここを突き止めるころには、たぶんすべてが決着しているだろう」

園崎は自信を覗かせた。思いを共有するように水沼が言う。

「僕も山下さんたちに負けてはいられません。できることがあったらなんでも言ってください」

「ああ。だったらとりあえず、今夜はおまえの料理を楽しませてもらおうか。買い置きのレトルト食品やインスタント食品ばかりじゃさすがに飽きてくる」

「飽きるどころか健康によくないですよ。途中でいろいろ食材を仕入れて帰ります」

水沼は張り切って応じた。そんな話を終えて電話を切ると、留守電メッセージの通知があった。再生すると山下からで、急いで連絡が欲しいという。ブログがアップされたことに気づいたのだろう。おそらくGPSの件も耳に入っているはずだ。電話すると、待ちかねていたように山下は応じた。

「誰と話してたんだ。本間さんか」

「いや、そこは内緒だ。いろいろ差し障りがあるんでね」

「行徳署のすぐそばに出没したのはおまえなのか」

「そこも機密事項だ。すべて決着したら種明かしするよ」

園崎はしらばくれたが、すべてお見通しだとでもいうように山下は応じる。

「ヘルパーがいるわけだ。誰だか見当はつくが、それは言わないでおくよ。中林は慌てているようだ。帳場にはマスコミからの電話が殺到して、記者会見をやらないわけにはいかなくなっているらしい」

「GPSのことは？」

「それについては緘口令が敷かれていると、いま川北が報告してきた。大久保の自宅のときと今度で二度やられた。いずれその話は漏れだすだろうが、いまは赤っ恥はさらせないわけだろう。向こうは当面、守りに入らざるを得ないんじゃないのか」

「守りどころか、空中分解させたいところだよ。こっちには出せる材料がまだまだあるから」

「そうは言っても、おれたちや本間さんも本格的に動き始めている。そのあたりのネタをいま披露されても困るぞ」

「もちろんわかってるよ。おまえたちの援護を無駄にはしない」

「気になる言い方だな。主役はあくまで自分で、おれたちのやることはおまけみたいじゃないか」

山下は不満げだ。宥めるように園崎は言った。

「そういう意味じゃないんだよ。ただ大久保に関しては、なんとしてでもおれの手で挙げたい。いや、この状況ではおれが手錠をかけるわけにはいかないが、その首根っこを掴まえるために、できることはなんでもやりたい」

「おまえはすでに十分闘った。あとはおれたちに任せてくれないか」

親身な口ぶりで山下は訴える。思いを込めて園崎は応じた。

「紗子はおれが刑事だということにプライドを感じてくれていた。その刑事のモラルを泥まみれにした石川も中林も、そんな連中をのさばらせている笠松のような腐った警察官僚も、大久保や桑原ともども地獄に叩き落としてやりたいんだよ」

8

ブログをアップロードしてから三日経った。テレビや新聞を含めたメディアは大きく扱いはしたものの、問題の核心には踏み込まず、インターネットを駆使した新種の逃走事件という視点で扱うだけで、園崎の言うことはすべて出任せだとする県警の主張をほとんど丸飲みしたような内容だった。

SNSを使った新たな劇場型犯罪の出現だとばかりにネット規制の強化を訴える識者まで登場して、警察による恣《し》意《い》的な冤罪づくりだとする園崎の主張に関心を示すメディアはほとんどない。

むろん予想はついたことだった。被疑者になったとたんに真犯人扱いするのが日本のマスコミの習い性で、推定無罪の観念は極めて薄い。新聞やテレビなどのマスメディアにとって犯罪のニュースはなくてはならない飯の種で、その種の情報はほぼ警察からしか得られない。警察もそこを心得ていて、警察にとって不利な報道をするメディアには情報遮断という暗黙のペナルティを与える。公式な記者発表では得られない立ち入った情報がメディアに流れるときは、だいたいが警察側からのリークによるもので、警察に嫌われれば村八分にされる。

しかしネットではまさにバズりまくりといった状態で、ツイッターの返信やリツイートもブログへのコメントも、大半の関心がブログの内容に向いている点がマスメディアの反応とは好対照だ。嘘つき呼ばわりする者もなかにはいるが、その多くは園崎の訴えに率直な関心を示し、県警の捜査の強引さを批判して園崎にエールを送る者も少なくない。

山下からの報告では、ツイッター社もブログを運営する会社もまだＩＰアドレスを開示しておらず、その方面からの捜査では本部も手を拱《こまね》くしかない状況らしい。

園崎の携帯の位置情報が二度にわたって取得され、捜査本部がそれに踊らされた事実については、とりあえず緘口令が守られているようで、マスコミにもネット上にも噂は流れていない。

それについては、もちろん園崎の口から本間の耳には入れておいたが、水沼が手伝ってくれたことは、山下に対してと同様、こちらからは触れないでおいた。水沼にすればすべて覚悟の上だが、本間もそこは阿吽《あうん》の呼吸で、わかっていても知らんふりをしてくれたようだった。

石川については、家族の口座への不審な金の出入りや、大久保との親密な関係、義弟の中林や県警本部長の笠松との密会の件を本間は徳永につぶさに語って聞かせた。二課もマルサと組んで捜査に乗り出すが、場合によっては警視庁と千葉県警を跨《また》いだ重大なサンズイ事案になりかねない。そうなれば警視庁の監察が大恥をかくと脅してやると、上に報告して早急に監察対象にすると約束した。

園崎の件で多少負い目でもあるのか、徳永の動きは早く、石川はきのう監察に呼び出されて取り調べを受けた。容疑はすべて否認したが、本間が提供した材料を根拠に徳永は追及を緩めず、二課による今後の捜査の結果によっては然るべき処分を行うことになると釘を刺し、その場で自宅待機を命じた。

水沼はきょうから江戸川区内の石川の自宅に張り付いた。いまは昼を過ぎたところだが、石川は朝から一度も外出していないという。

行徳の帳場での中林の立場が危うくなっているうえに、大久保の身辺にも園崎が出没している。それに加えて自分が監察の対象になったことで、いまいちばん危機感を感じているのは石川のはずだ。だから自宅待機中にいろいろ動き回る――。

そう見込んだ本間の読みは外れたかもしれない。いずれにしても彼が監察の追及を受けていることは、当然中林や大久保には伝わっているだろう。だからといって彼らにもいま、石川のためになにかしてやれる余裕があるとは思えない。哀れだが、彼らにとって石川は切り捨てていいパーツなのかもしれない。

しかしこちらにとってはいまも重要な意味がある。本間がこれから仕掛けようというマルサを絡めた脱税捜査の入口であり、そこから大久保との癒着が立証できれば、園崎を冤罪に陥れた捏造証拠の一角を切り崩す切り札になる。

9

午後二時を過ぎたころ、水沼から連絡が入った。

「来ましたよ。わざわざ向こうから出てきました」

「向こうからって、誰が？」

「大久保です。それからもう一人、人相が悪くて恰幅《かっぷく》のいい男です。黒塗りのベンツで石川さんの家の前に乗り付けて、いまなかに入っていったところです」

「石川は顔を見せたのか」

「ええ、玄関ドアを開けて二人を招き入れました。突然の訪問というふうではなく、来ることがわかっていた感じです」

「写真は？」

「デジカメのズームでしっかり撮りました。三人が一緒のものと、それぞれの顔をアップにしたものです。あとでデータをメールで送ります」

「わかった。そのまま監視を続けてくれ。しかし、そのもう一人の男が気になるな」

「ダブルの背広をびしっと決めて、濃いめの色付き眼鏡をかけて、乗ってきたのが黒のベンツとなると、あっちの業界の人間でしょうかね」

「いまどきそんな絵にかいたようなやくざは滅多にいない。もしそうだとしたら、相当羽振りのいい組だな」

「ひょっとして柏の隆凌会じゃないですか。車両窃盗で荒稼ぎしているとしたら、金回りもいいんじゃないですか」

「もしそうだとして、なんでそいつが石川に会いに来たかだよ」

「まさか殺そうと思ってじゃ？」

「それなら、そんな目立つ行動はしないだろう」

「大久保と一緒だという点も理屈に合わないですね。ひょっとしたら、誰か別の人間を始末する相談でもしてるのかも」

「誰かって、例えばおれのことか」

怪訝な思いで問い返すと、水沼は慌てて否定する。

「いや、それは考えすぎですね。そもそも園崎さんがどこにいるか知らないんだし、これ以上怒らせたら、さらに手ひどく反撃されるくらいわかるでしょう」

「先日、大久保に電話を入れたときは、そういう含みでたっぷり脅してやったよ。仕掛けてくるんなら飛んで火に入る夏の虫だ」

強い調子で園崎は言った。声を弾ませて水沼は応じる。

「じゃあ、これから写真を送ります。隆凌会の幹部なら、園崎さんのお友達に見せればわかるでしょう」

宮本のことはすでに水沼にも話してあるが、その名前は、彼はもちろん本間にも山下にも言っていない。彼らを疑うのではない。それは宮本と園崎の信義の問題だ。そんな話が表沙汰になれば、宮本が隆凌会の鉄砲玉の餌食になりかねない。

「それがわかれば、石川と大久保の癒着も、大久保と隆凌会の繫がりもその写真一枚で証明される。わざわざ向こうが手間を省いてくれたようなもんだな」

そう応じていったん通話を終えた。五分ほどしてメールが届いた。添付された写真は四点。それぞれのアップと、三人の顔が一緒に収まったものだ。

石川は憔悴《しょうすい》して見える。大久保もどこか深刻な表情で、もう一人の男は眉間にしわを寄せ、いかにも威圧的な気配を漂わせている。

園崎はそれを宮本に転送した。ほどなく宮本は電話を寄越した。

「隆凌会の若頭で、木田泰男《きだやすお》ってやつだよ。やばいのが出てきたな」

「どういうことなんだ」

「あの組そのものが武闘派で有名なんだが、木田はそのなかでも急先鋒で、それでナンバーツーまでのし上がった。そいつの手にかかって殺されたと噂される同業者が何人もいる。ただし業界のなかでの噂だけだ。恐喝や賭博でムショ入りしたことはあるが、殺しではまだ一度も立件されていない」

「まさか、石川を殺すつもりじゃないだろうな」

「そういうことがあるにしても、いまのあいつの地位を考えたら、自分がわざわざ手を下すことはないだろう」

「ツイッターでもブログでも、おれはまだ隆凌会の名前は出していない。そっちの関係で木田が動き始めているというのも考えにくいな」

「いずれにしても、なにかよからぬ企みがありそうだ。邦本とかいう秘書が死んだ話にしても、裏で隆凌会が動いた可能性がなくもない」

「それはおれも考えたよ。しかし県警が自殺で片づけちまった以上、たぶんこのまま闇に葬られる」

「日本じゃ殺人事件の検挙率が一〇〇パーセント近いとよく聞くが、自殺や死体の出ない行方不明者のなかに、じつは殺された人間がどれだけいるかだよ」

「それを言われると、おれたちサンズイ刑事はなおさら耳が痛いよ。国会でふんぞり返っている先生たちのなかに汚職の常習者がどれだけいるか。おおむね見当はついても、立件できるのは氷山の一角に過ぎない」

「そいつらを一人でも多く血祭りにあげるのがあんたの宿願だったな」

宮本は共感するように言う。知り合った当時、彼にもそんな話をしたことがある。血祭りにあげるというのは大袈裟だが、いま闘っている大久保やその背後にいるであろう桑原に関しての話なら、決して違和感を覚えない。

宮本との通話を終えてさっそく連絡を入れると、怖気を震うように水沼は応じた。

「なんだか薄気味悪い話じゃないですか」

「二人はまだ家のなかにいるのか」

「ええ。とくに騒動が起きている様子はありません」

「本間さんには連絡したのか」

「さっきしました。木田という男のこともこれから伝えます」

打てば響くように水沼は応じた。さらに山下にも報告すると、こちらも驚きを隠さなかった。

「石川は大久保との癒着の件で自宅待機を命じられている。その自宅にわざわざ大久保が出向くこと自体理解しがたいが、やはり気になるのはその同伴者だな」

「紗子の事件はもちろんのこと、邦本秘書の死に関しても、隆凌会が絡んでいると白状したようなもんだ。川井町の山林のほうはどうだった」

「思ったとおり、ヤードが何ヵ所かあった。土地は町が所有しているが、どれも地上権が設定されている。捜査三課がその地上権者を調べたんだが」

「誰なんだ」

「北総興発《ほくそうこうはつ》という柏市にある産廃処理会社だ。社長は皆川達夫《みながわたつお》というんだが」

「隆凌会のフロントか」

「組対の捜査四課に確認したところ、そういう疑惑はあるんだが、偽装が巧妙でなかなか尻尾が摑めないらしい」

「わかった。これからおれの友達に訊いてみるよ。ガサ入れはできそうか」

「踏み込みさえすれば証拠はいくらでも見つかるはずだが、フダを請求するにもある程度の証拠が必要で、鶏《にわとり》が先か卵が先かといったところだよ。解体ヤードそのものは違法じゃないから、そこが難しいと三課の連中も言っている」

「捜査三課がもう動いているのか」

「例の松戸署の刑事がプッシュしたらしいな。これまで手を拱いていた大規模窃盗グループを一網打尽にできそうだと三課のお偉方も張り切ってるようで。これから内偵を続けてフダがとれるだけの状況証拠を積み上げる。成り行きによっては三課と組対の四課、そこに交通捜査課も加わった横断的な布陣になる。轢き逃げに使った車と隆凌会が繋がったら、おれたちも大久保のストーカー容疑の線でその捜査陣に加わるつもりだよ」

「捜査一課と真っ向勝負だな」

期待を込めて園崎は言った。まだまだ一筋縄でいくとは思えないが、県警内部でのそういう動きが、行徳の帳場への大きな圧力になるのは間違いない。


午後三時を過ぎたころ、水沼から連絡が入った。大久保と木田はついさきほど帰っていったという。石川も玄関口に顔を出したが、なにやら険しい表情だったらしい。

「心配していたようなことは起きませんでしたが、石川さんにとっていい話ではなかったようですね」

水沼は興味深げだ。こちらにとって有利な話か不利な話かはまだわからないが、大久保一派の結束になんらかの亀裂が入ったのは間違いなさそうで、園崎がかけている圧力が思いのほか効果があったとは言えるだろう。

「石川は動く気配はないのか」

「そのあとは家のなかに引きこもったままで顔を見せません。買い物に出ていたらしい奥さんがさっき戻ってきたところです」

「奥さんは、大久保たちとは会っていないんだな」

「出かけたのは二時間くらい前ですから、どんな話をしていたのかは知らないと思います。たまたまなのかその時間を狙ってやってきたのか。いずれにしても嫌な気配ではありますね」

水沼は不安げに言う。園崎もどこか引っかかる。大久保と木田が雁首《がんくび》を揃えてわざわざ石川に会いに来た。そのことをいよいよ敵が尻尾を覗かせたと単純に喜んでいいものか。いまこの状況で、大久保が意味のない行動をするはずがない。だとしたら果たしてその目的はなんなのか。園崎は言った。

「石川の行確はもうしばらく続ける必要がありそうだな」

「ええ。僕もなんだか気になるんですよ。きょうの訪問者の組み合わせが、あまりにも怪しすぎます」

第十三章

1

夜八時を過ぎたころ、本間から連絡があった。

「さっき石川が電話を寄越したんだよ。身柄を保護して欲しいと」

予想もしていない成り行きだ。園崎は怪訝な思いで問いかけた。

「保護って、どういうことですか」

「妙に切羽詰まった調子だった。命を狙われているようなことを言っていた」

「誰にですか」

「大久保かと訊いたら否定しなかった。きょう一緒に自宅に出向いた隆凌会の木田泰男も絡んでいそうだな」

やはりきな臭い気配が漂い出した。監察が動き始めたいま、石川は大久保陣営にとっていちばんリスキーな存在だ。大久保の悪事を含めて、おそらく一連の事件の経緯をすべて知っている。彼らが石川宅を訪れたのは、余計なことを喋るなと口止めするためだったとも考えられる。落ち着きの悪い思いで問いかけた。

「石川はなにか取り引きを持ちかけてるんですか」

「身柄を保護しかつ訴追されないように取り計らってくれれば、大久保たちの悪事をすべて明らかにしたうえで依願退職すると言っている」

「石川自身がやったのは、私のデスクからボールペンを盗んだことと、金銭を対価に警視庁の捜査情報を流していたことくらいでしょう。見逃す代わりに大久保の悪事を暴露すると言うのなら、こちらにとって悪い取り引きじゃない」

強い興味を覚えて園崎は言った。本間も同意する。

「収賄の時効は五年だ。それ以前の分は訴追できないし、そもそもどういう便宜供与への対価なのかの認定が難しい。こういう話が出てきた以上、そんなところはすっ飛ばしてでも、本丸に攻め入るほうが利口だろうな」

「石川もサンズイ刑事には違いないですから、そのあたりは計算ずくでしょう」

「得られるものがより大きければ、あんな小悪党は見逃してもいいんだよ」

本間は積極的なところをみせる。園崎は問いかけた。

「身柄の保護というと、要するになにを望んでいるんですか」

「おれからは、収賄容疑でいったん逮捕されて、拘置所に入ってもらうのがいちばん安全だと提案したんだよ。塀の向こうじゃ大久保も手出しはできない。しかし騙されてそのまま訴追されたら藪蛇だと拒否しやがる。検察との阿吽の呼吸で起訴猶予にしてやると持ちかけたんだが、それでも信用できない。別の方法を考えて欲しいと言うんだよ」

「つまり警護をつけろと？」

「そうなんだが、命を狙われていると言われても裏付ける材料がない。所轄の地域課に動いてもらうにしても名分が立たない」

「すべて供述してしまえば、大久保たちには石川を殺す理由がなくなるでしょう。外出するのが怖いと言うんなら自宅で調書をとればいい」

「察知されたら必ず報復されると言って聞かない」

「そもそも石川がその決断をした理由はなんですか」

「これまで散々甘い汁を吸わせてやった。その恩義に報いるために首を吊って死んでくれと言われたそうだよ。さもなきゃ自分たちが手を下す。そのときは家族にも危害が及ぶと」

「木田に言われたんですか」

「だろうな。いかにもヤクザが使いそうな恫喝だ」

「借金の取り立てでは定番ですよ。しかし石川はその程度で首を吊るようなタマじゃないでしょう」

「そりゃそうだ。逆に自分がトカゲの尻尾にされたことに気づいて、大久保一派への報復を決断したんだろう」

「だったら、うちの班の連中に張り込ませればいいじゃないですか。現に日中は水沼が行確しているわけだし」

「それしか手はないんだが、サンズイ疑惑の追及なら本気になっても、石川を警護しろなんて言われてやる気を出すやつはいない。それに身内を疑うわけじゃないが――」

「漏れたら大久保が本気で殺しにかかるかもしれない。石川みたいなお喋りが、ほかにいないとは限りませんからね」

そこは用心に越したことはない。じかに大久保に伝わらないにしても、噂は拡散するものだ。保秘というのはまず教えないことが鉄則で、知る人間が増えればその頭数だけ漏洩のリスクは高まる。腹を括って園崎は言った。

「だったら私と水沼が張り付きますよ」

「水沼はともかく、おまえは見つかったら即逮捕だ。車で移動すれば検問に引っかかる」

「県警の事案ですから、警視庁はあまりやる気がないようです、けさ水沼は石川の自宅まで車で出かけましたが、途中検問は一ヵ所もなかったそうです。そろそろ帰ってくるころですから、どうするか相談してみます」

水沼は園崎がいるマンションを当面ベースにするつもりで、本間の了承も得て有給休暇扱いになっている。刑事の場合、有名無実の有給休暇は売りに出したいほど余っているから、本人にとっては痛くも痒くもないようだ。

「とりあえずそれしかなさそうだな。十分気をつけてくれよ。石川にはうちの部署の人間を配置すると言っておく。もちろんおまえと水沼の名前は出さずにな。それで応じるかどうかはわからんし、向こうにはべつの思惑がありそうな気もする。とにかくこれから電話を入れてみるよ」

本間は期待半ばという口ぶりだ。眉に唾をつけたい心境はよくわかる。大久保にしてやられた園崎にすればその思いはなおさら強い。しかし石川の言葉に嘘がなければ、それはまさしく宝の山だ。

2

翌朝、園崎と水沼は江戸川区松島《まつしま》三丁目の石川の自宅に向かった。

水沼は器用な男で、上野駅前の家電ショップで電気バリカンを買ってきて、園崎の頭をされいな丸刈りに仕上げてくれた。伸ばしっぱなしだった髭《ひげ》は軽く整えるだけにした。変装というほどではないが、そこに濃いめのサングラスを着ければ、その筋の人間と見まがう出来栄えだ。

さらにいつものキャップを被って宮本から借りたクラウンで出かけたが、水沼が下見していたとおりそこまでの経路に検問は一ヵ所もなく、朝八時には石川の自宅付近に到着した。周囲は閑静な住宅街で、石川宅の門扉《もんぴ》が見通せる路上に車を駐めて監視を始めた。

カーポートには車があるから、まだどこかへ出かけた様子はない。というより向こうから本間に保護を求めてきた状況を考えれば、迂闊に外出する気になどなるはずもない。

本間はあれから石川と連絡をとり、今後の捜査の秘匿性から大々的な警護体制はとれないが、自宅周辺に人を配置し、不審人物の接近は必ず阻止すると約束した。

石川は訴追の件についても確認した。もちろん本間の一存でできる話ではない。地検への根回しに少し時間が欲しいと言うと、石川はしぶしぶ応じたらしい。

本間は口の軽い管理官の村本はパスして、懇意にしている地検の検事に直接話を持ち込むつもりだ。東秋生の事件を潰しにしゃしゃり出てきたのとは別の検事で、サンズイ事案にはめっぽう強い。本間はきょうそちらへ出向いて、その場で結論を引き出すつもりでいるようだ。

石川にしてもトカゲの尻尾にされたことには恨み骨髄のようで、本間が約束を守るなら、大久保一派を地獄の底に叩き落とすために、自分も全面協力すると改めて約束したらしい。

水沼は得意の裏読みをする。

「園崎さんの攻勢で、むしろ自分から大久保たちを見限ったような気もしますね。このまま

じゃ刑務所送りになりかねない。そのまえに一人だけ緊急脱出しようという計算じゃないですか」

「石川なら考えそうだな。まあ、そのあたりの思惑はどうでもいい。寄越すネタがガセだったらこっちも掌を返してやる。あいつもそのくらいの覚悟はあるだろう」

「収賄の時効は五年でも、脱税の時効は七年です。マルサが動いている以上、発覚すれば追徴課税に加えて重加算税が課せられる。そっちは逃げようがないでしょう」

「そのうえ警察官の職も失うことになる。こちらとしてはそれだけの社会的制裁で許してやるしかないな。見返りのほうがはるかに大きいわけだから」

腹を括って園崎は言った。石川は自分を冤罪に陥れた最大の功労者ではあるが、この際そこは割り切ることにする。

午前十時を過ぎても石川に動きはない。自宅周辺に不審な人物も現れない。隆凌会の鉄砲玉がこんな朝から仕事をするとも思えないから、石川が自宅にこもっていてくれさえすれば、殺される心配は当面ないだろう。

その期待が裏切られたのは、午前十一時を過ぎたころだった。

石川が玄関から出てきた。どこか不安げに園崎たちの車に視線を投げてから、そのままカーポートに向かい、自慢の愛車、アウディに乗り込んで走り出す。園崎は毒づいた。

「どういうつもりなんだ。命を狙われていると騒いでいるくせに、わざわざ首を差し出すようなことをしやがって」

わずかに間をおいてエンジンを始動させ、石川のアウディを追尾しながら水沼が言う。

「僕らを用心棒に使っている気なんじゃないですか。パチンコにでも行くつもりだったら許せませんよ」

「石川に引っかけられているような気もしてきたな」

「なにか罠でもあるんじゃないかと？」

「ああ。汚い手はいくらでも思いつく連中だ」

「だったら用心しないと。中林が待ち受けている場所に案内されるかもしれませんから」

「それはないだろう。警護役がおれだとはまさか想像もしていないはずだから」

そうは応じたものの一抹の不安は拭えない。いずれにせよ想定外のことが起きている気配が濃厚だ。

石川の車は平和橋《へいわばし》通りに出て小松川方面に向かう。さらに船堀《ふなぼり》街道を進んで、首都高小松川線の下りに入る。ラッシュアワーは過ぎており、車の流れは順調だ。

一之江《いちのえ》から京葉道路に入り、京葉市川ICを過ぎて船橋《ふなばし》料金所に向かう。料金所手前に差し掛かると、前方の車列は徐々にスピードを落とす。石川の車の前を走っているのは一〇トン級の大型トラックだ。

水沼も軽くブレーキを踏み込んだ。しかし前を行く石川の車はブレーキを踏んでいる気配がまるでない。

ほとんどスピードが落ちることなく、トラックとの車間が一気に詰まる。目を覆う間もなく、アウディはほぼ停止していたトラックの後部に激突した。

腹に響くような衝突音がウインドウ越しに耳に飛び込む。

車体の前部は荷台の下に潜り込み、ボンネットとルーフはアコーディオンのように潰れている。エアバッグが作動していれば命は助かったかもしれないが、ここからは車内の様子がわからない。

トラックからドライバーが降りてくる。アウディの車内を覗き込み、すぐに離れて路上に蹲《うずくま》る。嘔吐《おうと》しているのか肩が大きく上下に動く。

料金所から職員が駆けつけて、慌ててドアを開けようとするが、変形しているため容易には開かない。別の職員がトランシーバーでどこかに連絡を入れている。

もう一人の職員が後続の車を別のゲートに誘導する。石川の様子を確認したいところだが、すぐにパトカーが飛んでくるはずで、そこで園崎の顔を見られるのは具合が悪い。空いているゲートを通ってその場を離れ、とりあえず花輪《はなわ》IC方向に車を走らせる。

「大久保にやられたんじゃないですか。ただの事故じゃないと思います」

怖気を震うように水沼が言う。園崎は頷いて山下に電話を入れた。

「県警の警察無線を聞いてくれないか。京葉道路の船橋料金所手前で起きた追突事故の通報が通信指令室に入っているはずだ」

「なにかあったのか」

「じつは――」

手短《てみじか》に事情を伝えると、折り返し電話をすると言って山下は通話を切った。

前方と後方からサイレンの音が近づいてくる。高速隊（高速道路交通警察隊）のパトカーだろう。さらに遠くから救急車のサイレンも聞こえてくる。山下からはすぐに電話が入った。

「通報してきた高速の職員の話では、どうも即死のようだな。エアバッグが作動していなかったらしい。ブレーキが踏まれた形跡もない。高速隊が間もなく到着するから、そのとき詳しい状況がわかるだろう」

「おれたちが見たところでも、ほぼ制限速度いっぱいで突っ込んでいるな。あのあたりはこの春、制限速度が六〇キロから八〇キロに引き上げられている。エアバッグが膨らまなかったら即死は免れない」

「だとしたら自殺か？」

「事故にしてはなにか不自然だ。しかし石川が自殺する動機が思い浮かばない」

「隆凌会の木田というのに、首を吊れと脅されたんだろう」

「それで頭にきてうちの係長に大久保を売ると話を持ち掛けた。報復するまでは死んでも死にきれないはずだった」

「だったら殺人の可能性もあるな」

「ああ。車に細工でもされたんじゃないのか」

直感的に園崎は言った。ついいましがた目の前で起きた出来事は、そうでも考えないと説明ができない。しかし山下は半信半疑だ。

「アクセルとブレーキの踏み間違いというのも最近は多いからな。あ、ちょっと待ってくれ」

警察無線に携帯を近づけたらしく、通信指令室と高速隊のやりとりが流れてきた。ドライバーは心肺停止状態で、頭部がひどく損傷しているという。救急車で病院に運ばれたというが、隊員の口ぶりにはほぼ即死だというニュアンスが滲む。通信指令室からは、いま交通鑑識がそちらに向かっているから現場確保をするようにとの指示が飛ぶ。

「聞こえたか」

山下が電話口に戻って問いかける。一瞬目の前が暗くなる。歯噛みする思いで園崎は応じた。

「聞こえたよ。太い糸口が断たれたのは間違いない。これじゃ例のボールペンの件の反証もできない」

3

石川は搬送された病院で死亡が確認された。翌日、山下は検視の結果と捜査状況を知らせてきた。

死因は脳挫傷と内臓破裂で、県警の交通鑑識の検証では不審な点がいくつも出たという。

ブレーキパッドは限界を超えて摩耗していた。前輪のパッドの両方には事故直前に入ったと思われる大きな亀裂もあり、高速走行中のブレーキではほとんど用をなさなかっただろうという。さらに不審な点は、ごく最近ブレーキパッドが交換された形跡があることで、わざわざすり減ったパッドに交換する合理的な理由は考えられない。

さらにそこまで摩耗すると、国産車の多くは異音を鳴らし、アウディのような外国車はインパネに警告ランプが点灯する。しかし石川の車はそのためのケーブルが切断されていて、警告灯は点《とも》らなかった。

さらにエアバッグも加速度センサーのラインが切断されて機能せず、その警告表示用のランプも点灯しない状態になっていた。交通鑑識は車に詳しいプロ級の人間の仕業だろうと指摘したらしい。

それを受けて交通捜査課は、鑑識と石川の自宅の周辺での聞き込みを開始した。現場は千葉県内だから事件は県警の扱いになる。もし誰かが意図的に細工したとすれば、未必の故意による殺人として立件できる。

疑わしいのはやはり大久保と隆凌会だ。彼らには石川を殺害する動機があり、かつ隆凌会が裏で運営する不法ヤードには、そうした細工のできる技術をもつ人間がいくらでもいるだろう。


石川の監察による取り調べは本人死亡で終了した。収賄の容疑についても被疑者死亡のまま書類送検して一件落着とせざるを得ず、その先を追及するのは極めて困難になってきた。

マルサの捜査で脱税の事実が指摘されれば、そちらは七年分まで遡及《そきゅう》でき、本人が死ねば追徴課税と重加算税は相続人が支払うことになるが、そこから大久保にまでは手が伸ばせない。国税の仕事は税金を取ることで、犯罪捜査は畑違いだ。園崎がマルサの話を持ち出したのは、あくまで警察の捜査との連携を前提にしたもので、石川の死亡でその目算は潰《つい》えた。

園崎の冤罪づくりの火種になった指紋付きボールペンの件はこのまま闇に葬られるだろう。無実を立証するハードルがこれで一気に高くなった。御徒町のマンションで、水沼の手料理の晩飯をつつきながら園崎は愚痴った。

「大久保の手にかかった可能性のある人間はこれで二人目だ。紗子の殺人未遂も合わせれば確実に死刑台に送れるが、それをどう立証したらいいかわからなくなってきた」

「やられたとしたら、ゆうべ僕が帰った後でしょうね。徹夜で張り込むべきでした」

水沼は悔しさを滲ませる。宥めるように園崎は言った。

「あの時点では係長もまだ石川からの連絡を受けていなかった。おまえの落ち度というわけじゃない」

「でも石川さんもさぞかし悔しいんじゃないですか。大久保も中林もこれで一気に逃げ切りですよ」

楽観主義が持ち味の水沼も、さすがにここでは悲観に傾く。

「そうはさせない。なにか方法があるはずだ。千葉の不法ヤードの線もあるし、これから県警が石川宅の捜査に乗り出す。不審な人物が目撃されているかもしれないし、車にいろいろ細工をしたとしたら、指紋や足跡や毛髪が検出されるかもしれない」

「間違いないですよ。やったのはヤードの関係者です」

水沼は迷うことなく決めつける。そこへ本間から電話が入った。

「県警から捜査共助の依頼を受けて、うちの捜査一課も動くそうだ。県警が殺人事件として立件しないようなら、うちのほうで帳場を立てることも考えているらしい」

「それは心強いですね。事故現場は千葉県内でも、車に仕掛けをしたのは東京都内ですから、手続き上は問題ないでしょう」

「近隣のコンビニの防犯カメラを虱《しらみ》潰しに当たれば、不審な人間が映っているかもしれない。外国人らしい人間だったら、ヤードの関係者の可能性が高い」

「そこまでいけばガサ入れの令状も取れるかもしれない。その人物がヤードにいれば、隆凌会まで捜査の手が伸ばせるでしょう」

「石川が死んだのはこちらにとってマイナスだが、大久保一派は今回の事件でむしろ新しい材料を提供してくれたわけで、それをプラスと受け止めるしかないな」

「とりあえず私にできることはなくなった。果報は寝て待てといったところですね」

園崎は無理やり希望を掻き立てた。

4

翌日も翌々日も、これといった果報は届かなかった。

そのうちツイッター社が飛ばしの携帯のＩＰアドレスを開示するだろう。それをもとにキャリアに問い合わせれば、これまでの通話の際の大まかな位置情報を把握されてしまう。県警がローラー作戦を仕掛ければその網はさらに絞り込まれる。

それを避けるために宮本に別のマンションを用意してもらうにしても、そう簡単に空き部屋があるかどうかはわからないし、今後も転々と流浪生活を続けることになれば、大久保を追い詰めることにエネルギーを注げない。それではなんのために逃走したのかわからない。

そのうえ通話記録から本間や水沼や山下と連絡をとった事実が把握されれば、彼らに犯人隠避の容疑がかかる。石川が死んだことはやはり痛手だ。小悪党とはいえ石川は、この事案の複雑なジグソーパズルを完成するためになくてはならないピースだったのだ。そんな話をしていると、水沼はまたも自分を責め立てる。

「やはり僕がいけなかったんです。徹夜で見張っていれば、石川さんを死なせずに済んだんですから」

「おまえに責任はないと言っただろう。あれが予見できたのは神様だけだ」

「でも失策は挽回しないと。いい考えがあれば言ってください。お手伝いしますから」

水沼は切ない調子で訴える。しかし彼には十分働いてもらった。法を逸脱するような行為にもすでに関わらせた。これ以上危ない橋を渡らせたくはない。園崎は言った。

「もう十分だよ。いつまでもおれに関わっていると、おまえ自身が将来を失うぞ」

「それは違います。僕は園崎さんを助けるために行動したんじゃない。園崎さんを冤罪に陥れた腐り切った連中に対する僕自身の怒りからです。大久保一派を刑務所にぶち込みたい思いは、園崎さんと変わりないんです」

「おれはやむなくこんな立場に置かれたが、おまえにはその怒りの炎をもっと大事に使って欲しい。警察の内部にいなきゃできないことがある。腐った警察を叩き直すにしても、大久保や桑原の同類を叩きのめすにしても、警察手帳は重要な武器だ」

「でも園崎さんを助けるためにはなんの役にも立たない。私利私欲を満たすために公権力を道具にしている中林のような人間だっているじゃないですか」

水沼は引こうとしない。その言い分がわからないわけではない。思いを込めて園崎は言った。

「そういう後輩を持てておれは嬉しいよ。しかしおまえには刑事としての未来がある。冤罪が晴れたとしても、おれはこの先警察には戻れない。おれができなかったことをおまえに託すことが、おれにとっては、いまいちばんの願いなんだよ」

そんな話をしていると、飛ばしの携帯に着信があった。聡子からだった。応答すると、切迫した聡子の声が流れてきた。

「いま、電話だいじょうぶ？」

「ええ。なにかあったんですか」

「紗子の容態が急に悪化して、またＩＣＵに戻ったの。脳圧が亢進《こうしん》して、脳ヘルニアの惧れがあるそうなのよ」

「命に別状はないんですね」

祈るような思いで問いかけた。聡子は不安を滲ませる。

「先生は十分手を尽くすと言うだけで、はっきり答えないの。あなたに伝えようかどうか迷ったんだけど、もし万一のことがあったら私もあなたも後悔すると思って」

気丈な調子で語りながらも、その声はかすかに震えている。園崎は即座に応じた。

「これから病院に向かいます」

「来ちゃだめよ。日中は病棟に刑事が張り付いているし、夜も外にパトカーが駐まっているから」

「捕まってもいいです。いまはそれどころじゃない」

「だめ。紗子は絶対に助かるから。意識が戻ったときあなたが犯罪者にされていたら、あの娘《こ》がどれほど悲しむかわかるでしょう。雅人だって辛い人生を送ることになる。二人のことは私に任せて、あなたは冤罪と徹底的に闘いなさい」

有無を言わせぬ調子だった。崩れ落ちそうになっていた気持ちに大久保への憤りの鉄心が突き刺さる。深い決意とともに園崎は言った。

「わかりました。これ以上ぐずぐずしてはいられません。早く答えを出して、紗子のもとへ駆けつけます。それまで紗子と雅人をよろしくお願いします」

5

園崎は腹を固めた。いよいよ攻めに出るときだ。パズルは完成しかかっている。石川の死で欠けたピースは、自分の行動で埋めるしかない。

夜八時を過ぎてから園崎はマンションを出た。水沼にはお役御免を申し付けたが、もはや一蓮托生だと言って聞こうとしない。いずれは単独行動に移ることになる。だったらここでその男気に冷や水を浴びせることはないと、いましばらくは付き合ってもらうことにした。

水沼の運転でマンションからだいぶ離れた江東区内に向かい、錦糸町《きんしちょう》駅付近で周囲に人気のない公衆電話を見つけ、そこから大久保に電話を入れた。

まず自宅の固定電話にかけたが応答しない。次は携帯にかけてみた。今度も応答しないので、また自宅にかけてみると、つっけんどんな大久保の声が流れてきた。

「誰だよ、何度もうるさいな。間違い電話だろう。番号を確認しろ」

「おれだよ、大久保。声でわからないか」

一瞬間をおいて、大久保は警戒心を露わにした。

「なんの用だ？」

「五億円ほど用立てて欲しい」

「頭がおかしくなったのか。なんでそんな金を払わなきゃいけない？」

「嫌ならそれでけっこうだ。あす、おれは行徳署の帳場に出頭する。おまえの犯行を立証する決定的な証拠を持ってな」

「そんなものあるわけがない。そもそもおれはなにもしていない」

大久保はせせら笑う。匕首《あいくち》を覗かせるように園崎は言った。

「ところが死ぬ前に、石川がおれに喋ってるんだよ」

「あいつが？　なにを？」

「おまえたちの悪事のすべてだ。藁《わら》にも縋《すが》る思いだったんだろうな、おまえと木田に殺すと脅されて」

「木田なんて男、おれは知らない」

「おれはまだ男だとも女だとも言っていない。どうして男だとわかるんだ」

「揚げ足をとるんじゃないよ。とっさにそう思い込んだだけだ」

言い返す大久保の声には動揺の色が読み取れる。園崎は押していった。

「石川の供述はすべて録音してある。警察に差し出せばおれの冤罪は晴れて、おまえにも中林にも笠松にも手錠がかかる。おまえに関しては殺人未遂。ひょっとすると殺人の容疑もかかるかもしれないな。そうなれば極刑もあり得る。お仲間の隆凌会にしても壊滅的打撃を受けるのは間違いない」

「出任せを言うな。おれがいつそんなことをした？」

「だったら聞かせてやるよ。木田と一緒に口封じに出かけて、それがかえって裏目に出たようだな」

園崎はポケットからＩＣレコーダーを取り出して、送話口に当て再生ボタンを押した。やや甲高《かんだか》くしわがれた石川の声が流れてくる。

――このままじゃおれは殺される。だから洗いざらい話してやるよ。その代わり、あいつらを一人残らず逮捕して、大久保の野郎は死刑台に上がらせてくれ――。

園崎はそこで再生を停止した。聞かせたのは本間が石川からの電話を録音したもののほんの一部だ。その音声データは本間から転送してもらった。石川は上司の本間にもため口をきく男だから、園崎との会話だと言っても違和感はない。

「このあとなにを喋ったかはご想像に任せるがね。五億なら安い買い物だ。キャッシュで用意してくれれば、音声データをおまえに渡し、おれは金をもって外国へ高飛びする。そういうルートは確保してある。警視庁からは懲戒免職された。もし冤罪が晴れても、おれをこういう目に遭わせた腐った警察に戻る気はない」

「奥さんと子供はどうする？」

「おまえに心配してもらう筋合いはないよ。妻子はほとぼりが冷めたら呼び寄せる」

「音声データなんかいくらでもコピーがとれる。おれから金を受けとったあとで、そっちを警察に提供されたんじゃ堪らない」

大久保は猜疑を滲ませる。それを警戒するということは、こちらの嘘を疑っていないということだ。食いついた魚をバラさないように園崎は慎重に応じた。

「それはしないよ。おまえの友達には警察より怖い連中がいる。おれを殺しに地の果てまで追ってくるに決まってる」

怖気を震う口調で言ってやると、しらばくれた調子で大久保は返す。

「とりあえず言ってみただけだ。石川がなにを喋ったか知らないが、すべてガセなのは間違いない。五億なんて金を払う理由はなにもない」

「だったらしようがない。おれも欲をかきすぎた。あすにでも行徳署に出頭するよ。あそこにいるのは中林のような屑ばかりじゃなさそうだから、おれの話をまともに聞いてくれる人間もいるはずだ」

さりげない口調で言ってやると、とたんに大久保は慌て出す。

「ちょっと待て。その音声をすべて聞かせてもらってから考える」

「そんな取り引きに応じる馬鹿はいないよ。書店に行って、買うかどうかは読み終えてから決めると言うようなもんだろう」

「だったらあすまで待ってくれ。電話番号を教えてくれれば、こっちから連絡するから」

「あすの夜九時におれのほうから電話を入れる。いまの状況じゃ携帯の番号やメールアドレスは教えられない。色よい返事を待ってるよ」

そう答えて通話を終え、車に飛び乗ってその場を離れる。大久保はすぐに中林に連絡するだろう。帳場が電話会社に問い合わせれば、公衆電話の位置は簡単に特定できる。話の内容を聞かせると、水沼は興奮した。

「やったじゃないですか。もう白状したようなもんですよ」

「疑似餌だと気づかれるまえに、どう釣り上げてどう捌《さば》くかだな」

気を引き締めて園崎は言った。

6

翌日、水沼は大久保の自宅を張り込んだ。動きがあったのはその日の午後早くだった。やってきたのは、石川の自宅のときと同じ黒塗りのベンツで、乗って来たのは木田ともう一人。水沼が撮影したその写真を宮本に転送すると、隆凌会の組長、山村克己《かつみ》だと判明した。

少し遅れてやってきた男の顔を水沼は知らなかったが、送ってもらった写真を見ると中林だった。忙しいはずの帳場を抜け出し、大久保や隆凌会の幹部と密会する理由が、ゆうべの園崎の申し入れに対する反応なのは間違いない。そこに笠松が加われば申し分ないが、さすがにそこまでサービスはしてくれなかった。

これから大久保と接触する場合、前面に出てくるのが隆凌会か行徳の帳場かでこちらの対応は変わってくる。大久保が素直に五億円を払うはずがない。むしろ園崎と接触する機会を狙ってなんらかの手を打ってくるだろう。そこには当然殺害という選択肢も含まれる。

いくらなんでも県警と隆凌会の連合軍で園崎を抹殺しに来るとは思えない。中林は帳場の全権を掌握していない。となると大久保の援軍として直接動くのは隆凌会だとみるべきだ。真実が明らかになれば、隆凌会も車両窃盗という大黒柱のシノギを失う。紗子の殺人未遂、石川の殺害、あるいは邦本の殺害にまで手を貸していたとすれば、山村や木田にも幇助の容疑が及ぶことになる。

紗子の容態は好転の兆《きざ》しが見えない。薬剤で脳圧を低下させる治療を行っているが、効果は限定的で、かつそれ自体が副次的なリスクを伴うため、これ以上薬剤の量を増やすのは難しいという。手術という選択肢もあるが、脳ヘルニアの兆候が見られるためそれはなおさらリスクが高く、現在は推移を見守っている状況らしい。

雅人も食欲不振や痙攣などＰＴＳＤ特有の症状がぶりかえし、一時中断していた薬物療法を再開したという。引き金になったのは、紗子の容態悪化もさることながら、園崎が病院を訪れなくなったことが大きいというのが医師の見立てらしい。

そんな状況で二人を任せきりなのは聡子に申し訳ないが、かといっていま自分が逮捕されるようなことにでもなれば、差し入れやら弁護士の手配やらで、聡子にはさらに負担がのしかかる。

紗子のもとに駆けつけられないのは切ないが、自分がいま唯一できることは、被った冤罪を晴らし、大久保を獄に繋ぐことなのだ。そのためになら、自らの意思でこれから新たな罪を犯すことも厭わない。


約束どおり、夜九時に、今度は港区内の公衆電話から連絡を入れた。

「おれだよ。いい返事は用意してくれたか」

「ああ。そっちがもっているデータと引き換えに、五億円を現ナマで渡す。トランク二個分ほどの荷物だ。どこで受け渡す？」

「馬鹿に話がわかるな。空《から》のトランクを餌に誘《おび》き寄せて、そのトランクにおれを詰めて海の底に沈めるつもりじゃないだろうな」

「そっちこそ金だけ受けとって、データを帳場に送るなんてふざけたことを考えてるんじゃないだろうな。そんなことをしたら、おまえの妻子も義理の母親も無事じゃすまないから覚悟しろよ」

「妻はいまも重体だ。息子も心に傷を負っている。そのことを思えば、この手でおまえを殺しても飽き足りない。それを五億で負けてやると言ってるんだ。むしろ感謝してもらいたいくらいだよ」

「妻子を金をせびるネタに使うあさましい根性には呆れるが、いまは角突《つの》き合わせているときじゃない。ここで折り合うことには諸手を挙げて賛成だ。そっちが場所を指定しないなら、こっちで決めていいか」

「冗談じゃない。隆凌会の極道が待ち構えているところに、のこのこ出かけていくほど馬鹿じゃない」

「だったらどこにすると言うんだよ」

「おまえの自宅はどうだ。行徳の帳場は四六時中おれの携帯の位置情報を追っている。おかしなことをしたらGPSをオンにするだけでパトカーが飛んでくる。それはこのあいだ実験済みだ。そのときは石川の音声データは間違いなく帳場の手に渡る。隆凌会のごろつきがそこにいれば、おまえとの癒着も立証される」

十分考えた作戦だった。石川が暴露した音声データが本当にあると大久保が信じているのなら、いま園崎が逮捕されることは絶対に避けたいはずだ。その意味がわかったようで、皮肉な調子で大久保は応じる。

「おまえの悪知恵には感心するよ」

「悪知恵じゃおまえにはかなわない。あすの夜、九時でどうだ。もちろんおれとおまえと二人きりだ」

「ちょっと待てよ。五億もの現金、そんなにすぐには用意できない。あさってにしてくれないか」

「つまらない作戦を立てるための時間稼ぎじゃないだろうな」

「おれはそんなけち臭い人間じゃない。一度決めたら太っ腹だよ」

大久保は鷹揚な口を利く。嫌味を利かせて園崎は言った。

「だったら中林にもよく言っといてくれ。つまらないちょっかいを出さないように。あいつの悪事も石川から聞いている。虚偽告訴罪から公務員職権濫用《らんよう》罪、犯人隠避から収賄まで、罪科の品書きは書き切れないほど揃っている」


通話を終えて車内に戻り、そんなやりとりを聞かせると、水沼は警戒心を隠さない。

「いくら大久保が悪銭を貯め込んでいると言ったって、五億もの現金を一日二日で用意できませんよ。支払う気なんてないですよ」

「ああ。あいつらにすれば、そんな金を払うよりおれが死ぬのがいちばんいい。だとしたらもう一つ仕掛けをしておかないと」

水沼は身を乗り出す。

「なにを考えているんですか」

「隆凌会の手足を縛っておくんだよ」

園崎は山下に電話を入れた。

7

翌々日の午後九時ちょうどに、園崎はインターフォンのチャイムを鳴らした。少し間を置いて、警戒するような声が応じる。

「一人で来たんだろうな」

「このインターフォンはカメラ付きだろう。見ればわかるはずだ」

インターフォンだけではない。カーポートにも玄関前のアプローチにも防犯カメラが取り付けられていて、セキュリティにはふんだんに金をかけているようだ。

しばらく待つと、玄関ドアのロックが外れる音がした。大久保が顔を覗かせる。事情聴取で会ったときのふてぶてしさは鳴りを潜めて、どこかびくついている気配さえ窺える。

通いの家政婦でも雇っているのか、広々とした室内は中年男の一人住まいにしては掃除が行き届いている。大久保のほかに人のいる気配はない。通されたリビングのソファーに腰を落ち着け、園崎は余裕をもって確認した。

「金は用意してるんだろうな。怖い連中が待ち構えていて、なかに入った途端にズドンとやられるんじゃないかと心配してたんだが」

「おれは約束を守る人間だからな」

無愛想にそう応じながら、大久保は壁の掛け時計にちらちらと目をやる。園崎はさりげなく言ってやる。

「誰かを待ってるのか。さっき小耳に挟んだんだが、隆凌会の事務所はいま大忙しで、おまえの助っ人をしている暇はなさそうだぞ」

ぎくりとしたように大久保は問い返す。

「なんの話だ？」

「いま銃刀法違反の容疑でガサ入れされているそうだ。若頭の木田と子分三名が短銃所持で逮捕された」

一時間ほど前に山下から連絡があった。この日大久保と会うことを、園崎は一昨日山下に伝えておいた。その際、隆凌会が危ない道具をもって助っ人に出向くかもしれないと示唆すると、山下はマル暴担当の組織犯罪対策部第四課に連絡を入れた。彼らはもともと隆凌会を目の敵にしていて、資金源とみられる車両窃盗グループの存在にも興味津々だった。四課は薬物銃器対策課と連携し、きのうから万全の監視体制をとっていた。

つい二時間ほど前、木田と三名の組員が乗ったワンボックスカーが組の事務所を出た。捜査員が車を駐めて職質をすると、助手席のグローブボックスから装塡《そうてん》済みの短銃二丁が出てきた。木田を含む車内の全員が現行犯逮捕され、待機していた十数名の捜査員がいっせいにガサ入れに入った。組の事務所はてんやわんやで、組長の山村も事情聴取されているという。

嫌味な調子で園崎は言った。

「木田の到着を待ちかねていたとしたら当てが外れたな。お陰できょうはなんとか生きて帰れそうだよ」

大久保の顔が強ばった。

「嘘を吐け。そんな情報をどこから仕入れた？」

「おれをただの逃走犯だと舐めてかからないほうが利口だぞ。嘘だと思うんなら山村に電話を入れてみたらいい。もっともそれじゃ隆凌会との癒着関係を警察に白状するようなもんだがな。ところで五億円の現金はどこにある。それらしい荷物が見えないが」

「そっちの品物を確認するまでは渡せない」

「そもそも端《はな》から渡す気があったのかどうかだけどな」

「おまえのほうこそ、ガセネタでおれを騙してるんじゃないだろうな」

大久保は警戒心を滲ませる。ここからはたっぷり三味線を弾いてやる。

「ガセじゃないよ。石川は記憶力のいい男でね。おれを冤罪に陥れるために指紋のついたボールペンをおれの机から盗んだ件から、紗子の轢き逃げに使った車をおまえが隆凌会から融通してもらった件、県警本部長の笠松を意のままに操っている件や、川井町の町役場に口利きをして隆凌会のフロントに不法ヤードをつくらせた件——。すべて洗いざらい喋ったよ」

大久保の顔色は赤くなったり青くなったり忙しいが、とくに反論しないところを見ると、ほとんど図星と考えてよさそうだ。園崎は大胆に先を続けた。

「ほかにも隆凌会にはなにかと便宜を図っているらしいな。向こうも見返りに汚れ仕事の下請けをしていたようだ。自殺を偽装した邦本秘書の殺害にしても、おまえが教唆して隆凌会のごろつきが実行した。石川の車に細工したのも、たぶん隆凌会がバックにいる不法ヤードの人間だ」

大久保はここでも反論しない。石川の証言という話が嘘だと気づいていない以上、反論しても無駄だと観念している様子だ。

「五億円払えば、本当にそのデータを寄越すのか」

「それが五億に値すると思うんなら、いますぐ払うのが賢明だな」

「金を受け取ったうえで、おれを売ろうというんじゃないだろうな」

「おれがやっていることは法的に見れば恐喝だ。恐喝罪は十年以下の懲役で、五億となれば最長期もあり得る。ネタを売ればそれが発覚して、殺人未遂の冤罪は晴れてもそっちでムショ入りすることになる。それじゃ間尺《ましやく》に合わないだろう」

「それなら利害は一致するな」

大久保は胸を撫で下ろすように言う。園崎はすかさず追い打ちをかけた。

「ただし、いまこの場に五億円の現金があればの話だ」

「その前に音声データを渡すのが筋だろう」

「渡したとたんに消去されたんじゃ堪らない。まず札束を見せてくれ」

「まだ手元にはないんだよ。きょう銀行に行ったんだが、五億の現金を用意するには一両日かかると言われてね」

「だから返事を一日待ってやった。要は最初から払う気がなかったわけだ。最初の計画じゃ、木田と子分が待ち受けていて、データを奪ってから中林に連絡を入れる。データは消され、おれは逮捕されてムショ送り。あるいはここでおれを始末して、千葉港の沖にでも沈めるつもりでいたんだろう」

「そんな汚いことは考えてもいなかった」

「おれが仕入れた情報だと、隆凌会はいまドンパチやるような抗争は抱えていない。木田と手下が短銃をもって向かおうとした先は、ここだったとしか考えられない。最初におれが電話を入れた翌日、組長の山村と木田に加えて中林まで集まって、なにやら密談していたようじゃないか」

痛いところを突かれたように大久保は口をへの字に曲げる。園崎は続けた。

「石川の証言が、おまえにとっても中林や笠松やその背後にいる桑原にとっても致命的な内容を含むものだとおまえは考えた。石川は腐ってもサンズイ刑事だ。おまえたちのやっていることの意味が、おまえたち以上によくわかる。それが表に出ることを恐れるのは当然だ」

「ご託はもういい。そのデータを寄越すのか寄越さないのかはっきりしてくれ」

園崎はポケットからICレコーダーを取り出した。

「ここにすべてが入っている。じつを言えば、たったいま五億円の値がついたばかりなんだがね」

「どういう意味だ？」

園崎は録音停止ボタンを押し、続けて再生ボタンを押した。流れてきたのは、大久保宅を訪れてから現在までの二人の会話だった。

「ふざけやがって、おれをはめたな」

「石川はすべてを語る前に殺された。しかしおまえはそれを補って余りあるほどの証拠をくれた。おれが弾いて聞かせた三味線になに一つ反論せずに、その対価として五億円支払うことを約束した。すなわちおれが言ったことを、すべて真実だと認めたことになる」

「そんなふざけた話が通じるはずがない。行徳の帳場には中林がいる」

園崎はふたたび録音ボタンを押して、レコーダーをポケットに忍ばせた。

「その中林の立場がずいぶん怪しくなっているようだな。帳場には交通捜査課や三課の人間もいる。彼らはあいつのやり方に反感を持っている。先日のおまえと山村や木田との密談には中林も加わっていた。その証拠もこっちにはある。それを暴露したら帳場の流れは一気に逆転するぞ」

「だったら好きにしたらいい。そんなペテンに引っかかって五億の金を渡すほど、おれがお人好しだと思うのか」

「それなら交渉は決裂だな。おれは行徳の帳場に出頭する。これから県警のパトカーが迎えに来てくれる」

園崎は自分の携帯を取り出して、電源を入れてGPSをオンにした。

「目算どおりに行けばいいがな」

大久保は挑発するような口ぶりだ。怪訝な思いで問い返した。

「どういうことだ？」

「携帯のGPS追跡には裁判所の令状がいるくらいは知っているだろう。それがきのうで切れていて、帳場は再請求していない」

「嘘を吐け。おれを逮捕することが捜査本部にとっては焦眉の急だろう」

「ところが、おまえがおれに妙な話を持ち掛けたもんだから、それでは困る人が出てきてね」

「笠松か？」

「あの人ももちろん困るが、いちばん困るのはそのバックにいる人だよ」

「桑原議員も絡んでいるのか」

「おれには県警本部長を操れるほどの実力はない」

「だったら、東秋生の捜査を潰したのも？」

「うちの先生だ。おれもきょうまで多少はお零れに与《あずか》りはしたが、所詮は下働きで、おまえたちが追いかけていたサンズイ疑惑のご本尊はあの先生だよ」

「後継問題で揉めていたんじゃないのか」

「後援会の連中が、おれを追い落としたくて噂をばら撒いていただけだ。おれと先生は一蓮托生で、どっちがこけても両方が破滅なんだよ」

「笠松を動かして管理官を丸め込んだわけだ」

「あの人は野心家でね。いまから国会議員の椅子に食指を動かしている。議員先生になれば、警視総監だろうが警察庁長官だろうが一気に頭を飛び越せる。国家公安委員長の椅子でも手に入れれば、警察庁長官なんか顎で使える。その際はうちの先生が力添えをするっていう裏約束があるんだよ」

「たかが参議院議員の桑原に、それほどの力があるとは思えない」

「先生はそのうち衆議院に鞍替えして、その後釜にはおれが座ることになっている。政治家の実力なんてけっきょく金の力でね。その面でなんの不自由もないだけの金を稼がせてやっているおれに、先生も頭が上がらないんだよ」

「残念ながらおまえはもう終わりだ。これ以上先生に忠義立てしてなんの意味がある」

引導を渡すように言ってやると、大久保は不敵な笑みを浮かべて応じた。

「そのとおり。桑原なんて、おれにとってはもうどうでもいいんだよ。いま唯一願っているのは、ここまでおれを追い詰めたおまえに報復をすることだ」

ソファーテーブルの下をまさぐって、大久保が取り出したのは中型の自動拳銃。ロシア製のマカロフで、最近は暴力団が好んで使うと聞いている。隆凌会のサービスは至れり尽くせりだ。

大久保の顔からは血の気が引いている。口にした言葉とは裏腹に、その表情には血の通った感情の動きが感じられない。大久保の話は本当のようで、前回はGPSをオンにしてものの数分で鳴り始めたパトカーのサイレンがいつまで経っても聞こえない。

山下にはここで大久保に会っているとは言っていない。きょう大久保に会うことだけを伝えると、山下は無茶をするなと訴えて、どうしてもやるなら警護に張り付くと言ってくれたが、県警の刑事である山下が、逮捕状の出ている園崎の所在を知って黙っていれば、不作為による犯人隠避の罪に問われる。

今回の行動はすべて園崎個人の責任で行うつもりで、同様の理由で本間にもまだ明かしていない。唯一の例外は水沼だ。本庁へ戻れといくら言っても言うことを聞かず、きょうも専属ドライバー兼ボディガードを自任して、大久保宅の近くまで送ってきた。

いまも感づかれない程度の近場にいて、こちらから知らせればすぐに飛んでくるはずだが、銃で脅されている状況では電話をかけるわけにはいかないし、異変を察知して駆けつけたとしても水沼は丸腰だ。

これ見よがしに銃を構える大久保に、怯むことなく園崎は言った。

「おれを殺してどうするんだ。おまえはどのみち逮捕される」

「いまさら殺した人間が一人増えたって死刑以上の量刑はない。殺されたくなかったらそのレコーダーをおれに渡して、おまえは勝手に警察に出頭しろ。それがいやなら先にこの世におさらばして、あの世でおれを待ってるんだな」

大久保はセーフティを解除して園崎の眉間に照準を定める。その瞳は小刻みに震え、声にはなにかに酔ったような抑揚がある。ソファーテーブルを挟んだだけの大久保との距離は一・五メートルほど。どんな鈍《なま》らな腕でも外すことはない。しかし付け目があるとすればその距離の近さだ。園崎は怯《おび》えた様子を装った。

「ちょっと待て。渡すよ。だから撃つのはやめてくれ」

ポケットからICレコーダーを取り出して、大久保に差し出した。

両手で銃を構えていた大久保は、片手を離してそれを受けとろうとする。その一瞬を逃さず園崎は、銃を握った大久保の手首を掴み、さらに手前に手繰り寄せ、肘《ひじ》関節をがっちり決めた。警察学校で習った逮捕術はまだ錆《さ》びついていないようだった。大久保は苦痛に顔を歪めるが、なかなか銃を離さない。

うっかり引き金を引いたのか、耳元で銃声が轟《とどろ》いた。一瞬聴覚が失われる。さらにもみ合っていると、足元に大きな植木鉢が転がってきた。テラスに面した掃き出し窓のガラスが割れている。その穴から水沼が手を差し込んでロックを外し、開いた窓から飛び込んでくる。

大久保は力任せに腕を振りほどき、水沼の脇をすり抜けて、銃を持ったままテラスに飛び出した。

水沼も踵《きびす》を返してテラスに駆け出した。ICレコーダーをポケットに仕舞い、園崎も慌ててあとを追う。テラスに隣接するカーポートから大久保のBMWが飛び出した。

水沼がなにやら叫び、こっちだというように指で示す。その方向に駆けていくと、門扉の外に宮本から借りたクラウンが駐まっている。水沼が運転席に滑り込み、園崎は助手席に飛び込んだ。

大久保の車はすでに五〇メートルほど先にいる。BMWのM5が相手では、型落ちのクラウンが到底追いつけるはずもない。迷わず山下に電話を入れた。状況を説明すると山下は勢い込んだ。

「拳銃を所持してるのは間違いないんだな。それならすぐに緊急配備が敷ける」

「間違いない。耳元で一発ぶっ放されて、いまやっと聴覚が戻ったところだ」

「いまどっち方向に向かっている？」

「千葉街道に入って千葉市内に向かっている。いま真砂二丁目のあたりだ」

「わかった。おれもパトカーでそっちに向かう。機捜や警邏のパトカーも千葉街道方面に向かわせる。現在位置は随時教えてくれ」

そう応じて山下は通話を切った。片側三車線の千葉街道を大久保の車は先行車をごぼう抜きにしてひた走る。こちらも制限速度はオーバーしているが、その加速には歯が立たない。稲毛《いなげ》海岸に近づいたあたりで、周囲にパトカーのサイレンが湧き起こる。山下から連絡が入る。

「いま緊急配備が発令された。おれもそっちへ向かっている。おまえたちは追尾をやめたほうがいい。スピード違反で捕まったら厄介なことになる」

「そうするよ。どこへ行くつもりか知らないが、目立つ車だ。取り逃がすことはないだろう。あ、ちょっと待ってくれ。いま登戸《のぶと》四丁目の交差点を右折した。海のほうに向かっている。パトカーをそっちに集結させてくれ」

「了解。そこまで網が絞れたら、もう摑まえたも同然だ」

山下は忙《せわ》しない調子で言って通話を切った。園崎たちも交差点に向かったが、信号が赤になって動けない。パトカーではないからサイレンを鳴らして突っ切るわけにもいかない。じりじりしながら待っていると、携帯に着信があった。

飛ばしではない自前のほうだ。GPSに対する帳場の反応を確認するために電源を入れたあと、切るのを忘れてそのままにしていた。ディスプレイに表示されているのは大久保の名前だ。応答して呼び掛けた。

「どこへ行くつもりだ。すでに緊急配備が敷かれている。もう逃げられないぞ」

「大きなお世話だ。ふざけた策謀でおれを陥れやがって。こうなるとわかっていたら、おまえの女房をしっかり轢き殺しておくべきだった」

「正気でものを言っているのか。すべておまえが蒔いた種だろう。無意味な抵抗は止めて法の裁きを受けろ」

「よく言うよ。その法というのがどれほどいい加減な代物か、おまえ自身が身をもって知っているだろう」

「ああ。お陰でいい勉強をさせてもらったよ。だがな。法は捻《ね》じ曲げられても正義はそうじゃない。その正義を信じて、何人もの仲間がおれを助けてくれた」

園崎が応じると、考え込むようにやや間をおいて、しみじみした調子で大久保が言う。

「いまはおまえの親父さんの気持ちがよくわかる。政治家ってのは半人半獣の生き物で、上半身は聖人君子を気取っているが、下半身は糞壺《くそつぼ》のなかにどっぷり浸かっている。その下半身がおれだった。親父さんの仇を討つのがサンズイ刑事になったおまえの本懐なら、死んでも桑原を逃すなよ。じゃあ、あの世でいい報告を待ってるよ」

「待て。死ぬな、大久保!」

園崎は叫んだ。殺しても飽き足りないと思っていた男のはずなのに、ここで死んでは欲しくなかった。

大久保からは返事がなかった。電話の向こうで、くぐもった銃声が響いた。

8

大久保の車は千葉港沿いの倉庫地帯にある空地の一角で見つかった。

大久保は、マカロフの銃口を口に咥《くわ》え、そのまま引き金を引いていた。もちろん即死だった。脳幹部を直接撃ちぬくやり方で、自殺の場合なら失敗はまずありえない。

園崎は翌日、御徒町のマンションを引き払い、車は宮本に返し、水沼とは別れて、一人で行徳の捜査本部に出頭した。

事情はすでに山下から連絡が行っており、行徳の帳場でも了解していた。形式的に逮捕手続きがとられ、その日は留置場で過ごすことになったものの、ほぼ丸一日にわたる取り調べのあと釈放された。今後の検察との調整にもよるが、紗子の殺人未遂事件については、嫌疑なしで不起訴になる見通しだという。

大久保とのやりとりを録音したICレコーダーの音声は、前回の選挙の際に演説会場で進行役を務めた大久保の動画が桑原のフェイスブックに残っており、声紋鑑定の結果、園崎と話していた相手が大久保だったことが証明された。

しかし録音された内容から紗子の事件の真犯人が大久保であることは推認が可能だが、その話を引き出した方法についてはやはり恐喝未遂の容疑が成立するという。ただし今後の捜査で大久保や桑原のあっせん収賄行為が立証され、あるいは隆凌会の資金源とみられる大規模車両窃盗グループが摘発されれば、その点では十分な公共的利益が生じ、かつ園崎に五億円を取得する意思が皆無だったことは十分推認できるため、送検されても起訴猶予になる可能性が高いというのが現在の検察の判断らしい。

そうした点も考慮に入れて、捜査本部は園崎を書類送検とし、書類には「起訴を求めない」との処分意見を付したとのことだった。

中林は現在県警の監察対象になっており、自宅待機より重い謹慎処分を科されている。水沼が撮影した大久保宅での密会の証拠写真は決定的で、そこに隆凌会の山村までいたとなれば、単なる監察処分で済むはずもなく、今後、ボールペンの件を含めた証拠の捏造が認定されれば、特別公務員職権濫用罪もしくは虚偽告訴罪に問われることになる。

不審な点はもう一つあった。石川が車で自宅を出る直前に、中林から電話があったことが自宅の固定電話の着信履歴で確認された。中林は義理の兄への野暮用で、事故とは一切関係ないとしらばくれたが、その電話でうまく口車に乗せて石川を誘き出した可能性は極めて高い。だとしたら中林は、義理の兄の殺害に加担したことになる。

一連の事実は連日マスコミによって報道され、県警はその汚名をそそぐべく県警内部にはびこっていた大久保絡みの癒着の捜査に乗り出すと宣言した。

とはいえ内輪の不祥事にメスを入れることを嫌う警察の体質を知るマスコミの反応は冷や

やかだった。その見立てを裏付けるように、笠松は一連の不祥事の責任をとるという名目で本部長職を辞任したが、警察庁職員としての辞職ではなく、本庁長官官房付きへの異動という穏便な処遇で、幕引きを狙ったパフォーマンスに過ぎないと県警内部では受け取られている。

本間は第四知能犯第三係の総力を結集し、県警の捜査二課の協力も得て大久保の本格捜査に乗り出した。大久保本人は死亡したが、その射程にあるのはもちろん桑原だ。園崎が聞いた大久保の最後の言葉は、こちらの読み通り、桑原が全国の自治体を股にかけた汚職で巨額の裏資金を得ていたことを暗示している。

ガサ入れで押収した大久保のパソコンのなかに、暗号化されたフォルダーがあった。室内にあった手帳にパスワードらしい文字列が書き込まれたページがあり、それを片っ端から入力していくと、暗号はあっさり解除された。

中身は期待以上のものだった。そこには過去八年にわたる全国百を超す自治体をめぐる収賄の記録が保存され、他人名義の隠し口座の入出金記録まで残されていた。それが発覚すれば、桑原の政治生命はもちろん大久保の命運も断たれたはずだった。

そんなリスキーな文書を自宅のパソコンに溜め込んでいた理由はわからないが、おそらく大久保は抜け目がなかったのだろう。もし警察の捜査の手が伸びた場合、自分一人が罪を着て桑原がのうのうと生き延びることは許さない——。そんな覚悟があったことが大久保の最後の言葉からは想像できる。

というより桑原の尻尾をそうやって握っておくことで、自分が切り捨てられるリスクを減らし、あるいは本人の話が事実なら、桑原が衆議院に鞍替えしたあと、参議院の地盤を譲り受けるための圧力に使おうとしたとも考えられる。

本間はその文書を東京地検の特捜部に持ち込んだ。相手が国会議員でかつそれだけの規模の収賄事件となれば、警視庁や千葉県警の手に余る。東秋生の事件では捜査を潰しにかかった地検だが、今回の事件で桑原の影響力は弱まっており、とくに特捜部は世論受けする案件に積極的に取り組む傾向がある。

桑原は大久保と邦本という剛腕の秘書を失って、いわば外堀を埋められた恰好だ。特捜はすでに内偵に入っていて、近々議員本人から事情聴取を行う予定だという。国会はいま閉会中で、国会議員の不逮捕特権は適用されない。大久保が残した文書の内容をすべて裏付けていけば、全国規模で行われていた桑原の収賄の実態がすべて明らかになる。そうなれば歴史に残る汚職事件になると特捜は意気込んでいるという。

隆凌会のガサ入れでは、北総興発との取り引きに関する裏帳簿が発見された。水沼が撮影した写真によって、組長の山村、若頭の木田、大久保の親密な関係が立証されている。交通捜査課はそこから切り込んで、木田が大久保に頼まれて、ヤードにあった車のなかから、事件に使われたセレナを大久保に提供したという供述を引き出した。

もちろん大規模車両窃盗グループの元締めだという容疑は否認しており、たまたま知らずに買い取った車を融通したに過ぎないと言い張った。ナンバープレートは廃車時に返納するものであり、それがついた車をヤードで買い取ったことは故買《こばい》に当たると指摘しても、そんな決まりは知らなかった。自分たちは騙されただけで、善意の第三者だと主張する。

その嘘を見破ったのは松戸警察署の川口だった。川口は横浜税関・千葉税関支署に協力を要請し、通関用ヤードにある中古車とスクラップを虱潰しにチェックした。そのなかに県内の盗難車と車台番号が一致する車が何台もあり、その出荷元が北総興発であることを突き止めた。

北総興発社長の皆川達夫《みながわたつお》は逮捕され、その供述から隆凌会が裏で牛耳る大規模車両窃盗グループの全容が解明された。むろん山村も木田も関係を否認しているが、県警の捜査三課も、隆凌会の資金源潰しに総力を挙げる組対の四課も、証拠は十分積みあがっており、逮捕・訴追は時間の問題だと自信を見せている。

そちらの捜査の結果を受けて、交通捜査課は紗子の事件の真犯人として、被疑者死亡のまま大久保を書類送検し、園崎の冤罪は公式に晴れることになった。

9

「なにはともあれ、警視庁も県警もできなかったことを、おまえは見事にやり切ったよ」

大久保の死から三週間が経ち、久しぶりに訪れた警視庁本庁舎のカフェテラスで本間は言った。それでも表情は喜び半ばといったところだ。

きょうも午前中は病院に出向いて紗子と雅人を見舞ってきた。紗子は二週間ほど前に容態が安定し、ICUから一般病棟に戻っているが、意識障害は続いたままで、意識回復の見通しはまったく立たない。

紗子がICUから戻り園崎も時間の許す限り病院にいるようにしているので、雅人の状態は落ち着いてきて、薬の量はだいぶ減らせるようになっている。

しかし園崎の鬱屈した気分はいまも晴れない。大久保には紗子にしたことを法の裁きで償わせたかった。しかし大久保は勝手に死んで、紗子は意識不明のままこの世に残された。

紗子の回復への希望は捨てていないが、理不尽な罠にはまった自身の疵《きず》が今後癒えるとは思えない。紗子が戻ってくれないなら、すでに失った警察という職場はもとより、残りの自分の人生にもなんの未練も感じない。

「係長や水沼や山下たちのお陰です。もしみんなに見放されていたら――」

大久保を殺していたかもしれないと言いかけて言葉を呑んだ。本間はわかっているというように頷いた。

「それ以上言うな。おまえにそこまで思いつめさせた警察という組織には、おれだってつくづく愛想が尽きている。だからといって、おまえに見限られるのは寂しいよ」

「見限るなんてことはしませんよ。本間さんや山下たちや水沼のような仲間は、この国の警察の希望です。腐っているのはごく一部です」

「そう言ってもらえれば嬉しいが、おまえはこれからどうするんだ。もし復職する気があれば、おれが警務部長と談判してでも免職を撤回させるぞ」

親身な調子で本間が言う。水沼も身を乗り出す。

「そうですよ。もう無罪は確定したんだし、桑原の汚職や隆凌会の悪事を摘発するうえでの園崎さんの貢献は大きいじゃないですか。懲戒免職の撤回どころか、警察功績章を授与されたっていいくらいですよ」

「おれは警察に楯突いた人間だよ。そこにどんな事情があるにせよ、警察という組織はそういう人間を排除する。現におれの無実が明らかになっても、警務のほうからは退職金を払う話さえ聞こえてこない」

懲戒免職なら退職金は出ない。つまり警視庁は、いまも園崎に科した懲戒処分を恬《てん》として恥じていないのだ。山下は復職を求めて行政訴訟を起こせと言ってくれたが、いまはそんな気力も湧いてこない。切ない調子で本間が言う。

「寂しいことを言うなよ。たしかに警視庁も千葉県警も威張れるような組織じゃないが、それだからこそおまえのような刑事が必要なんだ」

「そうですよ。警察の内部にいないとできないことがあると園崎さんは言ったじゃないですか。そんな腐った警察を叩き直すためにも、園崎さんにはもう一度警察手帳を持って欲しいんです」

水沼は熱を込めて訴える。彼の言葉は心に染みる。とはいえ自分がサンズイ刑事だというただそれだけの理由で紗子があんな仕打ちを受けたとするなら、ここまでの刑事としての人生はいったいなんだったのか。紗子にとって自分は災いの種でしかなかったのではないか。刑事である園崎を誇りだと言ってくれた紗子のために、自分はなにをしてやれたのか。これからなにをしてやれるのか。

「一部の人間に引きずり回されたとはいえ、警察という組織がおれに牙を剝いた。それを許せる気持ちになるには、たぶんもっと時間が必要なんだよ」

園崎は力なく水沼に言った。大久保や中林と闘っていたときに漲《みなぎ》っていた気力がいまは消え失せて、癒やしがたいトラウマのようなものだけが心を占めている。問い直したいのはこれから先の人生の意味だった。刑事ではないただの人になったいま、これまで疑うこともなかった人生の足場が、砂漠の砂のように不安定になっている。

「おまえらしくもない。おれには、そして警視庁捜査二課にはおまえの力が必要だ。それが嫌なら仕方がないが、だからといって、いつまでもうしろばかり向いているおまえを見たくない。身を捨てて大久保と対峙したおまえの勇気こそおれの希望だ。それは水沼や山下君や北沢君にとっても同じはずだ。それ以上に、いま病院で闘っている紗子さんにとってもなくてはならない希望じゃないのか」

叱咤するように本間が言う。その言葉が胸を打つ。答えが出るはずもない問いにしがみついて、いま歩むべき人生から逃れようとしている自分に忸怩《じくじ》たるものを覚えた。だからといって、返す言葉が浮かばない。

そのときポケットで携帯が鳴った。聡子からだった。また容態が悪化したのか。悪い想像しか浮かばない。切迫した思いで問いかけた。

「お義母さん。紗子になにか？」

「意識が戻ったのよ。ついいましがた――」

そう伝える声に嗚咽が混じる。喜びを露わに問いかけた。

「本当なんですね。じゃあ言葉も交わせるんですね」

園崎の応答でなにが起きたかわかったようで、本間と水沼の顔に喜色が溢れる。弾んだ声で聡子は続ける。

「まだそこまではいっていないのよ。でも私の顔がわかって、声をかけると笑ってくれるの。雅人の顔もちゃんとわかるの。もう安心していい、あとは快方に向かうだけだと先生は言ってるわ――」

　聡子が言い終えないうちに電話の声が変わった。

「パパ。ママが僕を見て笑ったよ。僕の手を握ってくれたよ。急いで病院へ来てパパの顔を見せてあげて」

「ああ。いますぐ飛んでくよ。これで雅人も一安心だな」

「うん。ママと早くお話ししたいよ。これでパパも元気になれるね。もうじき一緒にお家《うち》に帰れるね」

　雅人は興奮のあまり喘《あえ》ぐような息づかいだ。園崎のきょうまでのふさいだ気分を、雅人は子供なりに察知していたらしい。頭上を覆っていた雲が一気に晴れた。闘い抜いたことが無駄ではなかった。生き抜いたことがこの喜びをもたらしてくれた。目の前にいる本間の顔が、水沼の顔がぼやけて滲んだ。

解説　ダブルミーニングを秘めた著者会心の一作

宇田川拓也《うだがわたくや》
（ときわ書房本店）

警察小説や刑事ドラマの人気も手伝い、被害者を「ガイシャ」、犯人を「ホシ」、身元や余罪を詳しく調べることを「洗う」といった、警察官同士で交わされる符牒《ふちょう》も、いまやすっかり広く知られるものとなった。

こうした符牒の数々をより詳しく見ていくと、漢字の部首に由来するものがいくつか存在するのがわかる。たとえば、詐欺事件は一文字目の〝詐〟の字から「ゴンベン」、偽造事件は〝偽〟で「ニンベン」といった具合だ。そして贈収賄や官製談合などの汚職事件を意味するのが〝汚〟――つまり「サンズイ」である。

笹本稜平『サンズイ』は、まさにそのタイトルどおり、汚職事件に立ち向かう刑事を描いた長編作品だ。本書は、「小説宝石」二〇一八年六月号～二〇一九年六月号に掲載され、二〇一九年十月に光文社より単行本として刊行された同題作品を文庫化したものである。

主人公の園崎省吾《そのざきしょうご》は、警視庁捜査二課第四知能犯第三係に所属する刑事だ。殺人や強盗といった凶悪犯罪を扱う捜査一課に対し、捜査二課は、詐欺、横領、通貨偽造をはじめとする経済犯罪や企業犯罪をおもに担当する部署で、なかでも第三係は汚職を扱う「ナンバー」と称される精鋭グループのひとつに数えられる。

物語は、警視庁本庁舎の取調室から幕が上がる。園崎が取り組んでいるのは、次期総務大臣の有力候補と目される与党の大物政治家――桑原勇《くわばらいさむ》のあっせん収賄罪もしくはあっせん利得罪の容疑。東京都下の市のひとつが、千葉県が選挙区であるはずの桑原事務所の口利きにより、破格の安値で市営体育館の跡地を売却したという内部告発を端緒に調べを進めるなかで、この事案のカギを握る桑原の公設第一秘書――大久保俊治《おおくぼとしはる》を聴取することに。

園崎は係長の本間《ほんま》が「ちょっと、やり過ぎじゃないのか」と心配するほど厳しい姿勢で大久保に迫るが、そこには単に汚職を見逃さない刑事としての正義や使命感以上に大きな理由があった。かつて園崎の父親は、ある代議士の秘書を務めていた。しかし発覚した不正行為の罪をひとり被らされ、失意の果てに自ら命を絶っていた。園崎にとって汚職に手を染めた政治家たちを追い詰めることの根底には、父を罪に陥れた政治への報復の念があるのだった。

ところがこの大久保に関して、園崎と旧知の仲である千葉県警生活安全部の山下正司《やましたまさし》から不穏な情報がもたらされる。じつは過去に準強制わいせつで捜査対象となったほか、ストーカー規制法で禁止命令を二度受けている要注意人物だという。

すると園崎の妻の紗子《さえこ》から、家の前の道路に不審な車が止まっていると電話があり、翌日には、この事案から手を引けという地検を通じての圧力が。さらに司法取引を持ち掛けてきた大久保の言葉に従って待ち合わせ場所に向かってみると、約束を反故《ほご》にされたうえ、時を同じくして紗子と息子が何者かに轢《ひ》き逃げされる悪夢のような事態が待ち受けていた。

笹本警察小説には、刑事たちが政治家や組織の上層部といった権力を振りかざす手強《てごわ》い巨悪を相手に奮闘する内容のものが複数あり、確かに本作もそこに並べられるひとつといえる。だが、他の作品とは大きく異なる点がひとつある。それは、警察官である園崎が警察から追われる身になってしまうことだ。

卑劣な轢き逃げ事件に大久保の関与を疑う園崎の前に突如現れたのは、千葉県警捜査一課の警部補――中林《なかばやし》。重要参考人として任意同行を求められた園崎は、いわれのない轢き逃げ容疑を皮切りに、ニュースで殺人未遂事件の被疑者として報じられ、さらには監察までもが動き出し、次第に追い詰められていく。

本作の読みどころはなんといっても、こうして罠《わな》に落ちた絶体絶命の園崎が敵の裏をかき、いかに反撃に転じるかにある。あくまで警察小説としてのリアリティを守りながらスリリングにその顚末《てんまつ》が描かれることで、架空の設定や怒濤《どとう》のアクションといったフィクションならではの派手な様式では味わえない、より静かで熱い指折りのノンストップ・サスペンスとなっている。その仕上がりには著者である笹本氏も大きな手応えを感じていたようで、本作の単行本刊行にあわせて掲載されたエッセイの一部を引くと、主人公が警察に追われるストーリーはかつてもあったと思うが、その主人公が刑事だというのはそんなにないと思う。警察を敵に回した一人の刑事の孤独な戦い。これは面白い――。そう勝手に決めつけて、その勢いで書いてしまったのがこの作品である。

（中略）

法を武器にして犯罪を追及するはずの刑事が、その武器を奪われ、法の埒外《らちがい》から、警察とその背後で蠢《うごめ》く闇に反撃を開始する。

これなら面白いに決まっている――。と書いた本人は思っているのだが、自画自賛というか手前味噌というか、こういう場合、いちばん信用できないのが本人の言で、私は普通そういう話は信用しない。

しかし本作に関しては自信がある。騙《だま》されたと思ってぜひ手に取っていただきたい（ただし返品はお受けできません）。

「小説宝石」二〇一九年十一月号より

筆者は船橋駅前に店を構える本屋の店員なのだが、笹本氏は地元の作家として長らく応援しており、個人的にもお目に掛かる機会をたびたび得てきた。そうした者の目から見た笹本氏は、ほとんど表に顔を出されることもなく常に抱えている複数の連載に黙々と取り組み、あれだけの傑作群をものしながらも自信や自慢を一切口にすることのない、極めてストイックな職業作家の印象が強い。ゆえに、こうした発言は大変珍しく、それだけに並々ならぬものが伝わってくる（最後の〝返品〟のくだりに隠し切れなかった照れが見え、それもまた笹本氏らしく、つい頬が緩《ゆる》んでしまう）。

また本作を読み通してみると、このタイトルが汚職事件を意味するだけでなく、別の解釈も含んだダブルミーニングであることに気がつく。刑事としての未来も閉ざされかねなくなる園崎だが、誰に頼ることもなく、ひとり孤独に背水の陣を敷くわけではない。旧知の仲である千葉県警生活安全部の山下、上司の本間、同僚の水沼《みずぬま》、義母の柿沢聡子《かきざわさとこ》、園崎が組対部四課にいた時代から知る経済やくざの宮本清一《みやもとせいいち》といった人物たちが、園崎の戦いに様々な形で手を差し伸べ、心強い助力になる。そこには、割り切れない世界で卑劣な行ないに傷つき抗《あらが》う者へ向けられる温かさがあり、困難を前に互いを活かして立ち向かう関係性の大切さが映し出されている。いざというときに、こうしてひとの手が差し出される源には何があるのか。園崎の行動をとおして、人間が心に留めておくべき〝サンズイ〟を描き出しているのだ。

さて、笹本警察小説のなかでもとくに個性的なカラーが際立つ本作を読み終えた向きには、つぎに読むべき一作として山下が再登場する『山狩』（二〇二一年）をオススメしたい。

房総半島南部にある伊予ケ岳《いよがたけ》の山頂付近で見つかった若い女性の変死体。この女性を付け回していた容疑者が有力者の親族だったことで捜査に妨害が。いっぽう被害女性の元警察官である祖父は、愛する孫の敵を討つため秘《ひそ》かに動き出す。汚い手で犯罪を握り潰そうとする悪《あ》しき力に屈することなく正義を貫こうとする勇敢な刑事たちの姿、伊予ヶ岳山頂で繰り広げられる手に汗握るクライマックス、そして希望の光差すラストシーン。山岳小説と警察小説――ふたつのジャンルの雄として揺るぎない地位を確立したその実力は、千葉という〝日本一低い県〟を舞台にしても存分に発揮されている。

『サンズイ』と『山狩』を続けて読むと、おそらく笹本氏には、出身・在住地である千葉県にスポットを当て、毎回タイプの異なる事件に何らかの形で山下が関わりを持つ、明確にシリーズと銘打つほどではないが、緩いつながりを持った連作の構想があったのではないだろうか。

しかし残念ながら、その答えを知ることはもうできない。二〇二一年十一月、笹本氏は旅立たれてしまった。

生前、「読んだひとに希望が残り、この世もそう捨てたもんじゃないと思えるものを書きたい」とおっしゃっていたことが思い返され、まだまだたくさんの希望を読者の心に残して欲しかったと涙するしかないが、作品に込められた笹本氏の想いがこれからも末永く読者のみなさんに受け継がれていくことを願ってやまない。

初出　「小説宝石」二〇一八年六月号～二〇一九年六月号

※この作品はフィクションであり、実在の人物・団体・事件とはいっさい関係がありません。

二〇一九年一〇月　光文社刊

光文社文庫

サンズイ

著者　笹《ささ》本《もと》稜《りょう》平《へい》

2022年7月20日　初版1刷発行

発行者　鈴木広和
印刷　堀内印刷
製本　ナショナル製本

発行所　株式会社　光文社
〒112-8011　東京都文京区音羽1-16-6
電話（03）5395-8149　編集部
8116　書籍販売部
8125　業務部

落丁本・乱丁本は業務部にご連絡くだされば、お取替えいたします。
ISBN978-4-334-79380-7　Printed in Japan

組版　萩原印刷

光文社文庫　好評既刊

土俵を走る殺意　新装版　小杉健治
因業探偵　小林泰三
因業探偵リターンズ　小林泰三
杜子春の失敗　小林泰三
残業税　小前亮
リリース　古谷田奈月
シャルロットの憂鬱　近藤史恵
ペットのアンソロジー　近藤史恵 リクエスト！
KAMINARI　最東対地
女子と鉄道　酒井順子
シンデレラ・ティース　坂木司
短劇　坂木司
和菓子のアン　坂木司
アンと青春　坂木司
和菓子のアンソロジー　坂木司 リクエスト！
光まで5分　桜木紫乃
屈折率　佐々木譲

天空への回廊　笹本稜平
不正侵入　笹本稜平
素行調査官　笹本稜平
漏洩　笹本稜平
卑劣犯　笹本稜平
ボス・イズ・バック　笹本稜平
ジャンプ　佐藤正午
彼女について知ることのすべて　佐藤正午
身の上話　佐藤正午
人参倶楽部　佐藤正午
ダンスホール　佐藤正午
ビコーズ　新装版　佐藤正午
死ぬ気まんまん　佐野洋子
女王刑事　沢里裕二
女王刑事　闇カジノロワイヤル　沢里裕二
ザ・芸能界マフィア　沢里裕二
全裸記者　沢里裕二

光文社文庫最新刊

サンズイ	笹本稜平
Q《キ》r《ユ》o《ロ》s《ス》の女	誉《ほん》田《だ》哲也
神を喰らう者たち	新堂冬樹
心《しん》音《おん》	乾 ルカ
独り舞	李《り》 琴《こと》峰《み》
不可触領域	鳴《なる》海《み》 章《しょう》
凜《りん》の弦《つる》音《ね》	我孫子武丸
とりあえずの殺人　新装版	赤川次郎
203号室　新装版	加門七《なな》海《み》
毒蜜　快楽殺人　決定版	南 英男